천로역정

천로역정

존 버니언 지음 | 김민지 옮김

더클래식

차례

1

세상의 광야 속을 헤매던 중 한 동굴에 이른 나는 동굴 안으로 들어가 몸을 누이고 잠을 청했다. 잠결에 꿈을 꾸었는데, 낡은 옷을 입은 남자가 한 손에는 책을, 허리에는 커다란 짐을 짊어진 채 집을 등지고 서 있는 모습이 보였다.[1] 책을 펴고 읽어 내려가던 그는 슬피 울며 두려움에 떨더니 결국 감정을 주체하지 못하고 울부짖기 시작했다. "아, 대체 어찌해야 한단 말인가!"[2]

결국 그는 비통함 속에 집으로 돌아갔다. 그는 아내와 아이들이 자신의 괴로움을 눈치채지 못하도록 마음을 가다듬으려 애썼지만 가슴속에 점점 자라나는 근심을 차마 계속 담아 둘 수가 없었다. 마침내 그는 아내와 아이들에게 마음속의 근심을 털어놓기 시작했다. "사랑하는 여보, 그리고 사랑스러운 아이들아, 날 무겁게 짓누르는 이 짐 때문에 난 더 이상 가망이 없어. 게다가 하늘에서 이 도시에 불을 내

---

[1] 이사야 64:6; 시편 38:4.
[2] 사도행전 2:37, 16:30.

려 모조리 태워 버릴 거라지 뭐야. 그렇게 되면 나도 당신도 그리고 사랑스러운 우리 아이들도 무시무시한 화염 속에서 비참하게 불타 죽고 말 거라고! 한시라도 빨리 우리가 구원받을 수 있는 길을 찾아 내야 해!" 이 말에 가족들은 경악을 금치 못했다. 그가 하는 말을 믿어서가 아니라 혹시라도 머리가 어떻게 된 게 아닐까 싶어서였다. 마침 날이 저물어 가고 있었기에, 한숨 자고 나면 머릿속이 진정될 거라 판단한 가족들은 서둘러 그를 침대에 눕혔다. 하지만 밤중에도 그의 마음은 낮 못지않게 심란했고, 그는 눈물과 한숨 속에 밤을 지샜다. 아침이 되자 가족들은 그의 안부를 물었다. 그는 점점 더 나빠질 뿐이라고 말하며 또다시 같은 말을 되풀이하기 시작했다. 그러나 가족들은 점점 더 냉담해져 갈 뿐이었다. 혹시라도 그를 모질게 대하면 광기가 사그라질까 하여 가족들은 그를 조롱하기도 하고, 책망하기도 하고, 심지어는 무시해 버렸다. 결국 그는 홀로 침실에 들어가 불쌍한 가족들을 위해 기도하거나 자신의 처지를 탄식하기 시작했고, 가끔은 홀로 들판에 나가 책을 읽거나 기도를 하기도 했다. 그가 이렇게 시간을 보낸 지 며칠이 지난 어느 날이었다.

그날도 그는 여느 때처럼 책을 읽으며 크게 상심하여 들판을 걷고 있었다. 책을 읽던 그는 예전처럼 울부짖었다. "구원을 받으려면 대체 어찌해야 한단 말인가!"

그는 어디론가 달려갈 듯이 이쪽저쪽을 바라보았지만 어디로 가야 할지 몰라 그저 제자리에서 발만 동동 구를 뿐이었다. 그때, 전도사라는 이름을 가진 한 남자가 그에게로 다가오는 것이 보였다. 전도사가 "어찌하여 울고 계시오?"라고 물었다.

그가 대답했다. "나리, 이 책에서 이르기를, 제가 죽어 심판받게 될 운명이라는데, 저는 죽고 싶지도 않고 심판을 견딜 능력도 없습니다."[3]

---

3 히브리서 9:27; 에스겔 22:14.

그러자 전도사가 말했다. "죽는 게 왜 싫으시오? 살아가면서 우리를 괴롭히는 악한 것들이 이렇게나 많은데 말이오." 남자가 대답했다. "제 어깨에 짊어진 이 무거운 짐 때문에 무덤 아래 깊은 곳까지 떨어져 지옥에 가게 될까 두렵습니다. 그리고 나리, 저는 감옥에 갈 마음의 준비도 안 됐는데, 심지어 심판에, 죽음이라니요! 이런 생각들 때문에 자꾸 눈물이 납니다."

그러자 전도사가 말했다. "그렇다면 왜 가만히 있는 것이오?"

그가 대답했다. "그야 어디로 가야 할지 모르니까요." 그러자 전도사는 사내에게 돌돌 말린 양피지를 주었다. 두루마리에는 이렇게 쓰여 있었다. "닥쳐올 진노를 피하여 달아나라."[4]

두루마리를 읽은 사내는 조심스럽게 전도사를 올려다보며 말했다. "그렇다면 어디로 피해야 합니까?" 그러자 전도사가 드넓은 들판 위를 가리키며 말했다. "저쪽에 있는 좁은 문[5]이 보이시오?" 사내가 말했다. "글쎄요." 그러자 전도사가 다시 말했다. "그럼 저기 저 밝은 빛[6]은 보이시오?" 사내가 말했다. "네, 보이는 것 같군요." 전도사가 말했다. "저 빛을 바라보고 저곳을 향해 곧장 올라가면 문이 보일 것이오. 그 문을 두드리면 당신이 뭘 해야 할지 알려 줄 겁니다." 그러자 꿈속의 그 사내가 달리기 시작했고, 집에서 그리 멀리 가지 않았을 즈음 그를 발견한 그의 아내와 아이들이 그를 향해 돌아오라고 소리치기 시작했다. 그러나 사내는 손가락으로 귀를 틀어막은 채 "생명! 생명! 영원한 생명!"이라고 외치며 계속 달렸다.[7] 그렇게 그는 뒤도 돌아보지 않고 들판을 가로질러 달려갔다.[8]

---

4 마태복음 3:7.
5 마태복음 7:13-14; 누가복음 13:24
6 시편 119:105; 베드로후서 1:19.
7 누가복음 14:26.
8 창세기 19:17.

이웃들도 나와서 그가 달려가는 모습을 바라보았다. 그중에는 그를 놀리는 사람도 있었고, 으름장을 놓는 사람도 있었으며, 돌아오라고 소리치는 이들도 있었다.[9] 그때 무리 중 두 사람이 그를 강제로라도 데려오겠다고 나섰다. 한 사람의 이름은 고집불통이었고, 다른 한 사람의 이름은 변덕쟁이였다. 이제 사내는 꽤 멀리까지 간 상태였으나 어떻게든 그를 잡아 오기로 마음을 먹은 그들은 사내를 금세 따라잡았다. 그러자 사내가 말했다. "아니, 이들 보시오. 어찌 여기까지 따라오셨소?" 이웃들이 말했다. "당신을 설득해 데려가려고 왔소." 그러나 사내가 말했다. "그런 일은 없을 거요. 당신들이 살고 있는 곳은 멸망의 성읍[10]이오. 나도 이곳에서 태어났지만, 이 도시는 곧 멸망할 테고, 거기서 죽으면 꼼짝없이 불과 유황이 들끓는 땅속 깊은 곳으로 추락하고야 말 거요. 이봐요 이웃 양반들, 그러지 말고 나와 함께 갑시다."

고집불통이 말했다. "뭐요? 그럼 내 친구들과 안락함을 다 등지란 말이오?"

크리스천(이것이 그 사내의 이름이었다.)이 말했다. "그렇소. 내가 찾게 될 기쁨과 비교하면 지금 저버리는 모든 것은 그저 티끌에 불과하기 때문이오.[11] 당신들도 나와 함께 가서 그것을 소유하게 되면 분명히 나처럼 기뻐할 거요. 내가 가는 그곳은 모든 것이 차고 넘치는 곳이니까 말이오. 자, 갑시다. 내 말이 맞다는 걸 보여 줄 테니."

고집불통　아니, 대체 당신이 찾고 있는 것이 무엇이길래 가진 걸 다 버리고 찾으러 나선단 말이오?

크리스천　나는 멸망치 아니하고, 더럽지 아니하고, 쇠하지 아니한

---

9 예레미야 20:10.
10 이사야 19:18.
11 고린도후서 4:18.

곳을 찾아가는 중이오. 그곳은 하늘에 있는 안전한 곳이며, 마음을 다해 찾는 자들에게 때가 되면 주어질 것이오. 원한다면 내 책을 읽어 봐도 좋소.[12]

고집불통이 말했다. "됐소! 책은 저리 치우고, 우리랑 같이 돌아갈 거요, 말 거요?"[13]

크리스천이 말했다. "아니요. 같이 가지 않겠소. 나는 이미 손에 쟁기를 들었소."

고집불통 자, 그럼 변덕쟁이 양반, 우리끼리 돌아갑시다. 이렇게 뭔가에 홀려 눈이 뒤집힌 사람들은 분별 있는 사람 일곱이 와서 뜯어말려도 도통 말을 안 듣는다니까.[14]

변덕쟁이가 말했다. "그렇게 매도할 것까진 없잖소. 만약 크리스천의 말이 사실이라면, 이 사람이 찾고 있는 것이 우리가 가진 것보다 낫구려. 나도 왠지 같이 가고 싶어지는데."

고집불통 뭐요? 당신까지 웬 뚱딴지같은 소리요? 자, 내 말을 들으시오. 우린 돌아갑시다. 저런 정신병자가 당신을 어디로 데려갈지 어찌 아시오? 자, 자, 정신 차리고, 어서 돌아갑시다.

크리스천 아, 그러지 말고 당신도 함께 갑시다. 그곳에 가면 내가 지금 말한 것들은 물론이고 그보다 더 찬란하고 영화로운 것들도 많다오. 날 못 믿겠다면, 여기 이 책 좀 읽어 보시오. 이 책이 말하고 있는 진리에 따르면, 모든 것이 그것들을 만드신 분의 피로 온전함을 입었다고 하였소.[15]

변덕쟁이가 말했다. "자, 고집불통 양반, 나는 결정했소. 이 양반에게 내 운명을 걸고 함께 가 보겠소. 그나저나 형씨, 당신이 간다는

---

12 베드로전서 1:4; 히브리서 11:16.
13 누가복음 9:62.
14 잠언 26:16.
15 히브리서 13:20-21.

11

그곳으로 가는 길은 알고 있소?"

　　크리스천　전도사라는 이름을 가진 남자가 이르기를, 저기 있는 좁은 문을 향해 곧장 가면 길을 알 수 있을 것이라고 하였소.

　　변덕쟁이　자, 그럼 어디 가 봅시다.

　　그리고 그들은 함께 발걸음을 옮겼다.

　　고집불통이 말했다. "그럼 나는 집으로 돌아가겠소. 저런 허무맹랑한 소리를 지껄이는 작자들과는 어울리지도 말아야지 원."

　　고집불통이 돌아가 버린 후, 꿈속에서 크리스천과 변덕쟁이가 벌판을 가로질러 가며 대화를 나누는 모습이 보였다. 대화는 이렇게 시작되었다.

　　크리스천　자, 변덕쟁이 양반, 인사가 늦었구려. 그대가 나와 함께 가기로 마음먹었다니 참 기쁘오. 만약 고집불통 양반도 앞으로 닥칠 일에 대해 내가 느낀 무력함과 공포를 느꼈다면 그리 쉽게 등을 돌리지는 못했을 텐데 말이오.

　　변덕쟁이　자, 크리스천 양반, 이젠 우리 둘뿐이니 우리가 찾고 있는 것이 무엇인지, 정확히 그것을 어떻게 누릴 수 있다는 건지, 그리고 우리가 어디로 가고 있는 건지 차근차근 말해 보시오.

　　크리스천　나도 머리로는 이해하고 있지만 말로 표현하기란 그리 쉽지 않구려. 하지만 당신이 알고자 하니 내가 책에 쓰인 것들을 읽어 주리다.

　　변덕쟁이　그 책에 쓰인 내용은 전부 사실이라고 확신하오?

　　크리스천　틀림없소. 이 책을 쓰신 그분은 거짓이 없으신 분이라오.[16]

　　변덕쟁이　알겠소. 책에는 뭐라고 쓰여 있소?

　　크리스천　멸망치 않는 왕국과 영생을 준다고 하셨소. 그곳에서 우

---

16 디도서 1:2.

리가 영원한 삶을 누릴 수 있도록 말이오.[17]

변덕쟁이 그렇구려. 그리고 또 뭐라고 하셨소?

크리스천 우리를 위한 영광의 면류관이 준비되어 있고, 우리가 입을 옷으로써 우리는 하늘의 해와 같이 빛날 것이라고 하셨소.[18]

변덕쟁이 그것 참 기쁜 일이구려. 그리고 또요?

크리스천 그곳의 주인이신 하나님께서 우리 눈에서 모든 눈물을 씻어 주사 더 이상의 슬픔도, 고난도 없을 것이라고 하셨소.[19]

변덕쟁이 그리고 그곳에 있는 사람들은 어떤 사람들이오?

크리스천 그곳에 가면 세라핌과 케루빔이라 불리는 천사들이 있는데, 우리는 감히 쳐다볼 수도 없을 정도로 눈이 부시다는구려. 그리고 우리보다 먼저 그곳에 간 수많은 사람도 만날 수 있소. 어느 하나 상처 주는 이가 없고, 모두 다정하며 경건한 사람들뿐이지요. 그들 모두가 하나님과 동행하며 영원히 하나님 곁에서 살아간다오. 다시 말해, 머리에 금관을 쓴 장로들과, 금으로 만든 거문고를 연주하는 고결한 여인들을 보게 될 것이고, 이 세상에서 하나님을 향해 품었던 열정으로 인해 가혹하게 찢기고, 불타고, 짐승의 먹이가 되고, 바다에 던져졌던 사람들이 영생의 옷을 덧입고 회복된 모습을 보게 될 것이오.[20]

변덕쟁이 들기만 해도 황홀한 광경이로구려. 그런데 우리도 이런 것들을 누릴 수 있단 말이오? 그것들을 누리기 위해서는 뭘 해야 하오?

크리스천 그것 또한 왕국의 통치자이신 하나님께서 이 책에 언급

---

17 이사야 45:17; 요한복음 10:27-29
18 디모데후서 4:8; 요한계시록 3:4.
19 이사야 25:8; 요한계시록 7:16-17, 21:4.
20 이사야 6:2; 데살로니가전서 4:16-17; 요한계시록 4:4, 5:11, 14:1-5; 요한복음 12:25; 고린도후서 5:2-5.

한 바였소. 핵심만 말하자면, 누구든지 간절히 원하는 자에게는 하나님께서 모든 유업을 값없이 주신다는 것이오.[21]

변덕쟁이 아, 그거 정말이지 기쁜 소식이구려. 자, 그럼 꾸물대지 말고 좀 더 서두릅시다.

크리스천 나도 그러고 싶지만 내 어깨에 짊어진 짐 때문에 도무지 빨리 갈 수가 없구려.

대화를 막 마쳤을 무렵 그들은 벌판 한가운데 있는 아주 질척거리는 늪지에 이르렀고, 미처 주의를 기울이지 못한 나머지 그들은 별안간 수렁에 빠져 버리고 말았다. 그 수렁의 이름은 절망이었다. 한참을 이 수렁 속에서 버둥거리던 그들은 온통 진흙투성이가 되어 버렸고, 크리스천은 어깨에 짊어진 짐 때문에 수렁 속으로 점점 가라앉기 시작했다.

변덕쟁이가 외쳤다. "크리스천! 당신 어디 있소?"

크리스천이 말했다. "사실 나도 잘 모르겠소!"

그 말에 순간 기분이 상한 변덕쟁이는 화난 목소리로 말했다. "정령 이것이 당신이 그토록 외치던 행복이란 말이오? 출발하자마자 이런 난관에 가로막히는데 대체 앞으로 뭘 기대하겠소? 나는 이만 돌아갈 테니 그 대단한 왕국인지 뭔지는 용감한 당신 혼자나 가시오!" 말을 끝낸 변덕쟁이는 한두 번 기를 쓰더니 그의 집과 가까운 쪽으로 늪을 빠져나와 사라졌고, 이후로 크리스천은 그를 두 번 다시 볼 수 없었다.

이제 크리스천은 절망의 수렁 속에 홀로 남겨져 허우적대고 있었다. 하지만 여전히 그는 집과는 정반대편인 좁은 문 쪽으로 나가기 위해 몸부림쳤다. 그러나 역시 어깨에 멘 짐 때문에 그는 수렁에서 빠져나올 수가 없었다. 그때 도움이라는 이름의 남자가 다가와 그에

---

21 이사야 55:12; 요한복음 6:37, 7:37; 요한계시록 21:6, 22:17.

게 물었다. "거기서 뭐 하시오?"

크리스천이 말했다. "나리, 전도사라는 분께서 말씀하시길 임박한 진노를 피하려면 이 길을 따라 저기 보이는 문으로 가면 된다고 하시 길래 그리로 가던 중 그만 이 수렁에 빠지고 말았습니다."

도움 디딤돌이라도 찾아보지 그러셨소?

크리스천 두려움이 엄습해서 허둥지둥대다가 그만 빠져 버리고 말 았습니다.

그러자 도움이 말했다. "자, 내 손을 잡으시오." 도움은 사내의 손 을 잡아 수렁으로부터 견고한 땅 위로 건져 주었고, 사내는 다시 길 을 떠났다.[22]

나는 사내를 구해 준 그 사람에게 다가가서 물었다. "선생님, 멸망 의 성읍에서 좁은 문으로 향하는 이 길은 왜 단단하게 다져 놓지 않 는 거죠? 그렇게 한다면 이 길을 지나는 불쌍한 여행객들이 조금이 나마 안전하게 다닐 수 있을 텐데요."

그러자 그가 내게 말했다.

"이 수렁은 도무지 다져지지가 않는다오. 이 구덩이에는 죄의식으 로부터 나오는 오물과 더러운 쓰레기들이 계속해서 흐르기 때문에 절망의 수렁이라고 불리지요. 게다가 죄인이 자신의 막막한 처지를 깨닫게 되는 순간 그 마음속에 일어나는 두려움과 회의, 그리고 낙심 과 불안이 모두 합쳐져 이곳에 머무르게 되고, 그래서 이 땅이 이렇 게 질척거리는 거라오.

물론 왕께서도 이곳이 이렇게 열악하게 방치되어 있는 것을 안타 까워하셔서, 대략 1600년 동안이나 인부들이 폐하의 측량 기사들의 감독하에 이 땅을 다지기 위해 노력해 왔다오. 내가 알기로는 이 수 렁의 토질 개선을 위해 폐하의 지배하에 있는 모든 영토로부터 좋다

---

22 시편 40:2.

15

는 재료와 방법까지 죄다 구해 왔는데도 다 무용지물이고 결국 절망의 수렁은 변하지 않더이다. 아마 앞으로도 쭉 변하지 않을 거요.

실은 왕의 지시에 따라 이 수렁 한가운데까지도 크고 단단한 디딤돌들이 있긴 하다는데, 기후가 변할 때처럼 오물을 잔뜩 내뿜는 날이면 디딤돌들이 전혀 보이지가 않더구려. 설령 보인다 해도 순간 머리가 아찔해져서 발을 헛디디기가 일쑤라, 결국은 디딤돌이 있으나 마나 다들 진흙투성이가 되고 말더이다. 어쨌든 좁은 문에 도착해서 안으로 들어가면 길은 잘 다져져 있다오."

그 무렵 뒤를 돌아보니 변덕쟁이는 이미 집에 도착해 있었고, 이웃들은 그를 찾아와 안부를 물었다. 그중에는 돌아오길 잘했다며 칭찬하는 사람도 있었고, 무모하게 크리스천을 따라간 것에 대해 어리석었다고 타박하는 사람도 있었다. 또 어떤 이들은 모험을 하겠다고 떠나 놓고는 그깟 장애물 하나에 벌써 포기했냐며 그를 겁쟁이라고 놀리기도 했다. 그래서 변덕쟁이는 사람들 눈에 띄지 않으려 노력했으나 이내 자신감을 회복했고, 마을 사람들은 가여운 크리스천에 대해 온갖 이야기를 지어내 수군거리기 시작했다. 허나 변덕쟁이 양반에 대한 이야기는 이쯤에서 마치기로 한다.

홀로 외로이 길을 가던 크리스천의 눈에 저 멀리 들판을 가로질러 그에게로 다가오는 한 남자가 보였다. 그들은 우연히 서로를 지나치게 되었다. 그가 만난 신사의 이름은 세속현자였고, 크리스천이 살던 동네와도 가까운 속세의 이치라는 아주 커다란 마을에 살고 있었다. 크리스천이 멸망의 성읍을 떠났다는 소문은 이미 그가 살던 마을뿐 아니라 이웃 마을까지도 파다하게 퍼졌던 터라 세속현자 또한 크리스천을 만났을 때는 이미 그에 대해 익히 들어 알고 있었다. 그는 온갖 한숨과 앓는 소리를 내며 힘들게 발걸음을 옮기는 크리스천을 보고는 말을 걸어왔다.

세속현자　아니, 여보시오. 어딜 그리 힘들게 다녀오시오?

크리스천　그러게나 말입니다. 저도 이런 고된 여정은 정말이지 처음입니다! 나리께서는 제게 어딜 다녀오는 길이냐고 물으셨지만 사실 저는 저 앞에 있는 좁은 문을 향해 가는 중이랍니다. 그곳에 가면 이 무거운 짐을 내려놓을 수 있다고 해서요.

세속현자　처자식은 있소?

크리스천　있습니다. 하지만 제 어깨에 짊어진 짐이 너무 괴로워 더이상 가정의 안락함도 예전 같지 않더군요. 그러니 이제는 처자식이 없는 것이나 마찬가지입니다.[23]

세속현자　내가 충고 하나 해 줄 테니 들어 보겠소?

크리스천　도움이 되는 충고라면 말입니다. 지금 제게는 좋은 충고가 필요하니까요.

세속현자　내가 해 주고픈 충고는 될 수 있는 한 빨리 그 짐을 벗어 버리라는 것이오. 그렇지 않으면 당신은 영원히 마음의 평안을 얻지 못할 것이며, 신이 내려 주시는 축복 또한 누릴 수 없을 것이니 말이오.

크리스천　제가 원하는 게 바로 이 짐을 벗어 버리는 겁니다. 하지만 도무지 저 혼자서는 이 짐을 벗어 던질 수가 없을뿐더러 이 세상 어디에도 이 짐을 벗겨 줄 사람이 없습니다. 그러니 아까도 말씀 드렸다시피 저는 이 짐에서 벗어나기 위해 이 길을 가고 있는 거랍니다.

세속현자　짐을 벗으려면 이쪽으로 가야 한다고 누가 그랬소?

크리스천　아주 훌륭하고 고결해 보이는 어떤 남자분이었는데, 제가 기억하기로는 전도사라고 불리는 분이었답니다.

세속현자　그런 엉터리 길을 알려 주다니! 그자가 알려 준 이 길이야말로 세상 그 어떤 길보다도 위험하고 힘든 길이라오. 만약 그의

---

23 고린도전서 7:29.

조언을 따라가다 보면 스스로 깨닫게 될 거요. 몸에 절망의 수렁의 진흙이 덕지덕지 붙어 있는 모습을 보아하니 벌써 한바탕 치른 모양이군. 하지만 그 수렁은 앞으로 이 길을 가면서 겪게 될 고난의 시작에 불과하오. 자, 내 말을 들으시오. 나는 당신보다 오래 살지 않았소? 이 길 가운데에는 고달픔과 고통과 배고픔과 위험과 헐벗음과 총검과 사자와 용과 암흑이 도사리고 있소.[24] 한마디로, 죽으러 가는 길목인 셈이지. 지금껏 수많은 사람의 증언에 의한 것이니 내 말은 모두 사실이오. 세상에 어떤 바보가 낯선 사람의 말만 듣고 경솔하게 자기 목숨을 내던진단 말이오?

크리스천 그래도 나리, 나리께서 말씀하신 그 모든 고난보다도 제 어깨에 짊어진 이 짐이 더 괴롭습니다. 그러니 저는 이 짐으로부터 해방될 수만 있다면 이 길에서 무엇을 만난다 한들 두렵지 않습니다.

세속현자 애초에 그 짐은 어떻게 지게 된 거요?

크리스천 제 손에 든 이 책을 읽고 나서부터였습니다.

세속현자 그럴 줄 알았소. 당신처럼 연약한 사람들은 항상 자기가 감당해 내지 못할 일에 괜히 손을 댔다가 문득 그런 말도 안 되는 생각에 사로잡혀 버리곤 하지. 그리고 그런 생각에 빠지면 다들 당신처럼 나약해져서는 자신조차 알지 못하는 그 무언가를 찾겠다고 필사적으로 애를 쓴단 말이오.

크리스천 저는 제가 얻고자 하는 게 뭔지 알고 있습니다. 이 짐으로부터 해방되는 것이지요.

세속현자 그렇다면 군이 왜 이런 위험천만한 길을 가려 하시오? 내 말을 잘 들어 본다면 이런 위험 없이도 당신이 원하는 걸 얻을 수 있는 길을 알려 줄 텐데 말이오. 사실, 답은 가까운 곳에 있소. 그리고 그 길에는 위험 대신 안전함과 우정, 만족이 기다리고 있다오.

---

24 고린도후서 11:23-27.

크리스천 나리, 제발 그 비밀을 제게 알려 주십시오.

세속현자 좋소. 저기 보이는 도덕이라는 마을에 가면 율법이라는 의원이 살고 있소. 아주 지혜롭고, 명망이 높은 분이지요. 그분은 당신 같은 사람들의 어깨에 진 무거운 짐을 벗겨 줄 수 있는 재주를 가졌다오. 지금까지도 꽤나 많은 사람의 짐을 덜어 준 것으로 알고 있소. 아, 게다가 무거운 짐 때문에 머리가 약간 이상해진 사람들까지도 치료해 준다고 하니 당신도 당장 그 의원에게로 가서 도움을 받으시오. 그 의원의 집은 여기서 2킬로미터도 채 안 된다오. 그리고 만약 그 의원이 집에 없으면, 문명이라고 불리는 젊은 아들이 있는데, 그 아들도 늙은 의원만큼이나 솜씨가 좋다고 하더이다. 그러니 그곳에 가면 당신도 짐을 벗을 수 있을 거요. 그리고 아무래도 고향으로는 돌아가지 않는 것이 낫지 않겠소? 고향으로 돌아가는 것이 정 꺼려진다면 아내와 아이들더러 그 마을로 오라고 하시오. 그 마을에는 빈집이 많아서 집 한 채쯤은 좋은 가격에 살 수 있을 거요. 게다가 그곳에는 맛있는 음식도 넘쳐 나고 물가도 싸다오. 그리고 그곳을 살기 좋은 곳이라고 하는 더 큰 이유는 바로 올바르고 정직하며 믿을 수 있는 이웃들이 있기 때문이지요.

크리스천은 선택의 기로에서 다소 망설였으나 이내 결단을 내렸다. "만약 이 나리의 말이 사실이라면 이분의 충고를 따르는 것이 오히려 현명하겠군." 그러고는 그가 다시 물었다.

크리스천 나리, 그 명의가 사는 집은 어디입니까?

세속현자 저기 높다란 산이 보이시오?

크리스천 네, 그럼요.

세속현자 저 산 옆으로 가서 첫 번째 있는 집이 의원의 집이오.

그리하여 크리스천은 발걸음을 돌려 율법 의원의 집으로 향했다. 그러나 막상 근처에 다다르자 산은 너무 높아 보였고, 한쪽 면은 길 위로 위태롭게 드리워져 있어서 혹시라도 산이 머리 위로 무너져 내릴까 봐 더 이상 발을 내딛기가 두려웠다. 그는 어찌할 바를 모른 채그 자리에 서서 발을 동동 굴렀다. 왠지 어깨에 짊어진 짐이 이전보다 더 무겁게 느껴졌고, 산 위로 뿜어져 나오는 화염을 보니 혹시라도 불에 타 죽지는 않을까 두려웠다. 갑자기 온몸에서 식은땀이 나고두려움에 다리가 후들거렸다.[25] 그는 문득 세속현자의 충고를 받아들인 것이 후회스러웠다. 그때 마침 그의 눈에 전도사가 다가오는 것이보였고, 그를 보자마자 그의 얼굴은 부끄러움으로 붉게 달아올랐다.그러나 점점 더 가까이 다가와 이윽고 그의 앞에 선 전도사는 엄중하고 무서운 얼굴로 크리스천에게 따져 묻기 시작했다.

"크리스천, 여기서 뭘 하고 있소?" 그러나 크리스천은 뭐라 대답해야 할지 몰라 그저 말없이 서 있었다. 그러자 전도사가 다시 물었다."당신은 멸망의 성읍의 성벽 바깥에서 울고 있던 그자가 아니오?"

크리스천 예, 나리, 제가 맞습니다.

전도사 내가 좁은 문을 향해 가라고 하지 않았소?

크리스천 예, 나리께서 그리 말씀하셨습니다.

전도사 헌데 어찌하여 이리도 금방 길을 벗어났단 말이오? 이 길은 좁은 문으로 가는 길이 아니잖소?

크리스천 제가 절망의 수렁에서 빠져나오자마자 한 나리를 뵈었는데, 그분 말씀이 저 앞에 보이는 마을로 가면 제 짐을 벗어 줄 의원을만날 수 있다고 하셨습니다.

전도사 어떤 사람 말이오?

크리스천 좋은 분 같아 보였습니다. 꽤 많은 이야기를 해 주셨는데, 결국은 귀가 솔깃하여 이곳까지 오게 되었습니다. 하지만 길 위로 드리워진 산을 보자마자 마치 산이 머리 위로 무너져 내릴 것만

---

25 출애굽기 19:16, 19:18; 히브리서 12:21.

같아서 꼼짝도 할 수가 없었습니다.

전도사 그 양반이 당신에게 뭐라고 하였소?

크리스천 제가 어디로 가고 있는지 물으시기에 말씀드렸습니다.

전도사 그랬더니 그가 뭐라고 했소?

크리스천 제게 처자식이 있는지 물으시기에 대답해 드렸습니다. 하지만 어깨에 짊어진 짐이 너무 괴로워 이제는 가정의 안락함도 예전 같지 않다고 말했지요.

전도사 그랬더니 그가 뭐라 했소?

크리스천 이 짐을 가능한 한 빨리 벗어 버리라고 하더군요. 그래서 저는 그러한 쉼이야말로 제가 찾고 있는 것이라고 말했습니다. 그리고 그 쉼을 얻기 위해서 어떻게 해야 하는지에 대한 해답을 찾기 위해 저기 있는 문으로 가는 길이라고도 말했지요. 그러자 그가 나리께서 알려 주신 길보다 더 쉽고 가깝고 좋은 길을 알려 주겠다고 하더니 짐을 덜어 주는 능력을 가진 의원에게로 가는 길을 알려 주더군요. 그래서 그의 말을 믿고 그 길에서 벗어나 이쪽으로 발걸음을 돌렸습니다. 어쩌면 이 짐에서 곧 해방될 수 있을 거라는 생각에서였지요. 하지만 정작 이곳에 와 보니 어찌나 위험해 보이는지 두려워서 더 이상 나아갈 수가 없었습니다. 이제 뭘 어찌해야 할지 모르겠습니다.

그러자 전도사가 말했다. "주의 말씀을 들려줄 테니 잠시 기다려 보시오." 사내는 그 자리에서 떨며 서 있었다. 전도사가 말했다. "주께서 이 책에 이와 같이 말씀하셨소. '너희는 말씀하신 이를 거역하지 않도록 주의하라. 땅에서 경고한 이를 거역한 그들이 피하지 못하였거늘 하물며 하늘로부터 경고하신 이를 배반하는 우리가 피할 수 있겠느냐?'[26]" 전도사가 계속 말을 이었다. "의인은 믿음으로 말미암

---

[26] 히브리서 12:25.

아 살리라. 그러나 누구든지 뒤로 물러나면 내 마음이 그를 기뻐하지 아니하리라."²⁷ 전도사가 덧붙여 말했다. "당신은 재앙을 자초하고 있소. 가장 높으신 이의 경고를 거역하기 시작했고, 평강의 길에서 뒷걸음질하여 영원한 파멸에 이를 뻔하였소."²⁸

이 말을 들은 크리스천은 혼이 나간 듯 바닥에 털썩 주저앉아 울기 시작했다. "아아! 나는 이제 끝이구나!" 그러나 그 모습을 본 전도사는 그의 오른손을 잡으며 말했다. "사람에 대한 모든 죄와 모독은 사하심을 받을 것이오. 그러니 의심치 말고 믿음을 가지시오."²⁹ 그러자 크리스천이 다시 기운을 추스르며 털고 일어나 처음과 같이 전도사 앞에 섰다.

전도사가 말을 이었다. "지금부터 당신을 미혹시킨 자와 그가 당신에게 찾아가라고 했던 의원이 누구였는지 말해 줄 테니 잘 들으시오. 당신이 만난 자는 세속현자요. 그자에게 딱 걸맞은 이름이지요. 그가 그렇게 불리는 이유 중 하나는 그가 세상에 속한 것들만 추구하는 자이기 때문이오. 그래서 그는 늘 도덕 마을에 있는 교회를 다니고 무엇보다도 세상의 방법들을 가장 사랑한다오. 그것이야말로 십자가를 피할 수 있는 가장 좋은 방법이기 때문이지요.³⁰ 그리고 결국 그런 악한 마음 때문에 그가 당신을 옳은 길로부터 돌아서게 만드는 것이라오. 그리고 그가 당신에게 찾아가라 일러 준 율법이라는 의원은 절대 당신의 짐을 벗겨 줄 수가 없소. 지금껏 그 누구도 그를 통해 짐을 벗은 이가 없고, 앞으로도 없을 거요. 그런 방법으로는 결코 온전해질 수가 없기 때문이오. 따라서 세속현자는 적이고, 율법 의원은 사기꾼이오. 아, 그리고 그자의 아들이라는 문명 군은 겉으로는 사람 좋게

---

27 히브리서 10:38.
28 누가복음 1:79.
29 마태복음 12장; 마가복음 3장.
30 요한일서 4:5; 갈라디아서 6:12.

생겼으나 결국은 사기꾼에 불과하고, 당신에게 결코 도움이 안 되는 사람이오. 자, 나를 믿으시오. 당신이 이 악한 자들에게서 들은 모든 헛소리는 내가 당신에게 알려 준 길에서 벗어나 구원에 이르지 못하도록 하려는 고약한 술수일 뿐이오." 말을 마친 전도사는 하늘을 향해 자신의 말이 사실임을 입증해 달라고 외쳤고, 그러자 가여운 크리스천의 머리 위로 솟은 산 위에서 말씀과 화염이 뿜어져 나왔다. 그의 온몸에 털이 쭈뼛쭈뼛 솟았다. 말씀이 공중에 울려 퍼졌다. "무릇 율법 행위에 속한 자들은 저주 아래에 있느니라."[31]

이제 꼼짝없이 죽었구나 생각한 크리스천은 탄식하며 울기 시작했다. 심지어는 세속현자를 만났던 시간들을 한탄하기도 하고, 그의 충고를 받아들인 자신의 어리석음을 지탄하기도 했다. 그의 말에 넘어가 옳은 길로부터 벗어난 것에 대한 수치심도 이루 말할 수 없었다.

그가 전도사에게 다시 물었다. "나리의 생각은 어떠십니까? 제게는 이제 희망이 없는 겁니까? 이제라도 돌아가 좁은 문을 향해 가면 될까요? 혹시 이 일로 인해 버림받고 치욕만 안고 돌아가게 되는 건 아닐까요? 이젠 그자의 충고를 받아들인 것을 뼈저리게 후회하고 있는데, 그래도 저는 용서받지 못하는 겁니까?"

그러자 전도사가 말했다. "당신은 아주 큰 죄를 지었소. 당신이 저지른 두 가지 잘못 중 하나는 옳은 길에서 벗어난 것이요, 또 다른 하나는 가서는 안 될 길에 발을 들인 것이오. 그러나 좁은 문에 있는 분은 선하신 분이기에 당신을 받아 주실 것이오. 단, 두 번 다시는 다른 길로 벗어나지 않도록 주의하시오. 명심하지 않으면 그분의 불같은 진노하심으로 그 길 위에서 죽게 될 것이오."[32]

---

31 갈라디아서 3:10.
32 시편 2편.

2

그리하여 크리스천은 올바른 길로 발걸음을 돌렸다. 전도사는 사내에게 입을 맞추어 작별 인사를 하고는 미소를 지으며 사내의 앞길을 축복해 주었다. 사내는 서둘러 걸어갔다. 길을 가는 동안 그는 누구에게도 말을 걸지 않았고, 행여 누군가가 말을 걸어도 답하지 않았다. 그리고 그가 세속현자의 충고를 받아들였던 장소에 다다를 때까지 그는 줄곧 금지된 땅을 걷는 느낌이라 결코 마음을 놓을 수가 없었다. 그렇게 얼마나 걸었을까, 그는 마침내 좁은 문 앞에 이르렀다. 문 위에는 이렇게 쓰여 있었다. "문을 두드리라. 그리하면 너희에게 열릴 것이라."[33]

사내는 문을 한두 번쯤 두드리며 말했다.

"제가 감히 들어가도 되겠습니까?

한 치 보잘것없는 죄인이오나

이런 저를 가엾이 여기사 문을 열어 주신다면

지극히 높으신 그분의 긍휼을 영원토록 찬양하겠습니다."

잠시 후 문 너머에서 친절이라는 이름을 가진 근엄한 사나이가 나타났다. 그는 사내에게 어디서 온 누구이며, 무슨 용건으로 왔는지 물었다.

크리스천이 말했다. "저는 무거운 짐을 진 죄인입니다. 임박한 진노를 피하기 위해 멸망의 성읍으로부터 떠나 시온 산을 향해 가고 있습니다. 그리로 가기 위해서는 이 문을 지나가야 한다는데, 부디 저를 위해 이 문을 열어 주시면 안 되겠습니까?"

"아, 그럼요. 기꺼이 열어 드리리다." 친절이 말하며 사내에게 문을 열어 주었다.

---

33 마태복음 7:8.

그때, 크리스천이 문 안쪽으로 발을 내딛자 친절이 그를 휙 잡아당겼다. 크리스천이 물었다. "왜 그러십니까?" 친절이 말했다. "여기서 조금 떨어진 곳에 으리으리한 성이 하나 있는데, 그곳에는 바알세불[34]이라 불리는 사탄이 살고 있다오. 그리고 종종 바알세불과 그 부하들이 이 문을 향해 올라오는 사람들에게 화살을 쏘는 바람에 더러는 이 안에 들어오기도 전에 죽는 자들도 있지요." 이 말을 들은 크리스천이 말했다. "기쁘면서도 한편으로는 등골이 오싹해지는걸요." 그가 문 안으로 들어오자 문지기는 사내에게 누가 이 길을 알려 주었는지 물었다.

크리스천 전도사라는 분께서 말씀하시길 제가 이곳에 와서 문을 두드리면 나리께서 제가 할 일을 말씀해 주실 거라고 하셨습니다.

친절 이 문은 언제나 그대를 향해 열려 있소. 인간의 힘으로는 막을 수가 없지요.[35]

크리스천 이제야 제가 거쳐 온 역경들이 열매를 맺기 시작하는군요.

친절 그런데 어찌하여 혼자 오셨소?

크리스천 저 말고는 이웃들 중 누구 하나 자신들에게 닥칠 일을 깨닫는 이가 없었습니다.

친절 당신이 마을을 떠난 것을 아는 이가 있소?

크리스천 예, 먼저 제 아내와 아이들이 제게 돌아오라 소리쳤고, 몇몇 이웃도 서서 울며 저보고 돌아오라고 외쳤습니다. 하지만 저는 귀를 틀어막은 채 앞만 보고 달렸습니다.

친절 그럼 따라와서 붙잡은 사람은 아무도 없었소?

크리스천 고집불통과 변덕쟁이가 쫓아와서 만류했으나 제가 꿈쩍도 하지 않자 고집불통은 격분하며 돌아갔고, 변덕쟁이는 얼마간 저

---

34 마태복음 12:24; 마가복음 3:22; 누가복음 11:15.
35 요한계시록 3:8.

를 따라왔습니다.

친절 아니, 그렇다면 어찌하여 그는 여기까지 같이 오지 않았소?

크리스천 실은 둘이 함께 걸어가던 중 갑자기 절망의 수렁에 빠져 버리고 말았지 뭡니까? 그러자 변덕쟁이는 낙심한 나머지 더 이상은 같이 못 가겠다고 하더군요. 그래서 그는 자기네 집 쪽으로 빠져나온 뒤 그 대단한 왕국인지 뭔지는 저 혼자 가라고 하고는 결국 고집불통을 따라 되돌아갔고, 저는 이 문으로 왔습니다.

친절 저런! 그런 가여운 사람을 봤나! 그런 사소한 어려움조차 이겨내지 못할 만큼 그에게는 하늘의 영광이 그 정도로 가치 없는 것이란 말이오?

크리스천 그러게 말입니다. 하지만 사실대로 말씀드리자면 저도 그 사람보다 전혀 나을 게 없습니다. 변덕쟁이는 집으로 돌아갔지만, 저 또한 사실은 세속현자의 미혹에 빠져 죽음의 길로 빠져들었기 때문입니다.

친절 뭐요? 그를 만났단 말이오? 저런! 보나 마나 율법 의원에게 가서 쉼을 찾으라고 했겠구려! 둘 다 교활하기 짝이 없는 사기꾼들이라오. 그래서 그가 말한 대로 했소?

크리스천 예, 결국은 엄두가 나지 않았지만 말입니다. 율법 의원을 찾아가려 했는데 집 옆의 산이 마치 무너져 내릴 것만 같지 뭡니까? 그래서 더 이상 갈 수가 없었답니다.

친절 그 산은 이미 많은 사람의 목숨을 앗아 갔소. 앞으로는 더 많은 사람이 목숨을 잃을 게요. 그래도 그대가 그 산에 깔려 죽지 않았다니 얼마나 다행인지 모르오.

크리스천 솔직히 말하면, 제가 의기소침하여 생각에 잠겨 있을 때 다행히 전도사 나리를 다시 만났기에 망정이지, 그렇지 않았더라면 지금 제가 어찌 되었을지 저조차 알 수가 없습니다. 그분을 만나지 않았더라면 제가 이곳에 오지 못했을 테니 그야말로 신의 은총이지요. 산에 깔려 죽어야 마땅한 제가 여기 이렇게 멀쩡히 서서 나리와 이야기를 나누고 있다니요! 아니, 그보다도 제가 이 문 안으로 들어올 수 있다니, 이게 얼마나 큰 은총이란 말입니까!

친절 우리는 그 누구도 내치지 않소.[36] 이곳에 오기 전에 어떤 죄를 지었든 결코 쫓아내는 법이 없지요. 그러니 잠시 나를 따라오시오. 당신이 가야 할 길을 알려 주리다. 저 앞에 좁은 길이 보이시오? 저 길을 따라가면 된다오. 선인들[37]과 선지자들, 그리고 예수님과 그의 제자들이 닦아 놓으신 길로서, 자로 그어 놓은 듯 올곧은 길이지요. 당신이 가야 할 길도 바로 이 길이라오.

크리스천 그렇다면 갈림길이나 굽은 길도 없어서 이 길에 익숙지 않은 사람도 길을 잃지 않고 갈 수 있습니까?

친절 아, 물론 다른 곳으로 향하는 길도 많이 있소. 하지만 그런 길은 모두 비뚤어지고 넓기 때문에 바른 길과 그른 길을 쉽게 분간할 수 있을 것이오. 바른 길은 언제나 곧고 좁다오.[38]

그러자 꿈속에서 크리스천이 친절에게 자신의 짐을 풀어 줄 수 없는지 묻는 것이 보였다. 여태 짐에서 해방되기는커녕 도움 없이는 도저히 짐을 내려놓을 수도 없을 정도였기 때문이었다.

친절이 말했다. "짐으로부터 자유로워지기 전까지는 기쁜 마음으로 짐을 지고 가십시오. 그곳에 이르면 짐은 저절로 떨어져 나갈 것입니다."

그 말을 들은 크리스천은 결의를 단단히 다진 뒤 다시 여정 길에 올랐다.

---

36 요한복음 6:37.
37 사도행전 7:8.
38 마태복음 7:14.

친절은 사내에게 얼마쯤 가다 보면 해설자의 집이 나오는데, 그 집의 문을 두드리면 해설자가 진귀한 것들을 보여 줄 것이라고 말했다. 마침내 크리스천은 친절에게 작별을 고했고, 친절은 사내의 앞길을 축복해 주었다.

길을 걷던 사내는 마침내 해설자의 집 앞에 이르렀다. 거듭 문을 두드린 후에야 누군가 나와서는 밖에 누가 있는지 물었다.

크리스천 안녕하십니까, 저는 지나가던 나그네인데, 이 집 주인 나리의 친구분께서 말씀하시길 이곳에 가면 도움을 얻을 수 있을 거라고 해서 왔습니다. 주인 나리를 좀 뵐 수 있을까요?

그러자 하인이 주인을 모시러 들어갔고, 잠시 후에 주인이 나와 크리스천에게 용건을 물었다.

크리스천이 말했다. "나리, 저는 멸망의 성읍으로부터 떠나 시온 산을 향해 가고 있습니다. 이 길의 입구에 있는 좁은 문을 지키시는 나리께서 제게 말씀하시기를 이곳에 오면 나리께서 제 여정에 도움이 될 만한 진귀한 것들을 보여 주실 거라고 하시길래 찾아왔습니다."

그러자 해설자가 말했다. "아, 들어오시오. 내가 그대에게 도움이 될 만한 것들을 보여 주리다." 그는 하인에게 양초에 불을 밝히라고 명하고는 크리스천에게 따라오라고 말했다. 해설자는 사내를 특별실로 안내한 뒤 하인에게 문을 열도록 했다. 하인이 문을 열자 벽에 걸린 그림이 크리스천의 시야에 들어왔다. 아주 위엄 있는 자의 초상화였는데, 성경을 손에 든 채 두 눈은 하늘을 바라보고 있었고, 입술 위로는 진리의 법이 새겨져 있었다.[39] 그는 세상을 등지고 서서 마치 사람들에게 무언가를 권고하는 듯했고, 머리 위로는 금빛 후광이 드리워져 있었다.

---

39 말라기 2:6.

크리스천이 물었다. "이 그림은 무엇을 의미합니까?"

그러자 해설자가 말했다. "이 그림의 남자는 이 세상에 흔치 않은 사람이오. 사도 바울처럼 이 사람도 '그리스도 안에서 1만 스승이 있으되 아버지는 많지 아니하니 그리스도 예수 안에서 내가 복음으로써 너희를 낳았음이라.'[40]라고 말할 자격이 있는 사람이지요. 그가 성경을 손에 든 채 하늘을 바라보고 있는 것과 입술에서 나오는 진리의 법을 보면, 악을 분별하고 그것을 죄인들 앞에 드러내는 것이 그의 사명임을 알 수 있소. 사람들에게 무언가를 권고하는 듯한 그의 모습도 마찬가지요. 또한 그가 세상을 등지고 있는 것과 그의 머리 위로 후광이 드리운 것을 보면, 그가 하나님 섬기기를 기쁨으로 여겼으며 세상의 것들을 등지고 경멸하는 것이 다음 세상에서의 상급과 영광임을 확신하고 있었다는 것을 알 수 있소. 자, 내가 이 그림을 가장 먼저 보여 주는 이유는 이 그림의 남자가 바로 지금 당신이 가려는 곳의 통치자께서 정하신 단 하나의 인도자이기 때문이오. 그러므로 지금 본 것을 단단히 마음에 새기고 당신이 가는 길에 어떤 어려움을 만나더라도 반드시 기억하시오. 그렇지 않으면 길을 가는 동안 당신을 올바른 길로 인도하는 척하는 자들을 만날 텐데, 그들이 인도하는 길은 오직 죽음뿐이라오."

그러고 나서 그는 사내의 손을 잡고 어마어마하게 큰 응접실로 데려갔다. 응접실은 전혀 청소를 하지 않았는지 먼지가 수북이 쌓여 있었다. 먼지 쌓인 방 안을 물끄러미 바라보던 해설자는 하인을 불러 먼지를 쓸라고 명했다. 그러나 하인이 바닥을 쓸기 시작하자 오히려 먼지가 사방으로 흩어지는 바람에 크리스천은 거의 질식할 지경이었다. 그러자 해설자는 옆에 서 있던 하녀에게 말했다. "얘야, 물을 좀 가져와서 방에 뿌리거라." 이에 하녀가 물을 가져와 방에 뿌렸고, 이

---

40 고린도전서 4:15; 갈라디아서 4:19; 데살로니가전서 2:7.

로 인해 방을 쓸고 닦는 일은 한결 수월해졌다.

크리스천이 물었다. "이것은 뭘 의미합니까?"

해설자가 답했다. "이 응접실은 복음의 아름다운 은혜로 정결하게 씻음 받은 적이 없는 사람의 마음을 의미하오. 먼지는 그 사람 전체를 더럽히는 악한 마음과 죄를 의미하지요. 처음에 바닥을 쓸었던 남자아이는 율법을 의미하고, 나중에 물을 가져와 바닥에 뿌린 여자아이는 복음을 의미하오. 자, 당신도 보았다시피 첫 번째 아이가 바닥을 쓸기 시작하자 먼지가 금세 사방으로 흩어져 방이 깨끗해지기는커녕 오히려 질식할 지경이었소. 이처럼 율법은 죄를 지적하고 금기시하면서도 죄를 극복해 내는 능력은 없어서 마음속의 죄악을 씻어 내기는커녕 오히려 죄를 되살아나게 하고 강화시켜 마음속이 더욱더 죄악으로 가득 차게끔 만든다오.[41] 반면에, 여자아이가 방에 물을 뿌리자 청소가 한결 수월해졌듯이, 아름답고 신성한 힘을 지닌 복음이 마음속에 들어오면 마치 바닥에 물을 뿌려 공중의 먼지를 가라앉힌 것처럼 죄악 또한 힘을 잃고 굴복하고야 마는 것이오. 결국 영혼은 복음에 대한 믿음을 통해 거룩해지고, 비로소 영광의 왕께서 거하시기에 알맞은 곳이 되는 거라오."[42]

계속되는 꿈속에서 나는 해설자가 사내의 손을 잡고 작은 방으로 들어가는 모습을 지켜보았다. 그 작은 방 안에는 두 명의 어린아이들이 각각 의자에 앉아 있었다. 그중 큰아이의 이름은 욕심쟁이였고, 작은아이의 이름은 오래 참음이었다. 그런데 왠지 욕심쟁이는 불만이 가득해 보였고, 오래 참음은 아주 평온해 보였다. 크리스천이 물었다. "욕심쟁이 저 아이는 뭐가 불만인 거죠?" 해설자가 대답했다. "저 아이들의 아버지께서 가장 좋은 선물을 내년 초에 주겠다고 기

---

41 로마서 5:20, 7:6; 고린도전서 15:56.
42 요한복음 15:3, 15:13; 에베소서 5:26; 사도행전 15:9; 로마서 16:25-26.

다리라 하셨는데, 욕심쟁이는 지금 당장 다 갖고 싶어서 저러는 거라오. 반면 오래 참음은 군말 없이 기다리는 중이고."

그때 누군가가 금은보화가 가득 든 자루를 들고 와서 욕심쟁이의 발 아래에 쏟아 놓았다. 그러자 욕심쟁이는 금은보화를 손에 쥐고는 뛸 듯이 기뻐하며 오래 참음을 마구 놀려 댔다. 그러나 얼마 못 가 욕심쟁이는 가진 것을 모두 탕진해 버리고는 빈털터리 신세가 되고 말았다.

크리스천이 해설자에게 말했다. "이것들에 대해 좀 더 자세히 실명해 주십시오."

그러자 해설자가 말했다. "이 두 아이 중 욕심쟁이는 이 세상에 속한 사람들을 비유하고, 오래 참음은 장차 다가올 나라에 속한 사람들을 비유하고 있소. 아까 보았듯이 욕심쟁이는 모든 것을 올해, 그러니까 현세에서 다 가지려 하였소. 이 세상 사람들도 마찬가지요. 모든 부귀영화를 지금 당장 누리려고만 하지 내년, 그러니까 다음 세상에서 자기가 받을 몫을 남겨 두질 않는단 말이오. 그들에게는 성경에서 말하고 있는 다음 세상의 그 어떤 영광보다도 '남의 돈 천 냥이 내 돈 한 푼만 못하다.'라는 속담이 더 중요하지요. 하지만 얼마 못 가서 욕심쟁이가 재산을 모두 탕진해 버리고 빈털터리가 된 것을 보았듯이, 이 세상 사람들도 마지막 날에 그리되고 말 거요."

그 말을 들은 크리스천이 말했다. "여러 가지를 따져 봤을 때 오래 참음이야말로 가장 현명한 아이라는 것을 알겠네요. 우선 그 아이는 가장 좋은 선물을 받을 때까지 기다릴 줄도 알고, 게다가 다른 사람들은 빈털터리가 되고 말았을 때 자신의 영화를 누릴 수 있을 테니까요."

해설자 그렇소. 하지만 하나 더 추가합시다. 이 세상의 영광은 불현듯 사라지지만, 다음 세상에서 누리게 될 부귀영화는 결코 닳아 없어지지 않는다오. 그러니까 욕심쟁이가 부귀영화를 먼저 누렸다고 해서 오래 참음을 놀릴 게 아니라, 오히려 가장 좋은 선물을 마지막에 받은 오래 참음이 욕심쟁이를 놀려야 할 거요. 모름지기 먼저 오는 것은 마지막에 올 것을 위해 자리를 남겨 놓아야 하지요. 마지막까지는 시간이 걸리니까 말이오. 그러나 마지막에 오는 것은 더 이상 뒤에 올 것이 없으니 자리를 남겨 놓을 필요가 없소. 결국 자신의 몫을 먼저 받은 사람에게는 어쨌거나 그것을 써 버릴 시간이 주어지지만, 몫을 마지막에 받은 사람은 그것을 영원토록 누릴 수 있는 것이지요.

크리스천 그렇다면 지금 눈앞의 것들을 탐낼 것이 아니라 나중에 받을 것들을 기다려야 하는 것이로군요.

해설자가 말했다. "바로 그렇소. 보이는 것은 잠깐이요, 보이지 않는 것은 영원하기 때문이지요."[43]

말을 마친 후 해설자는 다시 크리스천의 손을 잡고 다른 방으로 들어갔다. 벽에는 난롯불이 활활 타고 있었고, 그 옆에서는 누군가 불을 끄려고 계속해서 물을 뿌리고 서 있었다. 그러나 불길은 점점 거세지고 뜨거워져만 갈 뿐이었다.

크리스천이 물었다. "이것은 뭘 의미하나요?"

해설자가 대답했다. "이 난롯불은 사람의 마음에 역사하시는 하나님의 은혜를 의미하고, 불을 끄기 위해 물을 뿌려 대는 저 사람은 사탄을 의미한다오. 하지만 그런데도 불꽃은 보다시피 점점 더 거세지고 뜨겁게 타오르는데, 곧 그 이유를 알게 될 거요." 그러고는 그가 사내를 그 벽의 반대쪽 면으로 데리고 갔다. 그곳에서는 어떤 남자가 기름통을 들고 벽난로 속으로 슬쩍슬쩍 기름을 부어 넣고 있었다.

크리스천이 물었다. "이것은 뭘 의미하나요?"

---

43 고린도후서 4:18.

해설자가 대답했다. "이 사람은 예수님을 나타낸다오. 예수님께서는 사람의 마음에 이미 시작된 은혜의 불꽃에 계속해서 기름을 부어주시지요. 그렇기 때문에 사탄이 어떤 짓을 하더라도 하나님의 사람들의 영혼에는 변함없이 은혜가 가득하다오. 그리고 불을 유지시키기 위해 이 사람이 벽 뒤쪽에 서 있듯이, 악인들은 어찌하여 이들의 영혼 속에 은혜의 역사가 지속되는지를 알 수가 없다오."

그리고 해설자는 다시 사내의 손을 잡고 그를 아름답고 웅장한 궁궐로 안내했다. 매우 아름다운 궁궐의 모습에 크리스천의 가슴이 흥분으로 부풀어 올랐다. 궁궐 옥상에는 황금 옷을 입은 사람들이 거닐고 있었다.

크리스천이 물었다. "저 안에 들어가 보면 안 될까요?"

그러자 해설자는 사내를 데리고 궁궐 대문 쪽으로 다가갔다. 문 앞에는 궁궐 안으로 들어가고자 하는 사람들의 무리가 들끓었지만 그중 누구도 감히 시도하는 이가 없었다. 문에서 약간 떨어진 곳에서는 한 남자가 장부와 먹통을 앞에 놓고 책상 앞에 앉아 궁궐 안으로 들어가는 이들의 이름을 적고 있었다. 그리고 궁궐 문 앞에는 갑옷을 입은 사람들이 지키고 서서 문을 통과하려는 사람들을 괴롭히며 상처를 입히고 있었다. 그 광경을 보자 크리스천은 말문이 막혔다. 그렇게 모두 무장한 군인들에 대한 두려움으로 뒷걸음질만 치고 있는 가운데, 마침내 덩치가 우람한 한 남자가 책상 앞에 앉은 남자에게 다가와서는 말했다. "내 이름을 적어 넣으쇼." 그러고 나서 그는 검을 꺼내고 머리에 투구를 쓴 뒤 무장한 군대를 향해 돌진했다.[44] 비록 군대가 엄청난 힘으로 그를 때려눕혔지만 그는 조금도 굴하지 않고 맹렬히 칼을 이리저리 휘두르기 시작했고, 결국 그는 막아서는 군사들을 무찌르고 자신도 여기저기 상처를 입은 후에야 대문을 통과할

---

44 에베소서 6:11-17.

수 있었다.[45] 그가 궁궐 안으로 당당히 걸어 들어가자 궁궐 안에서는 환호성이 들려왔고, 궁궐 옥상을 거닐던 사람들도 기뻐하며 외쳤다.

"어서 오시오! 어서 오시오!

이제 영원한 영광을 얻었구려!"

그는 궁궐로 들어가 그들과 같은 옷으로 갈아입었다. 크리스천이 입가에 미소를 지으며 말했다. "이것이 뭘 의미하는지는 확실히 알 것 같습니다. 자, 이제 가죠." 그러자 해설자가 말했다. "아니, 기다리시오. 아직 보여 줄 것이 좀 더 남았소. 그 후에는 가도 좋소." 그리고 그는 다시 사내의 손을 잡고 어두컴컴한 방으로 들어갔다. 그곳에는 한 남자가 철창 안에 갇힌 채 앉아 있었다.

한눈에 봐도 그는 비탄에 잠긴 듯했다. 그는 두 손을 깍지 낀 채 땅바닥을 내려다보며 마치 억장이 무너지는 듯한 한숨을 내쉬었다. 크리스천이 물었다. "이건 무얼 뜻합니까?" 그러자 해설자는 그 남자에게 직접 물어보라 말했다.

크리스천이 그 남자에게 물었다. "당신은 누구요?" 그 남자가 대답했다. "나는 더 이상 예전의 내가 아니오."

크리스천 예전엔 어떤 사람이었소?

절망뿐인 자 한때 나는 신실한 그리스도인이었다오. 나뿐만 아니라 모두 그렇게 여겼지요. 그때 나는 스스로 천국에 들어가기에 부족함이 없다고 생각했고, 그곳에 들어갈 생각으로 기쁨에 차 있었다오.

크리스천 그럼 지금은 어떻단 말이오?

절망뿐인 자가 말했다. "이제 내게 남은 건 절망뿐이오. 그리고 절망이 이 철창과도 같이 나를 옭아매고 있어 도무지 빠져나갈 수가 없소. 아, 이젠 다 틀려 버렸소!"

크리스천 대체 어찌하여 이런 지경까지 이르게 된 거요?

---

45 사도행전 14:22.

절망뿐인 자 정신을 차리고 깨어 있어야 했는데[46] 그러지 못하고 죄에 굴복하고 말았소. 말씀의 빛과 하나님의 긍휼을 거스르고 죄를 일삼았지요. 성령님은 나에게 실망하시곤 떠나 버리셨고, 악을 시험하자 사탄이 내게로 왔소. 결국 하나님마저도 내게 노하시고는 나를 떠나 버리셨소. 내 마음은 이미 되돌릴 수 없을 만큼 강퍅해지고 말았소.

이 말을 들은 크리스천이 해설자에게 물었다. "그럼 이런 사람에게는 전혀 희망이 없는 건가요?" 해설자가 말했다. "저 사람에게 물어보시오."

크리스천이 말했다. "그렇다면 이제는 절망의 철창에 갇혀 있는 것 말고는 희망이 전혀 없는 거요?"

절망뿐인 자 이젠 희망 따윈 없소.

크리스천 그럴 리가요. 하나님의 아들은 그 누구보다도 자비로우신 분이 아니오?

절망뿐인 자 나는 또다시 그를 십자가에 못 박았소. 예수를 핍박했고, 그의 이름을 더럽혔소. 예수의 피를 부정한 것으로 여겼고, 은혜의 성령을 욕되게 하였소.[47] 그러므로 나는 하나님의 모든 언약으로부터 단절되었고, 이제 내게 남은 건 두려움뿐이오. 피할 수 없는 심판과 나 같은 원수를 단숨에 집어삼켜 버릴 불같은 격노에 대한 끔찍하고 무시무시한 공포 말이오.

크리스천 대체 어쩌다 이렇게까지 된 게요?

절망뿐인 자 세상의 정욕, 쾌락, 그리고 세상의 유익을 좇다 보니 이렇게까지 되었지 뭐요. 그때는 그것들이 내게 커다란 낙이었으나, 이제는 그것들 하나하나가 벌레처럼 나를 물어 삼킨 채 갉아먹고 있소.

---

46 데살로니가전서 5:6.
47 히브리서 6:6, 10:28-29; 누가복음 19:14.

크리스천 그럼 이제 회개하고 다시 하나님께로 돌아갈 수는 없는 것이오?

절망뿐인 자 하나님께서 더 이상 나를 부르시지 않소. 이제는 말씀을 읽어도 더 이상 아무런 감동이 없소. 하나님께서 나를 직접 이 철창 속에 가두신 거요. 세상 어느 누구도 나를 여기서 꺼내 줄 수 없소. 아, 불멸의 세계! 끝없이 이어질 그 시간 속에서 그 기나긴 고통과 어찌 싸워야 할지!

그때 해설자가 크리스천에게 말했다. "이자의 고통을 마음속에 잘 새겨 평생토록 타산지석으로 삼도록 하시오."

크리스천이 말했다. "아, 정말 끔찍합니다. 하나님이시여! 부디 제가 늘 정신을 차리고 깨어 기도하여 이자가 겪은 고통을 피할 수 있게 도와주소서! 그런데 나리, 이제 저도 다시 길을 가야 할 때가 되지 않았습니까?"

해설자 아직 보여 줄 게 한 가지 더 남았소. 그 후에는 떠나도 좋소.

그는 다시 크리스천의 손을 잡고 누군가의 침실로 들어갔다. 한 남자가 침대에서 일어나 옷을 입다 말고 몸을 부들부들 떨었다. 크리스천이 물었다. "저 사람은 왜 저렇게 떨고 있는 겁니까?" 그러자 해설자는 그자에게 직접 이유를 말해 달라고 청했다. 그 남자가 입을 열었다. "간밤에 자다가 꿈을 꾸었는데, 하늘이 갑자기 캄캄해지더구려. 또 천둥, 번개는 어찌나 맹렬한지 나는 번민에 휩싸였다오. 그때, 꿈속에서 눈을 들어 하늘을 보니 조각구름 떼가 비상한 속도로 몰려오고 있는 것이 아니겠소? 구름 위에서는 웅장한 나팔 소리가 울려퍼졌고, 구름 위 보좌에는 한 남자가 수많은 천사 가운데 앉아 있는 것이 보였다오. 그들은 모두 타오르는 불꽃 같았고, 하늘도 활활 타오르고 있었소. 그때, 우레와 같은 목소리가 울려 퍼졌소. '죽은 자들이여, 일어나 와서 심판을 받아라.' 그러자 그 소리와 함께 땅이 갈라지고 무덤들이 열리면서 그 속에서 자고 있던 죽은 자들이 걸어 나오는 것이 아니겠소? 그중 어떤 이들은 환희에 차서 하늘을 올려다보았고, 어떤 이들은 산 아래 숨을 곳을 찾아 헤맸소. 그때 구름 보좌에 앉으신 그분께서 책을 펴신 후 사람들에게 가까이 오라 이르셨소. 그러나 그분을 둘러싼 불꽃이 너무도 강렬한 나머지 그들은 마치 판사와 피고석의 죄인들처럼 멀찌감치 떨어져서 서야 했다오. 보좌에 앉으신 그분께서 주위의 천사들에게 말씀하셨소. '쭉정이와 가라지와 지푸라기는 모두 거두어 유황 못에 던져 버려라!' 그러자 말이 끝나기가 무섭게 내가 서 있던 곳 바로 언저리에서 끝이 보이지 않는 깊은 구렁이 열리는 것이 아니겠소? 구렁의 입구에서는 자욱한 연기가 뿜어져 나왔고 유황불이 섬뜩한 소리를 내며 끓어 넘치고 있었소. 그분께서 또 천사들에게 말씀하셨소. '알곡들을 모아 곳간에 들여라.' 그러자 많은 사람이 구름 위로 끌어올려졌다오. 하지만 나는 땅에 남겨졌소. 나 또한 숨을 곳을 찾아보려 했으나 구름 보좌에 앉으신 그분의 눈이 나를 주시하고 있어 그럴 수가 없었다오. 그러자 마음속에서는 나의 여러 가지 죄악이 불현듯 떠올라 양심이 사방에서 나를 질책하기 시작했소. 그러다 잠에서 깨어났다오."[48]

크리스천 그럼 어찌하여 그렇게 두려움에 떠셨습니까?

절망뿐인 자 심판의 날이 다가오고 있는데, 나는 아직 준비가 안 되었다는 것을 깨달았기 때문이지요. 하지만 무엇보다도 두려웠던 것은 천사들이 많은 사람을 끌어올린 후 나는 땅에 남겨졌다는 사실이오. 게다가 지옥의 구렁이는 바로 내 발 언저리에서 열렸지 않소? 양심 또한 나를 심히 꾸짖었고, 심판의 눈은 노기를 띤 채 계속 나를

---

48 고린도전서 15장; 데살로니가전서 4장; 유다서 1:15; 데살로니가후서 1:8; 요한복음 5:28; 요한계시록 20:11-14; 이사야 26:21; 미가 7:16-17; 시편 5:1-3; 다니엘 7:9-10; 말라기 3:2-3, 4:1; 마태복음 3:2, 13:30; 누가복음 3:17; 로마서 2:14-15.

주시하고 있었단 말이오.

그때 해설자가 크리스천에게 물었다. "이런 것들에 대해 생각해 본 적이 있소?"

크리스천이 말했다. "네, 그럴 때마다 희망과 함께 두려움이 밀려오더군요."

해설자가 말했다. "부디 이 모든 것을 마음에 깊이 새겨 앞으로 가는 길에 채찍으로 삼도록 하시오."

마침내 크리스천은 행장을 단단히 꾸린 뒤 다시 여정 길에 올랐다. 해설자가 말했다. "부디 천국으로 향하는 길 가운데 보혜사 성령님께서 당신과 늘 함께하시길!"

크리스천이 길을 떠나며 말했다.

"이곳에서 참으로 진귀하고 유익한 것들을 보았도다.

그것들이 주는 희망과 두려움이

내가 가는 발걸음을 더욱 견고하게 하는구나.

여기서 받은 가르침과 충고들을

내 마음속 깊이 새겨 기억하리라.

고맙도다, 내 선량한 친구 해설자여!"

3

이제 꿈속에서 크리스천이 걸어 올라가야 할 곧은 길의 양편에는 구원이라는 돌담이 둘리어 있었다.[49] 크리스천은 그 길을 따라 달렸으나 어깨에 짊어진 짐으로 인해 달리기가 여간 어렵지가 않았다.

그렇게 얼마쯤 달리자 약간 언덕진 곳이 나타났다. 그곳에는 십자

---

49 이사야 26:1.

가가 세워져 있었고, 조금 아래에는 돌무덤이 놓여 있었다. 그런데 꿈에서 보니 크리스천이 십자가에 다가갈수록 짐이 점점 어깨에서 헐거워지기 시작하여 허리춤에서도 점점 떨어져 흘러내리기 시작하더니, 마침내 그가 무덤 앞에 다다르자 짐은 완전히 굴러떨어져 온데간데없이 사라져 버리고 마는 것이 아닌가!

그러자 크리스천의 얼굴이 기쁨으로 밝아지며 환희에 차서 말했다. "예수께서 고난 받으사 나에게 쉼을 주시고, 또한 십자가에 죽으사 내게 생명을 주셨도다." 그러고는 한참 동안을 그 자리에 가만히 서서 십자가를 경의에 찬 눈으로 바라보았다. 그저 십자가를 보는 것만으로 무거운 짐에서 해방될 수 있다니 그는 놀라울 따름이었다. 십자가를 거듭 쳐다보던 그의 눈에 고여 있던 눈물이 뺨을 타고 흘러내렸다.[50] 그때, 그렇게 눈물을 흘리며 십자가를 바라보고 있는 사내에게로 빛나는 세 명의 천사가 다가와 경의를 표하며 말했다. "당신의 마음에 평안이 깃들기를!"[51] 그러고는 첫 번째 천사가 말했다. "당신의 죄가 사하여졌도다." 두 번째 천사는 사내의 낡은 옷을 벗긴 뒤 새 옷을 입혀 주었고,[52] 세 번째 천사는 사내의 이마에 인을 치고는 인장이 찍힌 두루마리를 건네주며 사내에게 그것을 여정 길 가운데 읽어 보고, 천국 문에 도착하면 보여 주라고 일렀다.[53] 그들이 떠난 후 크리스천은 기쁨에 차서 세 번이나 펄쩍펄쩍 뛰고는 노래를 부르며 다시금 발걸음을 옮겼다.

"나의 죄를 가득 짊어지고 이곳까지 왔도다.

이전에는 그 누구도 나의 괴로움을 씻어 줄 이 없었나니,

세상에 이런 곳이 또 어디 있을쏘냐.

---

50 스가랴 12:10.
51 마가복음 2:5.
52 스가랴 3:4.
53 에베소서 1:13.

나의 기쁨이 여기로부터 시작되리!

나의 무거운 짐이 여기로부터 사라지리!

나를 결박하던 사슬이 여기로부터 끊어지리!

거룩한 십자가여! 신성한 무덤이여!

날 위해 고난 당하신 여호와를 찬송하리로다!"

나의 꿈속에서 계속 길을 가던 사내는 이윽고 산기슭에 이르렀고, 길에서 약간 벗어난 곳에 세 사람이 발에 족쇄를 차고 깊이 잠들어 있는 모습을 보게 되었다. 그들의 이름은 각각 안이함, 나태함, 그리고 건방짐이었다.

크리스천은 바닥에 널브러진 채 자고 있는 이들을 깨우기 위해 다가가서 외쳤다. "그대들은 마치 돛대 위에 누운 자들 같구려![54] 깊은 바다처럼 바닥을 알 수 없는 구덩이가 당신들 발 아래 있으니 어서 일어나 나오시오! 자, 어서 이리 나오시오. 내가 족쇄를 풀어 주리다." 그가 계속 말을 이었다. "그러다 만약 우는 사자처럼 어슬렁대는 마귀[55]라도 만나면 꼼짝없이 먹잇감이 되고 말 거요." 그러나 이 말을 듣고 그들은 사내를 한 번 쳐다보더니 차례로 입을 열었다. 먼저 안이함이 말했다. "위험하긴 뭐가 위험하다는 거요?" 이번에는 나태함이 말했다. "나는 좀 더 자야겠소." 그리고 건방짐이 말했다. "사람은 모름지기 자기 힘으로 살아야 하는 거요." 그러고 나서 그들은 다시 누워 잠이 들었고, 크리스천은 다시 발걸음을 옮겼다.

그러나 그는 여전히 그들이 마음에 걸렸다. 사내는 위험에 처한 그들을 어떻게든 도와주고 싶은 마음에 그들을 깨우고, 타이르고, 족쇄마저 풀어 주겠다고 했건만 정작 그들은 들은 척도 하지 않았던 것이다. 그가 근심에 차서 걷고 있는데, 이번에는 좁은 길의 왼편으로 돌

---

54 잠언 23:34.
55 베드로전서 5:8.

담을 넘어오는 두 사람이 눈에 띄었다. 그들은 사내 쪽으로 빠르게 다가왔다. 한 사람의 이름은 형식주의자였고, 다른 한 사람의 이름은 위선자였다. 그들이 다가오자 사내가 말을 걸었다.

크리스천 여보시오. 당신들은 어디서 와서 어디로 가는 길이오?

형식주의자와 위선자 우리는 허례허식이라는 마을에서 태어났는데, 지금은 칭송을 받기 위해 시온 산에 가는 길이오.

크리스천 왜 당신들은 이 길의 입구에 있는 문으로 들어오지 않았소? '문을 통하여 들어오지 아니하고 다른 데로 넘어가는 자는 절도며 강도라.'[56]고 하신 말씀을 들어 보지 못하였소?

형식주의자와 위선자는 자기네 마을에서는 입구가 너무 멀기에 마을 사람들 모두 자기네처럼 담을 넘어 지름길로 다니는 것이 통례라고 했다.

크리스천 하지만 그런 식으로 그분의 말씀을 거역하는 것은 우리가 가는 곳의 왕에 대한 죄가 아니오?

형식주의자와 위선자는 그거라면 자기들 또한 그저 관례대로 한 것이기에 걱정할 필요 없으며, 굳이 원한다면 그것이 지금까지 천 년도 넘게 이어져 내려오는 관례임을 증명해 보일 수도 있다고 말했다.

크리스천이 물었다. "하지만 심판의 날에 그것이 변명거리가 될 수 있겠소?"

형식주의자와 위선자는 그 관습은 이미 천 년도 더 된 것이라 지금쯤이면 분명히 공명정대한 재판관에 의해 법으로도 받아들여졌을 거라 말했다. "게다가 들어왔으면 된 거지 어디로 들어왔느냐가 뭐가 중요하오? 들어왔으면 들어온 거요. 당신은 문으로 들어와 이 길을 가는 것이고, 우리는 담을 넘어 들어와 이 길을 가는 것뿐이오. 자, 보시오. 결국 당신이 가는 길이나 우리가 가는 길이나 전혀 다를 바

---

56 요한복음 10:1.

가 없잖소."

크리스천　나는 그리스도의 가르침을 따라 걸어가지만 당신들은 주제넘게도 스스로의 욕망이 원하는 길로 나아가지 않소? 이 길의 주인 되신 하나님께서 보시기에 당신들은 이미 도둑이나 다름없소. 그러니 이 여정의 끝에서 당신들이 의롭게 여김을 받지 못할까 염려되는구려. 들어올 때도 하나님의 말씀 없이 멋대로 들어왔으니, 나갈 때 또한 주님의 자비 없이 나가야 하지 않겠소?

그들은 이 말에는 대답을 하지 않은 채 사내에게 자신의 일이나 신경 쓰라고 충고했다. 그리고 그들은 모두 말 한마디 없이 묵묵히 각자의 길을 걸어갔다. 그러다 한번은 두 사람이 크리스천에게 힘주어 한마디 했는데, 율법과 법칙을 충실히 지켜 행해야 한다는 것에 대해서는 자기네들도 이견이 없다는 것이었다. "그러니까 당신네 이웃이 준 건지는 모르겠지만 당신의 그 부끄러운 몸뚱어리나 가리자고 몸에 걸치고 있는 그 옷옷 외에는 당신과 우리가 어찌 다르다는 건지 도무지 모르겠소."

그러자 크리스천이 말했다. "당신들은 문을 통해 들어오지 않았으므로 율법이나 행위로는 결코 구원받지 못할 것이오.[57] 또한 내 몸에 걸친 이 옷옷은 내가 가는 길의 주인께서 당신들 말처럼 내 몸뚱이를 가리도록 내게 주신 것이오. 이 옷은 이전엔 낡은 누더기뿐이었던 내게 주신 주님의 은혜이며, 이 길을 가는 동안 내 마음의 위로가 될 것이오. 그리고 천국 문 앞에 이르는 그날, 하나님께서는 이 옷을 입고 있는 나를 틀림없이 반겨 주실 것이오. 내 낡은 옷을 벗기시고 아무런 대가 없이 입혀 주신 바로 이 옷 말이오. 그리고 아마 당신들은 눈치채지 못했겠지만 나는 이마에 인치심도 받았다오. 내가 어깨를 짓누르던 짐으로부터 해방되던 바로 그날, 하나님의 충성스러운 종으

---
[57] 갈라디아서 2:16.

로부터 받은 것이지요. 그뿐만이 아니오. 그날 나는 인장이 찍힌 두루마리도 하나 받았는데, 그 두루마리는 여정 길 가운데 읽으면 크게 위로가 될 뿐만 아니라 천국 문에 이르렀을 때 징표로서 그것을 보여 주면 당당한 천국 시민이 될 수 있다오. 당신들은 문을 통해 들어오지 않았으므로 이 모든 것 또한 받지 못할 거요."

이에 그들은 아무런 대답 없이 그저 서로를 쳐다보며 킬킬대고는 계속해서 길을 걸어갔다. 크리스천은 말없이 그들보다 앞에 걸으며 가끔씩 탄식을 내뱉기도 하고, 스스로를 격려하기도 했다. 그리고 가끔은 두루마리를 읽으며 기운을 북돋우곤 했다.

어느덧 그들은 역경의 언덕으로 향하는 기슭에 이르렀다. 언덕 아래쪽에는 샘물이 흐르고 있었고, 좁은 문으로부터 곧게 뻗은 길 외에도 산기슭 아래에는 두 갈래의 길이 더 있었는데, 그중 하나는 왼쪽으로, 그리고 또 하나는 오른쪽으로 굽어 있었다. 그러나 좁은 길은 언덕 위쪽을 향해 곧게 뻗어 있었고, 언덕을 타고 올라가는 그 길의 이름은 역경이었다. 크리스천은 샘물가로 가서 목을 축인 뒤 기운을 내어 언덕을 오르기 시작했다.[58]

"산이 높다 할지라도 나는 기꺼이 오르리.

그 어떤 역경도 나를 해하지 못하리니,

이 역경의 길 끝에 생명이 있음이니라.

자, 기운을 내자꾸나. 쓰러지지도, 주저하지도 않으리.

죽음으로 치닫는 편안한 길보다,

생명으로 이르는 역경의 길이 나으리니!"

다른 두 사람도 산기슭에 이르러 가파르고 높은 언덕과 옆으로 굽은 두 갈래의 길을 바라보았다. 그리고 그 두 길도 산 너머에서는 결국 크리스천이 올라간 길과 만나게 될 거라 생각한 그들은 굽은 길로

---

58 이사야 49:10.

가기로 마음을 먹었다. 허나 이 두 갈래의 길 중 하나의 이름은 위험이었고, 또 다른 하나는 파멸이었다. 결국 한 사람은 무성한 숲으로 이르는 위험의 길로 들어갔고, 다른 한 사람은 어두운 산으로 가득한 드넓은 광야에 이르는 파멸의 길로 곧장 걸어 들어가더니 결국 발을 헛디뎌 넘어져서는 일어나지 못했다.[59]

나는 다시 눈을 돌려 언덕을 오르는 크리스천을 바라보았다. 뛰어가던 그는 점점 속도를 늦춰 걷기 시작했고, 그러다 이내 네 발로 험준한 산을 기어오르기 시작했다. 산 중턱 즈음에 오르자, 하나님께서 지친 여행객들에게 쉼을 주시기 위해 지어 놓으신 시원한 정자가 보였다. 크리스천은 그곳에 이르러 정자에 앉아 휴식을 취했다. 그러고는 품 안에서 두루마리를 꺼내 읽으며 마음의 위안을 얻었고, 십자가 옆에서 받은 새 옷도 다시 한 번 찬찬히 살펴보았다. 그렇게 여독을 달래던 그는 깜빡 잠이 들었고, 이내 깊은 잠에 빠져들었다. 그러는 사이 어느덧 날은 저물었고, 그가 손에 쥐고 있던 두루마리는 그만 바닥으로 떨어지고 말았다. 그때 누군가 다가와 자고 있는 그를 깨우며 말했다. "게으른 자여! 개미에게 가서 그가 하는 것을 보고 지혜를 얻으시오!"[60] 그러자 크리스천은 벌떡 일어나 산 정상에 이를 때까지 멈추지 않고 내달렸다.

거의 산 정상에 이르렀을 무렵 그는 황급히 언덕을 내려오고 있는 두 명의 사내와 마주쳤다. 그중 한 명의 이름은 겁쟁이였고, 다른 한 명의 이름은 의심덩어리였다. 크리스천이 그들에게 물었다. "아니, 여보시오. 대체 무슨 일이오? 어찌하여 반대로 가고 있소?" 겁쟁이는 자기네들도 시온 성으로 가기 위해 역경의 언덕을 올라갔다고 말했다. "그런데 가면 갈수록 더욱더 험난한 길뿐이라서, 결국 되돌

---

59 예레미야 13:16.
60 잠언 6:6.

아가는 중이라오."

"그렇소." 이번에는 의심덩어리가 말했다. "아, 글쎄 자고 있는지 깨어 있는지조차 모를 사자 몇 마리가 우리 앞길을 막고 있는 게 아니겠소? 한 발짝만 더 가면 순식간에 잡아먹히겠더라니까."

그러자 크리스천이 말했다. "그 말을 들으니 나도 겁이 나는구려. 하지만 달리 안전한 곳이 있겠소? 내가 살던 마을은 곧 불과 유황에 던져질 거라고 하니, 어차피 그곳으로 돌아가면 죽고 말 거요. 그렇지만 만약 거룩한 성에 도달할 수만 있다면 그곳은 분명 안전할 테니, 나는 무슨 일이 있어도 가야만 하오. 되돌아가면 죽음뿐이지만, 앞으로 나아가면 비록 죽음의 공포는 있을지라도 그 뒤에는 영원한 삶이 기다리고 있으니 말이오. 그러니 나는 계속 가겠소." 그리하여 의심덩어리와 겁쟁이는 언덕 아래로 뛰어 내려갔고, 크리스천은 앞으로 계속 나아갔다. 하지만 조금 전에 들은 이야기가 자꾸 생각나 그는 품 안에 넣어 둔 두루마리를 더듬어 찾았다. 그러나 이상하게도 두루마리는 보이지 않았다. 그러자 크리스천은 절망에 빠져 어찌할 바를 몰랐다. 두루마리가 있어야 마음의 위로를 얻고, 거룩한 성에도 들어갈 수 있는 노릇이었다. 그렇게 생각하니 점점 더 밀려오는 좌절감에 눈앞이 캄캄해졌다. 그러나 마침내 산허리의 정자에서 잠이 들었던 것을 기억해 낸 그는 그 자리에 털썩 주저앉아 무릎을 꿇고 하나님께 자신의 어리석음에 대한 용서를 빌고는 두루마리를 찾으러 다시 산 중턱으로 내려가기 시작했다. 하지만 왔던 길을 되돌아가는 크리스천의 마음을 누가 감히 다 헤아릴 수 있겠는가? 그는 한숨을 푹푹 내쉬기도 하고, 울기도 하고, 여로에 지친 몸을 잠시 쉬어 가라고 만들어 놓은 곳에서 실컷 잠을 자 버린 자신의 어리석음을 책망하기도 했다. 그렇게 그는 여정 길 가운데 줄곧 위로가 되어 준 두루마리를 찾기 위해 이쪽저쪽을 샅샅이 뒤지며 산길을 내려갔다. 이윽고 그가 앉아 잠이 들었던 정자가 다시금 눈에 들어왔다. 그러나 정자를 보는 순간 그곳에서 잠이 들었던 자신의 죄가 더욱 생생하게 떠올라 그는 통탄에 젖어 울부짖었다.[61] "아아, 내 자신이 원망스럽도다! 밝은 대낮부터, 그것도 역경 한가운데서 잠이 들다니! 순례자들의 영혼을 달래 주기 위해 만드신 하나님의 쉼터에서 내 육신의 편안함만을 채웠다니! 이로 인해 얼마나 먼 길을 헛되이 돌아왔는가! 마치 이스라엘 백성이 그들의 죄로 인해 홍해 길을 따라 다시 광야로 돌아간 것과 같구나![62] 만약 내가 죄에 빠져 잠이 들지만 않았더라도 기쁘게 걸어갔을 이 길을 눈물로 내딛고 있다니! 이럴 시간에 계속 전진했더라면 지금쯤 얼마나 더 멀리 갈 수 있었겠는가! 한 번이면 족했을 이 돌계단을 세 번씩이나 지나가게 되었구나! 게다가 이제 날이 저물어 어둠이 깃들고 있도다! 아아, 아까 잠들지만 않았더라면 얼마나 좋았을까!"

드디어 정자에 도착한 그는 잠시 그곳에 울며 앉아 있었다. 하지만 신이 도우사 그는 이내 절박한 심정으로 정자 아래를 살폈고, 마침내 그곳에 떨어진 두루마리를 발견한 그는 부들부들 떨리는 손으로 두루마리를 급히 주워 품 안에 집어넣었다. 두루마리를 다시 찾은 그의 기쁨을 누가 헤아릴 수 있겠는가? 그 두루마리로 말할 것 같으면 생명의 보증서이자 그토록 원하던 안식처로 들어갈 수 있는 허가증이 아니던가! 그는 두루마리를 품속에 고이 말아 넣은 뒤 그로 하여금 정자 아래로 눈을 돌려 찾게 하신 하나님께 감사를 드리고는 기쁨의 눈물을 글썽이며 다시 발걸음을 옮겼다. 정상을 향해 다시금 내딛는 그의 발걸음이 얼마나 가벼운가 보라! 그러나 그가 정상에 채 닿기도 전에 해는 이미 크리스천의 머리 위로 뉘엿뉘엿 지고 있었고, 낮잠으

---

61 데살로니가전서 5:7-8.
62 민수기 14:25; 신명기 1:40.

로 시간을 지체한 어리석은 자신의 모습을 떠올리며 그는 다시 비탄에 잠겼다. "아, 나는 왜 깨어 있지 못하였을까! 왜 하필 잠이 들어 어둠 속에 이 길을 가야 한단 말인가! 나의 죄악으로 인해 이제 나는 태양 없는 길을 걸어가게 되었구나! 내 발이 가는 길을 어둠이 덮을 것이며, 나는 음침한 들짐승들의 울음소리를 견뎌야 하리라!" 그때 문득 사자를 보고 겁먹은 채 돌아갔던 의심덩어리와 겁쟁이의 모습이 그의 머릿속에 스쳤다. 크리스천이 다시 혼잣말을 내뱉었다. "그런 짐승들은 밤에 먹잇감을 찾아 나선다던데, 만약 캄캄한 밤에 짐승을 만나면 난 어디로 도망쳐야 하지? 그것들에게 잡아먹히지 않으려면 어떻게 해야 하지?" 그렇게 자신의 어리석은 실수를 한탄하며 걷던 그는 문득 위를 올려다보았다. 그러자 곧은 길가에 우아한 자태를 뽐내며 서 있는 아름다움이라는 궁궐이 그의 눈에 들어왔다.

사내는 혹시나 그 궁궐에서 하룻밤 묵을 수 있을까 하는 마음에 서둘러 발걸음을 옮겼다. 몇 발자국쯤 걸어가자 아주 좁다란 골목이 나타났고, 그 골목으로 들어서자 2백 미터쯤 앞에 문지기가 사는 오두막집이 보였다. 그때 좁디좁은 골목을 걸어 들어가던 그의 눈앞에 두 마리의 사자가 나타났다. 순간 그는 의심덩어리와 겁쟁이가 도망쳐 온 위험이 무엇이었는지 알 것 같았다. 사실 사자들은 사슬에 묶여 있었으나 사내는 그것을 보지 못했다. 사자를 본 그는 두려움에 휩싸였고, 이제 남은 건 죽음뿐이라는 생각에 자기도 그들처럼 되돌아갈까 하는 생각이 머릿속에 퍼뜩 들었다. 그러나 그때 마치 되돌아갈 듯 머뭇거리는 크리스천을 보고 문지기 깨어 있는 자[63]가 오두막에서 나와 소리쳤다. "거참, 용기가 그렇게도 없소? 사자들은 사슬에 묶여 있으니 무서워 마시오! 그 사자들은 믿음이 있는 자들과 믿음이 없는 자들을 가려내기 위한 시험일 뿐이오! 그저 골목 중앙을 따라

---

63 마가복음 13:34.

걸어오면 결코 해를 입는 일은 없을 거요."

그 말을 들은 사내는 사자에 대한 두려움으로 벌벌 떨며 길을 걸어 갔다. 하지만 문지기의 조언대로 골목 중앙을 따라 걸으니 사자들이 비록 그르렁대긴 할지언정 사내를 해치지는 않았다. 그러자 사내는 손뼉을 치며 문지기가 있는 대문 앞에 가서 섰다. 크리스천이 문지 기에게 말했다. "이곳은 누구의 집입니까? 제가 오늘 밤 여기에서 좀 묵어갈 수 있을까요?"

문지기가 대답했다. "이 집은 순례자들의 휴식과 안전을 위해 이 산의 주인께서 지으신 집이오." 그리고 문지기는 사내에게 어디로부 터 와서 어딜 향해 가고 있는지 물었다.

크리스천 저는 멸망의 성읍으로부터 떠나 시온 산을 향해 가는 중 입니다. 그러나 이미 날이 저물었으므로 실례가 안 된다면 이곳에서 하룻밤 묵었으면 합니다.

문지기 이름이 뭐요?

크리스천 저의 원래 이름은 구제불능이었으나, 이제는 크리스천이 라고 부릅니다.

문지기 그런데 어찌하여 이렇게 늦었소? 해가 이미 저물지 않았 소?

크리스천 사실은 더 일찍 올 수 있었으나 어리석게도 그만 산 중 턱에 있는 정자에서 잠이 들고 말았습니다. 그래도 여전히 이것보다 는 더 일찍 올 수도 있었으나, 자는 동안 두루마리를 잃어버리고는 그것도 모른 채 산꼭대기까지 올라가 버렸습니다. 그러고는 그제야 두루마리가 품 안에 없는 것을 알아채고는 슬픔에 잠겨 제가 잠이 들 었던 곳까지 다시 내려가 두루마리를 찾아 이제야 왔습니다.

문지기 그렇구려. 내가 이곳에 살고 있는 아씨 한 분을 불러 주겠 소. 아씨께서 당신과 이야기를 나눠 본 후 마음에 드시면 당신을 나머지 가족들에게 소개해 주실 거요. 그게 이 집의 방식이오.

문지기가 초인종을 누르자 수수한 아름다움을 지닌 분별이라는 이름의 처녀가 문밖으로 나와 용건을 물었다.

문지기가 대답했다. "이 사람은 멸망의 성읍에서 시온 산을 향해 가는 나그네인데, 몸도 지치고 밤도 어두운지라 오늘 밤을 여기서 묵을 수 있는지 여쭈어 달랍니다. 그래서 아씨와 대화를 한 후 아씨의 판단대로 하는 것이 이 집의 규칙이라고 일러 주었습니다."

그러자 처녀는 사내에게 어디서 와서 어디로 가는 길인지 물었고, 그는 대답했다. 그리고 그녀는 사내에게 어떻게 이 길을 오게 되었는지 물었고, 그가 대답했다. 또 그녀는 사내가 여정 길에 무엇을 보았으며 누구를 만났는지 물었고, 그가 또 대답했다. 그리고 마지막으로 그녀가 사내에게 이름을 물었다. 그러자 사내가 대답했다. "이름은 크리스천입니다. 그리고 이곳이 순례자들의 휴식과 안전을 위해 이 산의 주인께서 직접 세우신 곳이라는 말을 들으니 더더욱 이곳에서 오늘 밤을 머물고 싶습니다." 이 말을 듣자 미소를 짓는 그녀의 눈에 눈물이 고였다. 그녀가 잠시 곰곰이 생각하더니 입을 열었다. "저희 식구들 중 두세 명을 더 불러올 테니 기다리세요." 그녀는 문으로 달려가 현명과 경건과 너그러움을 불러왔다. 그들은 사내와 조금 더 이야기를 나눈 후 마침내 그를 다른 가족들에게 소개했고, 많은 이가 문간에서 그를 반겨 주었다. "어서 오시오, 복 있는 자여. 이 집은 당신과 같은 순례자들을 맞이하기 위해 이 산의 주인께서 지으신 곳이라오." 사내는 그들에게 고개를 숙여 인사하고는 그들을 따라 집 안으로 들어갔다. 그가 들어가 자리에 앉자 가족들은 그에게 마실 것을 대접했고, 저녁 식사가 준비될 때까지 남은 시간 동안 누군가가 그와 말벗이 되어 주는 게 좋겠다고 했다. 그리하여 경건과 현명과 너그러움이 크리스천과 이야기를 나누기로 했고, 그들의 대화는 다음과 같이 시작되었다.

경건 자, 크리스천, 당신이 이곳에서 묵어갈 수 있도록 저희가 호의를 베풀었으니, 당신은 순례 길에서 일어난 일들을 좀 들려주어 저희의 지경을 넓혀 주면 어떻겠습니까?

크리스천 예, 그럼요, 여부가 있겠습니까? 그나저나 제게 이렇게 호의를 베풀어 주시니 참으로 감사합니다.

경건 처음엔 어떻게 하여 순례사의 길에 오르게 되셨습니까?

크리스천 저는 제 귓가에 맴도는 무시무시한 음성을 들은 후 고향을 떠나게 되었습니다. 그곳에 계속 머무르다가는 닥쳐올 재앙을 피할 수 없을 것이라는 음성이었지요.

경건 그런데 어떻게 고향을 떠나 이 길로 가야겠다는 생각을 하셨습니까?

크리스천 그것은 하나님의 인도하심이었습니다. 죽음의 두려움으로 어찌할 바를 모르고 떨며 울고 있던 제게 전도사라는 분이 다가오셔서는 좁은 문으로 가는 길을 알려 주셨습니다. 그분이 아니었다면 결코 이 길을 알지 못했겠지요. 그래서 그 길을 따라 똑바로 걸어왔더니 이 집에 이르게 되었습니다.

경건 그럼 해설자 나리의 집에는 들르지 않으셨나요?

크리스천 그 집에도 갔었지요. 그리고 그곳에서 제가 평생토록 새기고 기억할 많은 것을 보았습니다. 특히 세 가지가 기억에 강하게 남는데, 악한 마귀에 대적하여 사람들의 마음에 끊임없는 은혜를 부어 주시는 예수님의 모습을 보았고, 또 하나님의 자비를 되돌릴 수 없을 정도로 타락해 버린 한 남자도 보았습니다. 그리고 마지막 심판의 날을 보았다는 남자의 꿈 이야기도 들었습니다.

경건 그래요? 그가 꿈에 대해 말해 주던가요?

크리스천 네, 정말 무시무시한 꿈이더군요. 그의 꿈 이야기를 듣는 동안 가슴이 찢어지는 듯했지만 듣길 잘했다는 생각이 듭니다.

경건 해설자 나리의 집에서 보신 것은 그게 다입니까?

크리스천 아닙니다. 그가 웅장한 궁궐도 보여 주었는데, 궁궐 안에 있는 사람들은 황금 옷을 입고 다니더군요. 그리고 담대한 사나이가 궁궐 문을 막고 서 있던 군대를 무찌르고 궁궐 안으로 들어가 열렬한 환호를 받으며 영원한 영광을 손에 쥐는 것을 보았습니다. 이 모든 것이 제 마음에 큰 기쁨이 되었기에 해설자 나리의 집에 열두 달 내내라도 머무르고 싶었으나, 제 갈 길이 아직 멀다는 것을 알고 있었 지요.

경건 그리고 오는 길에는 또 무엇을 보셨습니까?

크리스천 무엇을 보았냐고요? 아, 얼마 가지 않아 저는 십자가에 매달려 피를 흘리고 있는 그분을 마음으로 보았습니다. 그리고 그를 본 것만으로 제 어깨의 짐이 떨어져 나가더군요. 그동안 신음하며 짊 어지고 있던 무거운 짐으로부터 마침내 해방된 겁니다! 정말이지 제 게는 신기한 일이 아닐 수 없었습니다. 지금껏 그런 일을 경험한 적 이 단 한 번도 없었으니까요. 그래서 한참 동안을 십자가를 바라보며 서 있었답니다. 그 순간에는 정말이지 그렇게 하지 않을 수가 없었지 요. 그때 빛나는 세 천사가 제게로 다가왔습니다. 그중 한 분은 제게 제 모든 죄가 사하여졌다고 말씀하셨고, 다른 한 분은 제 낡은 옷을 벗겨 지금 입고 있는 이 자수 옷을 입혀 주셨습니다. 그리고 마지막 한 분은 제 이마에 인을 새기고 도장이 찍힌 두루마리도 주셨답니다.

그리고 사내는 가슴팍에서 두루마리를 꺼내어 보여 주었다.

경건 그 외에 더 보신 것은 없습니까?

크리스천 물론 다른 것도 보았지만 지금까지 말씀드린 것이 그중 에서도 가장 좋았습니다. 그 밖에도 안이함, 나태함, 그리고 건방짐 이라는 세 명의 사내를 보았습니다. 그들은 제가 가던 길에서 조금 벗어난 곳에 족쇄를 차고 누워 자고 있었는데, 아무리 깨워도 통 일어나지를 않더군요. 그리고 형식주의자와 위선자라는 사내들이 시온산으로 간답시고 담을 넘어오는 것도 보았습니다. 제가 아무리 말해도 듣지를 않더니, 결국 금세 사라져 버리고 말더군요. 그러나 무엇보다도 이 산을 오르는 것이야말로 제게는 만만하지 않았습니다. 그르렁대는 사자들 옆을 지나오는 것도 마찬가지였고요. 정말이지 문앞의 선량한 문지기가 아니었다면 저도 결국 오던 길로 되돌아갔을지도 모릅니다. 그러니 제가 지금 이곳에 있는 것은 하나님의 은혜지요. 또한 저를 받아 주신 여러분께도 깊은 감사를 드립니다.

그러자 이번에는 현명이 몇 가지 질문을 하기로 했다.

현명　지금도 종종 떠나온 고향 생각을 하십니까?

크리스천　그럼요. 하지만 고향을 생각하면 부끄럽고 혐오스러울 뿐입니다. 만약 제게 고향에 대한 미련이 조금이라도 남아 있었더라면 이미 돌아갈 기회는 충분히 있었을 테지만 이제는 더 나은 하늘의 본향을 사모하고 있습니다.[64]

현명　혹시 마음속에 아직까지 버리지 못한 과거의 습관들은 없습니까?

크리스천　예, 어쩔 수 없이 그런 것들이 아직 남아 있더군요. 특히 저를 포함한 모든 고향 사람들이 탐닉했던 악한 내면의 생각들 말입니다. 하지만 이제 그 모든 것은 탄식만 안겨 줄 뿐입니다. 만약 제 생각을 제 뜻대로 움직일 수만 있다면 두 번 다시는 그런 악한 것들을 마음에 품지 않을 겁니다. 그러나 선을 행하려 하는 제 마음속에 늘 악한 것들이 함께 있는 것을 느끼지요.[65]

현명　그래도 가끔은 당신을 괴롭히는 문제들이 사라졌다고 느껴

---

64 히브리서 11:15-16.
65 로마서 7:13-25.

질 때가 있지 않습니까?

크리스천 예, 아주 드물긴 하지만 그럴 때가 있긴 하지요. 그리고 그럴 때면 정말 황홀하더군요.

현명 그럼 어떨 때 그런 괴로움들이 사라진 것처럼 느끼시나요?

크리스천 제가 십자가를 통해 본 것을 떠올린다든지, 제 자수 옷을 바라볼 때 그런 느낌이 들더군요. 그리고 제 가슴에 품고 다니는 두루마리를 읽을 때나, 제가 가고 있는 곳을 생각하며 마음이 벅차오를 때도 제 안의 모든 괴로움은 사라진답니다.

현명 그렇다면 시온 산에 가기를 그리 열렬히 소망하는 까닭은 무엇입니까?

크리스천 아, 저는 그곳에 가서 십자가에 달려 돌아가신 예수님께서 살아 계신 모습을 보고 싶습니다. 그리고 지금까지도 제 안에 남아 저를 괴롭히는 모든 것이 그곳에 가면 흔적도 없이 사라지기를 희망합니다. 그리고 사람들이 말하길 그곳에 가면 죽음도 없고,[66] 천사들과 거할 수 있다고 하더군요. 다시 말해, 저는 저를 무거운 짐으로부터 해방시켜 주신 그분을 사랑합니다. 저는 마음의 죄 때문에 지쳤거든요. 영원히 죽지 않는 그곳에서 '거룩! 거룩! 거룩!'이 입에서 그치지 않는 자들과 함께하기를 소망합니다.

이번에는 너그러움이 크리스천에게 물었다. "가족은 있습니까? 결혼은 하셨나요?"

크리스천 아내와 네 명의 어린아이들이 있습니다.

너그러움 그럼 가족들은 왜 데리고 오지 않으셨습니까?

그러자 크리스천이 슬피 울며 말했다. "아아, 저라고 어찌 혼자만 오고 싶었겠습니까! 그렇지만 가족들은 제가 순례 길에 오르는 것을 결사적으로 반대하더군요."

---

66 이사야 25:8; 요한계시록 21:4.

너그러움 그래도 가족들을 설득하고 그곳에 닥칠 재앙을 거듭 강조했어야 하지 않나요?

크리스천 물론 그랬지요. 게다가 하나님께서 제게 보여 주신 우리 마을의 멸망에 대해서도 이야기했지만 그들은 그저 농담으로만 여기고 제 말을 믿지 않았습니다.

너그러움 가족들의 귀를 열어 달라고 하나님께 기도는 해 보셨나요?

크리스천 물론 온 마음을 쏟아 기도했지요. 제 아내와 불쌍한 우리 아이들은 제게 정말로 소중한 사람들이니까 말입니다.

너그러움 그럼 가족들에게 당신이 느낀 슬픔과 죽음의 공포에 대해서도 말해 보셨나요? 아무래도 당신은 눈앞에 닥칠 재앙을 알고 있었던 것 같군요.

크리스천 그럼요. 몇 번이고 거듭해서 말했지요. 아마 가족들 또한 제 얼굴과 제가 흘린 눈물, 그리고 머리 위로 드리운 심판에 대한 두려움으로 벌벌 떨고 있는 제 모습만 봐도 제가 얼마나 두려워하고 있는지 충분히 알 수 있었을 겁니다. 하지만 결국 저와 함께 가겠다는 말은 않더군요.

너그러움 대체 그들이 안 오겠다고 한 이유는 뭔가요?

크리스천 제 아내는 세상에서 가진 것들을 잃을까 봐 두려워했고, 아이들은 젊음이 주는 무의미한 쾌락에 빠져 있었지요. 그래서 결국은 저 혼자 이렇게 떠나오게 되었습니다.

너그러움 하지만 혹시 그동안 당신의 그릇된 삶이 그들을 설득하는 데 방해가 되었던 것은 아닐까요?

크리스천 솔직히 말하면 제 자신도 흠이 많은 사람이라는 것을 아는지라 그동안의 삶을 잘 살았다고 말하기는 어렵습니다. 또한 그 아무리 다른 사람들의 유익을 위해 갖은 논증과 신념으로 그들을 설득하려 애쓴다 한들, 행실이 올바르지 않으면 아무 소용이 없다는 것도 알고 있습니다. 그러나 분명한 한 가지는, 가족들이 순례자의 길에 거부감을 느낄 만한 그 어떤 부적절한 행동도 하지 않기 위해 저 스스로 각별한 주의를 기울였다는 것입니다. 바로 그런 이유로 가족들은 제게 융통성이 없다고도 했고, 그들이 보기에는 죄가 아닌 일에 괜히 스스로 고난을 자초한다고 비난하기도 했습니다. 그러니 행여나 제 행동으로 인해 그들이 순례자의 길을 거부했다면, 그것은 오히려 죄에 민감하고 이웃들에게 해를 주지 않으려는 제 모습 때문이었을 것입니다.

너그러움 하긴 가인이 아우를 미워했던 것도 다름이 아니라 자기의 행위는 악하고 아우의 행위는 의로웠기 때문이었지요.[67] 만약 당신의 아내와 아이들이 당신의 의로움으로 인해 마음이 상했다면 의로움에 대한 강한 거부 반응을 보이는 것이 당연했을 겁니다. 그래도 당신의 영혼은 그들의 피로부터 구원되었군요.[68]

내 꿈속에서 그들은 저녁 식사가 준비될 때까지 앉아 함께 이야기를 나눴고, 식사가 준비되자 식탁 앞에 둘러앉아 식사를 했다. 음식은 상다리가 휘어질 정도로 푸짐했고, 맑은 포도주 또한 그 맛이 일품이었다.[69] 식사하는 동안 그들의 관심사는 온통 그 산의 주인에 관한 것들뿐이었다. 좀 더 자세히 말하자면, 그들은 그분이 하신 일과 그 이유에 대해 이야기를 나눴고, 또 그 집을 지으신 목적에 대해서도 이야기를 나눴다. 듣고 보니 그는 죽음의 세력을 지닌 자마저도 거뜬히 멸하시는 위대한 용사였고, 그 이야기를 듣고 나니 나는 그분을 더욱 사모하지 않을 수 없었다.

---

67 요한일서 3:12.
68 에스겔 3:19.
69 이사야 25:6.

그들의 말에 의하면(아마도 크리스천이 말했던 것 같다.) 그분께서는 사탄과의 싸움에서 많은 피를 흘리셨다고 했다. 그러나 그분께서 행하신 모든 일이 은혜로 높임을 받는 이유는 그 모든 것이 이 민족에 대한 그분의 더 없는 사랑으로 인한 것이었기 때문이다. 뿐만 아니라 그 집에 살고 있는 가족들 중에는 그분이 십자가에 달려 돌아가신 이후에 그분을 봤다는 사람들도 있었고, 심지어는 그분과 이야기를 나눈 이들도 있었다. 그들은 하나님께서 고백하신 순례자들에 대한 사랑은 이 세상 어떤 것과도 비교할 수 없을 정도로 크다고 힘주어 말했고, 그것을 증명해 보일 수 있는 몇 가지 사례도 제시하였다. 다시 말해, 그는 가난한 자들을 위해 자신의 영광을 버리셨고, 결코 시온 산에 그분 홀로 거하시지 않겠다 맹세하셨을 뿐만 아니라, 가난한 자나 거름 더미에서 살던 자나 할 것 없이 수많은 순례자를 귀족의 자리에 앉히셨다는 것이었다.[70]

그렇게 그들의 대화는 밤늦은 시각까지 계속되었고, 마침내 그들은 신의 가호를 청한 후에야 잠자리에 들었다. 그들은 순례자에게 이층의 커다란 침실을 내주었다. 평화라고 불리는 그 방에는 동이 트는 방향으로 창이 나 있었다. 그리고 다음 날 아침이 되어 먼동이 밝아오자 사내는 잠에서 깨어 흥겨운 노래를 불렀다.

"지금 내가 있는 이곳은 어디인가?
우리 같은 순례자들을 돌보아 주시고 용서해 주시며
이미 천국 가까이에 머무르게 하시니,
예수님의 사랑과 돌보심이 한없도다!"

아침이 되자 그들은 일어나 서로의 안부를 묻고는 사내가 떠나기 전에 그 집의 진귀한 유물들을 보여 주겠다고 말했다. 제일 먼저 그들은 사내를 서재로 데려가 아주 먼 옛날부터 전해져 내려오는 기록

---

[70] 사무엘상 2:8, 시편 113:7.

들을 보여 주었다. 내가 기억하는 대로라면 그들은 가장 먼저 산의 주인이신 예수님의 족보를 보여 주었다. 기록에 따르면 예수님은 하나님의 아들이시며, 태곳적부터 계셨던 분이라 했다. 이 외에도 그곳에는 예수님의 행적이 자세하게 기록되어 있었고, 예수님께서 제자로 삼으신 수많은 사람의 이름도 적혀 있었으며, 예수님께서 어떻게 그들을 시간의 흐름과 자연의 쇠잔에도 결코 멸하지 않는 그곳으로 이끄셨는지 또한 기록되어 있었다.

그러고 나서 그들은 그의 종들이 이룬 위대한 행적에 대해 읽어 주었다. 기록된 바에 의하면 그들은 나라를 물리치기도 했고, 의를 행하기도 했으며, 언약을 받기도 하고, 사자들의 입을 막기도 했다. 그리고 그들은 불의 세력을 멸하기도 했고, 칼날을 피하기도 했으며, 연약한 가운데서 강하게 되기도 했고, 전쟁에 용감하게 되어 이방 사람들의 진을 물리쳤다고도 했다.[71]

또한 그들이 읽어 준 또 다른 기록에는 예수님께서는 그 누구도 외면하지 않으시며, 과거에 저지른 그 어떤 잘못이나 악행도 따지지 않는 분이라고 쓰여 있었다. 그리고 이곳에서 크리스천은 명백한 계시와 예언, 적들이 보인 공포와 경외, 그리고 순례자의 평안과 행복에 대한 고대 및 근대의 유명한 역사서들 또한 전부 읽어 볼 수 있었다.

다음 날 그들은 사내에게 무기 창고를 보여 주었다. 그곳에는 하나님께서 순례자들을 위해 준비하신 온갖 무기가 가득했다. 검과 방패도 있었고, 투구와 호심경도 있었으며, 모든 기도와 닳지 않는 전투화도 있었다.[72] 그리고 이 모든 것은 하늘의 무수한 별들만큼이나 많은 하나님의 군대를 다 입히기에도 결코 부족함이 없을 정도였다.

다음으로 그들은 하나님의 종들이 놀라운 일들을 행할 때 사용했

---

71 히브리서 11:33-34.
72 에베소서 6:13-18.

던 병기들을 보여 주었다. 먼저 모세의 지팡이를 보여 주었고, 야엘이 시스라를 죽일 때 사용했던 방망이와 말뚝도 보여 주었으며, 기드온이 미디안 군대를 물리칠 때 사용한 항아리와 나팔과 횃불도 보여 주었다. 그리고 또 그들은 삼갈이 블레셋 사람 6백 명을 죽였던 소 모는 막대기를 보여 주었고, 삼손이 괴력으로 블레셋을 물리칠 때 사용한 나귀의 턱뼈도 보여 주었으며, 다윗이 가드 사람 골리앗을 쳐 죽일 때 사용한 물매와 돌, 그리고 주가 강림하시는 날 불법의 사람을 폐하실 검도 보여 주었다.[73] 그 외에도 그들은 수많은 진귀한 것을 보여 주었고, 이로 인해 크리스천은 매우 즐거워했다. 그리고 구경을 마친 후 그들은 다시 잠자리에 들었다.

이튿날이 되어 사내는 다시 여정 길에 오를 채비를 하였으나 그들은 사내에게 하룻밤만 더 머무르라 말했다. "만약 내일 날이 맑다면 기쁨의 산을 보여 주겠소." 그들은 기쁨의 산이 지금 그가 머무르는 곳보다 천국에 더 가까우므로 사내의 마음에 더 큰 위안을 가져다줄 것이라고 했다. 그리하여 사내는 하룻밤을 더 묵어가기로 했고, 다음 날 아침이 되자 그들은 사내를 데리고 옥상으로 올라가 남쪽을 가리켰다. 그가 남쪽을 바라보자 저 멀리 지금껏 보지 못한 아름다운 산지가 눈에 띄었다. 숲과 포도밭, 온갖 과실수와 꽃, 그리고 샘터와 분수가 한데 어우러져 보기에 매우 아름다운 마을이었다. 사내가 그 마을의 이름을 묻자 그들은 임마누엘의 땅이라고 대답했다. "그리고 저 마을도 이 산처럼 모든 순례자에게 허락된 곳이라오. 저곳에 이르면 그곳에 사는 목자들이 거룩한 성으로 들어가는 문을 보여 줄 거요."

이제 사내가 다시 여정 길에 오를 채비를 하자 이번에는 아무도 그를 붙잡지 않았다. "허나 그렇다면 우선 무기 창고를 한 번 더 들릅시

---

[73] 출애굽기 4:2-5, 4:17; 사사기 3:31, 4:21, 7:16-24, 15:14-17; 사무엘상 17:38-51; 데살로니가후서 2:3-8.

다." 그들은 무기 창고로 들어가 사내에게 혹시 모를 공격에도 끄떡없는 전신 갑주를 입혀 주고는 그와 함께 대문으로 걸어 나갔다. 사내는 문지기에게 혹시 그동안 그곳을 지나간 다른 순례자는 없었는지 물었다. 문지기가 대답했다. "한 명이 지나갔소이다." 그러자 크리스천이 물었다. "그래요? 혹시 아시는 분입니까?"

문지기 내가 이름을 물었더니 믿음이라고 하더이다.

크리스천이 말했다. "아, 제가 아는 사람이군요. 그는 저와 같은 마을에 살던 이웃사람이랍니다. 지금쯤이면 그가 얼마나 멀리 갔을까요?"

문지기 지금쯤이면 아마 산 아래까지는 내려갔을 거요.

크리스천이 말했다. "그렇군요. 선량한 문지기여, 제게 베풀어 준 그 친절한 마음으로 인해 부디 하나님께서 갑절의 은혜를 부어 주시기를 기원합니다."

사내는 다시 여정 길에 올랐다. 분별과 경건과 너그러움과 현명도 산 아래까지 함께 가 주겠다고 했다. 그리하여 그들은 함께 산을 내려가며 이전의 대화를 계속 이어갔다. 크리스천이 말했다. "올라오는 길이 어려웠던 만큼 내려가는 길도 꽤나 위험해 보이는데요." 그러자 현명이 말했다. "맞습니다. 이곳 굴욕의 골짜기를 내려가는 사람마다 발을 헛디뎌 굴러떨어지기 십상이지요. 그러니 저희가 산 아래까지 함께 가 드리겠습니다." 사내는 산 아래쪽으로 아주 조심스럽게 발을 디디며 내려갔지만 결국은 한두 번쯤 미끄러지고 말았다.

그리고 마침내 산자락에 이르자 벗들은 사내에게 빵 한 덩어리와 포도주 한 병, 그리고 건포도 한 송이[74]를 건네주었고, 그곳에서부터는 사내 홀로 길을 걷기 시작했다.

---

[74] 사무엘하 16:1.

4

그러나 겨우 몇 발짝쯤 갔을까, 굴욕의 골짜기를 걸어가던 크리스천에게 고비가 찾아왔다. 저 앞에서 추악한 마귀가 그를 향해 들판 위를 걸어오고 있는 것이었다. 그 마귀의 이름은 아볼루온[75]이었다. 이에 두려움을 느낀 크리스천은 도망을 가야 할지 그대로 있어야 할지 쉽사리 결심이 서지 않았다. 하지만 차분히 다시 생각해 보니 등에는 갑옷을 채우지 않은 터라 등을 돌려 도망을 간다면 화살에 더 쉽게 맞을지도 모른다는 생각이 들었다. 그래서 결국 그는 과감히 그 자리에 버티고 서 있기로 마음먹었다. 살기 위해서는 그 방법이 최선이라고 생각했기 때문이었다. 그는 계속 걸어가 아볼루온과 대면했다. 그 괴수는 정말이지 흉측한 생김새를 하고 있었다. 생선 비늘로 뒤덮인 겉가죽은 그의 자랑거리였으며, 날개는 마치 용의 날개 같았고, 발은 마치 곰의 발 같았으며, 배에서는 불꽃과 연기가 나왔고, 입은 마치 사자의 입 같았다.[76] 그는 크리스천에게 다가와 오만한 얼굴로 말을 걸었다.

아볼루온 여봐라. 너는 어디서 와서 어딜 향해 가고 있느냐?

크리스천 나는 죄악뿐인 멸망의 성읍을 떠나 시온 성으로 가는 길이오.

아볼루온 그렇다면 내 백성 중 하나라는 말이로군. 내가 바로 그 도시의 군주이자 곧 신이며, 그 도시는 전부 내 소유다. 헌데 어찌 너는 너의 군주로부터 도망쳐 나온 것이냐? 다시 내게 충성하지 않으면 널 지금 당장 죽여 버리겠다.

크리스천 내가 당신의 영토에서 태어난 것은 사실이오. 허나 당신

---

[75] 요한계시록 9:11.
[76] 욥기 41장; 요한계시록 13:2.

의 종으로 살아가는 것이 너무나 고된 데다, 당신이 주는 품삯으로는 인간이 도저히 살아갈 수가 없소. 죄의 삯은 사망이라 하지 않았소?[77] 그래서 몇십 년의 세월 끝에 다른 지각 있는 사람들처럼 나도 나 자신을 회복할 방법을 찾아 나선 것이오.

아볼루온 이 세상의 어떤 군주가 백성을 그리도 쉽게 버리겠느냐? 그러므로 나 또한 너를 결코 보내 줄 수 없다. 허나 네가 나를 섬기는 일과 품삯에 대해 엄살을 부리니 약속하건대 네가 다시 돌아가기만 한다면 나라에서 해결해 줄 수 있는 방안을 마련해 보도록 하겠다.

크리스천 그러나 나는 이미 왕들의 왕이신 그분을 섬기기로 했소. 그런 내가 어찌 염치없이 당신과 함께 돌아갈 수 있겠소?

아볼루온 그야말로 도둑을 피하려다 강도를 만난 격이로구나. 허나 그의 백성이라고 자처하던 사람들도 결국은 얼마 못 가 그를 외면하고 내게 돌아오곤 하니 네놈도 그렇게 한다면 용서해 주겠다.

크리스천 나는 그분께 내 믿음을 고백했고 헌신을 맹세했소. 지금 여기서 돌아간다면 나는 반역죄로 교수형에 처해지고 말 거요.

아볼루온 너는 이미 나 역시도 배반하지 않았느냐! 허나 만약 지금 여기서 되돌아간다면 이번만은 눈감아 주겠다.

크리스천 내가 당신에게 충성을 다짐했던 것은 철없을 때의 일이오. 그리고 이제 나의 깃발 되신 나의 주님께서는 나의 죄를 사하여 주시며 당신의 종 노릇하던 나의 과거 또한 용서해 주시는 분이오. 아아, 파괴자 아볼루온! 솔직히 나는 그분을 섬기는 것이 좋소. 그가 주시는 삶과, 그의 통치와, 그의 동행하심과, 그의 나라가 당신의 것보다 더 좋단 말이오. 그러니 더 이상 나를 꾀지 마시오. 나는 그의 종이고, 그를 따라갈 거요.

아볼루온 이성을 되찾고 네 앞길에 닥칠 일들을 생각해 보거라. 그

---

[77] 로마서 6:23.

의 종들 중 대부분은 나를 거역하고 떠난 대가로 처참한 죽음을 맞이했다. 얼마나 많은 이가 치욕스러운 죽음을 맞이했는지 아느냐? 게다가 그의 도우심이 나보다 낫다고 했느냐? 그렇다면 어째서 지금껏 그는 우리 손아귀에 있는 그의 종들을 구하러 내려오지 않았단 말이냐? 그러나 나로 말하자면 어떤 힘과 수단을 써서라도 빼앗긴 나의 충복들을 그들의 손아귀로부터 구해 냈다는 것을 온 천하가 다 알지 않느냐! 그러니 너 또한 내가 구원하겠다.

크리스천 그분께서 지금 당장 우리를 구하러 오시지 않는 이유는 우리가 그분을 끝까지 놓지 않는지 우리의 사랑을 시험하기 위함이오. 그리고 당신이 말한 처참한 죽음이야말로 우리에게는 그 무엇보다도 영광스러운 죽음이오. 어차피 우리가 원하는 것은 당장 눈앞의 구원이 아니오. 우리는 나중의 영광을 바라보며 마침내 우리의 왕이 오시는 날 우리의 영광과 천사들의 영광을 누리게 될 것이오.

아볼루온 이미 너는 그에게 불충한 종인데 어찌 그에게서 품삯을 받으려 하느냐?

크리스천 아니, 아볼루온, 내가 그에게 불충했다니 그게 무슨 말이오?

아볼루온 너는 출발하자마자 절망의 수렁에 빠졌을 때 공포에 휩싸이지 않았느냐! 그리고 너는 너의 왕이 직접 짐을 벗겨 줄 때까지 기다리지 못하고 다른 방법을 찾아 잘못된 길로도 갔지 않느냐! 게다가 너는 잠에 빠져 귀중한 것을 잃어버리기도 했고, 사자를 보고 돌아갈 뻔하기도 했으며, 또한 네가 여행 중에 보고 들은 것을 이야기할 때면 너의 말과 행동 속에 은밀히 스스로의 영광을 드러내려 하지 않았더냐![78]

크리스천 모두 사실이오. 그뿐만이 아니라 당신이 일일이 말하지

---

[78] 갈라디아서 5:26.

않은 것까지 훨씬 더 많소. 그러나 내가 섬기고 높이는 나의 왕은 자비로우며 용서에 후한 분이오. 게다가 그 모든 연약함은 당신네 나라에서 지니게 된 것으로, 내 안에 들어온 연약함으로 인해 나는 내내 신음했고, 스스로 깊이 뉘우침으로 왕 되신 하나님의 죄 사함을 얻었소.

그러자 아볼루온은 격분하며 괴성을 질렀다. "그는 나의 적이다! 그의 아들 예수며 그의 율법이며 백성들까지도 모두 질색이란 말이다! 너를 가만두지 않겠다!"

크리스천 아볼루온, 어리석은 짓은 그만두시오. 내가 서 있는 이곳은 거룩한 길이라 일컫는 하나님의 대로요.[79] 그러니 조심해야 할 거요.

그러자 아볼루온은 다리를 벌려 길 전체를 막아선 채 말했다. "그까짓 것은 전혀 무섭지 않다. 너야말로 죽을 각오를 하는 게 좋을 게다. 지옥을 걸고 맹세컨대 너는 이제 죽은 목숨이다. 내가 여기서 널 죽여 주마." 그리고 그 괴수는 사내의 가슴을 향해 불화살을 던졌다. 그러나 크리스천은 손에 쥔 방패로 화살을 막아 위기를 모면했다.

크리스천은 이에 맞서기 위해 검을 뽑아 들었다. 하지만 그 순간 아볼루온이 사내에게 화살을 빗발처럼 쏘아 댔고, 크리스천은 화살을 막아 보려 고군분투했지만 결국 머리와 손과 발에 부상을 입고 말았다. 이에 크리스천이 주춤한 틈을 타 아볼루온은 맹공격을 퍼부었고, 크리스천은 다시금 용기를 내어 젖 먹던 힘을 다해 맞서 싸웠다. 이 맹렬한 싸움은 한나절이 넘도록 계속되었고, 크리스천은 거의 탈진할 지경이었다. 그도 그럴 것이, 몸 여기저기에 상처를 입었으니 점점 기운이 약해지는 것은 당연한 일이었다.

그때 기회를 포착한 아볼루온이 크리스천에게 바짝 다가가 그를

---

79 이사야 35:8; 여호수아 20:17.

붙잡고 씨름하더니 그를 바닥에 힘껏 내동댕이쳤다. 그 바람에 크리스천의 검이 손에서 빠져나가 바닥에 떨어졌고, 그 모습을 본 아볼루온이 말했다. "넌 이제 끝이다." 그리고 그가 크리스천을 궁지에 몰아넣고 죽어라 공격을 퍼붓자 크리스천은 삶에 대한 희망의 끈을 점점 놓기 시작했다. 그러나 아볼루온이 선량한 사내의 숨통을 완전히 끊어 버릴 심산으로 마지막 일격을 가하려던 찰나, 하나님의 인도하심으로 크리스천은 재빨리 손을 뻗어 검을 거머쥐고는 외쳤다. "나의 대적이여, 나로 말미암아 기뻐하지 말지어다! 나는 엎드러질지라도 일어날 것이니!"[80] 그와 동시에 검이 아볼루온의 몸을 관통했고, 치명상을 입은 아볼루온은 뒤로 물러났다. 그 모습을 본 크리스천은 다시 덤벼들며 소리쳤다. "그러나 이 모든 일에 우리를 사랑하시는 이로 말미암아 우리가 넉넉히 이기느니라!"[81] 그러자 아볼루온은 용의 날개를 펼쳐 달음박질쳤고, 그 후로 얼마 동안 크리스천은 그의 모습을 보지 못했다.

나처럼 이 격투를 직접 보고 들은 것이 아니라면 그 누구도 이 싸움 내내 아볼루온이 얼마나 무시무시하고 흉측한 괴성을 질러 댔는지 짐작조차 할 수 없을 것이다. 그가 말할 때는 마치 용의 목소리를 듣는 것 같았다. 반면 크리스천이 쏟아 낸 한숨과 신음은 또 어떠했던가! 양날의 검으로 아볼루온을 무찌른 것을 두 눈으로 확인하기 전까지는 내내 한 번도 만족스러운 표정을 보이지 않던 그는 마침내 적을 무찌르고 나서야 비로소 미소를 지으며 하늘을 올려다보았다. 그러나 그것은 지금껏 내가 본 것 가운데 가장 소름 끼치는 광경이었다.

격투가 끝난 후 크리스천이 말했다. "사자의 입으로부터 나를 구원

---

[80] 미가 7:8.
[81] 로마서 8:37.

해 내시고 아볼루온과 싸워 승리할 수 있도록 도우신 하나님께 감사를 드려야겠군." 그리고 그는 하나님께 감사의 찬양을 드렸다.

"마귀들의 우두머리, 마왕 바알세불!

나를 멸망케 하기 위해 그를 이곳까지 보내었도다.

날카로운 화살과 지옥 같은 분노로

그가 나를 향해 사납게 달려들 적에

하나님의 사자들 친히 나를 도우사

검의 능력으로 단번에 그를 물리쳤도다.

그런즉 나 평생 주님께 감사하며

거룩하신 이름을 높여 찬양하리!"

그때 잎이 무성한 생명나무[82] 가지가 그의 눈앞에 나타났고, 크리스천이 잎사귀를 뜯어 싸움에서 입은 상처 위에 올려놓자 상처는 즉시 씻은듯이 사라졌다. 그러고 나서 그는 그곳에 앉아 아까 받은 빵과 포도주를 먹은 후 기운을 내서 다시 여정 길에 올랐다. 그가 손에 검을 쥐고 말했다. "근처에 또 다른 적이 있을지도 몰라." 그러나 골짜기를 지나는 동안 더 이상 아볼루온은 나타나지 않았다.

그 골짜기를 지나자 또 다른 골짜기가 나타났다. 그곳은 사망의 음침한 골짜기라고 불리는 곳이었고, 거룩한 성으로 가는 길은 그 골짜기의 한가운데를 지나고 있었기에 크리스천은 그곳을 반드시 지나가야만 했다. 그러나 이 골짜기는 아주 외딴 곳으로, 예레미야 선지자는 이곳을 '광야 곧 사막과 구덩이 땅, 건조하고 음침한 땅, 사람이(크리스천을 제외하고) 다니지 아니하고 거주하지 아니하는 땅'[83]이라고 묘사한 바 있다.

앞으로의 이야기를 통해 알게 되겠지만 이곳에서 크리스천은 아볼

---

82 창세기 2:9.
83 예레미야 2:6.

루온과의 싸움보다도 더 험난한 시간을 보내게 된다.

다시 꿈속에서 보니 크리스천이 사망의 음침한 골짜기에 막 발을 들이고 있었고, 그러던 찰나 그는 황급히 길을 되돌아가는 두 남자와 마주치게 되었다. 그들은 좋은 땅을 악평한 정탐꾼들의 후손이었다.[84]

크리스천 어디로 가시는 거요?

그들이 말했다. "뒤로! 뒤로! 당신도 봉변당하고 싶지 않으면 얼른 도망가시오!"

크리스천이 물었다. "아니, 대체 무슨 일인데 그러시오?"

그들이 말했다. "무슨 일이냐고요? 당신이 가려는 그 길 말이오! 우리도 가는 데까지 가 보았지만 하마터면 돌아오지도 못할 뻔하였소! 정말이지 한 발짝만 더 갔어도 당신한테 이런 얘기를 해 줄 수 없었을 거요."

크리스천이 물었다. "대체 무슨 일이 있었길래 그러시오?"

그들 조금만 더 갔어도 사망의 음침한 골짜기로 걸어 들어갈 뻔했는데, 천만다행하게도 우리 발 앞에 놓인 골짜기와 눈앞에 놓인 위험들을 일찍 발견했지 뭐요!

크리스천이 말했다. "대체 뭘 봤길래 그러시오?"

그들 뭘 봤냐고요! 우선 그 골짜기만 놓고 봐도 칠흑같이 어둡잖소! 그리고 지옥에 사는 요괴와 야수와 용도 보았소. 게다가 골짜기에서는 울부짖고 절규하는 듯한 소리가 끊임없이 울려 퍼졌는데, 그건 마치 처절한 고통과 사슬에 매여 차마 말조차 할 수 없는 사람들이 내는 소리 같았소. 그리고 골짜기 위로는 암담한 혼돈의 구름이 뒤덮었고, 죽음의 그늘마저 드리우고 있었다오.[85] 한마디로, 모든 것

---

84 민수기 13장.
85 욥기 3:5, 10:22.

이 혼돈과 공포 그 자체였소.

그러자 크리스천이 말했다. "당신들 말대로라면 이 길이 내가 꿈꾸던 피난처로 향하는 길이 확실하구려."

그들 갈 테면 혼자 가시오. 우리는 다른 길을 찾아볼 테니.

그리하여 그들은 그곳을 떠났고, 크리스천은 가던 길을 계속 나아갔다. 그러나 혹시 모를 공격에 대한 두려움으로 한 손에는 여전히 검을 거머쥔 채였다.

꿈속에서 바라보니 쭉 뻗어 있는 골짜기의 오른편으로는 아주 깊은 시궁창[86]이 있었는데, 예나 지금이나 맹인이 맹인을 인도하다가 결국은 둘 다 비참하게 빠져 죽고 만다[87]는 바로 그 시궁창이었다. 그리고 골짜기의 왼편에는 위험천만한 수렁과 늪이 있었는데, 아무리 의인이라도 그곳에 빠지면 헤어 나올 수 없을 정도로 바닥을 알 수 없는 늪이었다. 한번은 다윗 왕 또한 그 늪에 빠진 적이 있었는데, 그때 만일 전능하신 하나님께서 그를 건져 주시지 않았더라면 그도 틀림없이 헤어 나오지 못한 채 그대로 빠져 죽고 말았을 것이다.[88]

게다가 그 사이로 난 길은 또 어찌나 좁은지 크리스천은 점점 더 애를 먹었다. 어둠 속에서 시궁창을 피해 지나가려다 보면 반대편에 있는 늪에 빠지기 십상인 데다가, 늪을 피하려다가 잘못하면 시궁창에 빠져 버릴 노릇이었다. 한 발 한 발 앞으로 내딛던 그에게서 땅이 꺼질 듯한 한숨 소리가 들려왔다. 앞서 말한 위험 외에도 길이 너무 어두운 나머지 다음 발을 어디로 내디뎌야 할지, 도무지 알 수가 없었다.

골짜기 중간쯤에 이르자 길 바로 옆쪽에 마치 지옥의 문과도 같은

---

86 시편 69:14.
87 마태복음 15:14; 누가복음 6:39.
88 사무엘하 11, 12장.

불구덩이가 나타났다. 크리스천이 생각했다. '난 이제 어찌해야 하지?' 섬뜩한 소리를 내는 거센 화염과 연기가 불꽃을 튀기며 불구덩이로부터 치솟았고, 그것들은 아볼루온과는 달리 크리스천이 휘두르는 검에도 끄떡하지 않았다. 결국 그는 검은 버려둔 채 '모든 기도'[89]라는 또 다른 무기를 꺼내 들어야만 했다. 그가 하나님께 부르짖는 목소리가 들렸다. "오, 여호와여, 주께 구하오니 내 영혼을 건지소서!"[90] 그는 그렇게 외치며 한참을 갔지만 불꽃은 여전히 그를 향해 달려드는 듯했고, 어디선가 들려오는 구슬픈 울음소리와 뭔가가 자꾸 후다닥거리며 왔다 갔다 하는 터에 그는 갈기갈기 찢겨 잡아먹히거나 진흙탕처럼 마구 짓밟혀 깔아뭉개지는 건 아닐까 하는 생각이 들었다. 이런 무시무시한 광경과 섬뜩한 소리는 몇 킬로미터나 계속되었고, 순간 요괴의 무리가 그에게로 다가오는 듯한 소리가 들리자 그는 멈춰 서서 어찌해야 할지 고민하기 시작했다. 이제라도 되돌아갈까 하는 생각도 문득 들었으나 다시 생각해 보면 이미 골짜기의 절반은 지나왔을지도 모르는 일이었다. 게다가 이미 수많은 위험을 뚫고 여기까지 온 것을 생각하면 계속 전진하는 것보다 되돌아가는 것이 더 위험할지도 모른다는 생각이 들자 결국 그는 계속 전진하기로 결심했고, 요괴들은 점점 더 가까이 다가왔다. 그러나 그들이 그 앞에 거의 이르자 그는 격렬한 목소리로 크게 외쳤다. "나는 주 여호와의 능력으로 걸어가리로다!"[91] 그러자 요괴들은 주춤하더니 더 이상 다가오지 않았다.

여기서 나는 한 가지 흥미로운 사실을 발견했는데, 글쎄 너무나 혼란스러운 나머지 가여운 크리스천이 자기 목소리마저 구별해 낼 수

---

89 에베소서 6:18.
90 시편 116:4.
91 시편 71:16.

없었다는 것이다. 그가 이글거리는 불구덩이 옆을 막 지나고 있을 때였다. 요괴 한 마리가 사내 뒤를 쫓아 살금살금 다가가더니 그의 귀에 대고 하나님을 모독하는 말들을 속삭였다. 그랬더니 사내는 그 목소리가 자기 마음속에서 나는 소리라고 생각하고는 자기가 진정 사모했던 하나님을 이제는 스스로 모독하고 있다는 생각에 지금까지 거쳐 온 그 어떤 난관들보다도 더 괴로워하는 것이 아닌가! 물론 그는 그럴 사람이 아니었다. 그러나 그에게는 귀를 막아 버릴 지혜도, 또한 그런 사악한 말들이 어디로부터 오는지 알아챌 만한 분별력도 없었던 것이다.

그때 그렇게 한참 동안을 참담한 심정으로 걸어가던 사내의 앞쪽에서 한 남자의 목소리가 들려왔다. "내가 사망의 음침한 골짜기로 다닐지라도 해를 두려워하지 않음은 주께서 나와 함께하심이라!"[92]

이것을 들은 사내는 매우 기뻤다.

첫 번째는 그 골짜기에 자기 외에도 하나님을 경외하는 누군가가 있다는 것을 알았기 때문이었고, 두 번째로는 그런 어둡고 참담한 상황 속에서도 하나님께서 그들과 함께 계신다는 것을 깨달았기 때문이었다. 그가 생각했다. '그렇다면 나를 가로막는 장애물로 인해 비록 내가 느끼지는 못한다 할지라도 당연히 주께서 나와도 함께 계시지 아니하겠는가!'[93]

그리고 그가 기뻐한 세 번째 이유는 만약 그가 앞에 가는 사람들을 따라잡을 수만 있다면 머지않아 동행이 생길지도 모른다는 희망 때문이었다. 그래서 그는 계속 나아가며 앞에 가는 사람을 불러 보았다. 그러나 한편으로는 아무도 없고 자기 혼자일지도 모른다는 생각에 대답을 크게 기대할 수는 없었다. 머지않아 날이 밝았다. 그러자

---

92 시편 23:4.
93 욥기 9:11.

크리스천이 말했다. "그가 사망의 그늘을 아침으로 바꾸셨도다!"[94]

밝아 오는 새벽노을을 힘입어 사내는 뒤를 돌아보았다. 이제라도 돌아가고픈 심정에서가 아니라, 자신이 지금껏 어둠 속에서 헤치고 온 어려움들을 밝은 가운데 보고 싶은 마음에서였다. 이제야 사내는 길 한쪽 편에 있던 시궁창과 다른 편에 있던 늪을 더 선명하게 볼 수 있었고, 그 사이로 난 길이 얼마나 좁았는지도 알 수 있었다. 또한 이제는 지옥의 요괴들과 야수들과 용들도 볼 수 있었으나 그들은 멀찌감치 떨어져서 밝은 낮 동안에는 가까이 다가오지 않았다. 그러나 그가 여전히 그들을 볼 수 있었던 것은 '어두운 가운데에서 은밀한 것을 드러내시며, 죽음의 그늘을 광명한 데로 나오게 하시느니라.'[95]라는 말씀을 이루시기 위함이었으리라.

이전에는 두려움뿐이던 외딴 골짜기 위의 모든 위험을 밝은 태양 아래 명백히 드러내 놓고 보니 크리스천이 느끼는 감격은 이루 말할 수 없었다. 태양은 환히 떠오르고 있었고, 크리스천에게 이것은 또 다른 은총이었다. 사망의 음침한 골짜기의 전반부가 위험했다면, 믿을 수 없겠지만 이제부터 그가 가야 할 후반부는 심지어 전반부보다도 더 위험했기 때문이다. 말하자면 그가 지금 서 있는 곳부터 골짜기가 끝나는 곳까지, 그 길 위에는 온통 올가미와 덫과 속임수와 그물망이 가득했고, 게다가 웅덩이와 함정과 깊은 구덩이와 비탈길마저 놓여 있어 만약 골짜기 전반부를 걸어올 때와 같은 어둠 속에서라면 목숨이 천 개라도 살아남지 못할 것이었다. 그러나 말했다시피 이제는 태양이 떠오르고 있지 않던가! 그가 외쳤다. "그의 등불이 내 머리를 비추고 내가 그의 빛을 힘입어 암흑 속을 걸어가느니라."[96]

---

94 아모스 5:8.

95 욥기 12:22.

96 욥기 29:3.

밝은 태양 아래 사내는 골짜기의 끝자락에 다다랐다. 꿈속에서 보니 골짜기의 끝에는 핏자국과 해골과 뼈다귀의 잔해와 갈기갈기 찢긴 시체가 가득했다. 그중에는 이 길을 먼저 지나간 순례자들의 시체도 있는 듯했다. 과연 그들은 어쩌다 그렇게 된 걸까 생각에 잠겨 있는데 내 앞에 동굴 하나가 보였다. 옛날에 그곳에는 교황과 이교도라는 두 거인이 살았는데, 그곳에 있는 핏자국과 해골과 뼈다귀는 그 두 거인의 힘과 횡포에 의해 잔인하게 죽임당한 사람들의 것이었다. 그런 곳을 크리스천은 아무 일 없이 지나왔다는 것이 놀라울 따름이었다. 역시나 알고 보니 이교도는 이미 오래전에 죽었으며, 또 다른 하나는 아직 살아 있긴 하나 세월의 흐름과 젊은 시절의 수많은 격전으로 인해 정신이 쇠약해지고 뼈마디도 굳어 버려 이제 그가 할 수 있는 것이라고는 고작 동굴 입구에 앉아 지나가는 순례자들을 보면서도 다가갈 수 없어 이를 갈며 손톱을 물어뜯는 것뿐이었다.

크리스천은 계속해서 길을 걸어갔다. 그러나 동굴 입구에 앉아 있는 늙은 거인을 보자 그는 쉽사리 판단이 서지 않았다. 특히 거인이 그에게 말을 걸었을 때는 더욱 그러했다. 거인은 차마 사내를 쫓아갈 수는 없었으나 그를 보고 소리쳤다. "너희는 얼마나 더 불태움을 당해야 정신을 차리겠느냐!" 그러나 사내는 안색 하나 변하지 않은 채 묵묵히 길을 걸어갔고, 결국 아무런 해도 입지 않았다. 그러자 크리스천은 기쁨의 노래를 불렀다.

"아아, 경이로운 세상이로다! (어찌 다 표현할 수 있으리!)
이와 같은 위험에서 나를 보호하사
이곳까지 안전하게 나를 인도하시니
고통 가운데 나를 건지신 그의 도우심을 찬양할지어다!
어둠 속의 위험과 사탄과 지옥과 죄악이
이 골짜기 가운데 나를 에워싸고,

올가미와 구덩이와 속임수와 그물망이

나의 가는 길에 가득하구나!

연약하고 보잘것없는 내가 걸려 넘어지지 않음은 주님의 은혜로다!

보좌 위에 앉으신 통치자 예수를 높여 찬양하리!"

5

크리스천이 길을 걷다 보니 작은 오르막길이 나타났다. 순례자들이 앞을 내다볼 수 있도록 만들어진 낮은 둔덕이었다. 크리스천도 둔덕 위에 올라 앞을 내다보았다. 그러자 앞에 걸어가고 있는 믿음이 눈에 띄었다. 크리스천이 크게 외쳤다. "어이, 여보게! 잠깐 기다려 보게! 나랑 같이 가세!" 그러자 믿음이 뒤를 돌아보았고, 크리스천이 그를 향해 다시 외쳤다. "잠시만 멈춰 보게나! 내가 그리로 갈 테니." 그러나 믿음이 대답했다. "안 되네. 이건 내 목숨이 걸린 일이네. 피의 보복자[97]가 나를 따라오고 있단 말일세!"

이에 크리스천은 다소 감동을 받았다. 그래서 그는 있는 힘을 다해 믿음이 있는 곳까지 달려가 심지어는 믿음을 제치고 나아갔다. 성경에 이르기를 나중 된 자가[98] 먼저 된다고 하지 않던가! 벗을 앞지른 크리스천은 자랑스러운 듯 씩 웃었다. 그러나 방심한 사이 그는 발을 헛디뎌 넘어지고 말았고, 결국 믿음이 다가와 부축해 줄 때까지 일어나지 못했다.

그리고 꿈속에서 그들은 순례 길 가운데 일어난 일들을 즐겁게 나누며 다정하게 길을 걸어갔다. 크리스천이 먼저 말을 걸었다.

---

97 신명기 19:6; 여호수아 20:5, 20:9.
98 마태복음 19:30.

크리스천 친애하고 존경하는 나의 벗 믿음이여, 자네를 다시 보니 좋구면. 하나님께서 우리를 이런 편안한 길 가운데 서로를 벗 삼아 가게 하시니 영혼에 커다란 위로가 아닐 수 없네.

믿음 친구, 사실 나는 우리 마을에서부터 쭉 자네와 함께 가고 싶었다네. 비록 자네가 먼저 가는 바람에 이 먼 길을 나 홀로 걸어와야 했지만 말일세.

크리스천 내가 순례 길을 떠나고 난 후 멸망의 성읍에 얼마 동안이나 머물렀는가?

믿음 자네가 떠난 직후 마을에 무서운 소문이 돌았다네. 하늘이 불을 내려 머지않아 우리 마을을 몽땅 잿더미로 만들어 버릴 거라는 이야기였지. 그래서 더 이상 그곳에 머무를 수가 없어 떠나왔다네.

크리스천 뭐야? 마을 사람들이 그런 이야기를 했단 말인가?

믿음 그렇네. 한동안 소문이 자자했었지.

크리스천 아니, 그게 정말인가? 그런데도 결국 재앙을 피해 달아난 것은 자네뿐이란 말인가?

믿음 물론 재앙에 대한 소문은 자자했지만 사람들은 그다지 믿지 않는 눈치더군. 한창 소문이 돌 무렵에는 자네와 자네의 무모한 여정에 대해 조롱하는 말들도 많았으니 말이야. 사람들은 자네의 순례 길을 그렇게 불렀다네. 하지만 나는 우리 마을이 결국 하늘의 불과 유황으로 멸망에 이를 거라는 것을 믿었네. 물론 지금도 믿고 말이야. 그래서 나도 피해야겠다고 마음먹었지.

크리스천 혹시 변덕쟁이에 대한 소식은 못 들었나?

믿음 들었네, 크리스천. 그가 자네를 따라 절망의 수렁까지 갔었다면서? 사람들은 그가 수렁에 빠졌다더군. 변덕쟁이 그 친구는 아니라고 우겼지만 말일세. 그러나 틀림없이 그의 몸에는 온통 진흙 자국이 묻어 있었어.

크리스천　이웃들은 그에게 뭐라던가?

믿음　돌아온 후 그는 완전히 조롱거리가 되어 버렸다네. 사람들은 온갖 수단과 방법으로 그를 놀려 대고 업신여겼지. 이제 그를 고용하려는 사람은 아무도 없을 걸세. 하필이면 마을을 떠났다가 다시 돌아오는 바람에 정말이지 딱하게 되었어.

크리스천　그런데 마을 사람들은 그를 왜 그렇게 욕하는 건가? 그들도 그 길을 싫어하는 건 마찬가지 아니었던가?

믿음　그들은 '저 변절자의 목을 매달아라! 그는 자기 신념을 저버리는 자다!'라고 하더군. 내 생각에는 그가 가던 길을 저버렸기 때문에 하나님께서 그의 원수들을 죄다 일으키셔서 그를 손가락질하고 조롱하게 하신 듯하네.[99]

크리스천　마을을 떠나기 전에 그와 대화를 나눠 본 적은 있는가?

믿음　한 번 길에서 그 친구를 본 적이 있는데, 마치 큰 잘못이라도 한 사람처럼 길 건너에서 힐끔거리더군. 그래서 굳이 말을 걸지는 않았네.

크리스천　그랬군. 처음 출발했을 때는 나도 그 친구에게 희망을 걸어 보았건만, 이제는 마을에 들이닥칠 재앙 가운데 파멸하고 말겠군. 참된 속담에 이르기를 '개가 그 토하였던 것에 돌아가고 돼지가 씻었다가 더러운 구덩이에 도로 누웠다.'[100] 하지 않던가?

믿음　나도 그가 참 안됐네. 허나 신의 섭리를 우리가 어찌 막을 수 있겠는가?

크리스천이 말했다. "자, 자, 친구, 이제 그 친구 얘기는 그만두고, 이제 우리 얘기나 해 보세. 오는 동안 자네가 겪은 이야기를 좀 들려주게나. 설마 지금껏 아무 일도 없었던 것은 아니겠지?"

---

99 잠언 15:10.
100 베드로후서 2:22.

믿음 난 다행히 자네가 빠졌다는 그 수렁은 모면했다네. 그러고는 무사히 좁은 문까지 갈 수 있었지. 비록 도중에 음녀라는 여자를 만나 화를 당할 뻔하긴 했지만 말이야.

크리스천 자네가 그녀의 올가미에 걸려들지 않았다니 다행일세. 요셉도 그녀에게 걸려들 뻔했다 자네처럼 빠져나왔지만 하마터면 목숨까지 잃을 뻔했지 않은가?[101] 그나저나 그녀가 자네에게 무슨 짓을 하던가?

믿음 그 여자가 얼마나 달콤한 말로 사람을 유혹하는지 자네가 겪어 보지 않고는 모를 걸세. 자기와 함께 가면 원하는 즐거움은 뭐든 주겠다며 나를 끈질기게 유혹하더군.

크리스천 그중에 양심에 떳떳한 즐거움은 하나도 없었을 걸세.

믿음 자네 내 말이 뭘 의미하는지 알겠나? 영혼의 즐거움이 아닌 육체의 쾌락 말이네.

크리스천 정말 자네가 그 여자에게서 달아났다니 천만다행이로군! 그녀의 함정에 빠지는 자들은 여호와의 혐오를 받는 자들이니 말이야.[102]

믿음 그런데 내가 그 여자에게서 완전히 벗어난 건지 아닌지 아직도 잘 모르겠네.

크리스천 그건 무슨 말인가? 자네 설마 그 여자의 음욕에 넘어간 건 아니겠지?

믿음 아닐세. 결코 내 자신을 더럽힐 일은 하지 않았다네. '그녀의 걸음은 지옥으로 나아가느니라.'[103]라는 옛 말씀을 기억하고는 그 여자의 모습에 홀리지 않도록 눈을 감아 버렸지.[104] 그랬더니 그 여자가

---

101 창세기 39:11-13.
102 잠언 22:14.
103 잠언 5:5.
104 욥기 31:1.

내게 악담을 퍼붓더군. 하지만 나는 아랑곳하지 않고 내 길을 갔다네.

크리스천 오는 동안 다른 시련은 없었나?

믿음 역경의 언덕으로 향하는 기슭에 이르렀을 때 나이가 아주 많은 노인이 다가오더니 나더러 어디로 가는 중인지 묻더군. 그래서 내가 거룩한 성을 향해 가는 순례자라고 했더니 그 노인이 말했네. "믿음직해 보이는 사내로구먼. 내가 삯을 지불할 테니 나와 함께 살지 않겠나?" 그래서 노인에게 이름과 거처를 묻자 그는 유혹이라는 마을에 살고 있는 아담 1세[105]라고 하더군. 그리고 그에게 하는 일은 무엇이며 삯으로는 무엇을 줄 것인지 묻자 그가 대답하기를 자신이 하는 일은 숱한 즐거움을 주는 일이며 내가 받게 될 삯은 그의 상속인이 될 수 있는 권한이라고 하였네. 그래서 내가 다시 그의 집과 다른 하인들은 어떠냐고 물었더니 그가 대답하기를 그의 집은 온갖 아름다운 것으로 가득하고, 다른 하인들은 모두 친자식이라고 했네. 그래서 내가 자식은 몇 명이냐 물었더니 딸만 셋인데 이름은 각각 육신의 정욕과 안목의 정욕과 이생의 자랑[106]이며, 내가 원하면 딸들과 결혼도 시켜 주겠다고 하는 걸세. 그래서 언제까지 나와 같이 살고자 하는지 물었더니 그가 대답하길 자기가 죽는 날까지 함께 살길 원한다고 하더군.

크리스천 그래 결국 어떻게 하기로 했나?

믿음 그게 말일세, 처음에는 그의 제안이 꽤나 솔깃해서 함께 가 볼까 하는 마음이 들더군. 헌데 글쎄, 대화 중에 노인의 이마를 보니 '옛사람과 그 행위를 벗어 버리라.'[107]라고 쓰여 있는 게 아니겠나?

크리스천 그래서 어찌했나?

---

105 로마서 5:12-14; 고린도전서 15:21-22.
106 요한일서 2:16.
107 골로새서 3:9.

76

믿음 그걸 보자 정신이 번쩍 들더군. 그가 어떤 감언이설로 나를 유혹한다 하더라도 결국 집에 가는 순간 그는 나를 노예로 팔아 버릴 게 뻔했네. 그래서 나는 절대 그의 집 근처에도 가지 않을 테니 허튼 수작은 관두라고 말했지. 그러자 노인은 내게 욕지거리를 퍼부으며 곧 누군가를 보내어 인생의 쓴맛을 알게 해 주겠노라고 소리를 질러 댔네. 나는 길을 계속 가기 위해 그에게서 등을 돌렸지. 그런데 등을 돌려 앞으로 발을 내딛는 순간 갑자기 그가 내 몸을 움켜잡고는 있는 힘껏 뒤로 확 낚아채는 게 아닌가! 마치 내 살점을 한 움큼 떼어 가는 듯한 느낌이 들더군. 그래서 나도 모르게 "아아! 끔찍하도다!"라며 울부짖고 말았네. 그러고 나서 언덕을 올라가기 시작했는데, 한 절반쯤 올라갔을 무렵 뒤를 돌아보니 한 남자가 나를 쫓아오고 있는 게 아닌가! 그는 바람같이 빠르게 달려와 정자가 있는 곳쯤에서 나를 따라잡았다네.

크리스천이 말했다. "바로 그곳이네! 바로 그곳에서 내가 앉아 쉬다가 잠이 들어 버리는 바람에 품에 있던 두루마리를 잃어버렸었지."

믿음 이 사람아, 내 말을 끝까지 들어보게. 그 사람은 나를 따라잡자마자 한마디 말도 없이 나를 바닥에 때려눕혔네. 나는 시체처럼 바닥에 널브러졌지. 그리고 정신이 조금 들었을 때 그에게 나를 때린 이유를 물었더니 그는 내 마음이 은밀히 아담 1세에게로 기울었기 때문이라고 하더군. 그러더니 그는 또 한 번 내 가슴에 치명타를 날렸고, 나는 또 한 번 뒤로 나가떨어져 그의 발 아래 시체처럼 널브러졌네. 그리고 다시 정신이 들어, 나는 그에게 살려 달라고 애원했으나 그는 내게 "나는 자비를 모르는 사람이다."라고 말하고는 나를 한 번 더 때려눕혔네. 다행히 그곳을 지나던 누군가가 그를 말렸기에 망정이지, 그렇지 않았더라면 나는 틀림없이 그곳에서 죽고 말았을 걸세.

크리스천 그를 말린 사람이 누구였나?

믿음 처음에는 나도 그가 누군지 몰랐네. 그런데 그가 지나갈 때 보니 그의 손과 옆구리에 구멍이 나 있더군. 그제야 나는 그분이 예수님이었다는 것을 알아챘지. 그리고 나는 다시 언덕을 올라갔네.

크리스천 자네를 쫓아간 사람은 모세였다네. 그는 율법을 어기는 자에게는 자비를 베풀 줄도 모르며 결코 살려 두는 법이 없지.

믿음 그건 나도 이미 잘 아네. 그를 만난 건 그게 처음이 아니었거든. 내가 아무 걱정 없이 집에서 쉬고 있을 때 내게로 와서 만약 내가 그곳에 계속 머무른다면 우리 집을 통째로 불태워 버리겠다고 한 것도 바로 그였네.

크리스천 그나저나 자네, 모세를 만났던 그 산의 꼭대기 길가에 있는 집은 보지 못했나?

믿음 보았네. 그리고 사자도 보았지. 가까이 가 보지는 않았지만 사자들은 잠들어 있는 듯했네. 정오 무렵이었으니까 말이야. 허나 아직 어두워지려면 한참이나 남았길래 나는 그저 문지기 옆을 지나 산을 내려왔다네.

크리스천 안 그래도 자네가 지나가는 걸 봤다고 그가 말하더군. 그래도 자네가 그 집에 머물렀다면 그들이 수많은 진귀한 것을 보여 주었을 텐데 아쉽군. 아마 그것들을 보면 죽을 때까지 잊지 못할 걸세. 그건 그렇고, 굴욕의 골짜기에서는 아무도 안 만났는가?

믿음 불평하는 자를 만났네. 그는 내게 자기와 함께 돌아가자고 들볶더군. 그 골짜기는 굴욕뿐이라면서 말이네. 게다가 그 길을 가는 것은 자존심과 오만과 허영과 속세의 영광은 물론 내 가족에게 등을 돌리는 것이라고 했네. 내가 만약 그 골짜기를 계속 가는 바보 짓을 한다면 내 가족들이 적잖이 실망할 거라고 말이지.

크리스천 그래서 자네는 뭐라고 답했나?

믿음 나는 만약 그 사람들이 내 혈육임을 주장해도 사실이니 어쩔 수는 없지만 이제 나는 순례자의 길을 가기로 했으므로 그들은 더 이상 내 가족이 아니며 나도 그들과의 연을 끊었다고 말했네. 그러니 이제 그들은 처음부터 내 혈통이 아니었던 것이나 마찬가지라고 말일세. 그리고 그 골짜기에 대해서는 그가 생각한 게 틀렸다고도 했네. 영광을 얻기 위해서는 굴욕을 견뎌야 하고, 거만한 마음은 넘어짐의 앞잡이[108]일 뿐이라고 말이야. 그리고 내가 말했다네. 그가 최고로 여기는 인간적인 가치를 택할 바에는 지혜 있는 자들이 일컫는 영광을 좇아 이 골짜기를 기꺼이 걸어가겠다고 말이지.

크리스천 그리고 그 골짜기에서 다른 사람은 안 만났는가?

믿음 치욕이라는 자도 만났다네. 헌데 내 생각에는 순례 길 가운데 만난 사람들 중에 그자처럼 이름이 안 어울리는 자도 없었던 것 같네. 다른 사람들은 그래도 몇 번 거절하고 나면 수긍을 하던데 아글쎄, 이 뻔뻔한 치욕이라는 자는 '아니오.'라는 말을 끝까지 대답으로 받아들이지 않더란 말이지.

크리스천 그래 그가 자네에게 뭐라던가?

믿음 그가 뭐라고 했냐고? 그는 종교 자체를 반대하더군. 종교에 심취한다는 것은 그저 한심하고 천하고 비굴한 일이라고 말이야. 양심에 귀를 기울이는 건 나약한 짓이고, 이 시대의 용감한 영혼들이 익숙해져 있는 자유로부터 자신을 구속하며 말과 행실을 삼가는 것은 지금 시대에서는 조롱거리만 될 뿐이라고도 했다네. 게다가 위대하고, 부유하고, 지혜로운 사람들 중에 나 같은 생각을 가진 사람들은 극히 일부일 뿐이며, 그중 누구도 바보가 아닌 이상 확실히 알지도 못하는 것을 위해 무모하게 가진 것을 다 버리지는 않는다[109]고 하더군. 그리고 어느 시대를 보더라도 대부분의 순례자들은 신분과

---

108 잠언 16:18.
109 고린도전서 1:26, 3:18; 빌립보서 3:7-8.

생활 수준이 미천하고 보잘것없으며, 무식하고 세상 물정에 어둡다고 비난하기도 했네.[110] 그래, 그는 그런 식으로 나를 붙잡고 내가 여기서 일일이 다 언급할 수 없을 만큼 많은 비난을 쏟아 냈지. 설교를 들으면서 울며 탄식하는 것도 남부끄러운 일이요, 한숨과 신음 속에 집으로 돌아오는 것도 망신이며, 사소한 잘못 때문에 이웃에게 용서를 구하는 일이나, 빼앗은 것을 다시 돌려주는 것마저도 모두 치욕스러운 일이라는 걸세. 게다가 종교는 사소한 잘못들을 들먹이며(실제로는 더 세세히 늘어놓았네.) 사람으로 하여금 높고 영향력 있는 사람들을 멀리하도록 만들고, 결국은 같은 종교를 믿는 미천한 자들이나 사귀고 섬기도록 만드니 그야말로 치욕스러운 일이 아니냐고 하더군.

크리스천 그래서 자네는 뭐라고 했나?

믿음 뭐라고 했냐고? 처음에는 도통 무슨 말을 해야 할지 모르겠더군. 그가 나를 어찌나 몰아붙이던지 내 얼굴이 시뻘겋게 달아오를 정도였네. 게다가 치욕은 그것까지도 놓치지 않고 거세게 쏘아붙이더군. 그러나 결국 사람들 중 높임을 받는 것들은 하나님 앞에 미움을 받는 것이라는 생각이 들기 시작했지.[111] 그리고 또 생각해 보니 이 치욕이라는 자는 사람들에 대해서만 이야기할 뿐 하나님과 말씀에 대해서는 한마디도 하지 않았지 뭔가? 게다가 마지막 심판의 날에 우리는 세상에 속한 사람들에 의해서가 아닌 하늘에 계신 하나님의 지혜와 법으로 심판 받게 될 거라는 생각에까지 미치니 세상 사람들이 뭐라고 하든 간에 결국은 하나님께서 제일이라고 말씀하시는 것들이 역시 제일이라는 생각이 들더군. 그래서 말했지. "그러므로 하나님께서 예배를 좋게 여기시고, 민감한 양심을 더 낫게 여기시며, 하나님의 나라를 위해 스스로 어리석게 되는 이가 가장 지혜로우

---

110 요한복음 7:48.
111 누가복음 16:15.

며,[112] 예수를 사모하는 가난뱅이가 하나님을 핍박하는 속세의 부자보다 부유하다 하셨으니, 치욕아 썩 물러갈지어다! 너는 내 구원을 막아서는 적이로다! 내가 감히 통치자 여호와를 등지고 너의 말에 귀기울이겠느냐! 그리한다면 그분 오시는 날 내가 차마 고개를 들 수 없으리로다! 내가 지금 그의 방식과 그의 종들을 부끄러워한다면 내 어찌 그의 은총을 바라겠느냐!"[113] 허나 이 치욕이란 놈은 정말이지 끈질기더군. 내가 떨쳐 낼 수 없게 내 옆에 딱 달라붙어서는 종교가 가진 이런저런 약점들을 계속해서 내 귀에 속삭이는 게 아니겠나? 하지만 결국은 계속 나를 꼬드리려 해 봤자 소용없다고 그자에게 말했지. 그가 업신여기는 그 모든 것이 내게는 가장 큰 영광이라고 말이네. 그러자 마침내 그 끈질긴 놈을 벗어날 수 있었고, 그를 떨쳐 보낸 후 나는 노래를 불렀다네.

"거룩한 부르심을 좇아 순종하는 자들에게
때마다 시험이 찾아오네.
육신의 평안을 갈망하는 수많은 유혹이
쉼 없이 나를 공격해 오니,
때로는 유혹에 사로잡혀
굴복당한 채 버려지는구나.
오, 주의 길을 가는 순례자들이여!
항상 깨어 담대하게 유혹에 맞서세!"

크리스천 자네가 그리 담대하게 그 악질과 맞서 견뎌 냈다니 정말 기쁘네, 친구. 쭉 자네의 말을 들으니 그의 이름은 확실히 잘못된 것 같군. 길에서 자네를 그렇게 뻔뻔하게 좇아오며 세상 사람들 앞에서 창피를 주고 우리로 하여금 올바른 길을 부끄럽게 여기도록 하려 한

---

112 고린도전서 3:18-19.
113 마가복음 8:38.

것을 보면 말이야. 여간 **뻔뻔**해서는 그러지 못할 텐데 말일세. 그러나 그는 그냥 무시해 버리도록 하세. 아무리 그가 허세를 부린다 해도 결국 바보짓을 자처하는 것이니 말이네. 솔로몬이 말하길 '지혜로운 자는 영광을 기업으로 받거니와 미련한 자의 영달함은 수치가 된다.'[114] 하지 않았는가.

믿음　아무래도 치욕에 맞서 이 땅에서 진리를 굳게 붙잡을 수 있도록 여호와께 도움을 구해야겠네.[115]

크리스천　맞는 말일세. 그나저나 그 골짜기에서 또 만난 사람은 없는가?

믿음　없네. 그 골짜기는 물론이고 사망의 음침한 골짜기를 갈 때도 내내 날이 밝았었다네.

크리스천　그것 참 다행이었군그래! 나랑은 영 반대였구려. 나는 그 골짜기에 이르자마자 아볼루온이라는 추악한 마귀를 만나 한참 동안이나 사투를 벌였다네. 아, 그 마귀가 나를 넘어뜨리고 짓누르기 시작할 땐 정말이지 이러다가 갈갈이 찢겨 죽겠구나 싶더라니까. 그가 나를 바닥에 내던지면서 내 검마저 손에서 놓쳐 버리는 바람에 그도 내게 죽을 각오를 하라더군. 허나 여호와께서 나의 부르짖음을 들으시고는 나를 그 모든 환난 가운데서 건져 주셨다네.[116] 그리고 사망의 음침한 골짜기로 들어갔을 때는 거의 절반 가까이를 불빛 하나 없는 칠흑 같은 어둠 속에서 걸어가느라 몇 번이나 생명의 위험을 느꼈다네. 그러나 마침내 날이 밝아 태양이 떠올랐고, 나머지 절반은 훨씬 수월하고 편하게 지나올 수 있었지.

꿈속에서 그들이 함께 걸어가는 것이 보였다. 우연히 고개를 돌려

---

114 잠언 3:35.
115 예레미야 9:3.
116 시편 34:6.

옆을 바라본 믿음의 눈에 저 멀리 떠버리라는 사내가 걸어가고 있는 것이 보였다. 이곳은 그들 모두가 함께 걸을 수 있을 만큼 넓은 길이었기 때문이었다. 그는 키가 컸고, 가까이에서보다 멀리서 볼 때 더 잘생겨 보이는 인물이었다. 믿음이 그 남자에게 말을 걸었다.

믿음 여보시오. 당신은 어디로 가는 길이오? 당신도 혹시 천국으로 가고 있소?

떠버리 맞습니다. 바로 그곳으로 가고 있습니다.

믿음 아, 그거 잘됐구려. 그럼 우리와 함께 가시겠소?

떠버리 아, 그럼요. 같이 가고말고요.

믿음 좋소. 그럼 같이 가면서 서로 유익한 이야기들이나 나눠 봅시다.

떠버리 유익한 이야기라면 그 누구하고라도 언제든지 환영이지요. 유익한 이야기를 나누고 싶어 하는 사람들을 만나다니 기분이 좋군요. 솔직히 말하면 요즘은 여행자들이 시시껄렁한 이야기나 나누면서 시간을 보내지 도움이 되는 이야기를 나누는 사람들은 거의 없지 않습니까? 참 유감스러운 일이 아닐 수 없지요.

믿음 정말 애석한 일이오. 사람의 입과 혀로 하여금 하늘에 계신 하나님에 대한 이야기를 하게 하는 것만큼 가치 있는 일이 또 어디 있단 말이오?

떠버리 어쩜 그렇게 옳은 말씀만 하십니까? 정말 제 마음에 쏙 드는 동행을 찾았군요. 한마디 덧붙이자면, 하나님에 대한 이야기만큼이나 즐겁고 유익한 것이 또 어디 있으며, 게다가 특히 경이로운 것들을 좋아하는 사람이라면 이보다 즐거운 이야깃거리가 어디 또 있단 말입니까? 그러니까 예를 들어, 역사나 신비로운 사건에 대해 이야기하기 좋아하는 사람이라든지, 기적이나 불가사의나 계시에 관심이 있는 사람이 있다면, 성경책만큼 재미있고 신비로운 책이 또 어디 있겠습니까?

믿음 맞는 말이오. 대화를 통해 우리가 얻고자 하는 것이 바로 그런 것들이지요.

떠버리 제 말이 바로 그겁니다. 그런 이야기야말로 그 어떤 것보다도 유익한 것이니까요. 그런 이야기들로부터 인간이 얻을 수 있는 깨달음은 아주 많지요. 예를 들어 세상에 속한 것들의 헛됨과 하늘의 상급과도 같은 것들 말입니다. 게다가 이를 통해 인간은 죄로부터 돌이키는 것과, 믿고 기도하고 고통받는 것이 어떤 것인지 알게 되며, 성경이 주는 언약과 위로는 우리에게 크나큰 기쁨마저 주지요. 또한 이를 통해 인간은 그릇된 주장에 반박하여 진리를 증거할 수도 있게 되며, 무지한 자를 가르칠 수도 있게 되지요.

믿음 모두 다 맞는 말이오. 당신의 말을 듣고 있으니 속이 시원하구려.

떠버리 아아, 그러나 애석하게도 사람들이 쓸데없는 것에 관한 이야기만 나누기가 일쑤니, 영생을 소유하기 위해 믿음을 가져야 할 필요성이나 은혜로 영혼을 가꿔야 할 이유조차 모르는 것 아니겠습니까!

믿음 잠깐, 하늘의 지혜는 하나님의 은혜로 말미암는 것이므로 그 누구도 인간의 행위와 말로는 그것을 소유할 수 없다오.

떠버리 아, 그야 저도 잘 알지요. 하나님께서 선물로 주시지 않고서는 인간이 그 무엇도 누릴 수 없다고 하시지 않았습니까? 이것을 뒷받침할 성경 구절을 백 개쯤은 거뜬히 댈 수 있답니다.

믿음이 말했다. "자, 그럼 뭐부터 이야기를 나눠 보겠소?"

떠버리 원하시는 건 뭐든지요. 하늘에 속한 것이나 땅에 속한 것이나, 현실적인 이야기나 성경의 가르침이나, 저는 무슨 이야기든지 다 들려드릴 수 있으니까요. 아니면 성스러운 이야기든 세속적인 이야기든, 지난 일이든 앞으로의 일이든, 이방 이야기든 고향 이야기든, 필연적인 사건이든 우연적으로 일어난 일이든 유익한 이야깃거리는 가득하답니다.

이에 믿음은 감탄하기 시작했다. 그러고는 지금껏 외따로 걷고 있던 크리스천에게로 다가가 조용히 말했다. "저 친구 정말 대단한걸! 아주 훌륭한 순례자가 되겠어!"

그러자 크리스천이 슬며시 미소를 지으며 말했다. "자네가 반해 버린 저 사람은 자신의 세 치 혀로 그를 모르는 사람들 스무 명은 거뜬히 속여 넘길 수 있을 것이네."

믿음 아니, 그럼 자네 저 사람을 아는가?

크리스천 그를 아냐고? 그럼, 그 자신보다도 더 잘 알지.

믿음 대체 저 사람이 누구길래 그러나?

크리스천 떠버리라는 작자라네. 우리 마을에 살던 사람인데, 자네가 저 사람을 모른다니 놀랍구먼. 우리 마을이 크긴 하지만 말이네.

믿음 누구의 아들인가? 사는 곳은 어디쯤이고?

크리스천 언변술사라는 자의 아들인데, 수다거리에 살아서 그를 아는 사람들은 다들 그를 수다거리의 떠버리라고 부른다네. 말재간은 화려하다만 결국 질이 나쁜 인간이지.

믿음 왜, 내가 보기에는 좋은 사람 같은걸.

크리스천 그를 잘 모르는 사람들은 흔히들 그렇게 말하지. 밖에서 보여 주는 모습은 더할 나위 없이 훌륭하거든. 그러나 주변 사람들에게는 추악하기 그지없다네. 자네가 그를 좋은 사람이라고 말하는 것을 들으니 어떤 화가의 그림이 생각나는구먼. 그 그림은 멀리서 보면 정말 훌륭한데, 이상하게도 아주 가까이에서 보면 꽤나 불쾌한 그림이었거든.

믿음 자네가 아까 웃은 걸 생각하니 왠지 농담 같구먼.

크리스천 내가 웃은 것은 사실이지만 행여 이런 일에 대해서 농담하거나 거짓 고소할 사람으로 보이는가? 내가 저자에 대해 더 자세히 말해 주겠네. 저 사람은 그 누구와 그 어떤 이야기라도 할 수 있는 사람이네. 지금 자네와 얘기하고 있듯이, 선술집에 가서도 수다를 떨수 있는 사람이란 말이지. 술에 취하면 취할수록 점점 더 쉬지 않고 종알댄다네. 그의 마음속에도, 집에도, 대화 속에도 신앙심이란 없지. 모두 것은 그저 말뿐이고, 혀를 놀리는 것이야말로 그에게 종교라면 종교랄까?

믿음 설마! 그게 사실이라면 나는 이 사람을 완전히 잘못 봤다는 말인가?

크리스천 완전히 속은 게지! 내 말을 믿게. '그들은 말만 하고 행하지 아니한다.'[117]라는 말을 기억하는가? 그러나 하나님의 나라는 말에 있는 것이 아니고 오직 능력에 있는 것이지.[118] 그가 아무리 기도와 회개와 믿음과 거듭남에 대해 이야기를 할지언정 그는 오직 말뿐이네. 나는 그의 가족과도 잘 아는 사이라서 그를 가정 안팎에서 봐왔으니, 내가 그에 대해서 하는 말은 모두 사실이라네. 마치 달걀 흰자에서 아무 맛도 찾아볼 수 없듯이 그의 집안 어디에도 신앙심의 흔적이라곤 찾아볼 수가 없지. 기도는커녕 회개의 흔적도 찾아볼 수가 없다네. 아마 짐승들도 신을 믿는다면 그보다는 더 잘 섬길 걸세. 그를 아는 모든 사람은 그자야말로 바로 종교에 대한 모독이요 치욕이며 망신이라고 말하고는 하지.[119] 그가 사는 동네에서 그를 만난 자들 중에 종교에 대해 좋은 말을 하는 사람은 거의 없다네. 흔히 그를 아는 사람들은 '밖에서는 성인군자요, 집에서는 악마'라고 하더군. 가

---

117 마태복음 23:3.
118 고린도전서 4:20.
119 로마서 2:24-25.

족들도 참 가엾지. 잔소리꾼에, 옹고집에, 하인들에게는 어찌나 부당한지 하인들은 항상 쩔쩔매고 그에게 말 한마디 못 걸더라니까? 게다가 그와 거래를 하는 사람들은 차라리 야만인과 거래하는 것이 낫다고 하더군. 그들과는 공정한 거래를 할 수 있으니 말이야. 하지만 이 떠버리란 작자는 어찌 생각하면 그들보다 한 수 위라서 그들을 속이고, 빼앗고, 선수 치기 일쑤라는 거지. 게다가 자기 아들들도 자신과 똑같이 만들고 있다는군. 그래서 혹시라도 그중 하나가 소심하고 어수룩하게 굴면 그게 다 민감한 양심 탓이라고 하면서 바보 천치로 치부해 버리고는 도통 일을 맡기지도 않고, 다른 사람들 앞에서 칭찬도 하지 않는다고 하네. 내가 생각하기에 그는 지금껏 살면서 많은 사람으로 하여금 실족하여 넘어지게 하였을 걸세. 그리고 하나님께서 손을 쓰시지 않는 한 앞으로도 많은 이를 파멸로 이끌고 말 거야.

믿음 아무래도 자네를 믿을 수밖에 없겠군, 친구. 단지 자네가 그를 안다고 하기 때문만이 아니라 자네는 그리스도인다운 시각에서 사람들을 바라본다는 것을 내가 알기 때문이지. 자네가 악의를 품고 이런 이야기들을 할 리는 없으니, 자네가 하는 말이 사실이라고 믿을 수밖에 없구먼.

크리스천 만약 내가 자네처럼 그에 대해 전혀 몰랐더라면 나도 아마 처음에 자네가 그랬듯 그를 좋은 사람이라 생각했을 걸세. 그리고 만약 그에 대해 나쁘게 말했던 사람들이 전부 종교에 적대적인 사람들뿐이었다면 흔히 악한 사람들이 선한 사람들의 명예를 훼손하기 위해 하는 모략이라고 여겼을 테지. 그러나 내가 지금껏 말한 것들과 그 외의 수많은 일화를 생각해 보면 그는 확실히 비난받아 마땅한 자라네. 선량한 사람들조차 그를 치욕으로 여겨 아무도 그를 형제라고 부르거나 친구라고 부르는 적이 없고, 그를 아는 이들은 심지어 그의 이름만 들어도 얼굴을 붉히곤 하니까 말이야.

믿음 그래, 이제 나도 말과 행동이 별개라는 것은 알았으니 앞으로 늘 염두에 두어야겠는걸.

크리스천 그렇네. 말과 행동은 영혼과 육체만큼이나 별개의 문제라네. 영혼이 없는 육체는 시체나 다름없듯이, 행동을 수반하지 않는 말 또한 시체에 불과하지. 실천이야말로 종교에서는 영혼이나 다름없다네. '하나님 아버지 앞에서 정결하고 더러움이 없는 경건은 곧 고아와 과부를 그 환난 중에 돌보고 또 자기를 지켜 세속에 물들지 아니하는 그것이니라.'[120] 라고 하지 않았는가. 떠버리가 놓치고 있는 부분이 바로 이것이네. 그는 말씀을 듣고 입으로 말하는 자가 좋은 그리스도인이라 생각하여 자기 영혼을 속이고 있는 게야. 말씀을 듣는 것은 씨를 뿌리는 것에 불과하며, 말하는 것만으로는 마음과 삶 속에 실제로 열매가 맺히고 있는지를 알기가 어렵지. 그러나 확신하건대 마지막 심판의 날에 우리는 열매로써 심판을 받을 것이네.

믿음 솔직히, 처음에도 저 친구가 그다지 마음에 들지는 않았었다만, 이제는 진저리가 다 나는구먼. 그럼 저자로부터 벗어나려면 어찌해야 하나?

크리스천 지금부터 내 말을 잘 듣고 내가 시키는 대로 하게. 그럼 저 친구도 금방 자네한테 싫증을 내고 말 걸세. 만약 하나님께서 그의 마음을 만지셔서 변화시키지 않는 한 말일세.

믿음 뭘 어떻게 하면 되는 건가?

크리스천 일단 그에게로 가서 신앙의 힘에 대해서 진지하게 대화를 이끌어 나가게. 그런 다음 그에게 터놓고 질문을 해도 되는지 물어본 후 그가 괜찮다고 하면(아마 분명히 괜찮다고 할 걸세.) 이러한 신앙의 힘이 그의 마음속이나 가정이나 행위 속에서 어떻게 드러나고 있는지 노골적으로 물어보게.

---

[120] 야고보서 1:27.

그러자 믿음은 다시 앞쪽으로 걸어가 떠버리에게 말했다. "아, 미안하오. 많이 기다리셨소?"

떠버리 아니요, 괜찮습니다. 그저 지금쯤이면 이미 많은 이야기를 나눌 수 있었을 텐데 아쉬울 따름이군요.

믿음 아, 괜찮다면 지금부터 이야기를 나눠 보도록 합시다. 내게 무엇이든 말해 주겠다고 했으니, 내가 질문 하나 하겠소. 인간의 마음속에서 감화된 하나님의 은혜는 어떤 식으로 표출되는 거요?

떠버리 아, 그럼 은혜의 영향력에 대한 이야기를 해 보면 되겠군요. 그것 참 좋은 질문입니다. 제가 명쾌하게 답변을 해 드리지요. 요점만 추려서 말하자면, 첫째로 누군가의 마음속에 하나님의 은혜가 임하면 그는 죄에 대해 격한 거부 반응을 보이고 비난하게 됩니다. 그리고 두 번째로는······.

믿음 아, 잠깐, 한 번에 한 가지씩 짚어 봅시다. 하나님의 은혜가 영혼으로 하여금 죄를 미워하게 만든다고 하는 게 더 낫지 않겠소?

떠버리 죄를 비난하는 것과 죄를 미워하는 것이 대체 뭐가 다른가요?

믿음 아! 많은 차이가 있다오. 죄를 비난하는 사람은 경건을 가장하기 위해서도 그럴 수 있지만, 정말로 죄를 혐오하는 마음이 없다면 죄를 미워하기란 불가능하니 말이오. 강단에서는 죄를 뜨겁게 비판하지만 정작 마음속이나 가정 또는 삶 속에서는 죄를 품고 살아가는 사람들의 이야기를 많이 들었다오. 어떤 사람들은 마치 엄마가 아이를 무릎에 앉혀 놓고 꾸짖는 것처럼 죄를 꾸짖지요. 버릇없는 아이라고 한 번쯤 꾸짖고는 다시 아이를 껴안고 입을 맞춘단 말이오.

떠버리 저를 곤란하게 하시려고 괜히 트집을 잡으시는 겁니까?

믿음 아니, 그럴 리가 있겠소. 나는 그저 잘못된 것을 바로잡으려는 것뿐이오. 그나저나 하나님께서 마음속에 역사하신다는 것을 알 수 있는 두 번째 증거는 무엇이오?

떠버리 난해한 성경 말씀에 대한 풍부한 지식을 보면 알 수 있지요.

믿음 그것은 첫 번째 증거가 되어야 하는 것 아니오? 첫 번째든 마지막이든 결국 이것 역시 잘못된 생각이지만 말이오. 지식, 당신이 말한 풍부한 지식은 성경에 드러난 많은 비밀을 통해 얻어질 수 있으나, 사람의 영에 역사하시는 하나님의 은혜는 그렇게 얻어질 수 있는 것이 아니오. 비록 모든 지식을 안다 할지라도 껍데기뿐이라면 그는 하나님의 자녀라고 할 수 없소. 예수님께서 제자들에게 '이 모든 것을 너희가 다 아느냐?'라고 물으시고, 제자들이 안다고 대답하자 그분께서 덧붙이셨소. '너희가 이것들을 행하면 복이 있으리라.'[121]라고 말이오. 하나님의 축복은 사람의 지식에 있는 것이 아니요, 그것들을 지켜 행하는 데에 있소. 종종 행동을 수반하지 않는 지식은 주인의 뜻을 알고도 그 뜻대로 행하지 아니하는 종[122]과 같다오. 그러니 천사의 지식을 다 가졌다 하더라도 그리스도인이라 일컬을 수 없는 자들도 있으므로 당신이 말한 증거는 옳지 않소. 오히려 지식은 수다쟁이나 허풍쟁이들을 기쁘게 하는 것에 불과하고, 행위야말로 하나님을 기쁘시게 할 수 있는 것이라오.

떠버리 이렇게 계속 저를 몰아가시면 유익한 대화를 나눌 수가 없습니다.

믿음 아, 알겠소. 자, 그러지 말고 하나님의 은혜가 드러나는 또 다른 증거를 말해 보시오.

떠버리 싫습니다. 또 꼬투리를 잡으실 게 뻔한 걸요.

믿음 정 싫다면 내가 한번 말해 봐도 되겠소?

떠버리 좋을 대로 하십시오.

---

121 요한복음 13:17.
122 누가복음 12:47.

믿음　사람의 마음속에 역사하는 하나님의 은혜는 그 사람 자신과 주위 사람들에게 드러난다오. 스스로 자신의 죄악을 발견하고 느끼도록 하는 것이 개인에게 드러나는 은혜라면, 주위 사람들에게는 그의 변화된 삶, 즉 하나님 보시기에 옳은 일을 행하는 삶을 통해 하나님의 은혜가 드러나게 되는 거요. 자, 이게 내가 생각한 하나님 은혜의 증거요. 만약 다른 생각이 있다면 말해도 좋소. 허나 그렇지 않다면 다음 질문을 하리다.

떠버리　아닙니다. 이번에 제 역할은 꼬투리를 잡는 것이 아니라 듣는 것이었는걸요. 자, 다음 질문을 말해 보시지요.

믿음　다음 질문은 바로 이거요. 당신도 스스로 죄를 뉘우치고 죄로부터 돌이킨 경험이 있소? 그리고 당신의 삶과 행동에서는 그런 것들이 어떻게 드러나고 있소? 아니면 당신의 믿음은 말과 혀에만 있고 행동과 현실 속에는 없는 것이오? 고로 '옳다 인정함을 받는 자는 자기를 칭찬하는 자가 아니요, 오직 주께서 칭찬하시는 자'[123]라고 하였으니, 만약 대답을 하려거든 하나님 앞에 정직하게 답하고, 양심에 거리낌이 없도록 하시오. 또한 나는 이러이러하다, 말하고는 그것이 삶 가운데 드러나지 않으며 모든 이웃이 공감할 수 없다면, 그것이야말로 큰 죄악을 범하는 것이 아니겠소?

이에 떠버리의 얼굴이 순간 붉어졌다. 그러나 그는 곧 냉정을 되찾고는 대답했다. "이건 제가 기대했던 대화와는 영 딴판이로군요. 그러니 그런 질문에는 대답하고 싶지 않고, 굳이 대답해야 할 의무도 못 느끼겠습니다. 설마 스스로를 심문자라고 착각하시는 건 아니시겠죠? 설령 그렇다고 해도 당신이 저를 정죄하도록 내버려 두지는 않을 겁니다. 그런데 대체 왜 그런 질문을 하시는 거죠?"

믿음　아, 난 그저 당신이 말하는 것을 좋아하길래 생각만 가득한

---

123 고린도후서 10:18.

게 아닌지 궁금했을 뿐이오. 그리고 솔직히 말하자면 당신은 말만 가지고 믿는 사람이며, 정작 삶의 모습을 보면 입으로 지껄인 것들은 다 거짓말이라는 얘기를 누군가로부터 들었소. 사람들은 당신이 그리스도인의 이름을 더럽히고 있고, 당신의 경건치 못한 행실로 인해 종교는 점점 더 설 자리를 잃어 가고 있다고 말하더군요. 게다가 뭇 사람은 이미 당신의 악한 행실로 인해 실족하여 넘어졌으며, 앞으로도 더 많은 사람이 당신 때문에 피멸에 이르게 될 거라고도 했소. 당신의 거짓 믿음, 선술집, 탐욕, 야비함, 욕설, 거짓말, 허식뿐인 인간관계, 이 모든 것이 당신을 말해 주고 있소. 당신이 모든 신도를 욕되게 하고 있단 말이오.

떠버리 사람들의 얘기만 듣고 성급한 판단을 하는 걸 보니 졸렬하고 음흉한 사람이라 더 이상 말을 섞으면 안 되겠군요. 그럼 전 이만.

그러자 크리스천이 믿음에게 다가와 말을 건넸다. "역시 내가 말한 그대로군. 자네의 말이 저 친구가 원하는 것을 만족시켜 주지 못한 게지. 아마 저 친구는 차라리 자네를 떠날망정 자신의 삶을 변화시키려 하지는 않을 걸세. 어쨌거나, 내 말대로 그는 떠났으니 그만 잊어버리세. 결국 저 사람만 손해지 뭐. 결국 저 상태로 우리와 계속 함께 갔으면 우리가 가는 길에 피해만 주었을 테고, 우리는 계속 그에게서 벗어나려고 애썼을 테니, 알아서 떠나 준 게 오히려 다행이군. 사도 바울이 말하길 그런 자들을 멀리하라 하지 않았던가?"

믿음 그래도 그와 짧게나마 이야기를 나눠서 다행이네. 어쩌면 그가 오늘 나눴던 이야기들을 다시 한 번 되새겨 볼지도 모르지 않나. 그러나 어쨌든 나는 그에게 똑똑히 전했으니, 그가 그의 죄악 중에 죽어도 나는 피값을 면한 것이네.[124]

크리스천 자네는 아주 담대하게 맞섰네. 요즘은 이렇게 올곧게 행

---

124 에스겔 3:18-21.

동하는 사람이 거의 없지 않던가? 경건은 말속에만 있고 삶은 추악함과 공허함으로 가득 찬 그런 떠버리들 때문에 종교가 멸시받고 있는 걸세. 그리고 그런 사람들이 경건한 사람들과 친밀하게 교제함으로써 세상을 어지럽히고 그리스도의 가르침을 더럽히며 참된 그리스도인의 가슴을 찢어 놓는 것이지. 나는 모든 사람이 그런 자들을 대할 때 자네와 같이 행동했으면 좋겠네. 그리하여 그들이 좀 더 믿음에 합당한 자들이 되든지, 아니면 신실한 하나님의 자녀들을 감히 건드릴 엄두도 못 내도록 말이야.

그러자 믿음이 노래했다.

"떠버리가 처음에 얼마나 득의양양했는지 기억하는가!
무엇이든 말하기를 주저하지 아니하고,
그 누구를 만나든지 거칠 것이 없었도다!
그러나 믿음이 영혼의 은혜를 논하자마자
마치 달이 기울듯 그도 허망하게 스러져 가는구나.
영혼의 은혜를 모르는 자 모두 그와 같이 되리."

그들은 계속 길을 걸으며 서로의 여정 가운데 있었던 일들을 함께 나누었다. 혼자 갔더라면 지루했을 그 길이 서로의 동행으로 한결 수월해진 것이다. 이제 그들은 광야를 지나고 있었다.

6

그들이 광야를 거의 벗어날 무렵, 우연히 뒤를 돌아본 믿음의 눈에 그들을 따라오고 있는 낯익은 한 사람이 보였다. 믿음이 크리스천에게 말했다. "어! 저기 누가 오는지 보게." 그러자 크리스천이 뒤를 돌아보고는 말했다. "저 사람은 선량하신 전도사 나리라네." 그러자 믿음이 말했다. "그래, 나도 아는 분일세. 내게 좁은 길로 가는 길을 알려 준 분도 바로 저분이네." 곧 전도사가 그들에게로 다가와 경의를 표했다.

전도사 친구들이여, 평안하시오! 그리고 당신을 돕는 자에게도 평안이 깃들기를 바라오![125]

크리스천 어서 오십시오, 전도사 나리. 나리를 다시 뵈니 제가 영생을 찾아갈 수 있도록 나리께서 보여 주신 친절과 불굴의 노력이 다시금 머릿속에 떠오르는군요.

믿음이 말했다. "참 잘 오셨습니다! 나리께서 이런 보잘것없는 순례자들과 동행해 주시니 얼마나 기쁜지 모릅니다!"

전도사가 말했다. "친구들이여, 그동안 잘 지내셨소? 우리가 마지막으로 본 이후로 지금까지 어떤 일들이 있었고, 또 어떻게 대처했는지 궁금하구려."

그러자 크리스천과 믿음은 전도사에게 그동안의 일들과, 그들이 얼마나 수많은 역경을 거쳐 그곳까지 왔는지에 대해 하나도 빠짐없이 들려주었다.

전도사가 말했다. "정말 기쁘구려. 당신들이 고난을 겪은 것이 기쁘다는 것이 아니라, 그 고난 속에서 승리한 것과, 또한 수많은 어려움에도 불구하고 오늘날까지 이 길을 포기하지 않았다는 것이 기쁘기 그지없소. 나는 씨를 뿌렸고, 당신들은 거두었으며, 도중에 포기하지만 않는다면 곧 뿌리는 자와 거두는 자가 함께 즐거워할 날이 올 것이니 여러분과 내 자신이 정말 자랑스럽소.[126] 썩지 아니하는 승리의 면류관이 눈앞에 있으니 달려가 잡으시오.[127] 허나 승리의 면류관

---

125 역대상 12:18.
126 요한복음 4:36; 갈라디아서 6:9.
127 고린도전서 9:24-27.

94

을 향해 한참을 달려갔다 하더라도 누군가 별안간 나타나 면류관을 빼앗아 갈지 모르니 여러분이 가진 것을 굳게 잡아 아무도 그 면류관을 빼앗지 못하도록 지켜야 할 것이오.¹²⁸"

전도사의 말에 크리스천은 감사를 표하고는 앞으로 더 가야 할 길에 도움이 될 만한 이야기를 좀 해 달라고 청했다. 그들 모두 그가 선지자라는 것을 익히 알고 있던 터였기에, 앞으로 그들에게 어떤 일들이 일어날지, 또 어떻게 그런 어려움들에 맞서 이겨 낼 수 있는지, 전도사가 알려 줄 수 있을 거라 믿었기 때문이었다. 믿음도 덩달아 조언을 구하기 시작했다. 그러자 전도사가 입을 열었다.

전도사　친구들이여, '하나님의 나라에 들어가기 위해서는 많은 환난을 겪어야 하며 가는 곳마다 결박과 환난이 기다릴 것이라.'¹²⁹ 하신 하나님의 진리의 말씀을 익히 들어 알고 계실 거요. 그러므로 천국을 향해 가는 길에 어떤 식으로든 환난을 피할 수 없다는 것 또한 잘 알고 계실 거요. 이 말씀이 거짓이 아니라는 것은 지금까지 겪은 일들을 통해 이미 깨달았겠지요. 그러나 머지않아 더 많은 환난을 겪게 될 거요. 보시다시피 조만간 이 광야를 벗어나고 나면 곧 어떤 마을로 들어가게 될 텐데, 그곳에서는 당신들을 죽이려고 안간힘을 쓰는 원수들로 인해 가혹한 시련을 겪게 될 거요. 그리고 그곳에서 둘 중 적어도 한 명은 자신이 붙들고 있는 진리를 피로써 봉인하게 될 것이나, 그렇다 할지라도 죽을 때까지 충성하시오. 그리하면 여호와 하나님께서 생명의 면류관을 주실 것이오.¹³⁰ 비록 그곳에서의 죽음이 잔혹하고 엄청난 고통을 수반한다 해도, 그로써 거룩한 성에 더 먼저 도달할 수 있을 뿐만 아니라 남은 여정에서 겪게 될 많은 환난

---

128 요한계시록 4:11.
129 사도행전 14:22, 20:23.
130 요한계시록 6:9, 2:10.

을 겪지 않아도 되니 살아남는 자보다 더 큰 복을 누리는 것이라 할 수 있소. 그러니 마을로 들어가 나의 예언이 이루어진다면, 그대들의 벗을 기억하고 담대하게 행동하시오. 그리고 흔들림 없이 신실하신 창조주 하나님께 영혼의 구원을 온전히 맡기시오.

꿈속에서 그들이 광야를 빠져나오자마자 마을이 눈앞에 나타났다. 그 마을의 이름은 헛된 마을이었다. 마을에는 1년 내내 열리는 시장이 있었고, 그 시장은 헛된 시장이라고 불렸다. 그 시장이 그러한 이름을 갖게 된 까닭은 시장이 열리는 마을이 헛되다 못해 텅 빈 듯하고, 시장에서 파는 것들도 모두 헛된 것뿐이기 때문이었다. 성경에서도 말하기를 '다가올 일은 다 헛되도다.'라 하지 않았는가.[131]

이 시장은 최근에 생긴 것이 아니라 아주 오래전부터 꾸준히 열리고 있는 시장이었다. 시장의 기원에 대해 이야기하자면 약 5천 년 전으로 거슬러 올라간다.

그때도 지금 이 두 정직한 사내들과 같은 순례자들이 거룩한 성에 가기 위해 이곳을 지나가고는 했고, 순례자들이 천국을 향해 가는 길이 헛된 마을을 지난다는 것을 알아챈 바알세불과 아볼루온, 그리고 군대[132]가 여러 무리와 함께 책략을 꾸며 이곳에 시장을 세운 것이다. 1년 내내 열리는 이 시장에서는 온갖 헛된 물건들을 팔았는데, 예를 들면 집이나 토지나 직업이나 지위나 명예나 신분이나 학위나 국적이나 왕국이나 욕망이나 쾌락과 같은 상품들과, 아내나 남편이나 자식이나 주인이나 하인이나 생명이나 피나 육체나 영혼이나 은이나 금이나 진주나 보석과도 같은 온갖 즐거움도 살 수 있었다.

그리고 시장은 언제나 곡예술사, 사기꾼, 노름꾼, 극단, 광대, 흉내쟁이, 깡패, 부랑아 같은 사람들로 북적거렸다.

---

131 이사야 40:17; 전도서 1장, 2:11, 17, 11:8.
132 마가복음 5:9.

게다가 이곳에는 이유 없는 도둑질과 살인과 거짓 맹세와 같은 피비린내 나는 일들도 벌어지고는 했다.

또한 여타 소규모 시장들에도 이런저런 물건을 파는 골목들마다 나름의 명칭이 있듯이 이곳에서도 모든 장소나 거리, 골목은 국가나 왕국 등 제각각 그에 걸맞은 이름을 가지고 있어서 사고자 하는 물건을 쉽게 찾을 수가 있었다. 거리로 말할 것 같으면 영국 거리, 프랑스 거리, 이탈리아 거리, 스페인 거리, 독일 거리와 같은 곳에서도 여러 가지의 헛된 물건들을 팔고 있었으나, 어느 시장에 가도 다른 물건들보다 유난히 잘 팔리는 물건이 있듯이 이곳에서도 로마의 가치들과 상품들은 이 시장에서 가장 잘 팔리기로 유명했다. 그것을 아니꼬워하는 사람들은 우리네 영국인들과 다른 사람들 몇몇뿐이었으리라.

전에도 말했다시피 거룩한 성으로 향하는 길은 이 번라한 시장통 사이로 나 있어서 만약 거룩한 성에 가고자 하는 사람이 이 마을을 지나지 않으려면 그는 '세상 밖으로 나가야 할'[133] 형편이었다. 세상 모든 왕 중의 왕 되신 그분께서도 자신의 본향으로 가시기 위해 이 마을을 지나가셨는데, 그날 또한 장날이었으므로 아마도 이 시장의 주인인 바알세불은 이 세상의 헛된 것들을 가지고 그분의 관심을 끌어 보려 했을 것이다. 그리고 마을을 지나가는 동안 만약 자신에게 절하여 경배하기만 하면 이 시장의 모든 것을 다 가질 수 있는 주인이 되게 해 주겠다고도 했으리라.[134] 또한 그분이야말로 지극히 높고 존귀하신 분이므로, 혹시라도 존귀하신 그분을 꾀어 자신의 헛된 물건들을 사게 할 수 있을까 싶어 바알세불은 그분을 모시고 한달음에 골목골목을 다니며 천하 만국을 보여 주었을 것이다. 그러나 그분께서는 이런 물건들에는 조금도 관심이 없으셨고, 헛된 물건들에 돈 한

---

[133] 고린도전서 5:10.
[134] 마태복음 4:8; 누가복음 4:5-7.

푼 쓰지 않은 채 마을을 떠나 버리셨다. 이것만 보아도 이 시장이 얼마나 으리으리하고, 얼마나 긴 세월 동안 유지되어 온 곳인지 알 수 있을 것이다.

이 두 순례자도 시장을 지나지 않을 수 없었기에 시장 사이를 걸어가기 시작했다. 그런데 이게 웬일인가! 그들이 시장으로 들어섬과 동시에 그곳에 있던 사람들은 동요하기 시작하였고, 심지어는 그들로 인해 마을 전체에 한바탕 소란이 벌어진 것이다.

그 첫 번째 이유는 순례자들이 입고 있던 의복이 시장에서 물건을 사고팔던 사람들의 옷과 너무도 판이했기 때문이었다. 시장에 있던 사람들은 모두 순례자들을 뚫어져라 바라보았다. 그중에는 순례자들을 향해 바보라고 놀려 대는 사람들도 있었고, 정신병자라며 수군대는 사람들도 있었으며, 이상한 외국인들이라고 생각하는 사람들도 있었다.

그리고 그들의 옷차림뿐만 아니라 언어 또한 사람들의 시선을 끌었다. 그들의 말을 알아듣는 사람이 좀처럼 없었기 때문이다. 그들은 당연히 가나안 방언[135]을 사용했으나 시장 사람들은 세상의 언어로 말했기에 시장에 첫발을 내디딘 순간부터 마지막까지 그들은 이방인으로 보일 수밖에 없었다.[136]

그러나 장사꾼들이 무엇보다 기분이 나빴던 것은 순례자들이 상품을 대수롭지 않게 여겼다는 것이다. 그들은 장사꾼들의 물건에 눈길한 번 주지 않았으며, 장사꾼들이 그들을 부르면 손가락으로 귀를 틀어막으며 "내 눈을 돌이켜 허망한 것을 보지 않게 하고서!"[137]라고 외치고는, 마치 그들의 기업과 교통은 하늘에 있다는 것을 나타내기라

---

135 이사야 19:18.
136 고린도전서 14:11.
137 시편 119:37.

도 하듯이 하늘을 우러러보고는 했던 것이다.

한 장사꾼이 그들의 행동을 보며 조롱하듯 물었다. "그래 뭘 사시
겠수?" 그러나 그들은 사뭇 진지한 표정으로 대답했다. "우리는 진리
를 산다오."[138] 이 말에 사람들은 더욱더 그들을 경멸하며 흉내 내고,
조롱하고, 욕하고, 쳐 죽여야 한다고 아우성을 치기도 했다. 결국 그
곳에는 한바탕 소동이 벌어졌고, 시장은 순식간에 아수라장이 되었
다. 이 소식은 곧 시장의 우두머리의 귀에까지 들어가게 되었고, 그
는 신속히 내려와 충신들에게 시장을 난장판으로 만든 장본인들을
잡아서 재판에 부치라고 명하였다. 그래서 두 순례자는 재판을 받게
되었고, 상부에 앉은 사람들은 그들에게 어디서 와서 어디로 가는 길
이며, 그런 이상한 차림새로 이곳에서 무엇을 하고 있었는지 물었다.
그러자 그들은 자신들은 순례자요 이 세상에 대하여는 이방인이며,
본향, 즉 하늘에 있는 예루살렘을 향해 가고 있다고 답했다.[139] 그리
고 또한 자기네들은 한 장사꾼이 뭘 사겠냐고 물었을 때 진리를 사겠
다고 한 것 외에는 이 마을 사람들이나 장사꾼들이 이렇게까지 비난
하고 앞길을 가로막을 그 어떤 짓도 하지 않았다고도 말했다. 그러나
심문자들은 그저 그들을 정신병자나 실성한 사람, 또는 시장을 발칵
뒤집어 놓으려고 찾아온 난봉꾼들로만 취급할 뿐이었다. 그들은 순
례자들을 데려가 진흙투성이가 될 때까지 두들겨 패고는 동물 우리
안에 가두어 시장 사람들의 구경거리로 만들어 버렸다. 그래서 그들
은 한동안 우리 속에 갇혀 사람들의 농락 대상이 되고, 원한과 보복
의 대상이 되어야만 했으며 시장의 우두머리는 그들이 당하는 모습
을 보며 끊임없이 재미있어 했다. 그러나 그럼에도 순례자들은 인내
하며 욕을 욕으로 갚지 않고 오히려 복을 빌어 주었으며, 악인에게는

---

138 잠언 23:23.
139 히브리서 11:13-16.

선한 말을 건네고 상처를 입히는 자들에게도 친절히 대했다.[140] 그래서 다른 사람들보다 조금 더 깨어 있고, 순례자들에 대한 반감이 비교적 적었던 사람들은 이런 그들의 모습을 보며 끊임없이 핍박하는 비열한 사람들을 비난하고 꾸짖기 시작했다. 그러자 격분한 그들은 저 사람들 또한 우리 속에 있는 놈들만큼이나 질이 나쁜 사람들이며, 보아하니 그들과 한통속이므로 함께 벌을 받아야 마땅하다며 악담을 퍼부었다. 그러자 반대쪽 사람들은 아무리 봐도 저 이방인들은 그 누구도 해치려는 의도가 없는 온화하고 진실된 사람들 같아 보이며, 우리에 갇혀 웃음거리가 되어야 할 사람들은 저 이방인들이 아니라 오히려 이 시장에 있는 많은 장사꾼이라며 반박했다. 그렇게 양쪽 무리들 사이에서 갖가지 말들이 오고 간 뒤(그러는 동안에도 내내 두 명의 순례자는 지혜롭고 침착하게 행동했다.), 그들은 서로 치고받고 싸우며 서로를 해치기 시작했다. 이로 인해 가여운 두 순례자는 다시금 법정에 불려가 시장에서 최근에 일어난 소동에 대해 유죄를 선고받게 되었고, 사람들은 두 순례자를 사정없이 때리고 쇠사슬로 채운 뒤 시장 이쪽저쪽을 끌고 다녔다. 그 누구도 더 이상 그들의 편을 들거나 물들지 못하도록 공포심을 조장하기 위한 하나의 경고 표시인 셈이었다. 그러나 크리스천과 믿음은 더욱더 현명하게 처신했고, 자신들에게 쏟아지는 핍박과 치욕을 온화함과 인내심으로 견뎠다. 그들의 이런 모습은 시장에 있던 몇몇(물론 그렇지 않은 사람들의 수와 비교하면 없는 것이나 마찬가지였지만) 사람의 마음을 사로잡았고, 이에 반대편 사람들은 더더욱 크게 분개하여 이 두 놈을 사형에 처해야 한다고 주장했다. 그러고는 이 순례자들이 지껄인 모욕적인 말들과 시장 사람들을 현혹시킨 것을 생각하면 이런 동물 우리나 쇠사슬도 과분하며 그저 죽이는 것이 마땅하다고 윽박지르기까지 했다.

---

140 베드로전서 3:9.

그리하여 두 순례자는 별다른 조치가 있을 때까지 다시 동물 우리 속에 구금되었고, 사람들은 그들을 우리 속에 가둔 뒤 발에 차꼬를 단단히 채웠다.

이렇게 우리 속에 갇힌 두 순례자는 신실한 벗 전도사가 들려준 이야기를 떠올리고는 그가 예언했던 고난과 그들이 걸어야 할 길에 대해 더욱더 심지를 굳게 다졌다. 이제 그들은 비록 그 고통이 누구의 몫이 될지는 모르나 그것이 오히려 축복이 될 것이라고 서로를 위로해 주었으며, 게다가 그들은 각자 자신이 그 은혜를 누리게 될 수 있기를 내심 바랐다. 그러나 그들은 모든 것을 주관하시는 그분의 어진 손에 자신의 운명을 맡기며 다른 처분이 내려질 때까지 그들이 처한 상황을 달게 견뎠다.

드디어 그들의 처형을 결정짓기 위한 재판 시간이 정해졌고, 사람들은 두 순례자를 법정으로 끌고 갔다. 때가 되자 순례자들은 원수들 앞으로 불려 나가 법정에 앉게 되었다. 재판관의 이름은 선을 혐오하는 자였으며, 두 순례자에게 내려진 죄명은 비록 불리는 방식은 다양했으나 결국은 다 같은 말이었으며, 그 내용은 다음과 같았다. "이들은 우리의 장사를 가로막는 훼방꾼들이며, 마을 내부에서 혼란과 분열을 일으켰을 뿐만 아니라, 우리 군주께서 세우신 계율을 경멸하는 위험한 사상에 사람들을 끌어들인 바 있으므로 재판에 회부함."[141]

그러자 믿음이 그는 단지 모든 만물보다 높으신 그분의 이름을 부정하는 자들을 멀리했을 뿐이라고 말했다. "게다가 나는 온화한 사람이라 당신들이 말하는 혼란과 분열을 일으킨 적도 없을뿐더러, 우리를 지지하는 사람들은 우리의 진실됨과 결백함을 보고 우리에게 마음을 열게 된 것이며, 즉 악에서 선으로 돌아선 것이오. 그리고 당신들이 말하는 그 군주는 우리 주 하나님의 원수 바알세불이므로 나

---

141 요한복음 12:31, 14:30, 16:11.

는 그와 그의 무리를 인정할 수 없소."

그가 말을 마치자 재판관은 죄수에 대해 군주에게 고발할 것이 있는 자들은 즉각 나와 증언할 것을 명했다. 그러자 세 명의 증인이 나왔는데, 그들의 이름은 질투와 우상숭배와 아첨꾼이었다. 재판관은 증인들에게 죄수를 아는지 물었고, 그들이 그에 대해 무엇을 고발하려 하는지 물었다.

그러자 질투가 앞으로 나와 말했다. "재판관님, 저는 이자를 아주 오래전부터 알았습니다. 따라서 존경하는 재판관님 앞에서 가슴에 손을 얹고 증언하건대 그는……."

재판관 잠깐! 먼저 증인은 선서를 하시오.

그러자 질투는 선서를 한 뒤 다시 입을 열었다. "재판관님, 이 믿음이란 자는 이름과는 달리 이 마을 사람 그 누구보다도 비열한 자입니다. 그는 군주님이나 마을 사람들, 그리고 계율이나 관습 따위에는 전혀 아랑곳하지 않고 소위 믿음과 경건의 원칙이라 불리는 불충한 사상으로 사람들을 홀리는 데에만 갖은 노력을 쏟고 있습니다. 특히, 한번은 그가 기독교의 정신과 헛된 마을의 관습은 정반대라 결코 양립할 수 없다고 딱 잘라 말하는 것을 들었습니다. 재판관님, 그것이야말로 그가 우리의 훌륭한 업적뿐만 아니라 우리의 행위까지도 업신여긴다는 뜻 아니겠습니까?"

재판관이 그에게 말했다. "더 할 말은 없소?"

질투 재판관님, 지루하다고 생각하지 않으신다면 저는 하루 종일도 말할 수 있습니다. 하지만 다른 증인들이 증언을 마친 뒤에도 그를 처형하기 위한 증언이 더 필요하다면, 그때 더 증언하도록 하겠습니다.

그러자 재판관은 질투에게 잠시 대기하라고 일렀다.

그리고 나서 그들은 우상숭배를 불러 죄수를 확인하라 명한 뒤 그에 대해 군주께 고발할 것이 있는지 물었다. 그러자 우상숭배는 선서한 후 입을 열었다.

우상숭배 재판관님, 저는 이자를 아주 잘 아는 것도 아니고, 굳이 더 알고 싶지도 않습니다. 그러나 적어도 저는 이자가 전염병 같은 자[142]라는 것은 아주 잘 알고 있습니다. 한번은 이자와 마을에서 이야기를 나누었는데, 이자가 말하길 우리가 믿는 것은 무익한 것이라 이것으로는 결코 하나님을 기쁘게 할 수 없다는 게 아니겠습니까? 재판관 나리, 이자가 그 뒤에 뭐라고 말했을지는 너무나도 잘 아시겠지요? 우리가 헛된 우상을 섬긴다는 것과, 여전히 죄 가운데 살아가고 있다는 것과, 그리고 결국은 멸망하고 말 거라는 것 말입니다. 제 증언은 여기까지입니다.

다음으로 아첨꾼이 선서를 한 후 군주를 위해 죄인을 고발할 것을 고했다.

아첨꾼 재판관님, 그리고 모든 신사 여러분, 저는 이자를 오랫동안 알고 지냈으며 감히 그가 입에 담지 말아야 할 것들을 지껄이는 것 또한 들었습니다. 그는 우리의 고귀한 바알세불 군주님을 모욕했으며, 그의 자랑스러운 충신들, 즉 원죄 경, 육신의 쾌락 경, 방탕 경, 자만 경, 정욕 경, 탐욕 경을 비롯한 많은 귀족을 업신여기는 말을 했고, 게다가 만약 세상 사람들이 모두 자기와 같다면 저런 귀족들조차 더 이상 이 마을에서 찾아볼 수 없을 것이라고 하더군요. 그리고 재판을 주관하시는 재판관님, 이자는 재판관님에 대한 욕설도 서슴지 않았습니다. 재판관님을 두고 추악한 악마라고 부르기도 하고, 우리 마을 양반들에게 했던 것과 같은 모욕적인 말들까지도 마구 퍼부었답니다.

아첨꾼이 거짓 증언을 마치자 재판관은 죄수에게 소리 질렀다. "그

---

142 사도행전 24:5.

야말로 변절자에, 이단자에, 반역자가 따로 없도다! 우리의 정직한 증인들이 네놈에 대해 증언한 것을 잘 들었느냐?"

믿음 제 스스로 변론을 해도 되겠습니까?

재판관 어허, 이놈 보게나. 네놈은 더 이상 살 자격도 없고 지금 이 자리에서 죽임을 당해 마땅하다. 그러나 우리가 네게 베푸는 관대함을 모든 백성이 볼 수 있도록, 그래, 어디 할 말이 있다면 해 보아라. 이런 비열한 변질자 같으니라고!

믿음 우선 질투 양반이 한 증언에 대해 변론하자면, 저는 단지 하나님의 말씀에 합당하지 않은 모든 법칙이나 계율이나 관습이나 사람들은 기독교의 정신과 반대되는 것이라고만 말했을 뿐입니다. 만약 제 말이 틀렸다면 잘못된 부분을 짚어 주십시오. 그럼 재판관님 앞에서 기꺼이 제 발언을 취소하겠습니다.

두 번째로, 우상숭배 양반이 저에 대해 고발한 내용에 관해서는 저는 단지 하나님을 예배하기 위해서는 진정한 믿음이 필요하다고 말했을 뿐입니다. 그러나 하나님의 뜻을 알지 못하고는 진정한 믿음을 가질 수가 없지요. 그러므로 하나님의 말씀에 합당치 못한 목적으로 예배를 드린다 한들 영생을 얻을 수는 없다는 말입니다.

그리고 아첨꾼 양반이 말했던 것에 관해서는 저자가 사용했던 모욕이라든지 업신여겼다는 등의 단어는 옳지 않습니다. 저는 단지 이 마을의 군주와 저 양반이 언급한 그 모든 오합지졸 양반들은 이 마을이나 국가보다도 지옥에나 더 마땅한 자들이라고 말했을 뿐입니다. 그러므로 하나님이시여, 부디 자비를 베풀어 주시옵소서!

그러자 재판관이 지금까지 쭉 서서 증언을 듣고 평가하던 배심원들을 불러 말했다.

"배심원단 여러분, 이 앞의 남자로 인해 마을에 큰 소동이 일어났다는 것은 다들 아실 테고, 우리의 덕망 있는 양반들께서 진술한 증언들과 죄인의 변론과 자백도 들으셨을 거요. 자, 이제 죄인에게 사형선고를 내릴지 목숨을 살려 줄지는 여러분의 마음에 달렸소. 허나 우선 여러분에게 우리의 법률에 대해 알려 주는 것이 좋겠소.

우리 군주의 훌륭한 신하였던 바로 왕의 집권 시기에는 이교도인의 수와 세력이 지나치게 강성해져서 왕권을 위협하지 못하도록 새로 태어나는 아들들은 모두 강에 내던지라고 하는 법령이 있었소.[143] 그리고 우리 군주의 또 다른 충신인 느부갓네살 왕의 통치 시절에는 누구든지 그가 만든 금 신상 앞에 엎드려 절하지 않으면, 맹렬히 타는 풀무불에 던져 넣으라는 법령이 있었소.[144] 또 다리오 왕의 시절에는 정해진 기간 동안 왕 외의 다른 신이나 사람에게 기도하는 사람은 사자 굴에 던져 넣으라는 금령이 있었소.[145] 그리고 지금 이 대역 죄인은 이 모든 법령의 조항을 어겼소. 마음속으로만 어겼다면 비난받지 아니하였겠지만, 말과 행위로도 어겼기 때문에 결코 그냥 넘어갈 일이 아니오. 여러분도 알다시피 저자는 우리가 믿는 종교를 반박하고 있소. 또한 그도 스스로 죄를 실토했으니 그는 처형되어야 마땅하오."

그러자 배심원단이 앞으로 나왔다. 배심원들의 이름은 눈먼 자, 불량배, 심술, 음탐, 방종, 도취, 안하무인, 앙심, 거짓말쟁이, 무자비, 의인 혐오꾼, 완강함이었다. 그들은 제각각 목소리를 높여 그를 비난했고, 곧이어 재판관 앞에서 만장일치로 그의 유죄판결을 내렸다. 배심원들 중의 대표인 눈먼 자가 제일 먼저 입을 열었다. "이자는 명백한 이교도인이오!" 그러자 불량배가 말했다. "저자를 지구상에서 없애 버립시다!" "옳소!" 심술이 말했다. "더 이상 저 사람 꼴도 보기 싫소!" 그러자 음탐이 말했다. "정말이지 용납이 안 되는군!" "나도 마

---

143 출애굽기 1장.
144 다니엘 3장.
145 다니엘 6장.

찬가지요." 방종이 말했다. "보자 보자 하니까 자꾸만 내 삶을 가지고 이래라저래라 하더군." "죽여라! 죽여라!" 도취가 외쳤다. "같잖은 녀석." 안하무인이 말했다. "화가 치밀어 오르는군!" 앙심이 말했다. "불한당 같은 놈!" 거짓말쟁이가 외쳤다. "목만 매달아서야 되겠소?" 무자비가 말했다. "빨리 저자를 없애 버립시다." 의인 혐오꾼이 말했다. 그리고 마지막으로 완강함이 말했다. "온 세상을 다 준다고 해도 내 마음은 변하지 않소. 그러니 당장 사형을 선고합시다."

그리하여 그들은 믿음에게 사형선고를 내렸고, 믿음은 법정에서 감옥으로 즉시 옮겨져 그곳에서 인간이 생각할 수 있는 가장 끔찍한 방법으로 처형되었다.

사람들은 법대로 그를 처형하기 위해 그를 데리고 나와 채찍질하기 시작했다. 그러고 나서 그들은 그를 마구 때리고 칼로 살을 도려낸 후 그에게 마구 돌을 던졌다. 그리고 검으로 그를 찔러 죽인 뒤 마지막으로 화형대에서 그를 불살라 버렸다. 그렇게 믿음은 죽음을 맞이했다.

그때 사람들의 무리 뒤로 믿음을 기다리고 있는 수레와 말들[146]이 보였다. 그리고 믿음은 원수들에게 죽임을 당하는 순간 수레에 태워져 나팔 소리와 함께 곧장 구름 속으로 올라갔다. 거룩한 성으로 가는 가장 빠른 길인 셈이었다. 그리고 크리스천의 재판은 연기되는 바람에 그는 감옥으로 다시 돌아가 잠시 머무르게 되었다. 그러나 모든 것을 주관하시며 사람들의 분노를 감찰하시는 하나님의 도우심으로 크리스천은 그 틈을 타 그곳을 탈출할 수 있었고, 그는 노래를 부르며 길을 갔다.

"끝까지 신실하게 하나님을 붙들었던 충성된 종 믿음이여!
여호와께서 그대에게 영원한 복을 주시리라!

---

146 열왕기하 2:11.

헛된 쾌락을 일삼는 이곳의 불충한 종들은
지옥의 고통 속에 울부짖을 것이나,
충성된 종 믿음의 이름은 영원히 살리니, 믿음이여, 기뻐 찬미하라!
비록 저들에게 죽임을 당하였으나 이제는 영원히 살리라!"

7

꿈속에서 걸어가는 크리스천의 모습을 바라보니 그는 혼자가 아니었다. 시장에서의 고난 가운데 그들이 지켜 행한 말과 행동을 보고 희망이라는 이름을 얻게 된 한 사내가 크리스천과 합류한 것이다. 그는 크리스천과 의형제를 맺고 함께 가겠다고 다짐했다. 이로써 한 사내는 진리에 대한 굳은 믿음으로 죽음을 맞이했고, 그가 뿌린 피 가운데 다른 누군가가 새로운 생명을 얻어 크리스천의 순례에 동참하게 된 것이다. 뿐만 아니라 희망은 크리스천에게 자기 외에도 더 많은 시장 사람들이 빠른 시일 내에 따라오기로 했다고 전했다.

시장에서 빠져나온 지 얼마 되지 않아 그들은 앞에 가고 있던 간사함이라는 사내를 만나게 되었다. 그들이 물었다. "어느 마을에서 오셨소? 어디까지 가시오?" 그러자 그는 감언이설이라는 마을에서 왔으며, 거룩한 성을 향해 가고 있다고 대답했다. 그러나 그는 자기 이름은 말하지 않았다.

크리스천 감언이설 마을이라고 하셨소! 그곳에 착한 사람들도 사나 보오?

간사함이 말했다. "그럼요, 내가 알기론 그렇소."

크리스천 그건 그렇고, 내가 당신을 뭐라고 부르면 되겠소?

간사함 우리는 서로 낯선 사람이긴 하지만, 만약 당신들이 이 길로 가는 중이라면 함께 가면 참 좋겠구려. 만약 아니라고 해도 나는 괜찮소이다.

크리스천 당신이 말한 감언이설이라는 마을을 들어 본 적이 있는데, 무척이나 부유한 동네라면서요?

간사함 그렇소. 부자 동네고말고요. 나에게는 부유한 친척들도 아주 많소이다.

크리스천 정말이오? 내체 그 친척들이 누구요? 실례가 되지 않는다면 좀 알려 주시오.

간사함 거의 마을 전체가 내 친척이오. 특히 변절자 양반과 기회주의자 양반, 감언이설 양반(마을 이름이 바로 그분의 조상님들의 이름을 따서 지은 거라오.), 달변가 양반, 양다리 양반, 우유부단 양반, 그리고 우리 교구 목사 일구이언 양반은 우리 어머니의 배다른 남동생이라오. 사실, 우리 증조부는 눈속임에 아주 뛰어난 뱃사공에 불과했는데, 나는 이제 아주 출세한 양반이 되었다오. 같은 직업으로 지금껏 재산의 대부분을 벌었지요.

크리스천 결혼은 하셨소?

간사함 그럼요. 내 아내는 정숙한 어머니 아래서 자라서인지 그녀 또한 아주 정숙한 여인이라오. 그녀는 겉치레 부인의 딸이지요. 그러니 아주 지체 높은 가문에서 최고의 가정교육을 받아 군주든 소작농이든 그 누구라도 어떻게 대해야 하는지를 아주 잘 알고 있소. 물론 엄격한 그리스도인들과 우리가 좀 다른 것도 사실이지만, 그건 단지 사소한 두 가지 측면에서만 그러하오. 우선, 우리는 결코 풍파에 맞서지 않고, 신앙 생활이 우아하고 풍요로울 때만 열광하며, 햇살이 내리쬐고 사람들이 칭송할 때만 우리의 종교를 드러내곤 하지요.

그러자 크리스천이 살짝 옆으로 걸음을 옮겨 희망에게 말했다. "왠지 내 생각에 이 사람은 감언이설 마을에 사는 간사함이라는 사람 같네. 만약 이 사람이 그러면 이 동네 사람들 못지않은 악질을 만나게 되었구먼." 그러자 희망이 말했다. "그에게 직접 물어보게. 그가 이름을 부끄러워할 이유도 없지 않은가?" 그래서 크리스천은 다시 간사함에게 다가와 말했다. "여보시오. 당신은 마치 온 세상 사람들보다 더 많은 것을 아는 것처럼 말하는구려. 만약 내가 잘못 본 것이 아니라면 당신이 누군지 짐작이 가오만, 혹시 당신 이름이 감언이설 마을의 간사함 양반 아니오?"

간사함 그건 내 이름이 아니오. 그러나 나를 싫어하는 자들은 나를 그렇게 부르더군요. 그런 비방은 내가 달게 참아야지 어쩌겠소? 과거의 수많은 훌륭한 사람들도 그런 비방쯤은 견뎌 내지 않았소?

크리스천 그럼 사람들이 당신을 그렇게 부를 만한 일은 결코 하지 않았다는 말이오?

간사함 그런 일은 전혀, 전혀 없었소! 그들이 나를 그렇게 부를 만한 일을 한 것은, 아무리 생각해 봐도 대세를 따르는 결정을 내릴 수 있도록 늘 운이 따라 주었고, 그로써 많은 이득을 볼 수 있었다는 것뿐이오. 허나 그런 일이 내게 일어난다는 것은 나도 어쩔 수 없는 축복 아니겠소? 대체 왜 심술궂은 사람들은 그런 일로 나를 비방하는 건지 모르겠소.

크리스천 실은 내가 당신에 대한 이야기를 들은 적이 있소. 그리고 당신은 인정하고 싶지 않겠지만 솔직히 말하자면 내 생각에도 그 이름은 당신에게 제격인 것 같소.

간사함 뭐, 당신이 정 그렇게 여긴다면 내가 말릴 수는 없소만, 어쨌거나 나를 여정 길의 동무로 받아 준다면 기나긴 여정 길이 심심하지는 않을 거요.

크리스천 만약 우리와 함께 가려거든 풍파를 거쳐 가야만 하는데, 당신은 그것이 싫다고 하지 않았소? 또한 우리와 함께 가려거든 풍요로울 때뿐만 아니라 헐벗었을 때조차 믿음을 가져야 하고, 박수갈채를 받을 때뿐만 아니라 쇠사슬에 묶여 있을 때조차 믿음을 지켜야하는데 괜찮겠소?

간사함 당신이 주제넘게 내 믿음에 대해 이래라저래라 할 자격은 없지 않소? 그건 내가 알아서 할 테니 그냥 같이 갑시다.

크리스천 당신이 우리와 뜻을 함께하지 않겠다면 한 발짝도 같이 가지 않을 것이오.

간사함 나는 내가 오랫동안 지켜 온 원칙을 저버릴 수 없소. 당신에게 해를 주기는커녕 오히려 유익한 원칙들 아니겠소? 당신들이 굳이 나와 함께 가지 않겠다면 나는 당신들을 만나기 전처럼 홀로 가겠소. 나와 이 여정 길을 기꺼이 함께할 사람이 나타날 때까지 말이오.

꿈속에서 크리스천과 희망은 그를 홀로 두고는 멀찌감치 떨어진 채 앞으로 걸어갔다. 그러나 그중 하나가 뒤를 돌아보니 세 명의 남자가 간사함의 뒤를 따라오는 것이 보였다. 세 명의 남자는 간사함에게 다가가 경의를 표하며 아주 정중히 고개를 숙여 인사했다. 그들의 이름은 소유욕과 금전욕과 수전노였으며, 간사함과는 유년 시절에 같은 학교를 다녔던 터라 예전부터 서로 알고 지내던 사이였다. 그들은 북쪽의 탐욕 주에 있는 탐리라는 소도시의 학교를 다녔는데, 고리대금업자라고 불렸던 그 학교의 교장은 그들에게 빼앗음의 미학을 가르쳐 주었다. 그로 인해 이 네 명의 사내는 폭력과 속임수와 아첨과 거짓말은 물론이고, 신실한 척 믿음을 가장해서라도 원하는 것을 탈취해 내는 방법에 관해서는 직접 학교를 운영해도 될 정도로 훤히 꿰고 있었다.

그렇게 서로에게 정중히 인사를 한 뒤 금전욕이 크리스천과 희망을 발견하고는 간사함에게 물었다. "우리 앞에 걸어가고 있는 저 사람들은 누구요?"

간사함 어디 먼 나라에서 온 사람들인데, 저들 나름대로 순례 길을 가고 있다더군요.

금전욕 아니, 그럼 조금 기다렸다가 우리와 함께 가도 되지 않았소? 저들처럼 우리도, 그리고 아마 당신도 다 순례 길을 가고 있는 사람들이 아니오?

간사함 아, 물론 그렇지요. 그런데 글쎄, 앞에 가는 저 사람들은 어찌나 앞뒤가 꽉 막혔는지, 자기네 신념만 최고로 여기고 다른 사람의 의견은 하찮게 여기더란 말이오. 오죽하면 아무리 믿음이 깊은 사람이라도 그들의 신념에 전적으로 공감하지 않을 경우에는 배척해 버릴 정도라오.

수전노 거참 괘씸하군요. 하지만 말씀에 따르면 지나치게 의로운 자[147]들은 그 완고한 성격 때문에 다른 사람은 무조건 정죄하고 멸시한다고 하더이다. 아니, 어떤 의견이 얼마나 달랐길래 그러시오?

간사함 아, 글쎄 어찌나 팍팍하게 굴던지, 나는 풍파에는 몸을 사린다고 했더니만 저들은 비가 오나 눈이 오나 무조건 서둘러 길을 가는 것이 맡은 바 임무라고 하는 게 아니겠소? 그리고 나는 내 생명과 재산을 지키기 위해서라면 수단과 방법을 가리지 않는데, 저 사람들은 한 치의 망설임도 없이 자기네들은 하나님을 위해서라면 그 어떤 위험도 감수할 각오가 되어 있다지 뭐요. 또 나는 내가 여유롭고 안락할 때만 신앙 생활을 하는데, 저 사람들은 모든 사람이 그들에게서 등을 돌린다 할지라도 믿음을 저버리지 않겠다고 하더군요. 그리고 나는 신앙 생활이 우아하고 풍요로우며 햇살이 내리쬐고 사람들이 칭송할 때만 하나님을 믿는 반면, 저들은 헐벗고 업신여김을 당할 때조차 하나님을 믿는다는 거요.

소유욕 아, 잠시 멈춰 보시오, 간사함 양반. 가진 것을 지킬 수 있

---

147 전도서 7:16.

는 자유가 있는데도 어리석게 그것을 다 놓치고 말다니, 세상에 그런 바보가 어디 있단 말이오? 지혜로운 뱀처럼 기회는 무조건 놓치지 말아야지요. 벌들도 겨우내 숨어 지내다가 먹고 즐길 것이 있을 때만 부지런히 움직이지 않소? 신께서는 비도 내리시고 화창한 날도 주시기 마련이오. 저 어리석은 자들이 굳이 빗속을 가겠다면, 우리는 화창한 날을 택합시다. 나로서는 하나님의 보호와 축복 속에 신앙 생활하는 것이 가장 좋던걸요? 생각이 있는 사람이라면 하나님께서 이 세상의 좋은 것들을 우리에게 선물로 주셨는데 당연히 누려야 하는 것 아니겠소? 아브라함과 솔로몬은 믿음으로 부를 누렸고, 욥은 '의인은 보화를 티끌로 여겨야 한다.' 말하였소만, 만약 당신이 말한 게 사실이라면 욥마저도 저 앞에 가는 사람들과 같지는 않을 것이오.

수전노 내 생각엔 우리 모두 이 일에 대해서는 같은 생각인 듯하니 더 이상 왈가왈부할 필요도 없겠구려.

금전욕 그렇소. 더 이상 얘기할 가치도 없는 일이오. 그는 우리와 달리 말씀도 믿지 않고 분별력도 없으니 어찌 주어진 자유와 안락을 누릴 수가 있겠소?

그리하여 크리스천과 희망이 저만치 멀리 가는 동안 간사함, 금전욕, 수전노, 그리고 소유욕, 이 네 명의 사내는 함께 걸어갔다.

이윽고 크리스천과 희망이 가던 길 앞으로 쾌적한 평야가 나타났다. 그들은 평안이라고 불리는 그 평야를 기분 좋게 걸어갔으나 평야가 워낙 짧았던 터라 그곳을 금방 벗어나게 되었다. 평야 건너편에는 물질의 산이라는 작은 산이 솟아 있었다. 그 산속에는 은광이 하나 있었는데, 예전에 그 길을 지나가던 사람 중에는 보기 드문 은광의 모습을 구경하기 위해 길을 벗어났다가 은광 언저리에 너무 가까이 다가가는 바람에 무른 땅이 허물어지면서 그만 목숨을 잃은 사람도 있었다. 그리고 또 개중에는 그곳에 갔다가 불구가 되어 죽을 때까지 온전치 못한 이들도 있었다.

　그때 길에서 약간 벗어난 곳에 은광을 등지고 서서, 지나가는 이들에게 와서 구경하라고 점잖게 외치는 데마[148]가 눈에 띄었다. 그가 크리스천과 그의 형제에게 말했다. "여보시오! 내가 보여 줄 게 있으니 이리로 잠시 와 보시오!"

크리스천　대체 얼마나 대단한 것이길래 우리가 가던 길까지 벗어나야 한단 말입니까?

데마　여기 은광도 있고, 캐다 보면 보물도 나온다오. 이리로 오면 애쓰지 않고도 부자가 될 수 있소.

　그러자 희망이 말했다. "한번 가 보세."

　크리스천이 말했다. "난 가지 않겠네. 일전에 이곳에 대한 이야기를 들은 적이 있는데, 엄청나게 많은 사람이 목숨을 잃었다고 하더군. 게다가 그 보물들은 순례자들을 방해하기 위한 덫일 뿐이네."

　그러고는 크리스천이 데마에게 외쳤다. "그곳은 위험한 곳이 아니오? 그것이 많은 이의 순례 길을 가로막지 않았소?"

데마　조심하기만 한다면 그리 위험하지 않소.

　그러나 그렇게 말하는 그의 얼굴은 붉어졌다. 그러자 크리스천이 희망에게 말했다. "절대 저자의 말에 흔들리지 말고, 우리는 우리 길을 가세."

희망　내가 장담하건대 만약 간사함이 이곳에 이르러서 같은 유혹을 받는다면 그는 분명히 저 길로 가고 말 걸세.

크리스천　두말할 필요가 있나. 그가 따르는 원칙이 저 길에 있으니 말이네. 그는 십중팔구 저기서 죽게 될 걸세.

　그때 데마가 다시 외쳤다. "정말 한번 와서 보지 않겠소?"

　그러자 크리스천이 강하게 대답했다. "데마, 당신은 이 길의 주 되

---

148 디모데후서 4:10.

신 여호와의 올바른 길을 막아서는 적이며, 당신은 이미 이 길을 벗어남으로써 하나님의 사도에게 저주를 받았소. 그런데 어찌하여 우리까지 저주의 길로 끌어들이려 하시오? 그리고 만일 우리가 그리로 간다면 분명 하나님께서 아시게 될 테니, 주님 앞에 당당히 서는 날, 우리는 수치심에 고개를 들지 못할 거요."

그러자 데마는 자기 또한 그들과 같은 순례자였으며, 잠시만 기다려 준다면 자기도 그들과 함께 가겠다고 외쳤다.

크리스천이 말했다. "당신 이름이 뭐요? 아까 내가 부른 것이 당신 이름 맞지 않소?"

데마 맞소. 나는 아브라함의 아들 데마요.

크리스천 당신에 대해서는 익히 들어 알고 있소. 게하시가 당신의 증조부였고, 유다가 당신의 아버지[149]였으며, 당신 또한 그들의 전철을 밟고 있다는 것을 말이오. 지금 당신이 하고 있는 짓이 얼마나 사악한 간계인 줄 아시오? 당신의 아비가 배반자로 목매달려 죽었듯이 당신이 받게 될 형벌도 결코 그보다 낫지 않을 거요. 우리가 왕 앞에 나아가 당신이 한 짓을 알릴 테니, 각오하는 게 좋을 거요.

그리고 그들은 계속해서 길을 갔다.

그 무렵 간사함과 그의 친구들이 다시 시야에 들어왔다. 그들은 데마의 손짓 한 번에 발걸음을 돌려 그를 향해 다가갔다. 이자들이 은광 언저리에서 구덩이 속을 들여다보다가 추락하고 말았는지, 아니면 구덩이 속으로 내려가서 은광 바닥에서 올라오는 유독가스에 질식하고 말았는지, 나는 자세히 아는 바가 없다. 그러나 확실한 것은 그 후로 내가 그들을 다시 보지 못했다는 것이다. 크리스천은 노래를 부르기 시작했다.

"눈앞의 이득을 손에 쥐고자

---

149 열왕기하 5:20; 마태복음 26:14-15.

데마가 손짓하고 간사함이 달려가는도다.

그들은 이 세상에 속하였으니

가던 길은 이제 안중에도 없구나."

이제 두 순례자는 평야의 반대편에 이르러 길 바로 가장자리에 있는 동상 앞에 섰다. 마치 여자가 기둥 모양으로 변한 듯한 동상의 기이한 모습에 그들은 어쩐지 흥미가 생겼다. 그러나 아무리 한참을 보고 또 보아도 도무지 그 동상의 정체를 알아낼 수가 없었다. 그러던 중 마침내 희망이 동상의 머리 위에 비범한 필체로 쓰여 있는 글씨를 발견했다. 그러나 까막눈인 희망은 박식한 크리스천을 불러 혹시 그 글씨가 동상의 정체를 알아내는 데 조금이나마 도움이 될는지 물었다. 크리스천은 글자들을 이리저리 살펴보더니 이내 답을 찾아 친구에게 읽어 주었다. "롯의 아내를 기억하라." 그리하여 그들은 마침내 그 동상이 바로 롯의 아내가 소돔을 떠나 도망갈 때, 마음의 탐욕으로 인해 뒤를 돌아봄으로써 변해 버린 소금 기둥[150]이라는 것을 깨달았다. 뜻밖에 놀라운 광경을 발견한 그들은 이렇게 말했다.

크리스천 아, 여보게! 이거야말로 기가 막히게 시기적절한 발견이 아닌가! 데마가 이득 은광을 구경하러 오라고 우리를 유혹하자마자 이 동상이 나타나다니 말이네. 자네도 마음이 살짝 기울었듯이 만약 우리가 그의 유혹에 넘어가 은광을 보러 갔더라면, 모르긴 몰라도 우리는 이 여인처럼 훗날 순례자들의 구경거리가 되었을지도 모르네.

희망 내가 정말 어리석었네. 지금 내가 롯의 아내처럼 되지 않은 게 천만다행일세. 그녀의 죄가 나와 다를 게 뭐란 말인가? 그녀는 그저 뒤를 돌아보았을 뿐이고, 나는 그곳에 가 보고자 하는 마음을 품었지 않나? 선하신 하나님을 찬양하세! 그런 마음을 잠시나마 마음에 품었던 나 자신이 부끄럽구먼.

---

150 창세기 19:26.

크리스천 여기서 본 것을 마음에 새겨서 앞으로 가는 길에 교훈으로 삼세. 이 여인은 소돔의 멸망으로부터 달아나 첫 번째 심판은 면했으나, 보다시피 두 번째 심판은 피하지 못한 채 소금 기둥으로 변하고 말았지 않는가.

희망 자네, 그리고 특히 내가 이렇게 되지 않은 것이야말로 정말 큰 은총일세! 그 사실 하나만으로도 하나님께 감사드리고, 하나님을 경외하며, 롯의 아내를 늘 마음에 새겨야 할 이유라 할 수 있지 않겠나!

그때 걸어가던 그들의 앞에 시원한 강이 나타났다. 다윗 왕은 이 강을 '하나님의 강'이라고 불렀으며, 요한은 '생명수의 강'이라고 부른 바 있었다.[151] 크리스천과 그의 벗은 강가를 따라 난 길을 가벼운 발걸음으로 걸어갔고, 때때로 강가에서 목을 축이며 지친 영혼을 달래고 원기를 북돋우기도 했다. 강의 양쪽에는 온갖 종류의 열매를 맺고, 훌륭한 약으로 쓰이는 잎사귀의 푸른 나무들이 가득했다.[152] 두 순례자는 이 과실들의 향미에 흠뻑 젖어 들었고, 여행을 즐기는 자들이 걸리기 쉬운 질병을 예방하기 위해 잎사귀를 따 먹었다. 강가의 양쪽에 있는 풀밭에는 백합들이 아주 아름답게 피어 있었는데, 이 풀밭은 1년 내내 푸름을 잃지 않는 곳이었다. 그리고 이 풀밭은 안전하게 쉴 수 있는 곳이었으므로 두 순례자는 이곳에 누워 잠을 청했고,[153] 잠에서 깨면 나무의 열매를 따 먹고 강가의 물을 마신 뒤 다시 누워 잠이 들고는 했다. 그렇게 몇 날 며칠을 이곳에서 지낸 그들은 즐거이 노래를 불렀다.

"수정같이 맑게 흐르는 이 강물!

순례자 가는 길에 위안이 되는구나.

---

151 시편 65:9; 요한계시록 22:1.
152 에스겔 47:12.
153 시편 23:2.

푸른 풀밭은 보기에도 아름답지만

그 향기 또한 싱그럽도다.

이 나무들이 맺는 달콤한 열매와 치유의 잎사귀는

나 가진 걸 다 팔아도 아깝지 않으리."

허나 아직 그들의 여정은 끝나지 않았으므로, 다시 길을 가기로 마음먹었다. 그들은 목을 축이고 배를 든든히 채운 뒤 발걸음을 옮겼다.

그들이 다시 걷기 시작한 지 얼마 되지 않아 강가로부터 길이 잠시 갈라지는 곳이 나타났다. 그들은 심히 아쉬웠으나 길이 아닌 곳으로 갈 엄두는 나지 않았다. 강가로부터 갈라져 나온 길은 울퉁불퉁했고, 여행으로 지쳐 욱신거리는 두 발로 인해 심히 낙담하여 의욕을 잃고 만[154] 그들은 길을 걸어가는 내내 더 나은 길이 나타나기를 기다렸다. 조금 더 걸어가자 이윽고 길 왼편으로 초원이 나타났다. 그 옆에는 울타리를 넘어 초원으로 들어갈 수 있도록 만들어 놓은 디딤 계단도 있었다. 이 초원의 이름은 지름길 초원이었다. 이것을 본 크리스천이 벗에게 말했다. "만약 이 초원이 우리가 가는 길과 나란히 나 있다면 넘어가는 게 어떻겠나?" 그러고는 그가 계단에 올라 내다보자 길이 울타리를 사이에 두고 나란히 뻗어 있는 것이 보였다. 크리스천이 말했다. "역시 내 바람대로군. 이 길이 가장 쉬운 길인 듯하니 자, 어서 넘어가세, 친구."

희망 허나 만약 이 길이 다른 길로 빠지면 어떡하나?

크리스천이 말했다. "내 눈에는 그럴 것 같지 않네. 자, 보게나. 지금 우리가 가는 길과 나란히 나 있지 않은가?"

그러자 희망은 이내 친구의 말에 수긍하고는 그를 따라 디딤 계단을 올라갔다. 울타리를 넘어 초원 옆으로 난 길을 걷자 발이 한결 가벼워지는 듯했다. 그때 앞을 보니 자기 과신이라는 이름의 남자가 걸

---

154 민수기 21:4.

어가고 있었다. 두 순례자가 그를 불러 세워서는 이 길이 어디로 가는 길인지 묻자, 그가 대답했다. "이 길은 거룩한 성문으로 가는 길이라오." 그러자 크리스천이 말했다. "그것 보게. 내가 그럴 거라고 하지 않았나. 이제 우리가 제대로 가고 있다는 걸 알겠지?" 그리하여 그들은 앞서 가는 남자를 따라 걸어갔다. 그러나 곧 날이 저물어 캄캄해지는 바람에 앞에 가던 남자는 그들의 시야에서 사라지고 말았다. 결국 자기 과신이라는 남자는 어둠 속을 헤매다 그 땅의 주인이 경솔하고 어리석은 인간들을 잡기 위해 만들어 놓은 깊은 구덩이 속으로 굴러떨어져 온몸이 으스러져 죽고 말았다.

크리스천과 희망은 그가 굴러떨어지는 소리를 듣고 무슨 일인지 물었으나 앞에서는 그저 대답 없는 신음소리만 들려올 뿐이었다. "대체 여기가 어딘가?" 희망이 물었다. 그러나 크리스천은 자기가 친구를 잘못된 길로 데려온 것일지도 모른다는 생각에 아무 말도 할 수가 없었다. 그때 별안간 비가 쏟아지고 천둥 번개가 매섭게 내려치기 시작하더니 순식간에 물이 차오르기 시작했다.

그러자 희망이 불만스러운 목소리로 말했다. "아, 원래 가던 길로 갔었더라면 얼마나 좋았을까!"

크리스천　이 길이 우리를 이처럼 엉뚱한 길로 이끌 줄 어찌 알았겠는가?

희망　처음에 아무래도 내가 걱정이 되어 슬쩍 언급하지 않았나? 더 강하게 주장했어야 했지만 자네가 나보다 나이가 많지 않나!

크리스천　여보게, 친구. 내가 자네를 잘못된 길로 이끌어서 이렇게 큰 위험에 처한 것은 나 또한 깊이 반성하고 있으니 너무 노여워 말게. 부디 용서해 주게나. 악의가 있어서 그런 것은 결코 아니었으니 말이네.

희망　너무 염려 말게, 친구. 물론 용서하고말고. 그리고 나는 이 또한 우리에게 유익한 경험이 될 거라 믿네.

크리스천 자네처럼 아량 넓은 친구가 있어 정말 다행이구먼. 그나저나 이대로 있다간 큰일 나겠네. 어서 되돌아가세.

희망 내가 앞에 가겠네.

크리스천 아니, 내가 먼저 가도록 허락해 주게. 혹시라도 위험한 일이 생기면 내가 먼저 맞설 수 있게 말이네. 잘못된 길로 들어선 것도 모두 나 때문이 아닌가?

희망이 말했다. "아니, 자네가 먼저 가서는 안 되네. 그런 번잡한 마음으로 앞에 가다간 또다시 길을 잘못 들지도 모르니 말이야." 그러자 어디선가 목소리가 울려 퍼지며 그들의 마음을 북돋았다. "큰 길, 곧 네가 전에 가던 길을 마음에 두고 그 길로 돌아오라."[155] 그러나 어느덧 물이 급격히 불어나 되돌아가는 길도 여간 위험한 일이 아니었다. 그 모습을 보니 올바른 길에서 어긋나긴 쉬워도 그릇된 길에서 다시 올바른 길로 돌아가기란 그리 녹록지 못하다는 생각이 들었다. 결국 그들은 오던 길을 되돌아가기 시작했으나 컴컴한 어둠 속에서 급격히 차오르는 홍수 때문에 빠져 죽을 뻔한 적도 열 번은 족히 되었다.

그러나 무슨 수를 쓴다 한들 그 밤중에 디딤 계단이 있는 곳까지 가는 것은 무리였다. 마침 자그마한 오두막을 발견한 그들은 그곳에 앉아서 날이 밝기를 기다리기로 하였다. 그러나 지칠 대로 지친 그들은 이윽고 잠이 들고 말았다. 허나 그들이 잠든 그 오두막은 그곳으로부터 얼마 떨어지지 않은 곳에 위치한 의심의 성의 주인인 절망이라는 거인 소유의 땅 안에 있었다. 아침 일찍 일어나 들판을 거닐던 거인은 자신의 영역 안에서 잠들어 있는 크리스천과 희망을 발견했다. 거인은 험상궂고 거친 목소리로 두 순례자들을 깨우고는, 그들

---

155 예레미야 31:21.

에게 어디서 왔으며 자기 땅에서 무엇을 하고 있었는지 물었다. 그들이 자기네들은 순례자인데 길을 잃었다고 말하자, 거인이 대답했다. "감히 허락도 없이 들어와서 내 땅을 밟아 뭉갠 것도 모자라 누워 잠까지 자다니, 너희들을 잡아가겠다." 그렇게 두 순례자는 힘센 거인에게 붙잡혀 갔다. 그들은 스스로 저지른 잘못을 잘 알고 있었으므로 뭐라 반박할 수도 없었다. 거인은 그들을 성안으로 몰아가더니 어두컴컴한 지하 감옥으로 밀어 넣었다. 그리하여 그들은 수요일 아침부터 토요일 밤까지 빛 한 줄기 들지 않는 더럽고 역겨운 냄새로 가득한 그곳에서 빵 한 조각, 물 한 모금 없이 지내야 했다. 그들이 어떻게 지내는지 들여다보는 이도 전혀 없었으며, 그들은 그저 아는 사람도 친구도 없이 이 고약한 상황을 견디는 수밖에 없었다.[156] 감옥에 갇힌 크리스천은 이런 고통스러운 상황에 이르게 된 것이 모두 다 자신의 어리석음과 경솔함 때문이라는 생각에 더욱더 깊은 비탄에 잠겼다.

거인 절망에게는 불신이라는 아내가 있었다. 그날 밤 잠자리에 들기 전, 거인은 아내에게 무단으로 침범한 죄인 둘을 잡아 지하 감옥에 넣었다고 말한 뒤, 그 죄인들을 어떻게 처리하는 게 좋을지 물었다. 그러자 아내는 그 죄인들이 어디서 온 누구이며 어디로 가는 자들인지 물었고, 거인이 답하자 아내는 거인에게 아침에 일어나면 그들을 인정사정없이 흠씬 두들겨 패 주라고 일렀다. 그래서 아침에 일어난 거인은 묵직한 사과나무 곤봉을 챙겨 지하 감옥으로 내려가서는 두 순례자들을 개처럼 학대하기 시작했다. 그러나 그들이 싫은 소리 한마디 내지 않자 거인은 그들에게 달려들어 마구 때리기 시작했다. 어찌나 거칠게 두들겨 패는지 두 순례자들은 몸을 가누지도, 바닥에서 일어나지도 못할 정도였다. 거인이 두 사내를 흠씬 때려 주고 떠나자 감옥에 남겨진 그들은 자신들의 처참한 신세를 애통해하

---

156 시편 88:18.

며 고통 속에 눈물을 흘렸고, 쓰디쓴 아픔과 한숨 속에 하루를 보냈다. 그날 밤, 남편과 두 죄인들에 대한 이야기를 나누던 거인의 아내는 아직도 그들이 살아 있다는 것을 알고는 남편에게 그들이 스스로 목숨을 끊게끔 하라고 일렀다. 그래서 다음 날 아침이 되자 거인은 전날 맞은 채찍 자국에 아파하고 있는 두 사내에게 험악한 얼굴로 다가가 결코 그곳을 빠져나갈 순 없을 테니 벗어날 수 있는 유일한 방법은 할복을 하든 목을 매달든 독약을 마시든 그저 일찌감치 스스로 목숨을 끊어 버리는 것뿐이라고 말했다. "남은 삶이 고통뿐이라면 굳이 살아서 뭐하겠느냐?" 그러나 그들은 거인에게 제발 풀어 달라고 애원했고, 이에 거인의 얼굴은 더욱더 험상궂게 변하더니 마치 죽일 기세로 그들에게 달려들었다. 만약 그 순간 그가 발작을 일으키지 않았더라면(그는 화창한 날이면 종종 발작을 일으키곤 했다.) 순례자들은 목숨을 부지하기 어려웠을 것이다. 그러나 발작으로 인해 손을 움직일 수 없었던 거인은 그들이 알아서 판단하도록 놔둔 채 나가 버렸고, 두 죄인은 거인의 충고를 받아들여야 할지 말아야 할지 서로 의논하기 시작했다.

크리스천이 말했다. "여보게 친구, 이제 어떻게 하겠나? 지금처럼 사는 건 정말 끔찍하군. 이렇게 계속 살아야 할지 아니면 차라리 지금 죽는 게 나을지 나로서는 도무지 모르겠네. 마음 같아서는 이렇게 사느니 목을 매달아 무덤에 묻히는 게 차라리 이 지하 감옥보다는 낫겠군.[157] 그러니 거인의 말대로 하는 게 어떤가?"

희망 우리가 처한 상황이 끔찍한 건 사실이네. 여기서 이런 식으로 끝까지 버티는 것보다야 죽는 편이 훨씬 편할 수 있겠지. 하지만 생각해 보게. 우리가 가려는 나라의 왕께서는 '살인하지 말라.'고 이르지 아니하셨나? 단지 다른 사람을 살인하는 것뿐이 아니라 더 나

---

157 욥기 7:15.

아가 거인의 말처럼 우리 스스로 목숨을 끊는 것 또한 금하셨단 말이네. 다른 사람을 죽이는 행위는 그의 육체만을 죽이는 것이지만, 스스로 목숨을 끊는 것은 육체와 영혼을 둘 다 죽이는 것이네. 게다가 자네, 차라리 무덤이 낫겠다고 했나? 살인자는 지옥을 면치 못한다는 것을 잊은 겐가? '살인하는 자는 영생이 그 속에 거하지 못한다.'[158]고 했네. 또 잘 생각해 보면 모든 운명이 거인 절망의 손에 달린 것은 아닐 걸세. 내가 보기엔 거인에게 잡혀 왔던 사람이 우리뿐만이 아니었을 텐데 다들 그의 손에서 빠져나가고 없지 않은가? 또모르지, 창조주 하나님께서 거인 절망을 죽여 주실지도. 아니면 언젠가 그가 깜박하고 감옥 문을 안 잠근다거나 조만간 우리 앞에서 또발작을 일으켜서 사지를 못 쓰게 될지도 모르고 말이야. 만약 그런일이 또 일어난다면 나는 기필코 용기를 내서 그의 손아귀를 벗어날 걸세. 왜 지난번엔 그러지 못했는지 정말 안타까울 따름이네. 아무튼 좀 더 참고 기다려 보세, 친구. 우리가 자유로운 몸이 될 순간이 찾아올 테니 말이야. 그러니 우리 스스로 살인자가 되지는 말자고.

희망의 말에 크리스천은 당장은 평정을 되찾은 듯했다. 그들은 슬프고 비통한 심정 가운데 어둠을 함께 견뎠다.

이윽고 저녁 무렵 거인은 죄인들이 자신의 충고를 받아들였는지 보기 위해 다시 지하 감옥으로 내려가 보니 그들은 여전히 살아 있었다. 정말 말 그대로 살아 있다는 표현 외에는 달리 표현할 방법이 없었다. 지금껏 빵 한 조각, 물 한 모금도 입에 대지 못한 데다가 거인에게 두들겨 맞은 상처로 인해 숨이나 겨우 쉴 정도였기 때문이다. 그래도 어쨌거나 거인은 그들이 아직도 살아 있는 것을 발견하고는 격분하며, 자기 말에 불복하였으니 이 세상에 태어난 것조차 후회하게 만들어 주겠다고 소리를 질렀다.

---

158 요한일서 3:15.

이에 그들은 사시나무 떨듯 했고, 크리스천은 심지어 정신을 잃고 말았다. 그러나 다시 정신이 좀 들자 그들은 거인의 충고를 받아들여야 할지 말아야 할지에 대해 다시 의논하기 시작했다. 크리스천은 거인의 충고를 따르는 쪽으로 다시 마음이 기우는 듯했으나 희망은 재차 말했다.

희망이 말했다. "여보게 친구, 진정 자네가 지금껏 얼마나 용맹스럽게 달려왔는지 잊은 겐가? 아볼루온도 자네를 무찌르지 못했고, 사망의 음침한 골짜기에서 자네가 듣고 보고 느낀 것들조차 자네의 기백을 꺾지 못했네. 지금껏 얼마나 많은 역경과 공포와 경악할 만한 일들을 거쳐 왔는지 생각해 보게! 그런데 지금은 어찌 이렇게 두려움만 가득하단 말인가! 자네와 함께 이 지하 감옥에 갇혀 있는 나를 좀 보게나. 타고난 성격으로 보자면 나야말로 자네보다 훨씬 나약한 인간이 아닌가? 게다가 나도 자네처럼 거인에게 두들겨 맞았고 빵과 물은 입에도 대지 못했네. 그리고 나도 빛 한 줄기 들지 않는 이곳에서 애통한 것은 자네와 마찬가지란 말일세. 허나 조금만 더 기다려 보세. 자네가 헛된 시장에서 얼마나 사내대장부다운 모습을 보였는지 기억해 보게. 쇠사슬이나 동물 우리는 물론이고 심지어 잔혹한 죽음도 두려워하지 않았던 자네가 아닌가? 그러니 그리스도인이 저질러서는 안 될 치욕스러운 행동이라도 면할 수 있도록 최대한 참고 견뎌 보세."

어느덧 다시 밤이 찾아왔고, 거인과 그의 아내가 막 잠자리에 들려던 차에 아내는 거인에게 죄수들이 그의 충고를 받아들였는지 물었다. 그러자 그가 대답했다. "정말 질긴 녀석들이야. 스스로 목숨을 끊느니 차라리 이 모든 고난을 받아들이겠다더군." 그러자 아내가 말했다. "내일 그자들을 성 뒤뜰로 데려가서 지금껏 당신이 죽인 자들의 시체와 해골을 보여 주세요. 그리고 일주일 내로 그들도 예전의 다른 사람들처럼 갈기갈기 찢겨 죽는 신세가 되고 말 거라고 으름장을 놓으세요."

다음 날 아침이 밝자 거인은 두 순례자들을 성 뒤뜰로 데리고 가 아내가 말한 대로 보여 주며 말했다. "이자들도 너희처럼 한때는 순례자였으나 내 땅에 함부로 들어오는 바람에 내가 적당한 때를 골라 갈기갈기 찢어 죽였다. 너희도 십 일 안에 똑같은 신세가 되고 말 거다. 자, 이제 됐으니 어서 지하실로 썩 꺼져 버려라!" 그리고 그는 지하 감옥까지 내내 그들을 때리며 몰아갔고, 두 순례자는 감옥에 누워 토요일 온종일을 여전히 비통한 심정으로 보냈다. 다시 밤이 오자 불신 부인과 그녀의 거인 남편은 잠자리에 들어 다시 죄수들에 대해 이야기하기 시작했다. 늙은 거인이 자기가 아무리 때리고 협박을 해도 결코 그들을 꺾을 수 없을 것 같다고 말하자, 그의 아내가 대답했다. "아무래도 그자들은 누군가가 자기네들을 구해 줄 거라는 희망으로 살고 있나 봐요. 아니면 자물쇠를 열 수 있는 열쇠라도 있어서 탈출하려는 속셈이든지요." 그러자 거인이 말했다. "정말 그럴까, 여보? 그렇다면 내일 아침에 가서 몸을 뒤져 봐야겠군."

한편 토요일 자정부터 두 순례자는 기도를 드리기 시작했고, 그들의 기도는 동이 틀 때까지 계속되었다.

동이 트기 직전이었다. 갑자기 크리스천이 아연실색하며 격정적으로 외쳤다. "이런 바보가 다 있나! 자유롭게 밖에서 걷고 있을 시간에 이런 악취 나는 지하 감옥에 널브러져 있다니! 내 가슴팍에 언약이라는 열쇠가 있는데 그거라면 의심의 성 안에 있는 어떤 자물쇠라도 열 수 있을 걸세."[159] 그러자 희망이 말했다. "그것 정말 좋은 소식일세, 친구. 그럼 어서 꺼내서 열어 보게."

크리스천은 품 안에서 열쇠를 꺼내어 지하 감옥의 문에 걸린 자물

---

[159] 마태복음 16:19; 사도행전 12:6-10.

쇠에 넣고 돌려 보았다. 그러자 빗장이 풀리더니 문이 거뜬히 열렸고, 크리스천은 희망과 함께 감옥을 빠져나왔다. 그리고 성 뒤뜰로 나가는 외문도 열쇠로 연 뒤, 그는 마침내 철로 만들어진 대문으로 다가갔다. 철문은 다른 문보다도 훨씬 더 단단히 잠겨 있었으나, 그들은 언약의 열쇠로 마침내 자물쇠를 여는 데 성공했다. 그들은 서둘러 그곳을 빠져나가기 위해 철문을 힘껏 밀어젖혔다. 그러나 철문이 열리며 요란하게 삐걱거린 나머지 그만 잠들어 있던 거인 절망을 깨우고 말았다. 거인은 벌떡 일어나 죄수들을 쫓아왔으나 그만 다시 발작을 일으키는 바람에 사지가 굳어 버려 더 이상 그들을 쫓아오지 못했다. 그리하여 두 순례자는 멈추지 않고 달아나 왕께로 향하는 바른 길로 돌아왔고, 마침내 거인 절망의 손에서 벗어나 안전하게 길을 갈 수 있었다.

그들은 다시 디딤 계단을 넘어 바른 길로 돌아왔다. 그리고 어떻게 하면 앞으로 그 디딤 계단을 지나갈 이들이 거인 절망의 손아귀를 면할 수 있을까 곰곰이 생각해 보았다. 그래서 그들은 그곳에 기둥을 세워 한쪽 위에 다음과 같은 문장을 새겨 넣었다. "이 디딤 계단 너머 길은 거룩한 성의 왕을 경멸하고 그의 순례자들을 멸하고자 하는 거인 절망이 사는 의심의 성으로 가는 길이오." 이로써 훗날 그 길을 지나가는 많은 이가 이 경고를 읽고 위기를 모면할 수 있었다. 기둥을 만든 뒤 두 순례자는 다음과 같은 노래를 불렀다.

"옳은 길에서 어긋나고 나서야 비로소
금지된 땅을 밟는다는 것이 어떤 것인지 깨달았구나.
뒤에 오는 이들을 위해 기둥을 만드세.
우리와 같은 어리석은 실수를 하지 않도록,
의심의 성에 사는 거인 절망의 땅에 들어가
그의 죄수가 되지 않도록!"

8

이윽고 그들은 기쁨의 산에 이르렀다. 이 산 또한 앞에 언급했던 산의 주인에게 속한 곳이었다. 두 순례자는 산에 올라가 정원과 과수원과 포도밭과 샘터를 내려다보았다. 이내 샘터로 가서 목을 축이고 몸을 씻은 뒤 포도밭에서 마음 놓고 포도를 따 먹었다. 산꼭대기에서는 목자들이 길가에 서서 양 떼에게 풀을 먹이고 있었다. 두 순례자는 목자들에게 다가가 흔히 지친 순례자들이 길가에 서서 누군가와 이야기할 때처럼, 말뚝에 기대선 채 물었다. "이 아름다운 산과 당신들이 먹이고 있는 양들은 누구의 소유입니까?"

목자들 이 산은 임마누엘의 땅이오. 주의 성읍에서도 이 산이 보인다오. 양들도 마찬가지로 그분의 소유지요. 그분께서는 이 양들을 위해 스스로 목숨을 버리셨다오.[160]

크리스천 이 길이 거룩한 성으로 가는 길이 맞습니까?

목자들 맞게 찾아왔구려.

크리스천 그곳까지는 얼마나 걸릴까요?

목자들 그곳에 도착하지 못할 이들에게는 한없이 먼 곳이지요.

크리스천 그곳까지 가는 길은 안전합니까? 아니면 위험합니까?

목자들 스스로 삼가는 자들에게는 안전할 것이고, 죄인은 그 길에서 넘어질 것이오.[161]

크리스천 혹시 근처에 여기까지 오느라 지친 연약한 순례자들이 쉬어 갈 만한 곳이 있습니까?

목자들 이 산의 주인께서 우리에게 명하시기를 '손님 대접하기를 잊지 말라.'[162] 하셨소. 그러니 필요한 것은 뭐든 말하시오.

---

160 요한복음 10:11.
161 호세아 14:9.
162 히브리서 13:2.

꿈속에서 보니 그들이 순례자들인 것을 알아챈 목자들은 그들에게 질문을 던지기 시작했다. 두 순례자는 다른 곳에서 대답했던 것처럼 그들에게도 대답해 주었다. 목자들이 물어본 것들은 다음과 같았다. "어디서 왔소? 어떻게 순례자의 길을 떠나게 되었소? 순례의 길을 가기 시작한 사람들 중에 실제로 이 산에까지 모습을 드러내는 자들은 거의 없는데, 대체 어떻게 굴하지 않고 여기까지 왔소?" 그리고 질문에 대한 답을 듣고 난 목자들은 흡족해하더니 아주 인자한 얼굴로 말했다. "기쁨의 산에 온 것을 환영하오!"

지식, 경험, 주의, 그리고 신실이라고 불리는 목자들은 두 순례자의 손을 잡고 그들의 천막으로 데리고 가더니, 일단 준비되어 있던 음식들을 대접하며 말했다. "여기서 잠시 머물다 가는 게 어떻겠소? 우리와 교제도 나누고, 무엇보다도 기쁨의 산의 정기를 마시며 기력도 회복하고 말이오." 그리하여 두 순례자들은 기꺼이 머물다 가겠다고 했고, 밤이 늦었으므로 그들은 모두 잠자리에 들었다.

꿈속에서 다음 날 아침이 되자 목자들은 크리스천과 희망을 데리고 산 위로 올라가 한참을 함께 걸으며 곳곳의 아름다운 경치를 구경시켜 주었다. 그러고는 한 목자가 다른 목자에게 말했다. "이 순례자들이 감탄할 만한 것들을 좀 보여 주는 게 어때?" 이에 다른 목자들이 찬성하자 그들은 우선 순례자들을 그릇된 가르침이라고 불리는 산꼭대기로 데리고 올라갔다. 그 산꼭대기의 한쪽 면은 아찔할 정도로 가팔랐고, 목자들은 순례자들에게 아래 바닥을 내려다보라고 말했다. 크리스천과 희망이 아래를 내려다보자 바닥에는 산꼭대기로부터 추락해서 산산조각 난 자들의 잔해가 보였다. 크리스천이 물었다. "이것은 무엇을 의미합니까?" 그러자 목자들이 말했다. "부활의 믿음에 대하여 후메내오와 빌레도[163]의 말에 귀 기울임으로써 그릇된 길

---

[163] 디모데후서 2:16-17.

로 간 자들의 이야기를 못 들어 보았소?" 순례자들이 대답했다. "들어 본 적이 있습니다." 그러자 목자들이 말했다. "산 아래에 처참하게 박살이 난 저자들이 바로 그런 사람들이오. 저들은 오늘날까지도 땅에 묻히지 못한 채 다른 사람들에게 경계의 대상이 되고 있다오. 그들이 이 산을 너무 높이 오르거나 벼랑 끝에 너무 가까이 다가가지 않도록 말이오."

그러고 나서 그들은 순례자들을 경고라는 또 다른 산꼭대기로 데려간 후 멀리 내다보라고 말했다. 그러자 그들의 눈에 무덤 주위를 끊임없이 서성이는 자들이 보였다. 자꾸 무덤에 걸려 넘어지고 무덤 주위를 벗어나지 못하는 것으로 보아 눈먼 자들인 듯했다. 크리스천이 물었다. "이것은 무엇을 의미합니까?"

그러자 목자들이 대답했다. "이 산에 오르기 조금 전에 길 왼편의 초원으로 넘어갈 수 있게 만들어 놓은 디딤 계단을 못 보았소?" 그들이 대답했다. "보았습니다." 그러자 목자들이 말했다. "그 계단을 넘어가면 나오는 길은 거인 절망이 사는 의심의 성으로 곧장 이어진다오." 그리고 그가 무덤 사이를 떠도는 사람들을 가리키며 말을 이었다. "그리고 저 사람들도 그 디딤 계단에 이르기 전까지는 당신들과 같은 순례자였다오. 그러나 올바른 길이 너무 험난한 나머지 그만 초원으로 난 길을 택했다가 거인 절망에게 잡혀서 의심의 성에 갇혀 버리고 말았지요. 그러고는 지하 감옥에서 한참을 갇혀 있다가 결국 거인에게 눈을 뽑히고 저 무덤들 사이에 버려지는 바람에 오늘날까지 저기서 헤매는 거라오. '명철의 길을 떠난 사람은 사망의 회중에 거하리라.'[164]고 하신 지혜의 말씀을 이루기 위함이지요." 이 말을 들은 크리스천과 희망은 서로를 바라보며 눈물을 펑펑 쏟았으나 목자들에게는 아무런 말도 하지 않았다.

---

[164] 잠언 21:16.

그리고 또 꿈에서 보니 이번에는 목자들이 순례자들을 산 아래의 다른 장소로 데리고 가서는 산 옆면에 있는 문을 열고 순례자들에게 들여다보라고 말했다. 그들이 본 그 안쪽은 컴컴하고 연기가 자욱했으며, 마치 불길이 치솟을 때 나는 듯한 굉음과 고통스럽게 울부짖는 소리도 들렸고, 유황 냄새도 나는 듯했다. 크리스천이 물었다. "이것은 무엇을 의미합니까?" 그러자 목자들이 대답했다. "이곳은 지옥으로 가는 지름길이오. 말하자면, 장자의 명분을 팔아 버린 에서, 예수를 팔아넘긴 유다, 복음을 모욕한 알렉산더, 그리고 속이고 거짓말한 아나니아와 그의 아내 삽비라와 같은 위선자들이 택하는 길이라오."[165]

그러자 희망이 목자들에게 물었다. "제가 보기엔 이 사람들 한 사람 한 사람도 지금 우리처럼 순례자였던 것 같은데, 아닙니까?"

목자들 맞소. 그것도 아주 오랫동안 그러했지요.

희망 저렇게 끔찍한 죽음을 맞이한 걸 보면 그리 멀리까지 가지는 못한 것 같군요.

목자들 더 멀리 간 자들도 있고, 이 산까지도 못 온 자들도 있다오.

그러자 두 순례자는 서로를 바라보며 말했다. "전능하신 그분께 능력을 달라고 간구해야겠군."

목자들 맞소. 그리고 능력이 있을 때 사용할 줄도 알아야 한다오.

그러자 두 순례자의 마음에는 다시 길을 떠나고자 하는 의욕이 솟구쳤고, 목자들도 이에 찬성했다. 그래서 그들은 산맥의 끝자락을 향해 함께 걸어갔고, 목자들은 서로 바라보며 말했다. "자, 이제 이 순례자들에게 거룩한 성의 문을 보여 줘야겠군. 이자들이 우리의 망원경을 볼 줄만 안다면 말이네." 그러자 순례자들은 흔쾌히 목자들의 제안을 받아들였고, 목자들은 그들을 맑음이라는 높은 산꼭대기로

---

[165] 창세기 25:29-34; 마태복음 26:14-16, 26:21-25, 26:47-50; 디모데후서 4:14-15; 사도행전 5:1-10.

데리고 올라가 그들에게 망원경을 건넸다.

순례자들은 망원경을 들여다보았다. 그러나 목자들이 마지막에 보여 주었던 광경이 자꾸 떠올라 손이 덜덜 떨려서 도무지 망원경을 침착하게 들여다볼 수가 없었다. 그러나 저 멀리 어렴풋이 거룩한 성으로 향하는 문과 찬란하게 빛나는 뭔가가 보이는 듯했다. 그들은 산을 내려가며 노래를 불렀다.

"다른 이들에게는 가리워진 비밀을
목자들이 우리에게 보여 주었네.
심오하고 은밀하며 오묘한 비밀들을 알고 싶다면
목자들에게로 오면 된다네!"

순례자들이 다시 여행길에 오르려는 순간 목자들 중 한 명이 그들에게 거룩한 성으로 가는 길이 적힌 종이를 건넸다. 그러자 또 다른 목자는 그들에게 아첨쟁이를 조심하라고 일렀고, 세 번째 목자는 그들에게 마법의 땅에서는 절대 잠들어서는 안 된다고 당부했다. 그리고 마지막으로 네 번째 목자는 그들을 축복해 주었다.

그리고 나는 꿈에서 깨어났다.

9

그리고 나는 다시 잠이 들었고, 꿈에서 보니 아까 그 두 순례자들은 이제 큰길을 따라 산을 내려가 도시로 향하고 있었다. 산에서 조금 내려오자 왼편에는 자만심이라는 마을이 있었다. 그 마을로부터 순례자들이 걸어가던 길까지는 구불구불한 좁은 길이 이어져 있었다. 이 길에서 두 순례자는 그 마을로부터 온 아주 활기찬 사내를 만났다. 그 사내의 이름은 무식한 자였다. 크리스천은 사내에게 어디에서 왔으며 어디로 가는 길인지 물었다.

무식한 자 아, 저 말입니까? 저는 저기 약간 왼편에 보이는 저 마을 출신인데, 지금은 거룩한 성으로 가고 있답니다.

크리스천 헌데 성문에서는 어찌 들어가려고 그러시오? 성문을 통과하는 게 만만치 않을 텐데.

무식한 자 다른 사람들이 하는 대로 하면 되겠죠.

크리스천 성문에서 보여 줄 만한 뭐라도 있소? 뭔가를 보여 줘야 문을 열어 줄 텐데 말이오.

무식한 자 저야 뭐 하나님의 율법에 대해 알고 있고, 바른 삶을 살아왔는데 뭐가 걱정입니까? 저는 누구한테 빚진 것도 없고, 기도도 하고, 금식도 하고, 십일조도 내고, 가난한 사람에게 베풀며 살았습니다.[166] 아니 게다가 그곳을 위해 제 고향까지 버린걸요?

크리스천 그러나 당신은 이 길의 첫머리에 있는 좁은 문으로 들어오지 않고 저 구불구불한 길을 통해 들어왔잖소. 그러니 안타깝소만 당신 스스로 어떻게 생각하든 간에 심판의 날 당신은 거룩한 성에 들어가기는커녕 절도범에 강도로 비난을 받게 될 거요.[167]

무식한 자 아니, 이것 좀 보세요. 우린 완전히 초면 아닙니까? 저는 댁들을 전혀 알지도 못합니다. 그러니 그쪽은 그 동네 관습대로 하고, 저는 제 방식대로 하면 되는 것 아니겠습니까? 그러면 아무 일도 없을 테니 걱정 마십쇼. 아, 그리고 댁이 말한 그 좁은 문 말인데요, 그 문이 우리 마을에서 얼마나 먼지는 온 세상 사람들이 다 알 겁니다. 그리고 아마 우리 마을 사람들은 그 좁은 문으로 가는 길조차 모를걸요? 뭐, 굳이 알 필요도 없지만 말입니다. 보시다시피 우리 마을로부터는 이 길로 접어드는 아름답고 호젓한 푸른 길이 나 있으니까요.

---

166 누가복음 18:12.
167 요한복음 10:1.

스스로를 지혜롭게 여겨[168] 자만하는 사내의 모습을 본 크리스천이 희망에게 넌지시 말했다. "아무리 바보라도 저자보단 낫겠구먼." 그리고 그가 덧붙였다. "'우매한 자는 길을 갈 때에도 지혜가 부족하여 모든 사람에게 자기의 우매함을 드러낸다.'[169] 하지 않았나? 어떤가? 이자와 계속 이야기를 나눠야 할까? 아니면 우리가 해 준 이야기에 대해 좀 생각해 보도록 일단 두고 먼저 갔다가 나중에 다시 만나서 조금이라도 변화가 있는지 보는 게 나을까?"

그러자 희망이 말했다.

"지금은 잠시 무식한 자에게 생각할 시간을 주세.

세상에서 가장 값진 상급을

그의 무지함이 걷어차 버리지 않도록.

여호와 하나님께서 말씀하시길,

비록 그분께서 지으신 자라 할지라도

우매한 자는 구원에 이르지 못한다 하셨네."

그리고 희망이 덧붙여 말했다. "저 사내에게 한꺼번에 모든 걸 다 알려 주는 것은 좋지 않을 듯하네. 그러니 일단은 지나가고, 조만간 그가 감당할 수 있을 때 말해 주는 것이 어떻겠나?"[170]

그리하여 두 순례자는 무식한 자를 뒤로한 채 앞으로 걸어갔고, 얼마 지나지 않아 그들은 아주 컴컴한 길로 들어서게 되었다. 그곳에서는 한 남자가 일곱 귀신들에게 일곱 개의 줄에 매여 아까 산 옆면에서 보았던 문 쪽으로 이끌려 가고 있었다.[171] 이 광경을 본 크리스천은 벌벌 떨기 시작했고, 그의 벗 희망도 겁나기는 마찬가지였다. 그러나 크리스천은 혹시 자기가 아는 사람인가 싶어 귀신들에게 끌려

---

168 잠언 26:12.
169 전도서 10:3.
170 고린도전서 3:2.
171 마태복음 12:45; 잠언 5:22.

132

가는 사내의 얼굴을 유심히 쳐다보았다. 마치 발각된 도둑처럼 고개를 푹 숙이고 있어 비록 사내의 얼굴을 확실히 보지는 못했지만, 그는 배신 마을에 살던 외면이란 자인 듯했다. 그리고 희망이 그들을 지나치면서 자세히 봤더니 그 사내의 등에는 다음과 같은 문구가 적힌 종이가 붙어 있었다. "위선을 일삼고 주를 외면한 자."

　그때 크리스천이 말했다. "아, 이 근처에서 한 양반에게 일어났던 일에 대해 들은 적이 있는데, 이제야 생각나는군. 믿음이 작은 자라고, 참된 마을에 살던 선량한 양반이었다네. 그런 그에게 일이 일어난 거지. 들어보게. 이 길 초입에는 넓은 길로부터 내려오는 죽은 자의 길이라는 곁길이 있는데, 살인이 많이 일어나는 길이라 해서 붙여진 이름이지. 어쨌든 이 믿음이 작은 자도 우리처럼 순례자의 길을 가고 있던 중에 그 길 한편에 앉아서 잠이 들었다네. 그런데 그때 마침 넓은 길로부터 세 명의 우람한 건달들이 그 길을 걸어 내려온 걸세. 소심함과 불신과 죄책감이라고 불리는 이 세 건달은 믿음이 작은 자를 보고는 그가 있는 곳까지 한걸음에 달려왔지. 이 선량한 사내는 마침 잠에서 깨어 다시 길을 가려던 참이었는데, 그때 건달들이 그에게 바짝 다가가서는 멈춰 서라고 위협하자 그는 얼굴이 백지장처럼 하얗게 질렸다네. 하지만 그에게는 싸울 힘도, 그렇다고 도망갈 용기도 없었지. 소심함이 말했네. '가진 걸 다 내놓아라!' 그러나 사내가 가진 돈을 잃고 싶지 않아 꾸물대자 불신이 그에게 달려들었네. 소심함은 사내의 주머니에 손을 쑤셔 넣더니 은화 꾸러미를 꺼내 갔고, 사내가 소리쳤다네. '도둑이야! 도둑!' 그러자 죄책감이 손에 들고 있던 커다란 곤봉으로 믿음이 작은 자의 머리를 내려쳤고, 사내는 죽을 듯이 피를 철철 흘리며 땅바닥에 나뒹굴었지. 그리고 한참을 그 옆에 서서 지켜만 보던 건달들은 별안간 누군가 길을 걸어오는 듯한 소리가 들리자 혹시나 신실한 마을의 크나큰 은총이라는 자가 나타날까 두려워 사내를 홀로 남겨 둔 채로 줄행랑을 쳐 버린 걸세. 그리고 잠시 후 정신을 차린 믿음이 작은 자는 허겁지겁 일어나서는 그곳을 빠져나왔다는 이야기네."

희망 그럼 건달들이 그 양반이 가진 걸 죄다 털어 갔다는 말인가?

크리스천 아닐세. 다행히 그가 보물을 지니고 있던 곳은 그들이 뒤지지 않았다더군. 그래서 여전히 보물은 그가 지니고 있었는데, 듣기로는 그 착해 빠진 양반이 건달들에게 자기가 가진 돈을 거의 다 빼앗겨 버린 데 대해 아주 크게 낙심한 모양이야. 그에게 남은 거라곤 아까 말했듯이 그가 가진 보물이랑 돈 몇 푼뿐이라서 여행을 끝까지 마치기엔 턱없이 부족한 돈이었으니 말이네. 그래, 내가 들은 게 사실이라면 그는 계속되는 여정 속에서 구걸로 근근이 목숨을 이어 나갔다는군. 그가 지닌 보물은 절대 팔지 않고 구걸이든 뭐든 할 수 있는 건 다 하면서, 심지어 때로는 굶주린 배를 부여잡은 채로 남은 여정을 계속했다네.

희망 그나저나 사내가 거룩한 성에 들어갈 수 있는 자격을 빼앗기지 않았다니 대단하군.

크리스천 건달들이 그걸 발견하지 못한 게 정말 신기할 따름이지. 게다가 사내가 꾀를 부린 것도 아니었다네. 그는 건달들이 다가오는 걸 보고는 그대로 얼어붙어서 뭔가를 숨길 만한 재간도 기회도 없었으니 말이야. 그러니 건달들이 그 귀한 보물을 놓친 것은 그야말로 사내의 노력으로 된 것이 아니라 선하신 하나님의 섭리가 아니었겠나?

희망 그럼 건달들에게 보물을 빼앗기지 않은 것이 그에게는 큰 위로가 되었겠구먼.

크리스천 만약 그가 그것을 제대로 사용했다면 물론 그에게는 큰 위로가 될 수 있었겠지. 허나 내가 들은 바에 의하면 그는 남은 여정 내내 그것을 거의 사용하지 않았다고 하더군. 건달들에게 돈을 다 빼앗겨 버리고 너무 놀랐던 게지. 엄밀히 말하자면 그는 남은 길을 가는 동안 거의 보물에 대해서는 까마득히 잊고 있었던 때가 많았고, 어쩌다 가끔 생각이 나면 위안을 받다가도 이내 돈을 빼앗긴 기억이 생생하게 떠올라 그 충격에서 헤어나질 못한 걸세.

희망 아, 정말 불쌍한 양반이로군! 얼마나 고통스러웠겠는가!

크리스천 암, 고통스러웠을 테고말고! 그처럼 낯선 곳에서 강도를 만나 몸까지 상한다면 우리 중 누구라도 그렇지 않겠나? 그 가여운 양반, 고통에 못 이겨 죽지 않은 게 천만다행일세! 듣자 하니 그는 남은 여정 길의 대부분을 슬픔에 잠겨서는 만나는 사람마다 억울한 푸념만 계속 늘어놓았다는군. 자기가 어디서 어떻게 강도를 만났으며, 그 강도들이 누구였고 자기가 무엇을 빼앗겼으며, 어떻게 다쳤고 어떻게 가까스로 목숨을 건졌는가 하는 이야기들을 말이네.

희망 그러나 그가 그런 궁핍함 속에서도 자기가 가진 보물들을 조금도 팔거나 저당 잡히지 않았다는 게 놀랍구먼. 만약 그랬다면 여정 길이 조금이나마 수월했을 텐데 말이야.

크리스천 자네 아직까지도 이해를 못한 듯하구먼. 그가 그것들을 무엇으로 저당 잡히겠으며 누구에게 팔겠나? 그가 강도를 만났던 그 동네에서는 누구도 그 보물들을 가치 있게 여기지 않을뿐더러, 그 역시도 보물들을 팔아 고통에서 벗어나고픈 마음은 추호도 없었네. 만약 거룩한 성에 들어갈 때 그 보물들이 없다면 그는 결코 하늘의 유업을 얻지 못할 거라는 것을 스스로 잘 알고 있었기 때문이지. 그러니 그는 차라리 일만 강도를 만나 해를 당하는 편이 거룩한 성 앞에서 거절당하는 것보다 낫다고 여겼을 걸세.

희망 허나 크리스천, 나는 그 세 명의 강도들도 결국은 겁쟁이들에 불과하다는 생각이 드네. 그게 아니라면 누군가 그 길로 걸어오는 소리에 왜 도망을 갔겠나? 왜 믿음이 작은 자는 더 용기를 내지 않았을까? 내 생각엔 그들과 한 번쯤은 맞서 보고 정 안 되면 항복을 할 수도 있지 않았을까 싶은데.

크리스천 그들이 겁쟁이에 불과하다고 말하는 사람도 물론 많았다네. 그렇지만 실제로 그 상황에 직면하면 그렇게 생각하는 이들은 거의 없지. 그리고 믿음이 작은 자에게 용기 같은 건 없었네. 만약 자네가 그와 같은 상황에 처한다면 자네는 항복하기에 앞서 일단 맞서 싸워 보겠다고는 하지만, 사실 지금 그렇게 기세등등한 말을 하는 것은 그런 상황이 닥치지 않아서 그런 것이네. 만약 사내가 당한 것처럼 그 건달들이 자네 앞에 나타난다면, 다시 생각하게 될 걸세. 그나저나 다시 잘 생각해 보면 그들은 그저 앞잡이 도둑들에 불과하다네. 다시 말해 그들은 지옥 구덩이를 다스리는 자의 부하일 뿐이고, 종종 필요할 때는 그 두목이 직접 도와주러 오기도 하는데, 그 목소리는 마치 포효하는 사자와도 같다더군. 나도 믿음이 작은 자와 같은 일을 겪은 적이 있는데, 그땐 정말 끔찍했지. 이 세 악당들이 나에게 달려드는데, 내가 그리스도인답게 맞섰더니 글쎄 그들이 두목을 부르는 것이 아닌가! 만약 하나님의 은혜로 내가 튼튼한 갑옷을 입고 있지 않았더라면 옛말대로 나 하나 없애는 일은 그들에게 식은 죽 먹기였을 걸세. 아니, 심지어는 그렇게 단단한 갑옷에 둘러싸여 있는데도 용감하게 맞서는 게 쉽지 않더라니까? 그러니 직접 겪어 보지 않으면 누군가와 맞서 싸운다는 것이 어떤 건지 알 수 없다는 말일세.

희망 허나 자네도 알다시피 그들은 크나큰 은총이 나타날지도 모른다는 생각만으로 줄행랑을 치지 않았나?

크리스천 맞아, 그들뿐만 아니고 그 두목도 그런 적이 여러 번 있었다네. 심지어는 크나큰 은총이 나타나기도 전에 말이지. 그러나 그가 하나님의 전사인 것을 생각하면 놀랄 일도 아니지 않나? 허나 믿음이 작은 자와 하나님의 전사의 차이점을 자네도 눈치챘겠지? 하나님의 백성이라고 해서 다 하나님의 전사는 아닐세. 그리고 그가 지닌 전투 솜씨는 아무나 노력한다고 가질 수 있는 것도 아니고 말이야. 꼬마라고 다 다윗처럼 골리앗을 상대할 수 있겠는가?[172] 황소만 한 힘을 지닌 굴뚝새를 상상할 수 있느냐 말이지. 세상에는 강한 사람도 있고 약한 사람도 있는가 하면, 강한 믿음을 가진 사람들도 있고, 믿음이 없는 사람들도 있네. 이 사내는 나약했으므로 싸움에서 지고 만게지.

희망　그 건달들 앞에 크나큰 은총이 나타났더라면 좋았을 텐데 말이네.

크리스천　만약에 그가 나타났다 하더라도 오히려 꼼짝없이 당했을지도 모르네. 물론 크나큰 은총이 무기 다루는 솜씨가 뛰어난 것도 사실이며, 칼날을 세우고 있을 때는 그들과 그럭저럭 상대가 되는 것도 사실이네. 하지만 만약 방심한 틈에 소심함이나 불신이나 죄책감이 그를 사로잡으면 그는 그저 바닥에 내동댕이쳐지고 말 걸세. 그리고 그렇게 쓰러진 자가 뭘 어찌할 수 있겠나?

누구라도 크나큰 은총의 얼굴에 난 흉터들과 상처들을 자세히 들여다본다면 내 말이 사실이라는 것을 금방 알 수 있을 걸세. 그가 한 번은 싸움 중에 '나는 살 소망조차 잃었소.'[173]라고 말한 적도 있다더군. 이 질긴 불한당 같은 녀석들로 인해 다윗이 얼마나 신음하고 슬퍼하고 울부짖었는가! 또, 헤만과 히스기야도 당시 하나님의 전사였음에도 불구하고 그 악당들의 공격에 고전했고, 그들로 인해 아주 만신창이가 되고 말았지. 그리고 사람들은 베드로를 두고 제자들 중 으뜸이라 칭하고, 그 스스로도 애를 써 보았으나, 결국 사악한 자들의

---

172 사무엘상 17:4~51.
173 고린도후서 1:8.

꾐에 넘어가 한낱 여종의 말에도 두려워 떨지 않았던가?[174]

게다가 그들의 두목은 늘 기다리고 있다가 부하들이 어려움에 처했을 때 신호만 보내면 달려와서 도와준다네. 말씀에서 그를 묘사하기를, '칼이 그에게 꽂혀도 소용없고 창이나 투창이나 화살촉도 꽂히지 못하며, 그가 쇠를 지푸라기같이, 놋을 썩은 나무같이 여기니 화살이라도 그를 물리치지 못하겠고, 그는 물맷돌도 겨같이 여기며 몽둥이도 지푸라기같이 여기고 창이 날아오는 소리를 우습게 여기는도다.'[175]라고 하였네. 이런 상황에서 인간이 뭘 할 수 있겠는가? 물론 욥의 말과 말 타는 솜씨와 용기만 있다면 언제든 비범한 일을 행할 수 있겠지. 그 목에는 천둥 같은 갈기가 있으며 메뚜기처럼 두려울 게 없을 테니 말이네. '그 위엄스러운 콧소리가 두려우며, 그것이 골짜기에서 발굽질하고, 힘 있음을 기뻐하며, 앞으로 나아가서 군사들을 맞되 두려움을 모르고 겁내지 아니하며, 칼을 대할지라도 물러나지 아니하니 그의 머리 위에서는 화살통과 빛나는 창과 투창이 번쩍이며, 땅을 삼킬 듯이 맹렬히 성내며, 나팔 소리에 머물러 서지 아니하고, 나팔 소리가 날 때마다 힝힝 울며, 멀리서 싸움 냄새를 맡고 지휘관들의 호령과 외치는 소리를 듣느니라.'[176]

하지만 자네와 나 같은 보병들은 그저 그런 적을 만나지 않기를 바라는 수밖에 없지. 다른 사람들이 처참히 당한 이야기를 듣고서 우리는 더 나을 거라 큰소리쳐서도 안 되고, 스스로 사내답다고 우쭐대서도 안 되네. 그런 사람들이야말로 막상 그런 상황에 부딪히면 가장 크게 넘어지기 십상이니까 말이야. 내가 좀 전에 말한 중인 베드로도 그 마음에 자만이 가득하여 모두가 주를 버릴지라도 자기는 주를 부

---

174 시편 38편, 88편; 열왕기하 18-19장; 마태복음 26:33-35, 26:69-75; 마가복음 14:29-31, 14:66-72; 누가복음 22:31-34, 22:55-62.
175 욥기 41:26-29.
176 욥기 39:19-25.

인하지 않겠다고 호언장담했었지. 허나 그 누구보다도 악당에게 가장 험하게 뜯기고 짓밟힌 자가 바로 베드로였네.

말을 마치고 크리스천은 노래를 부르기 시작했다.

"강도에게 뜯기고 헐벗은 가여운 믿음이 작은 자여, 명심하라!

만 명의 적군도 거뜬히 이기는 전사들도,

더 크고 강건한 믿음을 지닌 자들도,

이 세 악당에게는 걸려 넘어지기 일쑤라는 것을!"

그들은 계속해서 길을 갔고, 무식한 자는 그 뒤를 따라갔다. 얼마쯤 가자 그들이 가던 길 앞으로 또 다른 길 하나가 나타났다. 게다가 그 길은 원래 가던 길만큼이나 곧게 나 있어서 그들은 두 갈래 길 중 어느 길로 가야 할지 쉽게 판단할 수가 없었다. 그들이 보기에는 두 길 모두 곧아 보였기 때문이다. 고민에 빠진 채 그들은 잠시 그곳에 서 있었다. 그때, 그들 앞으로 피부가 검고 굉장히 눈부신 옷을 걸친 한 남자가 다가와서 그들이 왜 그곳에 서 있는지 물었다. 두 순례자가 거룩한 성으로 가고 있는데 두 길 중 어느 길로 가야 하는지 모르겠다고 대답하자, 그 남자가 말했다. "나를 따라오시오. 나도 마침 그곳에 가는 길이니." 그리하여 그들은 그 남자를 따라갔다. 그러나 그 길은 곧 다른 길로 이어졌고, 그 길은 서서히 구부러져 두 순례자가 가려 하는 성읍과는 반대 방향으로 이어졌다. 이내 그들은 거룩한 성을 등진 채 걷고 있었으나 그들은 계속해서 그 남자를 따라갔다. 그러나 곧 그 남자는 두 순례자들이 알아채기도 전에 그들을 올가미 속에 가두어 버렸고, 꼼짝없이 걸려든 두 순례자는 어찌할 바를 모른 채 발만 동동 굴렀다. 그때, 검은 남자가 걸치고 있던 옷이 흘러내렸고, 그제야 그들은 그곳이 어딘지 알아차렸다. 그러나 스스로 빠져나갈 방법이 없었던 그들은 한참을 울며 올가미 속에 갇혀 있어야 했다.

그러자 크리스천이 친구에게 말했다. "이제야 내가 뭘 잘못했는지 알겠네. 목자들이 우리에게 아첨쟁이를 조심하라고 신신당부하지 않았는가? '이웃에게 아첨하는 것은 그의 발 앞에 그물을 치는 것이라.'[177] 했던 지혜의 말씀을 이제야 알겠군."

희망 게다가 목자들은 우리가 길을 헷갈리지 않도록 지도도 주지 않았나? 그런데도 우리는 지도를 까맣게 잊고 포악한 자의 길로 들어오고 말았구먼.[178]

그렇게 한참을 올가미 속에 갇혀 비탄에 잠겨 있던 그들의 눈에 빛나는 천사가 손에 작은 채찍을 들고 다가오는 것이 보였다. 그는 두 순례자가 있는 곳까지 와서 그들이 어디에서 왔으며 어찌하여 올가미에 갇히게 되었는지 물었고, 그들은 시온 산으로 가던 순례자들인데 하얀 겉옷을 입은 검은 남자에 의해 잘못된 길로 들어오게 되었다고 대답하며 덧붙였다. "자기도 그리로 가는 길이니 따라오라고 하더군요." 그러자 채찍을 든 사람이 말했다. "그는 아첨쟁이에다 광명의 천사로 가장한 거짓 사도라오."[179] 그러고는 그가 그물을 찢어 순례자들을 구해 주고는 말했다. "다시 올바른 길로 데려다 줄 테니 나를 따라오시오." 그는 두 순례자들이 아첨쟁이를 만나 따라갔던 곳까지 그들을 데려다 준 후 물었다. "지난밤에는 어디서 묵었소?" 두 순례자가 대답했다. "기쁨의 산 위에서 목자들과 함께 지냈습니다." 그러자 그는 혹시 목자들이 지도를 주지 않았냐고 물었다. "받았습니다." 그들이 대답했다. "그런데도 여기 서서 고민하는 동안 지도를 꺼내 보지 않았소?" 그들이 대답했다. "보지 않았습니다." 그가 물었다. "어찌 그랬소?" 그러자 그들은 깜빡 잊었다고 말했다. 그러자 그는 혹시 목자들이 아첨쟁이를 조심하라고 일러 주지 않았는지 물었다.

---

[177] 잠언 29:5.
[178] 시편 17:4.
[179] 고린도후서 11:13-14.

그들이 대답했다. "말해 주었습니다. 그러나 그들이 말하는 아첨쟁이가 그일 줄은 꿈에도 몰랐습니다."

그러자 그는 두 순례자들에게 바닥에 엎드리라 명했다. 그들이 엎드리자 천사는 그들이 가야 할 선한 길을 가르치며 호되게 채찍질을 했다. 그가 채찍질하며 말했다. "사랑하는 자일수록 더욱 책망하고 징계하나니 힘써 회개하라."[180] 매질을 마친 후 그는 두 순례자들을 보내 주며 앞으로 가는 길에는 목자들이 준 지도를 잘 참고하라고 일렀다. 그리고 두 순례자는 그의 친절에 감사를 표하고는 노래를 부르며 가벼운 발걸음으로 바른 길을 걸어갔다.

"길 위의 나그네들이여,
그릇된 길로 빠져든 순례자들이 어찌 되는지 보아라!
유익한 조언을 가벼이 여김으로
꼼짝없이 올가미에 걸려들고 말았구나.
풀려나긴 했으나 온몸에는 채찍 자국 벌겋도다.
우리처럼 되지 않도록 조심 또 조심하라!"

그렇게 한참 길을 가던 그들은 저 멀리 어떤 사람이 홀로 큰길을 따라 가벼운 걸음으로 다가오는 모습을 보게 되었다. 그 모습을 본 크리스천이 벗에게 말했다. "저기 시온 성을 등지고 우리 쪽으로 걸어오는 자가 있군."

희망 그렇군. 저 사람도 아첨쟁이일 수 있으니 조심하자고.

그는 점점 더 가까이 다가와 마침내 그들 앞에 섰다. 그의 이름은 무신론자였다. 그가 순례자들에게 어디로 가는 길인지 물었다.

크리스천 시온 산으로 가는 길이오.

그 말을 들은 무신론자가 폭소를 터뜨렸다.

크리스천 아니 대체 왜 웃는 거요?

---

180 신명기 25:2; 역대하 6:26-27; 요한계시록 3:19.

무신론자 결국은 그저 고생만 하고 끝나 버릴 헛된 여정을 위해 힘들게 이 길을 가고 있다니, 당신들의 어리석음에 웃음밖에 나오질 않는구려.

크리스천 아니 이것 보시오. 왜 우리가 아무것도 얻지 못할 거라 생각하는 거요?

무신론자 얻긴 뭘 얻는단 말이오! 이 세상에는 당신네들이 꿈꾸는 그런 곳은 존재하지 않소!

크리스천 그러나 장차 올 세상에는 그런 곳이 있소.

무신론자 당신이 지금 그렇게 확신을 가지고 말하는 이야기를 나또한 내 고향에서 들었다오. 그래서 그 말이 사실인지 찾아 나섰지. 그런데 20년 동안이나 찾아 헤맸는데도 아무것도 없는 건 첫날이나 지금이나 마찬가지요.

크리스천 우리는 그런 곳이 분명히 있다고 확신하오.

무신론자 나도 고향에 있었을 때 그런 믿음이 없었다면 어찌 이 먼곳까지 찾으러 왔겠소? 내가 당신들보다도 더 멀리까지 가 보았으니 만약 그런 곳이 실제로 존재한다면 내가 못 찾았을 리 없소만, 결국은 아무것도 찾지 못하고 돌아가는 길이라오. 이제는 그 당시 헛된 희망에 차서 버리고 떠났던 것들을 다시 되찾을 거요.

그러자 크리스천이 희망에게 물었다. "이자가 하는 말이 사실일까?"

희망 정신 차리게. 이자도 그저 아첨쟁이에 불과하네. 이런 자들의 말에 귀 기울였다가 어떤 대가를 치렀는지 벌써 잊은 겐가? 뭐? 시온 산이 없다고? 그럼 우리가 기쁨의 산에서 본 성문은 대체 뭐란 말인가? 그리고 이제 우리는 믿음으로 가야 한다 하지 않았나? 자, 채찍 든 자를 다시 만날지 모르니 어서 가세. 저자의 말은 듣지 말고 영혼의 구원에 대한 믿음만 가지고 가잔 말일세.[181]

---

[181] 잠언 19:27; 히브리서 10:39.

142

크리스천 친구, 나 또한 우리가 믿는 것을 의심해서 물어본 게 아니네. 그저 자네의 마음이 정직한 열매를 맺을 수 있도록 시험해 본 것뿐이라네. 내가 봐도 이자는 장님일세. 우리에게는 진리를 향한 믿음이 있고, 거짓은 진리에서 나지 않는다는 것을 알고 있으니 자, 어서 가세.

희망 이제 하나님의 영광을 볼 것을 상상하니 가슴이 뛰는구먼.

그들은 무신론자를 뒤로한 채 다시 길을 갔고, 무신론자도 순례자들을 비웃으며 멀어져 갔다.

꿈속에서 보니 이제 그들이 어떤 마을로 들어가는 것이 보였다. 그 마을의 공기는 낯선 이들로 하여금 저절로 나른해지게 만들었다. 이내 희망도 머리가 둔해지면서 잠이 쏟아지기 시작했다. 희망이 크리스천에게 말했다. "너무 졸려서 자꾸 눈이 감기는구먼. 어디 좀 누워서 낮잠이나 한숨 자고 가세."

크리스천이 말했다. "무슨 일이 있어도 잠이 들어서는 안 되네. 여기서 자면 절대 깨어나지 못할 걸세."

희망 아니 왜 그러나, 친구? 지친 영혼에게 잠만큼 달콤한 게 어디 있나? 낮잠 한숨 자고 나면 기운이 회복될 걸세.

크리스천 마법의 땅을 조심하라고 했던 목자들의 말을 잊은 겐가? 그건 잠을 조심해야 된다는 뜻이었네. 그러니 우리는 다른 이들처럼 자지 말고 깨어 정신을 차리세.[182]

희망 내가 큰 실수를 할 뻔했구먼. 이거 만약 나 혼자였다면 잠에 빠져 목숨이 위태로워졌겠는걸. 이제야 '두 사람이 한 사람보다 낫다.'[183]고 한 지혜의 말씀이 틀리지 않았다는 걸 알겠군. 지금까지 자네는 내게 큰 도움이 되어 주었으니 자네의 노고에 대한 하늘의 상급

---

182 데살로니가전서 5:6.
183 전도서 4:9-10.

이 클 걸세.

크리스천이 말했다. "자, 그럼 이 길을 가는 동안 졸음을 쫓아 버려야 하니 뭔가 유익한 얘기라도 나누세."

희망 아, 그거 좋지.

크리스천 무슨 얘기부터 해 볼까?

희망 하나님께서 주시는 말씀이라면 뭐든지 좋네. 자네가 먼저 시작해 보게나.

크리스천 그럼 자네에게 이 노래를 먼저 들려주겠네.

"성도들이여, 졸음이 밀려올 땐 이리 와서

여기 두 순례자의 대화를 들어 보라.

밀려오는 잠기운에 내려앉는 눈꺼풀을

이들은 어떻게든 부릅뜨고 나아가나니,

서로에게 버팀목이 되어 주는 성도 간의 교제함으로

늘 깨어 있어 지옥을 면하는구나."

그러고는 크리스천이 먼저 질문을 던졌다. "그럼 내가 하나 물어보겠네. 자네는 처음에 어떤 계기로 지금과 같은 삶을 살기로 결심하게 되었나?"

희망 자네 말은 내가 처음에 어떻게 해서 영혼의 이로움을 쫓게 되었느냐는 말인가?

크리스천 그래, 내가 의미하는 바가 바로 그걸세.

희망 나는 아주 오랜 세월을 우리 시장에서 볼 수 있고 살 수 있는 종류의 것들을 탐닉하며 살아왔네. 만약 내가 계속 그런 것들만 추구했더라면, 나는 그것들로 인해 파멸과 죽음의 길로 몰락하고 말았겠지.

크리스천 어떤 것들 말인가?

희망 이 세상의 모든 부귀영화는 물론, 소란과 향락과 음주와 욕설과 거짓말과 부패와 같이 영혼을 파괴하는 일들을 일삼고 안식일도 어기기 일쑤였다네. 그러나 자신의 믿음과 영생을 위해 헛된 시장에서 죽음까지 마다하지 않은 경애하는 믿음 양반과 자네를 통해 거룩한 것들에 대해 듣고 생각해 보게 되었네. 비로소 내가 좇던 것들의 마지막은 죽음뿐이며 불순종하는 자들에게는 하나님의 진노가 임한다는 것을 깨닫게 되었지.

크리스천 그럼 그것을 깨닫고 나서는 곧바로 굴종하였나?

희망 아니, 나는 당시 죄악이라든지 죄로 인한 파멸 따위는 알고 싶지 않았네. 그래서 내 마음이 말씀에 동요하기 시작하자 나는 말씀의 빛으로부터 눈을 감아 버리려 애썼지.

크리스천 대체 그리 오랫동안 외면해 버린 이유는 뭔가?

희망 우선 나는 그것이 나를 위한 하나님의 역사하심이라는 것을 깨닫지 못했고, 둘째로는 죄악이 내 육신 가운데 안겨 주는 즐거움이 여전히 컸기 때문에 그것을 외면하고 싶지가 않았네. 게다가 옛 친구들과 어울려 행하는 것이 내겐 크나큰 즐거움이었기에 그들에게서 등을 돌리기도 쉽지 않았지. 무엇보다도 그런 죄의식이 찾아올 때면 너무나도 고통스럽고 두려워서 견딜 수가 없었기 때문이었네. 정말이지 생각만 해도 끔찍한 시간들이었지.

크리스천 그럼 가끔은 그런 죄의식에서 벗어날 수 있었다는 말인가?

희망 맞네. 그러나 그런 근심들이 다시금 내 마음을 사로잡을 때면 오히려 전보다 더 큰 고통에 휩싸이고는 했다네.

크리스천 그럼 어떨 때 주로 죄의식에 사로잡혔나?

희망 여러 경우가 있었는데 예를 들자면,

  1. 길을 가다 선량한 사람을 만났을 때나,
  2. 우연히 성경 말씀을 듣게 되었을 때나,
  3. 내 머리가 지끈지끈 아파 오기 시작했을 때나,

4. 이웃 누군가가 아프다는 이야기를 들었을 때나,

5. 장례식의 종소리가 울려 퍼졌을 때나,

6. 내가 죽는 것을 상상해 보았을 때나,

7. 누군가가 갑작스러운 죽음을 맞이했을 때나,

8. 특히 나도 머지않아 심판을 받게 될 거라는 생각을 했을 때 더욱 두려움이 밀려오더군.

크리스천 그럼 이 중 어떤 방식으로든 죄의식에 사로잡히게 되면 언제든지 쉽게 떨쳐 버릴 수가 있었나?

희망 아닐세. 그럴 때면 나는 심한 양심의 가책에 사로잡히곤 했지. 내 마음은 이미 죄에서 돌아섰는데도 다시 죄 가운데로 돌아갈 생각을 하면 두 배로 고통스럽더군.

크리스천 그래서 어찌했나?

희망 내 삶을 어떻게든 바꿔 보려 노력해야겠다는 생각이 들었지. 그렇지 않으면 영원한 죽음뿐이니까.

크리스천 그래서 삶을 바꿔 보려 노력했나?

희망 응, 죄뿐만 아니라 악한 벗으로부터도 벗어나기 위해 애썼고, 기도와 말씀 읽기와 참회와 전도 등 경건 생활에 전념했다네. 이루 말할 수 없을 만큼 심취했었지.

크리스천 그랬더니 삶이 좀 나아지는 것 같던가?

희망 한동안은 그랬지. 허나 결국에는 다시금 죄의식이 마음속을 비집고 들어오더군. 옳은 일만 하려고 애쓰고 있는데도 말이야.

크리스천 자네 말대로 올바르게 살고 있었다면 어찌 다시 죄의식이 생길 수가 있나?

희망 내 마음에 죄의식을 불러일으킨 몇몇 이유가 있는데, 특히 이런 말씀들 때문이었네. '우리의 의는 다 더러운 옷 같으니라.', '율법의 행위로는 의롭다 함을 얻을 육체가 없느니라.', '너희가 명령 받은 것을 다 행한 후에 이르기를 우리는 무익한 종이라.'와 같은 말씀들 말이네.[184] 그래서 나는 스스로 따져 보았지. 만약 나의 의가 더러운 옷 같으며, 율법의 행위로는 누구도 의로워질 수가 없고, 모든 것이 끝난 후에도 여전히 무익한 종이라면, 율법으로 천국에 가겠다는 것은 어리석은 짓 아닌가? 그리고 이런 생각도 들더군. 만약 어떤 사람이 가게에 외상값이 잔뜩 밀려 있다면 그 이후에 사는 물건들의 값을 제대로 지불한다고 해도 외상 장부에 있는 빚은 지워지지 않은 채 그대로 남아 있지 않나? 그렇게 되면 가게 주인이 그를 신고하여 외상값을 다 갚을 때까지 감옥에 처넣을 테고 말이네.

크리스천 그래, 그래서 자네는 어떻게 했나?

희망 순간 이런 생각이 들었지. 내가 그동안 지은 수많은 죄가 하나님의 장부에 기록되었다면 내가 이제 와서 올바르게 산다고 해도 그 죄값이 지워지는 것은 아니라고 말이네. 그러니 그러한 노력 외에도 어떻게 하면 이전의 죄로 인한 벌을 면할 수 있을지 생각해 봐야만 했네.

크리스천 아주 잘 생각했구먼. 계속 말해 보게.

희망 내가 뒤늦게 죄로부터 돌아서고 난 이후로 쭉 나를 괴롭혔던 게 한 가지 더 있었는데, 내가 할 수 있는 최선을 행한다 해도 그 속을 면밀히 들여다보면 여전히 죄가 남아 있다는 사실이었네. 그것도 이전에 보지 못했던 새로운 죄악이 드러나는 것이 아닌가? 그래서 내가 아무리 스스로 내 자신을 경건하다 느낀다 할지라도 결국은 내가 행하는 경건한 행위들 중 하나만 놓고 들여다봐도 지옥에 갈 만한 충분한 죗값이 된다는 결론을 내렸지.

크리스천 그래서 어찌했는가?

희망 정말이지 믿음 양반에게 내 고민을 털어놓기 전까지는 나도

---

184 이사야 64:6; 갈라디아서 2:16; 누가복음 17:10.

뭘 어떻게 해야 할지 알 수가 없었다네. 그와는 전부터 잘 아는 사이였지. 그가 내게 말해 주기를, 죄로부터 깨끗한 그분의 의를 구하지 않으면 나 스스로의 의나 이 세상의 그 어떤 의로도 구원에 이를 수 없다고 하더군.

크리스천 그 말이 믿어지던가?

희망 만약 내가 스스로 경건 생활에 만족하고 뿌듯해하고 있을 때 그가 그런 말을 했다면 나는 그가 쓸데없는 고생을 자처한다고 놀려 댔을 걸세. 허나 그때는 나도 내 연약함을 알고, 아무리 선한 일을 행해도 죄가 사라지지 않는다는 것을 알고 있었기에 그의 말을 믿을 수밖에 없었지.

크리스천 허나 그가 처음에 자네에게 죄로부터 깨끗한 자가 있다고 했을 때 그 말이 쉽게 믿어지던가?

희망 사실 처음에는 그 말이 이상하게 들리긴 했네. 하지만 믿음 양반과 좀 더 지내면서 이야기를 나눠 본 후에는 확신을 가지게 되었지.

크리스천 그럼 그분이 누구며 어떻게 하면 그분을 통해 의롭게 될 수 있는지도 그에게 물어보았나?

희망 응, 그가 말해 주기를 그분은 하나님 우편에 앉아 계시는 주 예수님이라고 하더군. 그리고 그가 생전에 하신 일과, 십자가에 달려 고난을 받으신 것을 믿기만 하면 우리는 의로워질 수 있다고 하였네. 그래서 나는 그분의 의로움의 능력이 대체 무엇이길래 우리가 그로 인해 하나님께로 나아갈 수 있느냐고 물었지. 그랬더니 그가 말하길 그분이야말로 전능하신 하나님이시며, 그분께서 하신 모든 일과 죽음 또한 그분 스스로를 위해서가 아니라 나를 위해 하신 것이라고 하더군. 그리고 내가 그를 믿기만 하면 그가 하신 모든 일과 그가 주시는 모든 자격을 나도 누릴 수 있다고 하였네.[185]

---

185 히브리서 1장; 로마서 4장; 골로새서 1장; 베드로전서 1장.

크리스천 그래서 자네는 어떻게 했나?

희망 나는 내가 감히 어떻게 그런 믿음을 가질 수 있느냐고 반박했지. 그분께서는 나를 구원하고 싶지 않으실 거라고 생각했으니 말이야.

크리스천 그랬더니 믿음이 자네에게 뭐라던가?

희망 직접 가서 그분을 뵈라고 하더군. 그래서 나는 그럴 자격이 없다고 했더니 그가 절대 그럴 리 없다는 걸세. 그분께서 나를 기다리신다고 말이야.[186] 그러더니 예수님께서 누구든지 나아오라고 친히 말씀하셨다고 쓰여 있는 책을 내 손에 쥐어 주고는 그 안의 모든 말씀은 천지보다도 견고한 말씀이라고 말해 주었네. 그래서 내가 그분 앞에 가서 어찌해야 하는지 묻자 그는 온 마음과 정성을 다하여 여호와께 무릎을 꿇고 나를 만나 주실 것을 간구하라고 하더군. 그래서 내가 기도는 어떻게 해야 하는지 묻자 그가 말하기를 하나님께서는 그분 앞에 나아오는 자들의 죄를 사하여 주시고 용서해 주시기 위해 언제나 속죄소에 앉아 기다리시니 그곳에 가면 그분을 만날 수 있을 거라 하였네.[187] 그래서 나는 하나님께로 나아가 무슨 말을 해야 할지 알지 못한다고 하였더니 내게 이렇게 말하라 일러 주더군. '하나님이여, 불쌍히 여기소서! 나는 죄인이로소이다!'[188] 예수 그리스도의 의와 그에 대한 믿음으로 말미암지 않고는 저에게는 멸망뿐이니, 저로 하여금 예수 그리스도의 의를 깨닫게 하시고 그를 향한 믿음을 갖게 하소서. 하나님이시여, 주는 자비로우셔서 저같이 보잘것없는 죄인을 위해 당신의 독생자 예수 그리스도를 이 땅의 구주로 보내셨다는 것을 들었습니다. 저는 참으로 죄인입니다. 주여, 그러니 지금

---

186 마태복음 11:28.
187 마태복음 24:35; 시편 95:6; 다니엘 6:10; 예레미야 29:12-13; 출애굽기 25:22; 레위기 16:9; 민수기 7:8-9; 히브리서 4:16.
188 누가복음 18:13.

이 순간 주님의 은혜로 독생자 예수 그리스도를 통하여 제 영혼을 구원하여 주시옵소서. 아멘.'

크리스천　그래서 그가 일러준 대로 하였는가?

희망　그렇네. 몇 번이고 끊임없이 기도했다네.

크리스천　그랬더니 주님께서 그의 아들을 보여 주시던가?

희망　처음에는 아니었네. 두 번째도, 세 번째도, 네 번째도, 다섯 번째에도, 아니 여섯 번째 기도에도 응답하지 않으셨지.

크리스천　그래서 어떻게 했나?

희망　아! 정말 나는 어찌해야 할지 갈피를 잡을 수가 없었다네.

크리스천　기도를 그만둬야겠다고 생각하지 않았나?

희망　당연히 그런 생각은 백 번도 더 했지.

크리스천　그런데 왜 그만두지 않았나?

희망　나는 내가 들은 이야기, 그러니까 그리스도의 의가 없이는 세상 그 누구도 나를 구원할 수 없다는 말을 진리라고 확신했기 때문이지. 그러니 만약 내가 여기서 그만두면 죽음뿐이라고 생각했네. 그러나 나는 죽더라도 어떻게든 은혜의 보좌 앞에서 죽어야겠다 생각했지. 그러자 내 마음속에 '비록 더딜지라도 기다려라. 지체되지 않고 반드시 응하리라.'[189]라는 말씀이 떠올랐네. 그래서 주님께서 그의 아들을 내게 보여 주실 때까지 기도를 멈추지 않았지.

크리스천　그래서 어떻게 보여 주시던가?

희망　육체의 눈이 아닌 마음의 눈으로 그를 보았다네.[190] 어느 날 나는 내 생애 어느 때보다도 더 깊은 슬픔에 잠겨 있었다네. 내가 범한 죄악들이 얼마나 추악하고 엄청난지 새삼 다시 깨닫게 되었거든. 그래서 내 영혼은 이제 영원히 죽어 지옥을 면치 못하겠구나, 하는

---

189 하박국 2:3.
190 에베소서 2:18-19.

생각에 슬퍼하고 있는데 그 순간 문득 내 마음속에 주 예수 그리스도께서 하늘로부터 나를 바라보며 말씀하시는 모습이 보였다네. "주 예수를 믿으라. 그리하면 네가 구원을 받으리라."[191]

그래서 내가 대답했네. "주여, 저는 죄인 중에서도 참으로 추악한 죄인입니다." 그러자 예수께서 대답하셨네. "내 은혜가 네게 족하도다."[192] 그래서 내가 말했네. "그러나 주여, 믿는다는 것이 무엇입니까?" 그러자 예수께서 말씀하셨네. "내게 오는 자는 결코 주리지 아니할 터요, 나를 믿는 자는 영원히 목마르지 아니하리라."[193] 그로써 나는 믿는 것과 예수께로 나아가는 것이 결국 같은 것이라는 것을 깨달았지. 그러므로 마음에 갈급함을 가지고 그리스도의 구원을 좇아 그에게로 나아가는 자야말로 그리스도를 믿는 자인 걸세. 그러자 내 눈에는 눈물이 차올랐고, 나는 다시 예수께 여쭈었네. "그러나 주여, 저같이 추악한 죄인이 감히 주님께로 나아가 구원을 받아도 되겠습니까?" 그러자 예수님의 음성이 들렸네. "내게 오는 자는 내가 결코 내쫓지 아니하리라."[194] 또 내가 말했네. "그러나 주여, 제가 주께로 나아갈 때 주님을 어떻게 바라보아야 제 믿음이 주께 올바로 향할 수 있습니까?" 그러자 예수께서 말씀하셨네. "예수 그리스도가 죄인을 구원하러 세상에 임하였으니 예수는 모든 믿는 자에게 의를 이루기 위하여 율법의 마침이 되었느니라. 또한 예수는 너희의 죄 때문에 죽고 또 너희를 의롭다 하기 위하여 다시 살아났도다. 그가 너희를 사랑하사 자신의 피로 너희를 죄악에서 씻었으며, 하나님과 사람 사이의 중보자가 되었고, 항상 너희를 위하여 간구하느니라."[195] 이 모

---

191 사도행전 16:31.
192 고린도후서 12:9.
193 요한복음 6:35.
194 요한복음 6:37.
195 디모데전서 1:15; 로마서 10:4, 4:25; 요한계시록 1:5; 디모데전서 2:5; 히브리서 7:25.

든 말씀으로부터 나는 예수님의 의를 구하여 그의 피로 죄 사함을 받아야 한다는 것을 깨달았고, 또한 그가 아버지의 명령에 순종하여 십자가 형벌을 달게 받으신 것은 그를 위함이 아니요 그것을 구원으로 받고 감사히 여길 자들을 위한 것이었다는 것도 알게 되었네. 그러자 내 마음에는 환희가 넘쳤고, 눈에는 눈물이 가득 차올랐으며, 내 감정은 예수 그리스도의 이름과 그의 자녀들과 그의 길에 대한 애정으로 넘쳐흘렀다네.

크리스천 참으로 그리스도께서 자네의 영혼을 만져 주셨구먼. 그래서 이런 영적 경험으로 인해 무엇이 달라졌는지 좀 자세히 말해 보게.

희망 그 후로 나는 이 세상의 의로움과는 관계없이 결국 이 세상은 죄악 가운데 빠져 있다는 것을 알게 되었고, 비록 하나님 아버지께서는 공명정대한 분이시지만 그에게로 나아오는 죄인들은 대가 없이 용서해 주신다는 것도 알게 되었네. 또 추악했던 나의 예전의 삶이 못 견디게 부끄러워졌고, 너무나도 무지했던 나 자신에게 울화가 치밀었지. 그 전에는 한번도 예수 그리스도의 선하심을 생각해 본 적도 없었으니 말이네. 그 이후로 나는 거룩한 삶을 사모하게 되었고, 주 예수의 영광스러운 이름을 높일 수만 있다면 무엇이든 했다네. 주 예수를 위해서라면 내 몸에 흐르는 피가 아무리 많다 한들 다 흘려도 아깝지 않네.

10

그때 내 꿈속에서 희망은 뒤를 돌아 저 멀리 뒤처져서 따라오고 있는 무식한 자를 바라보고는 크리스천에게 말했다. "저 젊은 친구 저렇게나 뒤처져서 꾸물대는 것 좀 보게."

크리스천 그러게나 말이네. 우리랑 같이 가는 게 꽤나 싫은 모양일세.

희망 그래도 여기까지 우리랑 보조를 좀 맞춰 걷는다고 해서 해가 될 건 없지 않나?

크리스천 맞는 말이네만 아마 저 젊은이는 그렇게 생각하지 않을 걸세.

희망 내 생각에도 그렇긴 하지만 그래도 좀 기다렸다 같이 가세.

그리하여 그들은 서서 젊은이를 기다렸고, 크리스천이 젊은이에게 외쳤다. "여보시오, 젊은 친구. 빨리 오지 뭘 그리 멀찌감치 떨어져서 오시오?"

무식한 자 저는 누구랑 같이 가는 것보다는 혼자 걷는 것이 훨씬 즐겁습니다. 제가 정말 좋아하는 친구가 아니라면요.

그러자 크리스천이 희망에게 나지막이 말했다. "내가 뭐랬나, 우리랑 같이 가고 싶어하지 않을 거라고 하지 않았나? 그래도 어쨌든 길도 적적한데 함께 이야기나 나누며 가지." 그러고는 그가 다시 무식한 자를 보며 말했다. "좀 어떠시오? 하나님과의 영적인 관계는 어떻소?"

무식한 자 좋은 것 같은데요. 저는 항상 좋은 생각으로 가득 차 있어서 길을 가는 데 마음의 위로가 된답니다.

크리스천 어떤 생각들 말이오? 한번 말해 보시오.

무식한 자 우선, 하나님과 천국에 대해서 생각하지요.

크리스천 그런 생각은 사탄이나 지옥에 간 자들도 다 하오.

무식한 자 그러나 저는 그것들을 마음속에 그리고 갈망한답니다.

크리스천 천국에 결코 들어가지 못할 많은 사람도 그러기는 마찬가지요. '게으른 자는 마음으로는 원하여도 아무것도 얻지 못하니라.'[196] 라고 하지 않았소?

---

[196] 잠언 13:4.

무식한 자 그러나 저는 생각만 할 뿐 아니라 그것들을 위해 모든 것을 버리고 떠났지 않습니까?

크리스천 그럴 리가 없소. 모든 것을 다 버린다는 것이 얼마나 어려운 줄 아시오? 사람들이 흔히들 생각하는 것보다 훨씬 더 어렵지요. 그나저나 어째서, 무엇을 보고 당신이 하나님과 천국을 위해 모든 것을 버렸다고 생각하는 거요?

무식한 자 제 마음이 그렇게 말하고 있으니까요.

크리스천 지혜의 말씀에 보면 '자기의 마음을 믿는 자는 미련한 자'[197]라 하였소.

무식한 자 그 말씀은 악한 마음을 말하는 것이 아닙니까? 제 마음은 선하답니다.

크리스천 그것을 어떻게 증명할 수 있소?

무식한 자 제 마음은 천국을 향한 소망으로 제게 위안을 주니까요.

크리스천 그것은 마음이 간사해서 그런 것일 수도 있소. 때때로 인간의 마음은 이룰 수 없는 희망을 품어서 위안을 주기도 하니 말이오.

무식한 자 그러나 제 마음과 삶은 일치해요. 그러니 제 희망은 전혀 헛되지 않습니다.

크리스천 당신의 마음과 삶이 일치한다고 누가 그러던가요?

무식한 자 제 마음이 그랬죠.

크리스천 차라리 내 친구에게 내가 도둑이냐고 물어보는 게 낫겠소! 당신 마음이 그렇게 말했다고요? 하나님께서 그렇게 말씀하시지 않는 한 다른 증언은 아무 가치가 없소.

무식한 자 하지만 선한 생각을 하면 선한 마음을 가지는 것 아닙니까? 그리고 주의 율법대로 행하는 삶이 올바른 삶 아닙니까?

크리스천 물론 선한 마음으로부터 선한 생각들이 나오는 것도 맞

---

197 잠언 28:26.

154

고 주의 율법대로 사는 삶이 올바른 삶인 것도 맞긴 하오. 그러나 그런 것들을 가졌다고 생각만 하는 것과 실제로 그것들을 소유하는 것은 별개의 문제라오.

무식한 자　그럼 당신이 생각하는 선한 생각과 하나님의 율법대로 사는 삶은 어떤 것입니까?

크리스천　선한 생각에는 여러 가지가 있지요. 우리 스스로에 관한 것도 있고, 하나님에 관한 것, 예수 그리스도에 관한 것, 그리고 그 외에도 많이 있다오.

무식한 자　아, 당신들 걸음이 너무 빨라서 내가 보조를 맞출 수가 없군요. 저는 잠시 뒤에서 따라갈 테니 먼저들 가십시오.

그러자 그들이 말했다.

"그러시오. 어리석은 무식한 자여.

영혼에 유익한 충고를 몇 번이나 해 준들 결코 귀담아듣지 않는구려.

그렇게 계속 충고를 외면한다면 머지않아 알게 되리라.

그것이 얼마나 악한 행동이었는지를.

선한 충고에 귀 기울인 자는 구원을 얻으리니,

때에 따라 자신을 낮추는 것을 두려워하지 말고 들으시오.

그러나 만약 끝까지 듣지 않겠다면 이것만은 기억하시오.

당신의 앞길에는 분명코 멸망뿐이라는 것을!"

그리고 크리스천이 벗에게 말했다. "자, 가세, 친구. 보아하니 다시 우리끼리 가야겠구먼."

그리하여 그들은 꿈속에서 다시 빠른 속도로 걸어갔고, 무식한 자는 그 뒤를 절뚝거리며 따라갔다. 크리스천이 벗에게 말했다. "이 불쌍한 젊은이 때문에 마음이 심히 좋지 않군. 결국은 험한 꼴을 당하게 될 게 뻔하니 말이네."

희망　정말 안타까운 일일세! 우리 마을에도 저 젊은 친구와 같은 자들이 아주 많다네. 심지어는 순례자들의 일가친척들이나 온 동네 사람들이 그런 경우도 있지. 우리 마을에도 그렇게 많은데, 저 젊은 이의 고향에는 얼마나 더 많겠는가 말이네.

크리스천 그러게 성경에 말씀하시길 '주께서 그들의 눈을 멀게 하사 그들이 보지 못하게 하셨다.'[198] 하지 않았나?

희망 맞는 말일세. 그나저나 우리 이제 마법의 땅은 거의 지나온 건가?

크리스천 왜, 이 대화가 지겨운가?

희망 아니, 전혀 아닐세. 그저 우리가 어디쯤 왔는지 궁금한 것뿐이네.

크리스천 앞으로 3킬로미터 정도만 더 가면 되네. 자, 이제 저 젊은 친구는 알아서 오도록 내버려 두고 다른 이야기나 한번 해 보세.

희망 그거 좋지. 자네가 먼저 시작해 보게.

크리스천 알겠네. 자네 혹시 10년쯤 전에 자네 고향 근처에서 종교에 일찍 눈을 떴던 한때라는 자를 아는가?

희망 그럼, 알고말고! 정직이라는 마을에서 3킬로미터 정도 떨어진 타락이라는 동네에 살던 자였는데, 돌아옴이라는 자의 이웃이기도 했지.

크리스천 맞네. 그 친구들 서로 한 지붕 아래 살았었지 아마. 그 친구 한때 커다란 깨달음을 얻었었는데 말이야. 자신의 죄와 그로 인해 치르게 될 죗값에 대해서도 깨달았을 걸세.

희망 내 생각에도 그렇네. 그의 집에서 우리 집까지는 5킬로미터 정도밖에 안 되어서 그가 종종 울며불며 나를 찾아오곤 했다네. 어찌나 가엾던지. 그래도 그에게 전혀 희망이 없었던 건 아니었는데, 결국 '주여! 주여!' 외치는 자마다 모두 천국에 들어가는 것은 아니지

---

198 요한복음 12:40.

않던가?[199]

크리스천 한번은 그가 지금의 우리처럼 순례자의 길을 가기로 마음먹었다고 내게 말한 적이 있었네. 그런데 갑자기 자기 구원이라는 자와 친해지더니 완전 딴사람이 되어서는 순례자의 길도 결국 가지 않더군.

11

꿈속에서 보니 이윽고 두 순례자들은 마법의 땅을 지나 향긋하고 시원한 바람이 불어오는 뿔라[200]라는 땅으로 들어서고 있었다. 그들은 마을 한가운데로 나 있는 길을 걸으며 잠시 즐거운 시간을 보냈다. 이곳에서는 새들이 지저귀는 소리도 끊이지 않았고, 아름다운 꽃도 매일 피어났으며, 땅에 기어 다니는 거북이 소리도 들을 수 있었다. 그리고 사망의 음침한 골짜기 너머에 있는 이 마을에서는 햇살도 밤낮으로 내리쬐었고, 거인 절망을 만날 위험도 없었으며, 의심의 성은 보이지도 않았다. 이곳에서 순례자들은 그들이 향해 가는 그 성읍을 볼 수 있었고, 이곳이 바로 천국의 국경 지대였기 때문에 빛나는 천사들과 거룩한 성의 주민들도 흔히 볼 수 있었다. 이곳에서는 그들이 순례 여정 내내 필요로 했던 모든 것이 풍족하게 넘쳐 났기 때문에 곡식과 포도주도 부족함이 없었다. 그리고 성읍으로부터는 "너희는 딸 시온에게 이르라. 보라, 네 구원이 이르렀느니라! 상급이 그에게 있도다!"[201]라고 우렁찬 목소리가 울려 퍼지곤 했으며, 온 마을 사람은 순례자들을 일컬어 '거룩한 백성, 여호와께서 구속하신 자, 찾

---

199 마태복음 7:21.
200 이사야 62:4.
201 이사야 62:11.

은 바 된 자'[202]와 같이 부르고는 했다.

그래서 이 땅을 걸어가는 동안 그들의 마음은 지금껏 지나왔던 그 어떤 곳들보다 즐거웠고, 점점 더 성읍에 가까워질수록 성읍은 더욱 더 뚜렷하게 모습을 드러냈다. 성읍은 진주와 귀한 보석들로 지어져 있었고, 길은 금으로 깔려 있었다.[203] 성읍 본연의 찬란한 아름다움과 그 위로 내리쬐는 햇살에 크리스천은 불타는 열망으로 속이 울렁거렸고, 희망도 한두 번 같은 느낌을 받았다. 그래서 그들은 잠시 누워 아픔을 호소하며 외쳤다. "부디 내 사랑하는 자를 만나거든 내가 상사병에 걸렸다고 전해 주시오!"[204]

그러나 잠시 후 아픔을 견딜 만한 기력을 조금 되찾자 그들은 다시 길을 걸어갔다. 성읍에 점점 가까이 다가갈수록 길가에는 과수원과 포도밭과 정원으로 향하는 문들이 나타났고, 이곳을 지나가던 순례자들은 길 위에 서 있던 정원사와 마주쳤다. 두 순례자가 정원사에게 물었다. "이 아름다운 포도밭과 정원은 누구의 것이오?" 그러자 정원사가 대답했다. "우리 왕께서 그분의 즐거움과 순례자들의 위안으로 삼으시기 위해 만드신 것들이랍니다." 그리고 정원사는 두 순례자들을 포도밭으로 데려가 달콤한 포도들을 맛보이고 왕의 산책로와 왕께서 좋아하시는 정자도 보여 주었다. 두 순례자는 이곳에서 머무르며 잠이 들었다.

그런데 꿈속에서 보니 이 두 순례자가 자면서 지금껏 여행 내내 말한 것보다도 더 많은 말을 하는 것이 아닌가! 생각에 잠겨 있던 내게 정원사가 말을 걸었다. "아, 걱정하지 않으셔도 됩니다. 이 포도밭의 포도 열매는 워낙 달콤해서 잠자는 이들의 입술로 하여금 말을 하도

---

202 이사야 62:12.
203 요한계시록 21:10-27.
204 아가 5:8.

158

록 만든답니다."

잠시 후 순례자들은 잠에서 깨어 성읍을 향해 다시금 발걸음을 옮겼다. 그러나 앞에서도 말했듯이 정금으로 지어진 성읍에 내리쬐는 햇살이 어찌나 눈부시던지 그곳을 보기 위해 만들어진 안경 없이 맨눈으로는 감히 바라볼 수조차 없을 정도였다. 길을 걸어가던 그들은 정금처럼 빛나는 옷을 입고 얼굴에는 광채를 띤 두 남자를 만나게 되었다.

이 두 남자는 순례자들에게 어디서 왔는지 물었고, 순례자들은 그들에게 말해 주었다. 그러자 그들은 순례자에게 그동안 어디에서 묵었고 오는 동안 어떤 역경과 위험을 거쳐 왔으며 어떤 위로와 기쁨을 누렸는지도 물었다. 그리고 순례자들이 대답하자 그 남자들이 말했다. "이제 딱 두 관문만 잘 넘기면 성읍에 들어갈 수 있을 것입니다."

그러자 크리스천과 그의 형제는 그들에게 동행해 줄 것을 청했고, 그들은 요청을 받아들이며 말했다. "그러나 그곳은 스스로의 믿음으로 들어가셔야 합니다." 그리고 내 꿈속에서 그들은 성문이 보이는 곳까지 함께 길을 걸어갔다.

자세히 보자 그들과 성문 사이에는 강이 하나 있었는데, 강물은 매우 깊었고, 건너갈 만한 다리는 보이지 않았다. 강을 보고 망연자실한 두 순례자에게 옆에 있던 두 사내가 말했다. "성문에 가려면 이 강을 반드시 지나야 합니다."

그러자 두 순례자는 성문으로 가는 다른 길은 없는지 물었고, 두 남자는 말했다. "있긴 하지만 그 길은 창세 이후로 단 두 사람, 즉 에녹과 엘리야[205]에게만 허락된 길이며 마지막 나팔 소리가 울려 퍼질 때까지도 그 길을 밟는 사람은 더 이상 없을 것입니다." 그러자 두 순례자들, 특히 크리스천은 마음속이 온통 근심으로 가득하여 이곳저곳을 두리번거렸으나 도무지 강을 피해 갈 길을 찾을 수 없었다. 그

---

205 창세기 5:24; 히브리서 11:5; 열왕기하 2:11.

러자 순례자들은 강물의 깊이가 일정한지 물었고, 두 남자는 깊이가 일정하지는 않지만 그 부분에 관해서는 도와줄 수 있는 게 없다고 대답했다. "왜냐하면 강물의 깊이는 거룩한 성에 계신 왕에 대한 당신들의 믿음에 따라 깊을 수도 얕을 수도 있기 때문이지요."

마침내 두 순례자들은 강물을 건너가기 시작했다. 그러나 들어가자마자 크리스천은 가라앉기 시작했고, 그는 친구를 향해 다급히 소리치며 말했다. "내가 깊은 물에 빠지니 물결이 내 머리를 덮고 주의 파도가 나를 휩쓸었도다!"[206]

그러자 희망이 말했다. "정신 차리게, 친구! 나는 바닥에 발이 닿는데, 생각보다 안전하다네!" 그러자 크리스천이 말했다. "아, 친구! 죽음의 고통이 나를 에워싸고 있네. 나는 아무래도 젖과 꿀이 흐르는 땅에 들어가지 못할 것 같구먼!"[207] 그러자 큰 흑암과 두려움이 크리스천에게 임하더니 그는 앞을 볼 수가 없었고, 한참 동안이나 정신이 혼미하여 여정 길 가운데 있었던 그 어떤 즐거운 휴식을 기억해 내지도, 차분히 말을 잇지도 못했다. 그가 내뱉는 말을 듣고 있노라면 그의 마음속에는 두려움과 공포가 가득했고, 아무래도 그는 이 강에서 목숨을 잃고 성문에는 결코 들어갈 수 없을 것만 같았다. 뿐만 아니라 강가에 서 있던 사내들이 보기에 크리스천은 순례자가 되기 전과 후에 범한 자신의 모든 죄에 대한 생각으로 고통스러워하고 있는 듯했고, 이따금씩 그가 내뱉는 말을 보아 사탄과 악한 영들도 나타나 그를 괴롭히는 듯했다.

희망은 친구의 머리가 물에 잠기지 않도록 하기 위해 끊임없이 애를 썼다. 크리스천은 이따금씩 물에 잠겼다가 이내 반쯤 죽은 듯한 모습으로 다시 물 위로 올라오고는 했다. 희망은 그를 격려하기 위해

---

206 시편 42:7, 69:2, 88:7.
207 시편 18:4-5; 출애굽기 3:8, 3:17, 13:5, 33:1-3; 히브리서 11:16.

애쓰며 말했다. "이봐, 친구, 저기 성문이 보이지 않나? 사람들도 우리를 맞이하기 위해 서 있다네!" 그러나 크리스천이 대답했다. "저 사람들이 기다리는 건 자네야! 자네라고! 내가 자네를 만났던 그 순간부터 자네는 줄곧 희망으로 가득하지 않았던가!" 그러자 희망이 크리스천에게 말했다. "그건 자네도 마찬가지였네." 크리스천이 말했다. "아, 친구, 내가 의인이었더라면 여호와께서 벌써 나를 도와주러 오셨겠지. 허나 내 죄가 많아서 하나님께서 나를 이 함정 가운데 빠뜨리시고 나를 버리신 걸세." 그러자 희망이 말했다. "이봐, 친구, 자네가 이 강을 건너가면서 겪는 고통과 어려움이 하나님께서 자네를 저버리셨다는 뜻은 결코 아니네. 이것은 그저 자네가 이곳까지 오면서 경험한 그분의 선하심을 기억하고 고통 속에서도 하나님을 붙드는지를 시험하기 위한 걸세!"

그 말을 들은 크리스천이 잠시 생각에 잠기는 듯하자 희망은 그에게 이 말을 덧붙였다. "예수 그리스도께서 자네를 온전하게 하실 테니 부디 힘을 내게!" 그러자 크리스천은 별안간 큰 목소리로 외쳤다. "아, 이제 다시 그분의 모습이 보이네. 주께서 '네가 물 가운데로 지날 때에 내가 너와 함께할 것이며 강을 건널 때에 물이 너를 침몰하지 못할 것이라.'[208] 말씀하시는군." 그리하여 두 순례자는 용기를 냈고, 그 이후부터 그들이 강을 건너갈 때까지 악한 적들은 돌같이 침묵하여 말이 없었다.[209] 크리스천이 이내 바닥에 발을 디디고 일어서자 그 후로 강물은 그저 얕은 물에 불과했고, 그들은 무사히 강을 건너갔다.

그들이 건너편 강기슭에 다다르자 빛나는 천사 두 명이 그들을 기다리고 있는 것이 보였다. 두 순례자가 강에서 나오자 그들은 순례자들에게 경의를 표하며 말했다. "우리는 구원받을 상속자들을 섬기기

---

208 이사야 43:2.
209 출애굽기 15:16.

위해 왕께서 보내신 천사들입니다." 그리하여 그들은 다 함께 성문을 향해 걸어갔다. 이 성읍은 아주 높은 산 위에 있었으나 두 순례자는 빛나는 두 천사들의 부축으로 쉽게 산을 오를 수가 있었다. 게다가 두 순례자는 이미 세상의 옷은 강에 벗어 던지고 나온 터였다. 들어갈 때는 입고 들어갔으나 나올 때는 벗어 두고 나왔기 때문이었다. 그리하여 비록 성읍이 세워져 있는 땅은 구름보다도 더 높은 곳에 있었으나 그들은 훨씬 가벼운 몸으로 민첩하게 산을 오를 수 있었다. 그들은 즐겁게 담소를 나누며 구름이 걸쳐 있는 산길을 걸었고, 안전하게 강을 건넌 것과 빛나는 천사들이 그들과 함께 걷고 있다는 사실에 그들은 심히 즐거워했다.

빛나는 천사들은 그들이 가는 곳의 아름다움에 대해 말해 주었다. 그들은 그곳의 아름다움과 찬란함이란 이루 말로 다할 수 없는 것이라고 하였다. "그곳에는 시온 산과 하늘의 예루살렘이 있으며, 천만 천사와 온전하게 된 의인의 영들이 있답니다. 여러분이 지금 가고 있는 하나님의 낙원에는 생명나무가 있어서 영원히 시들지 않는 열매를 얼마든지 먹을 수 있고, 그곳에 가면 흰옷을 입고 영생토록 날마다 주와 함께 다니며 이야기할 수 있을 것입니다.[210] 또한 이전 것들은 다 지나갔으니 저 아래 땅 위에서 살 때 보았던 슬픔이나 아픔이나 괴로움이나 죽음과 같은 것들을 두 번 다시는 보지 않을 것입니다.[211] 지금 우리는 아브라함과 이삭과 야곱과 선지자들이 있는 곳으로 가고 있으며, 그곳에는 하나님께서 앞으로 닥칠 악에서 구원하신 자들도 침상에서 편히 쉬고 있지요. 모두 의로운 길로 다니는 자들이랍니다."[212] 그러자 두 순례자가 물었다. "그 거룩한 곳에 가면 우리

---

[210] 히브리서 12:22-24; 요한계시록 2:7, 3:4.
[211] 요한계시록 21:4.
[212] 이사야 57:2.

가 무엇을 해야 하오?" 그러자 천사들이 대답했다. "그곳에 가면 여러분께서 힘써 일하신 것에 대한 위로를 받을 것이며 모든 고통은 기쁨으로 바뀔 것입니다. 또한 여러분께서 심으신 것을 거둘 것이며,[213] 여러분의 기도와 눈물과 이 길을 오는 동안 주를 위해 겪으신 고통들까지도 그곳에서는 열매를 맺게 될 것입니다. 그곳에 가면 여러분은 금관을 쓰게 될 것이며, 거룩하신 예수 그리스도의 모습을 그의 참모습 그대로 보게 될 것이므로[214] 영원토록 그를 기쁨으로 바라보게 될 것입니다. 세상 속에서는 예배를 갈망하면서도 육신의 연약함으로 인해 어려움이 많았지만, 그곳에 가면 여러분은 끊임없이 주를 높여 외치고 감사의 제사를 드릴 수 있을 것입니다. 그곳에 가면 여러분의 눈은 전능하신 주를 보며 즐거워할 것이고, 여러분의 귀 또한 그분의 자비로운 음성에 기뻐할 것입니다. 그리고 그곳에 가면 여러분보다 먼저 그곳에 도착한 친구들과도 만날 수 있으며 여러분 이후에 거룩한 성에 도착하는 자들을 하나하나 기쁨으로 맞아 줄 수도 있지요. 또한 그곳에서 여러분은 영광과 위엄을 덧입고 영광의 주와 함께 강림할 수 있게 될 것입니다. 그러므로 주께서 나팔 소리와 함께 바람의 날개와도 같이 구름을 타고 나타나실 때, 여러분도 그의 곁에 설 것이며, 주께서 심판의 보좌에 앉으실 때, 여러분도 그의 곁에 앉게 될 것입니다. 그리고 주께서 천사든 사람이든 악을 행한 모든 이에게 형을 내리실 때 그들은 주님뿐만 아니라 여러분에게도 적이었으므로 여러분도 심판에 함께 참여하게 될 것입니다. 또한 주께서 다시 거룩한 성으로 돌아오실 때 여러분도 나팔 소리와 함께 돌아올 것이며 그곳에서 주와 영원히 함께 살 것입니다."[215]

---

213 갈라디아서 6:7.
214 요한일서 3:2.
215 데살로니가전서 4:13-16; 유다서 1:14; 다니엘 7:9-10; 고린도전서 6:2-3.

그들이 점점 성문에 가까워지자 수많은 천군이 그들을 맞으러 나왔고, 빛나는 두 천사가 그들에게 말했다. "이분들은 세상에 있을 때 우리 주를 사랑하사 그분의 거룩한 이름을 위해 모든 것을 버리고 떠난 분들입니다. 주께서 저희를 이분들에게 보내셔서 저희가 이분들이 원했던 이곳까지 모시고 왔습니다. 이제 들어가서 기쁨으로 구주의 얼굴을 볼 수 있도록 해 주십시오." 그러자 천군이 크게 외치며 말했다. "어린양의 혼인 잔치에 초대받은 자는 복이 있도다."[216] 이번에는 희고 빛나는 옷을 입은 왕의 나팔수들이 아름다운 나팔 소리와 함께 그들을 맞으러 나왔다. 나팔 소리가 어찌나 큰지 온 하늘이 다 울릴 지경이었다. 나팔수들은 세상으로부터 해방된 크리스천과 그의 친구를 열렬히 환영하며 함성과 나팔 소리로 경의를 표했다.

모든 인사가 끝난 후 그들은 두 순례자들을 팔방으로 에워쌌다. 몇몇은 앞에 갔고, 몇몇은 뒤에, 그리고 몇몇은 오른편에, 몇몇은 왼편에 선 모습이 마치 천국으로 가는 동안 그들을 보호하려는 듯했다. 그들은 끊임없이 아름다운 천상의 선율을 연주하며 앞으로 나아갔다. 만약 그 모습을 누군가가 봤다면 마치 천국이 그들에게로 내려오는 것 같아 보였으리라. 그렇게 그들은 함께 걸어갔고, 이따금씩 나팔수들은 경쾌한 음악 소리에 맞춰 여러 가지 표정과 몸짓까지 해 가며 두 순례자들을 만나게 된 기쁨과 반가움을 아낌없이 표현해 보였다. 두 순례자들은 천사들에게 둘러싸여 아름다운 음악 소리를 듣고 있노라니 마치 이미 천국에 있는 듯한 느낌마저 들었다. 이윽고 성읍도 그 모습을 드러냈다. 왠지 성읍으로부터 그들을 환영하는 종소리가 울려 퍼지는 듯했다. 하지만 무엇보다도 앞으로 이들이 영원토록 이런 자들과 함께 그 속에서 살 수 있다는 생각을 하자 마음속 가득 뜨거운 기쁨이 솟구쳤다. 아! 이런 영광스러운 기쁨을 어떤 말이나

---

216 요한계시록 19장.

글로 감히 표현해 낼 수 있겠는가!

곧 그들은 성문 앞에 다다랐다. 그들이 성문 앞에 이르자 성문 위에 금으로 새겨진 문구가 눈에 들어왔다. "그의 계명을 행하는 자들은 복이 있으니 이는 그들이 생명나무에 나아가며 문들을 통하여 성에 들어갈 권세를 받음이로다."[217]

꿈속에서 빛나는 두 천사는 순례자들에게 성문에서 잠시 기다리라 일렀고, 그들이 기다리는 동안 위에서는 에녹, 모세, 엘리야와 같은 자들이 성문 밖을 내다보았다. 그러자 사람들이 그들에게 전했다. "이들은 우리 왕을 향한 사랑을 품고 멸망의 성읍에서 온 순례자들이랍니다." 그러자 순례자들은 각자 여행을 시작하며 받았던 증서를 꺼내어 그들에게 전해 주었고, 그 증서들은 왕 앞으로 전달되었다. 왕께서 그 증서들을 읽으시고는 물으셨다. "이자들이 어디에 있는가?" 그러자 천사들이 대답했다. "성문 밖에 서서 기다리고 있습니다." 그러자 왕께서 성문을 열어 주라 명하시고는 말씀하셨다. "진리를 지키는 의로운 백성들을 성안으로 들이도록 하라."[218]

이제 꿈속에서 보니 두 순례자는 성문 안으로 들어가고 있었다. 이럴 수가! 그들이 성문을 통과하는 순간 그들의 모습이 변하여 얼굴에서 빛이 나는 것이 보였다. 그뿐만 아니라 그들은 금처럼 빛나는 옷을 입게 되었고, 누군가는 거문고와 왕관을 가지고 와서 그들에게 전해 주었다. 거문고는 주를 찬양하기 위한 것이었고, 왕관은 영광의 상징이었다. 그리고 성안으로부터는 기쁨의 종소리가 다시 울려 퍼졌고 순례자들을 향한 목소리가 들려왔다. "들어오라. 네 주님의 기쁨에 동참하라." 그리고 두 순례자가 우렁찬 목소리로 외치는 노랫소리도 들려왔다. "보좌에 앉으신 이와 어린양에게 찬송과 존귀와 영광

---

[217] 요한계시록 22:14.
[218] 이사야 26:2.

과 권능을 세세토록 돌릴지어다!"[219]

그들을 맞이하기 위해 성문이 열렸을 때 나는 문 틈새로 성안을 들여다보았다. 성읍은 마치 태양처럼 빛났고, 길은 금으로 덮여 있었으며, 사람들은 머리에 금관을 쓰고 손에는 종려 가지와 금으로 만든 거문고를 들고 찬양을 드리고 있었다.[220]

그곳에는 날개 달린 자들도 있었는데, 그들은 끊임없이 서로를 향해 "거룩하다, 거룩하다, 거룩하다, 주 하나님!"[221]이라고 외치고 있었다. 이윽고 성문이 닫혔다. 그 안의 모습을 보자 나는 그 안에 들어가고 싶은 마음이 굴뚝같이 피어올랐다.

이 모든 것을 한참 동안이나 바라보다가 뒤를 돌아보자 무식한 자가 강가 쪽으로 걸어오는 모습이 보였다. 그러나 그는 두 순례자들이 분투했던 것과는 달리 큰 어려움 없이 금방 강을 건널 수 있었는데, 마침 헛된 희망이라는 뱃사공이 지나가다가 그를 배로 태워 줬기때문이었다. 그는 아까 본 다른 순례자들처럼 성문으로 가기 위해 산을 오르기 시작했다. 그러나 그는 혼자였고, 아무도 그를 응원하러나오는 이가 없었다. 마침내 그는 성문 앞에 이르러 성문 위에 새겨진 글을 올려다본 후 곧 그 안으로 들어갈 수 있을 거라는 희망을 가지고 문을 두드리기 시작했다. 그때 성문 꼭대기에 있던 사람들이 밖을 내다보고는 그에게 물었다. "당신은 어디서 왔소? 무엇을 가지고 왔소?" 그러자 그가 대답했다. "저는 주 앞에서 먹고 마셨으며 주는 또한 저를 길거리에서 가르치셨습니다."[222] 그러자 그들이 가서 왕께 보여 드릴 증서를 보여 달라고 말했고, 젊은이는 품속을 더듬으며 증서를 찾았으나 그는 가진 것이 아무것도 없었다. 그러자 그들이 물었

---

219 요한계시록 5:13.
220 요한계시록 4:4, 5:8, 7:9.
221 요한계시록 4:8.
222 누가복음 13:25~27.

다. "아무것도 안 가져왔소?" 그러나 젊은이는 아무런 말도 할 수 없었다. 그리고 그들은 왕에게 가서 말을 전했으나 왕은 그를 만나러 내려가기는커녕 크리스천과 희망을 성읍으로 안내했던 빛나는 두 천사를 시켜 무식한 자의 손과 발을 묶고 내쫓으라 명했다. 그리하여 두 천사는 무식한 자를 붙잡아 구름 아래로 내려간 뒤 이전에 보았던 산의 옆면에 난 문으로 그를 던져 버렸다. 멸망의 성읍뿐만 아니라 천국 문 앞에서도 지옥으로 떨어지는 문이 있었던 것이다! 그 순간 나는 잠에서 깨어났고, 이 모든 것이 꿈이었음을 깨달았다.

끝맺음

독자들이여, 내가 그대들에게 내 꿈 이야기를 들려주었으니
감히 내 꿈의 풀이를 부탁해도 되겠소?
스스로나 이웃의 도움을 받아도 좋소만
부디 오역을 범하지 않도록 조심하시오.
오역은 유익을 주기는커녕 오히려 해만 될 따름이니,
오역이 죄악을 불러오기도 한다오.

또한 혹시라도 내 꿈을 해석하는 동안
표면적인 부분에만 치우치지 않도록 조심하시오.
내 꿈에 등장하는 인물도, 비유도,
비웃거나 불쾌해하지 않기를 바라오.
그런 짓은 풋내기들이나 어리석은 자들에게 맡기고,
그대들은 내용의 본질에만 집중해 주시기를 바라오.

휘장을 걷고, 장막 안을 들여다보시오.
숨겨진 비유들을 찾아 면밀히 들여다본다면
올곧은 심성에 유익할 만한 것들을
분명코 찾아낼 수 있을 것이오.

가치 없는 것들은 과감히 버리고,
금과 같은 귀한 것들을 찾아 마음에 간직하길 바라오.
허나 돌덩이 속에 숨겨진 금이라면 어찌하겠소?
그 누구도 심을 얻겠다고 사과를 내버리지는 않소.
그러나 만약 그대들이 이 모든 것을 헛된 것으로 무시해 버린다면
모르긴 몰라도 나는 또다시 꿈을 꾸게 될 것이오.

끝

☙ 제 2 부

1

친애하는 독자들이여, 몇 해 전 순례자 크리스천이 거룩한 성을 향해 가는 위험천만한 여정에 대해 그대들에게 들려준 내 꿈 이야기는 나에게도 물론 기쁨이었으나 역시 그대들에게도 유익했으리라 생각한다. 그 당시 그의 아내와 아이들이 순례자의 길에 그와 동참하기를 극구 반대하여 결국 그가 혼자 여정을 떠났어야 했던 이야기도 들려준 바 있다. 그는 멸망의 성읍에 가족들과 머물다 맞이하게 될 멸망을 원치 않았기에 그때 내가 말한 대로 가족들을 뒤로한 채 떠났던 것이다.

그 후 나는 그가 떠난 고향을 종종 들러 그가 남기고 떠난 가족들이 어떻게 지내는지 독자들에게 전하려 했으나 이런저런 일들에 치여 계속 미뤄지게 되었고, 최근까지도 자세히 알아볼 기회가 없었던 게 사실이다. 그러나 얼마 전 그때 일을 떠올리다가 마침내 나는 다시 그쪽을 들러 보기로 결심했다. 그러다 나는 그 마을로부터 2킬로미터 정도 떨어진 숲속에 있는 오두막에서 잠이 들었고, 다시 꿈을 꾸게 되었다.

꿈속에서 내가 누워 있는 쪽으로 한 노신사가 다가오는 것이 보였다. 그가 가는 길이 내가 가던 길과 같은 방향이라 나는 일어나 그와 함께 가야겠다고 생각했고, 흔히 나그네들이 그렇듯 우리는 담소를 나누며 나란히 걸었다. 그러다 우리는 우연히 크리스천의 순례 여행에 대해 이야기를 나누게 되었다. 내가 먼저 노신사에게 말을 걸었다.

"나리, 저 아래 이 길 왼편에 있는 저 마을은 무슨 마을입니까?"

그러자 지혜로운 자라고 불리는 이 노신사가 말했다. "저 마을은 멸망의 성읍이라고 하오. 꽤나 인구가 많은 도시지만 대개 질이 좋지 않고 무익한 사람들로 가득하지요."

"저곳이 그곳일 거라 예상은 했습니다. 저도 저 마을을 한 번 가 본 적이 있는데, 나리께서 하신 말씀이 딱 맞는 것 같군요."

지혜로운 자 암, 사실이고말고! 저 마을 사람들에 대해 좋은 이야기를 해 줄 수 있으면 좋으련만.

"아닙니다, 나리. 제가 보기에는 악의가 있어서 하신 말씀은 아닌 것 같은걸요. 나리께서는 선한 말씀을 전하고 듣는 것을 좋아하시는 분 같아 보입니다. 혹시 얼마 전에 이 마을에서 천국까지 순례 여행을 떠난 크리스천이라는 자에 대해 들어 보신 적이 있나요?"

지혜로운 자 들어 봤고말고! 어디 그뿐이겠소! 그가 여정 가운데 겪은 역경과 고난과 싸움과 감옥 생활과 울부짖음과 신음과 두려움과 공포에 대해서도 익히 들었지요. 우리 마을에서는 그에 대한 소문이 자자하다오. 그와 그의 행적에 대해 들은 후 그의 순례 여정에 대해 알아보거나 기록을 읽어 본 집은 거의 없지만 말이오. 그의 위험천만했던 여정을 지지하는 이들은 꽤 많은 눈치요. 비록 그가 이 마을을 떠날 당시에는 다들 그를 어리석다고 비웃었지만, 지금 그가 가고 나서는 모두 그를 우러러본다오. 그가 지금은 그곳에 가서 아주 영화로운 삶을 누리고 있다고 하니 말이오. 그가 겪은 위험들을 감수할 마음이 전혀 없는 사람들도 그가 얻은 상급에 대해서는 입맛을 다시더란 말이오.

"만약 그들이 제대로 알고 있다면 그가 그곳에서 영화로운 삶을 누리고 있다고 생각하는 건 당연하겠죠. 그는 지금 생명의 원천[223]이 되는 곳에 거하며 게다가 그곳에는 그 어떤 고통도 없으므로 그 모든 것을 어떠한 수고도 고난도 없이 누릴 수 있으니까요. 그나저나 사람들이 그에 대해서 뭐라고 말하던가요?"

지혜로운 자 거참 사람들은 참으로 기묘한 이야기들을 하더이다. 몇몇 사람은 그가 흰옷을 입고 목에는 금색 사슬을 건 채 머리에는 진주가 박힌 금관을 쓰고 다닌다고 말하는가 하면, 또 어떤 사람들은 그의 순례 여정 가운데 종종 나타났던 빛나는 천사들이 그와 함께 다니며 그는 마치 이곳의 이웃들만큼이나 천사들과 친하게 지낸다고 하더군요. 게다가 확실한 것은 그곳의 왕께서 그에게 궁궐에서 아주 풍족하고 행복한 생활을 할 수 있도록 모든 것을 베풀어 주셨고, 심지어 그는 매일 왕과 함께 먹고 마시고 거닐며 모든 것 위의 통치자이신 그분의 총애와 은혜를 받고 있다는 것이었소.[224] 그리고 몇몇 사람은 그 성읍의 왕이신 그의 주께서 머지않아 이 마을에 오셔서 그가 순례자의 길에 오른다고 했을 때 그를 무시하고 조롱했던 이웃들을 추궁하실 거라고 하더이다. 주께서 크리스천을 지극히 사랑하신 나머지 그가 순례자가 되기 위해 겪어야 했던 수모들을 마치 자신이 겪은 것과 같이 마음 아파하신다는 것이오. 허나 크리스천이 그런 위험을 감수한 것도 다 주를 향한 사랑 때문이었으니 그리 놀라울 것도 없지 않소?

---

223 시편 36:9.
224 요한계시록 3:4, 6:11; 창세기 41:42; 시편 21:3; 누가복음 14:15.

"그런 것 같네요. 정말 다행입니다. 그 가여운 사내가 이제는 모든 수고로부터 해방되었다니 기뻐할 일이지요. 눈물로 뿌린 씨앗을 기쁨으로 거두었으며 적군의 표적으로부터 벗어나 그를 미워하는 자들의 손에서 해방되었으니 말입니다. 그리고 그에 대한 소문이 온 나라에 퍼진 것도 정말 잘된 일입니다. 혹시라도 남아 있는 자들에게 좋은 영향력을 미치게 될지 누가 알겠습니까? 아, 그나저나 나리, 문득 생각이 나서 드리는 말씀인데 혹시 그의 아내와 아이들 얘기는 못 들으셨습니까? 그 딱한 자들이 어찌 지내는지 궁금하군요."

지혜로운 자 누구요? 크리스티아나와 그 아들들 말이오? 그들도 크리스천만큼이나 잘해 내겠지요. 비록 처음에는 어리석게도 크리스천이 아무리 울며 매달려도 눈 하나 깜짝 안 했지만 신통하게도 마음을 다시 고쳐먹더니 짐을 싸서는 그를 따라갔다오.

"점점 더 좋은 소식이로군요. 헌데, 아내와 아이들 전부 떠났다고요?"

지혜로운 자 그렇소. 내가 그 자리에 있어서 모든 상황을 지켜봤으니 그 일에 대해서는 자세히 이야기해 줄 수 있소.

"그럼 그게 다 사실이란 겁니까?"

지혜로운 자 확실하오. 부인과 네 명의 아들들이 전부 다 순례자의 길을 떠났다니까요. 보아하니 우리도 한참을 같은 방향으로 갈 것 같으니 내가 자초지종을 설명해 주리다.

그가 들려준 이야기는 이러했다. 남편이 강을 건너간 뒤 더 이상 그에 대한 소식을 들을 수 없게 되자 크리스티아나(이 이름은 그녀와 아이들이 순례자가 되기로 결심한 날 그녀에게 붙여진 이름이었다.)의 머릿속은 온갖 상념에 사로잡히기 시작했다. 남편을 잃었다는 것과 부부 간의 끈끈한 애정이 처참히 깨졌다는 사실을 비로소 깨닫게 된 것이다. 사랑하는 사람을 잃었다는 것을 알게 되는 순간 우리의 삶에 슬픔이 찾아오는 것은 당연한 일 아니냐고 노신사가 말했다. 그녀 또한 남편을 잃은 슬픔으로 수많은 눈물을 흘렸다. 그러나 이것이 다가 아니었다. 그녀는 남편이 그렇게 떠나 버려 더 이상 볼 수 없게 된 것이 혹시라도 자신의 모진 행동 때문이 아니었나 자신을 돌아보기 시작했다. 그러자 사랑하는 반려자에게 못되고 냉혹하고 무자비하게 굴었던 자신의 모습이 마음속에 한꺼번에 떠올라 이루 말할 수 없는 양심의 가책과 죄의식이 밀려왔다. 또한 그녀는 신음과 눈물, 그리고 신세 한탄 속에 잠 못 이루던 남편의 모습과, 아내와 아이들에게 같이 가자고 어르고 달래던 남편에게 자신이 얼마나 모질게 대했는지를 떠올리자 가슴이 찢어질 듯하였다. 크리스천이 등에 짐을 지고 있는 내내 그녀에게 했던 말들과 그녀 앞에서 보인 행동들이 하나하나 생생하게 떠올라 그녀의 가슴을 찢어 놓았다. 무엇보다도 "구원받기 위해서는 대체 어찌해야 하는가!"라고 외치던 그의 비통한 목소리가 그녀의 귓가에 애절하게 맴돌았다.

그녀가 아이들에게 말했다. "아이들아, 이제 우리는 희망이 없구나. 내가 너희 아버지에게 죄를 범하여 아버지가 떠나 버리셨다. 우리를 데려가려 하셨건만, 이 어미가 반대하여 너희에게서까지 생명을 빼앗고 말았구나."

그러자 아들들은 눈물을 쏟으며 아버지를 따라가자고 울부짖었다.

크리스티아나가 말했다. "아아, 만약 우리가 함께 갔었더라면 이런 고통을 겪지 않아도 되었을 텐데! 그때 나는 괴로워하는 너희 아버지를 보고도 단지 망상에 사로잡혔거나 우울증에라도 걸렸나 보다고 생각했으니 어리석기 짝이 없었다! 허나 이제 생각하니 다른 이유가 있었구나. 사망의 올무로부터 그를 구원하시는 분의 도움으로 그는 생명의 빛을 발견한 거야!"

그리고 그들은 다시 목놓아 울며 외쳤다. "슬프다, 이날이여!"[225]

---

[225] 에스겔 30:2.

다음 날 밤 크리스티아나는 꿈을 꾸었다. 그녀의 앞에는 커다란 양피지가 펼쳐져 있었고 그곳에는 지금까지의 그녀의 행실들이 모조리 적혀 있었는데, 앞으로의 시간들은 흑암처럼 캄캄해 보였다. 그러자 그녀는 잠결에 울부짖으며 "하나님이여, 불쌍히 여기소서! 나는 죄인이로소이다!"라고 외쳤다. 어린 아들들도 그녀의 목소리를 들을 수 있을 정도였다.

그때 문득 추악하게 생긴 두 형상이 침대 머리맡에 서서 소곤대는 모습이 보이는 듯했다. "이 여자를 어떻게 할까? 자나깨나 하나님의 자비를 울부짖는데, 이 여자가 이런 식으로 계속 고통스러워하면 이 여자 남편처럼 이 여자도 놓쳐 버릴지도 몰라. 그러니 어떻게든 이 여자로 하여금 사후 세계에 대한 생각을 하지 못하도록 막지 않으면 온 세상이 막아서도 이 여자는 결국 순례자가 되고 말 거라고."

그녀는 땀에 흠뻑 젖은 채 잠에서 깨어났다. 온몸이 덜덜 떨려 왔다. 그러나 잠시 후 그녀는 다시 잠이 들었고, 꿈속에서 그녀는 환희로 가득한 곳에서 영생을 얻은 수많은 사람 가운데 서 있는 남편 크리스천을 보게 되었다. 그는 보좌 위에 앉으신 그분 앞에서 거문고를 연주하고 있었으며, 보좌에 앉으신 분의 머리 위에는 무지개가 둘려 있었다.[226]

또한 그가 왕의 발 아래 바닥에 엎드려 절하며 "저를 이곳으로 인도하신 우리 주, 우리 왕께 온 마음과 정성을 다하여 감사드립니다."라고 말하는 듯한 모습도 보였다. 그 주위에 둘러서 있던 자들이 외치며 거문고를 연주했으나 크리스천과 그곳 사람들 외에 땅에 있는 자들은 그들의 말을 알아들을 수가 없었다.

다음 날 아침 그녀가 잠에서 깨어 하나님께 기도를 드리고 아이들과 잠시 이야기를 나누고 있는데 누군가가 문을 쾅쾅 두드렸다. 그

---

[226] 요한계시록 4:2-3.

녀가 문밖에 대고 외쳤다. "주님의 이름으로 오는 자라면 들어오십시오." 그러자 그가 "아멘."이라 답하고는 문을 열어 그녀에게 인사했다. "이 집에 평안이 가득할지어다!" 인사를 마친 후 그가 말했다. "크리스티아나, 그대는 내가 어디로부터 왔는지 아시오?" 그러자 그녀는 얼굴을 붉히며 몸을 떨었고, 마음속에는 그가 어디서 왔으며 무슨 일로 왔는지에 대한 궁금증이 솟구쳐 오르기 시작했다. 그가 말했다. "내 이름은 비밀이오. 나는 하늘에 있는 자들과 함께 산다오. 내가 사는 곳에 전해진 소식에 의하면 그대가 그곳에 가고자 하는 열망을 지녔으며, 이전에 남편의 여정에 모질게 반대하고 아이들을 무지한 상태로 방치함으로써 지은 죄악을 뉘우치고 있다고 들었소. 크리스티아나, 자비의 하나님께서 나를 그대에게 보내사 이 말씀을 전하게 하셨소. 그는 용서를 꺼리지 않으시며 죄를 사하여 주시기를 기뻐하시는 분이라오. 또한 그는 그대가 나아오기를 애타게 기다리고 계시며 그의 궁궐에서 그대의 조상 야곱의 자손들과 함께 상에 앉아 성대한 만찬을 베풀기를 원하고 계신다오.

그대의 남편이었던 크리스천도 그곳에서 천군과 동료들과 함께 생명 주시는 그분의 형상을 늘 우러러보고 있다오. 만약 그대가 아버지의 성문 안으로 발을 내딛는 소리를 그들이 듣는다면 참으로 기뻐할 것이오."

이 말에 크리스티아나는 크게 당황하여 바닥에 엎드려 고개를 숙였다.

손님은 계속 말을 이었다. "크리스티아나, 여기 그대 남편의 왕께서 친히 그대에게 보내신 서신이 있소." 그녀는 서신을 받아 열어 보았다. 서신에서는 지금껏 어디서도 맡아 보지 못한 향긋한 향기가 났고, 글씨는 모두 금으로 쓰여 있었다. 서신의 내용은 이러했다. "그대는 남편 크리스천을 따라 주의 성읍으로 가서 주의 임재 안에 영원히 기쁨으로 거하라."

이에 부인은 아연실색하며 손님에게 외쳤다. "나리, 저희도 왕을 경배할 수 있도록 부디 저와 제 아이들을 데려가 주십시오!"

그러자 손님이 말했다. "크리스티아나, 달콤함에는 쓸쓸함이 따르는 법이오. 거룩한 성에 먼저 들어간 자들과 같이 그대도 고난을 견뎌 내야 하오. 그러니 그대도 남편 크리스천이 한 대로 저 들판 너머에 있는 좁은 문으로 가시오. 그곳이 바로 그대가 가야 할 길의 입구라오. 부디 성공하기를 바라오. 그리고 이 서신은 순례자의 집에서 부르게 될 노래이므로 품 안에 잘 간직하였다가 길 가는 동안 완전히 외울 때까지 아이들과 함께 읽어 보시오. 그리고 이 서신은 마지막 성문에 들어갈 때 보여 주어야 하오."

내 꿈속의 이 노신사는 내게 이야기를 들려주며 자신도 모르게 큰 감동을 받는 듯했다. 그리고는 그가 계속 말을 이었다.

그리하여 크리스티아나는 아들들을 불러 말하기 시작했다. "아이들아, 너희도 알다시피 요 며칠 동안 나는 너희 아버지의 죽음으로 인해 마음이 심히 괴로웠단다. 물론 너희 아버지가 행복하지 않을 거라 생각하기 때문은 결코 아니란다. 나는 그가 지금이야말로 정말 행복할 거라 믿고 있단다. 허나 파멸을 면할 수 없는 나와 너희의 처지를 생각하니 마음의 번뇌가 이루 말할 수 없구나. 너희 아버지가 고통 속에 힘들어할 때 모질게 대했던 내 행동과 그를 외면하고 순례자의 길을 거부했던 우리의 강퍅했던 마음이 내 양심을 무겁게 짓누르고 있단다.

어젯밤 꿈과 오늘 아침 낯선 손님의 격려가 없었더라면 나는 이런 번민들로 생을 마쳤을지도 모르겠구나. 그러니 아들들아, 서둘러 짐을 싸서 거룩한 성으로 향하는 좁은 문으로 달려가자꾸나. 너희 아버지와 다시 만나서 그 땅의 법도에 따라 그와 함께 평안히 거할 수 있도록 말이다."

그러자 아이들은 확고한 어머니의 결심에 기쁨의 눈물을 터뜨렸다. 그리하여 손님은 그들에게 작별을 고한 뒤 떠났고, 그들은 여행길에 오를 채비를 하기 시작했다.

그러나 그들이 집을 막 떠나려던 찰나 크리스티아나의 이웃 중 두 여인이 와서 문을 두드렸고, 그녀는 좀 전과 같이 "주님의 이름으로 오는 자라면 들어오십시오."라고 말했다. 그 말을 들은 여인들은 몹시 놀랐다. 그들이 아는 크리스티아나는 결코 이런 말을 입 밖에 낼 사람이 아니었기 때문이었다. 어쨌든 안으로 들어간 여인들은 집을 떠날 채비를 하고 있는 부인을 발견하고는 그녀에게 물었다. "아니, 대체 뭘 하고 있는 거예요?"

크리스티아나가 두 여인들 중 나이가 더 많은 겁쟁이 부인에게 대답했다. "여행 떠날 준비를 하고 있답니다."

이 겁쟁이 부인은 역경의 언덕에서 크리스천을 만나 사자를 피해 도망가라고 했던 자의 딸이었다.

겁쟁이　아니 대체 무슨 여행을 떠난다고 그러세요?

크리스티아나　제 남편을 따라가려고요.

이 말을 마치고 그녀는 갑자기 눈물을 흘리기 시작했다.

겁쟁이　말도 안 되는 소리! 엄마답지 않게 불쌍한 아이들을 두고 어딜 간다는 거예요?

크리스티아나　아뇨, 아이들도 저랑 같이 갈 거예요. 어느 하나도 이곳에 남지 않겠대요.

겁쟁이　아니 대체 어쩌다 이 지경까지 된 거예요!

크리스티아나　아아, 부인도 만약 저와 같은 깨달음을 얻으신다면 분명히 저와 함께 가려 하실 거예요.

겁쟁이　대체 무슨 새로운 깨달음을 얻었길래 친구들을 다 등지고 어딘지도 모르는 곳으로 가겠다는 거예요?

크리스티아나 남편이 저를 떠나 강을 건너간 이후로 저는 크나큰 괴로움에 시달렸답니다. 그러나 무엇보다도 제 마음이 괴로웠던 건 남편이 고통 속에 있을 때 그에게 모질게 대했던 제 자신 때문이었어요. 그리고 저는 이제야 그가 그때 느꼈던 감정을 느낄 수 있어요. 이제 제게는 순례자의 길을 떠나는 것 말고는 그 어떤 것도 의미가 없답니다. 어젯밤 꿈에서 그를 봤어요. 제 영혼이 그와 함께 있었다고요! 그는 왕과 함께 거하며 그의 식탁에 앉아 그와 함께 먹고 영생을 얻은 자들과 벗 삼으며 왕이 지어 주신 집에서 살고 있었답니다. 그 집에 비하면 이 세상 어떤 멋진 궁궐도 누추하고 허름하기 짝이 없던 걸요. 게다가 왕께서 친히 저를 불러 주셨고, 제가 그에게로 가면 반갑게 맞아 주시리라 약속하셨어요. 오늘은 주의 사자가 와서 저를 초청하는 서신도 주었답니다.

그리고 그녀는 서신을 꺼내어 읽은 뒤 다시 말했다. "자, 이래도 모르시겠어요?"

겁쟁이 아, 그런 고생을 사서 하다니 부인도, 부인의 남편도 전부 머리가 어떻게 된 거 아니에요? 당신 남편이 그 길을 가면서 어떤 일들을 겪었는지 익히 들었을 것 아녜요? 특히 당신 남편을 쫓아갔던 이웃 양반 고집불통과 변덕쟁이의 말을 들어 보면 그 길을 떠나자마자 어찌나 고생길이 훤한지 그 양반들은 현명하게도 더 이상 멀리 가지 않고 일찌감치 돌아왔잖아요. 듣자 하니 더 가서는 사자와 아볼루온과 사망의 그늘과 같은 고비도 있었다면서요? 게다가 헛된 시장에서 그가 처했던 죽음의 위협을 어찌 잊을 수가 있겠어요? 남자인 그도 그렇게 힘들게 간 길을 연약한 여자의 몸으로 뭘 어떻게 하겠다는 거예요? 게다가 이 사랑스러운 아이들은 부인이 자기 몸처럼 아끼는 아들들이잖아요. 그러니 부인이 아무리 더 이상 삶에 미련이 없다 하더라도 아이들을 생각해서라도 떠나지 마세요.

그러나 크리스티아나가 말했다. "절 유혹하지 마세요, 부인. 어마어마한 상급을 손에 거머쥘 기회가 있는데 그 기회를 잡으러 달려갈 마음이 없다면 세상에 그런 바보가 또 어디 있겠어요? 그리고 그 길을 가면 수많은 고초를 겪게 될 거라고 하셨는데, 그런 것 따위는 제게 전혀 문제 되지 않아요. 오히려 그런 것들로 인해 제가 올바른 길을 가고 있다는 것을 확신할 수 있으니까요. 달콤함에는 쓸쓸함이 따르는 법이고, 그 쓸쓸함으로 인해 달콤함은 배가 되는 거지요. 그러니 주님의 이름으로 저희 집에 오신 게 아니라면 더 이상 혼란스럽게 하지 말고 이제 그만 가 주세요."

그러자 겁쟁이 부인은 그녀에게 욕설을 퍼붓고는 함께 온 이웃에게 말했다. "자, 이만 가자, 자비야. 저 여자가 굳이 우리의 충고를 무시하고 우리와 함께 있기도 싫다고 하니 멋대로 하도록 내버려 둬야지 어쩌겠니."

그러나 자비는 두 사람 사이에서 고민에 빠진 채 겁쟁이 부인을 선뜻 따라나설 수가 없었다. 이에는 두 가지 이유가 있었는데 첫 번째 이유는 그녀가 크리스티아나에게 연민을 느꼈기 때문이었다.

그녀는 속으로 생각했다. '만약 부인이 기필코 가겠다고 하신다면 조금이라도 함께 가서 도움이 되어 드려야겠어.' 그리고 두 번째 이유는 그녀가 스스로를 불쌍히 여겼기 때문이었다. 크리스티아나가 들려준 말들이 머릿속에서 떠나지 않고 맴돌았다.

그리고 그녀가 다시 속으로 생각했다. '만약 크리스티아나 부인과 좀 더 이야기를 나눠 본 후 그 말속에 정말 진리와 생명이 있다면 나도 기꺼이 그녀와 함께 가겠어.' 그리고 자비는 겁쟁이 부인에게 이렇게 대답했다.

자비 부인, 제가 오늘 아침 크리스티아나 부인을 뵈러 부인과 함게 오긴 했지만 부인도 보시다시피 크리스티아나 부인께서 오늘을 마지막으로 우리 마을을 떠난다고 하시니 저는 화창한 아침 햇살이나 맞으며 잠시 함께 걷다가 떠나는 길이라도 보고 가겠습니다.

그러나 그녀는 두 번째 이유는 마음속에 담아 둔 채 입 밖에 내지 않았다.

겁쟁이 아무래도 너도 마음이 혹한 것 같은데, 부디 지혜롭게 처신하거라. 위험은 피하려면 얼마든지 피할 수 있지만, 한 번 위험에 처하면 빠져나올 수 없으니까 말이야.

그러고 나서 겁쟁이 부인은 자기 집으로 돌아갔고, 크리스티아나는 집을 나섰다. 그러나 겁쟁이 부인은 집에 가자마자 박쥐 눈 부인, 몰인정 부인, 경박 부인, 백치 부인 등 이웃에 사는 친구들을 불러 모았고, 그들이 부인의 집에 모두 모이자 그녀는 크리스티아나가 마을을 떠나려고 한다며 이야기를 늘어놓기 시작했다. 그녀가 다음과 같이 말했다.

겁쟁이 아니 글쎄 내가 오늘 아침에 할 일이 없어서 크리스티아나 부인 집에 놀러 갔는데, 평소에 늘 하던 대로 문을 두드리자 그 여자가 "주님의 이름으로 오신 자라면 들어오십시오."라고 하는 게 아니겠어요? 그래도 저는 대수롭지 않게 여기고 안으로 들어갔더니만 글쎄 그 여자가 아이들과 함께 마을을 떠날 채비를 하고 있는 거예요. 그래서 대체 뭐 하는 거냐고 물었더니 남편처럼 자기도 순례자의 길을 가기로 결심했다고 딱 잘라 말하는 게 아니겠어요? 그러고는 어젯밤 꿈 얘기를 들려주더니, 자기 남편이 있는 곳의 왕께서 자기한테 그곳으로 오라는 초대장도 보내셨다고 합디다.

그러자 백치 부인이 말했다. "뭐라고요? 그녀가 정말 갈까요?"

겁쟁이 그럼요, 무슨 일이 있어도 갈걸요? 내 말을 들어 보면 내가 왜 그렇게 생각하는지 알 수 있을 거예요. 내가 그녀에게 떠나지 말라고 말렸던 가장 큰 이유는 바로 그녀가 그 길을 가다가 어떤 고초를 당할지 몰라 걱정이 되었기 때문이었어요. 그런데 그녀는 글쎄 그것이야말로 그녀가 그 길을 가려 하는 가장 큰 이유라는 거예요! 그러고는 그녀가 거듭 말하기를 "달콤함에는 씁쓸함이 따르고, 그렇기 때문에 달콤함이 배가 되는 것"이라고 합디다.

박쥐 눈 부인이 말했다. "아니 그런 분별 없고 어리석은 여자를 봤나! 남편이 겪은 시련들을 보고도 겁이 안 난대요? 내 생각에는 그가 여기 그대로 머물렀더라면 상처도, 괜한 위험도 겪지 않고 편안히 쉴 수 있었을 텐데 말이에요."

그러자 몰인정 부인도 한마디 거들었다. "그런 비현실적인 인간들은 마을에서 싹 쓸어버려야 해요! 차라리 그런 여자는 없는 게 낫다니까? 만약 그런 여자가 그런 생각을 가지고 이 마을에 계속 산다고 생각해 봐요. 분명히 혼자 집에 틀어박혀서 침울하게 지내거나, 생각이 있는 사람이라면 질색할 만한 이야기를 지껄여 댈 게 뻔한데 어느 누가 마음 편히 지낼 수 있겠어요? 그러니 그 여자가 떠난다고 해도 난 절대 아쉽지 않아요. 갈 테면 가라고 해요! 그럼 훨씬 더 나은 사람이 이사 오겠죠. 하여튼 그 별난 사람들이 그 집에 산 이후로 바람 잘 날이 없었다니까요?"

그러자 경박 부인이 말을 이었다. "자, 자, 그런 얘기는 그만합시다. 내가 어제 음녀 부인네 집에 놀러 갔었는데, 정말이지 그렇게 즐거울 수가 없습디다. 나랑 육욕 부인과 다른 부인들 서넛이 호색 양반과 음탕 양반을 포함한 몇몇 양반과 함께 음악에 맞춰 춤도 추고 우리의 쾌락을 만족시켜 줄 만한 것은 뭐든 하며 시간을 보냈지요. 정말이지, 음녀 부인은 혈통 있는 훌륭한 가문에서 자라서 그런지 교양이 철철 넘치고, 호색 양반도 결코 그에 뒤지지 않는 분이던걸요?"

2

그 무렵 크리스티아나는 길을 나섰고, 자비는 그녀와 함께 걸어갔다. 아이들과 함께 길을 걸어가던 크리스티아나는 자비에게 말을 걸었다. "자비야, 네가 나를 배웅해 줄 줄은 꿈에도 생각 못 했구나."

그러자 어린 자비가 말했다. "만약 부인과 함께 가는 것이 제게 유익하다는 판단이 서면 다시는 마을로 돌아가지 않을 수도 있습니다."

크리스티아나가 말했다. "자비야, 나와 같은 길을 가자꾸나. 이 순례 길 끝에 무엇이 있는지 나는 잘 알고 있단다. 우리 남편이 있는 곳은 스페인 금광의 금을 다 줘도 모자랄 곳이지. 그러니 돌아가지 말고 나와 함께 가자꾸나. 나와 내 아이들을 부르신 그분은 자비를 베푸시는 분이란다. 그리고 만약 네가 괜찮다면 내가 너를 내 종으로 삼아 데리고 가겠으나 너와 나 사이의 모든 것은 공평하게 나눌 것이니 너는 그저 나와 함께 가기만 하면 된단다."

자비 하지만 제가 그곳에 가서 환영받을 수 있을지 없을지 어떻게 알 수 있습니까? 만약 제가 환영받을 수 있을 거라는 희망만 있다면 그 어떤 지겨운 길이라도 도움 주시는 그분의 인도하심 속에 조금도 주저하지 않고 가겠습니다.

크리스티아나 그럼, 자비야, 이렇게 하는 것은 어떻겠느냐? 나와 함께 좁은 문까지 가면 내가 너에 대해 말씀을 드려 볼 테니 만약 그곳에서 내키지 않는다면 다시 마을로 돌아와도 좋다. 만약 그렇다 할지라도 네가 우리와 동행하며 베푼 친절에는 반드시 보답하마.

자비 그렇다면 그곳까지 함께 가서 제 운명을 따르겠습니다. 하늘의 왕 하나님이시여, 부디 저를 불쌍히 여기시어 그곳에서 저를 받아 주옵소서!

크리스티아나는 마음이 벅차올랐다. 함께 갈 동료가 생겨서가 아니라, 이 가여운 여종이 자신의 구원을 사모하게 되었기 때문이었다. 그렇게 함께 길을 가던 중, 갑자기 자비가 흐느껴 울기 시작했다.

그래서 크리스티아나가 물었다. "왜 그렇게 슬피 우느냐?"

자비가 말했다. "죄악으로 가득한 우리 마을에 남은 가여운 우리 가족들이 앞으로 어찌될지를 아는 사람이라면 어찌 슬퍼하지 않을 수 있겠습니까? 게다가 더욱 슬픈 건 앞으로 닥칠 일을 그들에게 가르쳐 주거나 말해 줄 사람이 아무도 없다는 사실입니다."

크리스티아나 긍휼히 여기는 자가 순례자가 되나니, 너 또한 우리 남편 크리스천이 떠나면서 듣지도 거들떠보지도 않는 내게 그랬던 것처럼 남은 자들을 위해 애통해하는구나. 그러나 남편과 우리의 주께서 그의 눈물을 주의 병에 담으셨느니라.[227] 그리고 그 눈물이 맺은 결실을 이제 나와 너, 그리고 나의 사랑하는 아이들이 수확하러 가는구나. 그러니 자비야, 네가 지금 흘리는 눈물도 결코 헛되지 않을 것이니라. 진리의 말씀에 이르시길 '눈물을 흘리며 씨를 뿌리는 자는 노래를 부르며 기쁨으로 거둘 것이며, 울며 씨를 뿌리러 나가는 자는 반드시 기쁨으로 그 곡식 묶음을 가지고 돌아오리로다.'[228] 라고 하시지 않았느냐?

그러자 자비가 노래를 불렀다.

"은혜의 하나님이시여, 주님의 뜻에 따라
저를 주님의 길로, 주님의 골짜기로,
주님의 거룩한 산으로
인도하여 주시옵소서.
무슨 일이 있다 하더라도
주님의 값없는 은혜와 거룩한 길에서 벗어나

---

227 시편 56:8.
228 시편 126:5-6.

고통받지 않게 하옵소서.

그리고 부디 남겨진 자들을

주님께서 친히 돌보사

그들로 하여금 온 마음과 정성을 다하여

주님의 자녀가 되기를 간구하게 하소서."

그러고는 노신사가 계속 말을 이었다. "그러나 크리스티아나는 절망의 수렁에 이르자 어찌할 바를 모르고 멈춰 섰다오. 그녀는 '이곳이 바로 우리 남편이 빠져 죽을 뻔했던 그 진흙탕이란다.'라고 말했고, 비록 왕께서는 순례자들이 안전하게 다닐 수 있도록 그곳을 고치라 명하셨지만 상태는 갈수록 나빠지고 있다는 것도 그녀는 알고 있었지요." 그래서 나는 노신사에게 그게 사실인지 물었다.

그러자 노신사가 대답했다. "그럼요, 사실이고말고요. 왕의 일꾼들이라는 사람들이 왕의 길을 단단히 다지는 척하면서 사실은 돌 대신 진흙과 오물 따위를 가져오는 바람에 길을 다지기는커녕 오히려 점점 더 망쳐 놓고 있다오. 아무튼 크리스티아나와 아이들은 이 수렁 앞에서 발만 동동 구르고 서 있었는데, 자비가 말했다오. '자, 용기를 내서 지나가 봅시다. 조심만 하면 아무 일 없을 거예요.' 그래서 그들은 조심조심 디딤돌 위에 발을 내디뎌 휘청거리며 앞으로 나아갔소. 그러나 크리스티아나는 수렁에 빠질 뻔한 적이 한두 번이 아니었다오.

그리고 그들이 수렁을 건너자마자 어디선가 음성이 들리는 듯했소. '믿는 자에게 복이 있나니, 주께서 그녀에게 하신 말씀이 이루어질 것이니라.'[229] 하고 말이오.

그렇게 그들은 계속 길을 갔고, 자비가 크리스티아나에게 말했소. '부인처럼 좁은 문에서 환영받을 거라는 확실한 희망이 저에게 있었더라면 저는 절망의 수렁 따위에 겁먹지는 않았을 거예요.'

---

229 누가복음 1:45.

그러자 부인이 말했소. '너에게도 나름의 상처가 있듯이, 나도 마찬가지란다. 그리고 이 여정이 끝나기 전까지는 악과 수없이 싸우게 될 거야. 찬란한 은총과 행복을 손에 쥐러 가는 우리 같은 자들을 증오하는 적군들이 어떤 수를 써서라도 우리를 두려움과 곤경과 고통에 빠뜨리려고 하는 것은 당연한 것 아니겠니?'"

그때, 노신사 지혜로운 자가 꿈속에서 내게 작별을 고했고, 나는 홀로 남겨졌다. 그리고 내 눈에는 크리스티아나와 자비와 아이들이 다 함께 좁은 문 쪽으로 다가가는 모습이 보였다. 문 앞에 다다른 그들은 문을 어떻게 열어 달라 청할 것이며, 문을 열어 주러 오는 사람에게 뭐라고 이야기해야 할지 잠시 의논한 후 결국 가장 나이가 많은 크리스티아나가 문을 두드리고, 문이 열린 후에도 다른 사람들을 대변해 말을 전하기로 결정을 내렸다. 그리하여 크리스티아나는 문을 두드렸고, 가여운 그녀의 남편이 그랬듯 그녀도 계속해서 문을 두드렸다. 그러나 누군가 대답하기는커녕 아주 커다란 개가 문을 향해 짖는 듯한 소리만 들려올 뿐이었다. 이에 여자들과 아이들은 겁에 질렸고, 혹시라도 이 사나운 개가 달려들까 두려워 한동안 더 이상 문을 두드릴 엄두를 내지 못했다. 심장은 거세게 요동치기 시작했고, 도무지 어찌해야 할지 눈앞이 막막했다. 문을 두드리려니 개가 두렵고, 돌아가려니 문지기가 나와서 돌아가는 그들을 보고 노하실까 두려웠던 것이다. 결국 그들은 다시 문을 두드려 보기로 했다. 이번에는 처음보다 더 힘차게 문을 두드렸다. 그러자 문지기가 물었다. "누구시오?" 그러자 개는 더 이상 짖지 않았고, 문지기가 나와 문을 열어 주었다.

크리스티아나가 깊이 고개 숙여 절하며 말했다. "미천한 여종들이 주님의 고귀한 문을 두드렸나이다. 부디 노하지 마시옵소서."

그러자 문지기가 말했다. "그대들은 어디서 왔으며 무슨 일로 찾아

왔는가?"

크리스티아나가 대답했다. "저희는 크리스천이 살던 곳에서 그와 같은 이유로 찾아왔습니다. 만약 저희가 이 문을 통과할 수 있도록 기꺼이 자비를 베풀어 주신다면 저희는 거룩한 성으로 가려 합니다. 그리고 나리, 더불어 말씀드리자면 저는 크리스티아나라고 합니다. 지금은 천국에 간 크리스천의 아내였지요."

이 말에 문지기는 놀라며 말했다. "뭐라! 얼마 전까지만 해도 순례 자의 인생을 경멸하던 그 여인이 이제 순례자가 되었단 말인가?"

그러자 그녀가 머리를 조아리며 말했다. "그렇습니다. 그리고 제 사랑스러운 아이들도 함께 왔습니다."

그러자 문지기는 그녀의 손을 붙잡고 문 안으로 들어오게 한 뒤 말했다. "어린아이들이 내게 오는 것을 용납하고 금하지 말라."[230] 그리고 그는 문을 닫은 뒤, 문 너머 위의 나팔수를 불러 함성과 기쁨의 나팔 소리로 크리스티아나를 맞이하라 명했다. 그러자 나팔수는 명령에 복종하여 나팔을 불었고, 아름다운 나팔 소리가 공중에 가득 울려 퍼졌다.

그동안 자비는 여전히 문밖에 선 채 자신이 거절당할지도 모른다는 두려움에 울며 떨고 있었다. 크리스티아나는 아이들과 함께 안으로 들어간 후 자비를 위해 간청을 드리기 시작했다.

크리스티아나가 말했다. "나리, 저와 같은 이유로 이곳까지 온 동행이 있는데, 아직 문밖에 서 있습니다. 저는 제 남편의 왕의 초청을 받고 가는 것이오나 그 아이는 그 누구의 초대도 받지 않고 왔다는 생각에 심히 불안해하고 있답니다."

그 무렵 자비는 점점 인내심을 잃어 가고 있었다. 마치 일 분이 한 시간처럼 느껴졌다. 그래서 그녀는 직접 문을 두드리기 시작했고, 이

---

230 마가복음 10:14; 누가복음 18:16.

에 크리스티아나는 문지기에게 자세한 이야기를 드릴 수가 없었을 뿐만 아니라 문을 두드리는 소리가 어찌나 크던지 그만 화들짝 놀라고 말았다. 그러자 문지기가 물었다. "밖에 누구시오?" 그러자 크리스티아나가 말했다. "제가 말씀드린 그 아이입니다."

문지기는 문을 열어 밖을 내다보았다. 그러나 자비는 기절한 채 바닥에 쓰러져 있었다. 아무도 문을 열어 주지 않을까 봐 겁이 나고 두려웠던 탓이었다.

문지기는 그녀의 손을 잡으며 말했다. "처녀야, 일어나거라."

그러자 그녀가 말했다. "나리, 저는 지쳤습니다. 조금도 기운이 남아 있질 않습니다."

그러나 그가 대답했다. "누군가 이런 말을 한 적이 있단다. '내 영혼이 내 속에서 피곤할 때에 내가 여호와를 생각하였더니 내 기도가 주께 이르렀사오며 주의 성전에 미쳤나이다.'[231] 그러니 두려워 말고 두 발로 일어나 여기에 온 이유를 내게 말해 보거라."

자비 저는 초대받지 못한 곳에 가기 위해 이곳에 왔습니다. 크리스티아나 부인은 왕으로부터 초대를 받았으나, 저는 단지 부인의 초대로 오게 되었습니다. 그래서 제가 너무 주제넘다고 생각하실까 봐 두려울 따름입니다.

문지기 이 여인이 네게 여기까지 같이 오자고 하였느냐?

자비 네, 그렇습니다. 그래서 보시다시피 이곳까지 왔습니다. 저는 비록 보잘것없는 여종에 불과하나 혹시라도 제게 베풀어 주실 은혜와 용서가 남아 있다면 부디 저도 누릴 수 있도록 해 주시기를 간절히 부탁드립니다.

그러자 문지기는 다시 그녀의 손을 잡더니 다정하게 그녀를 문 안으로 인도하며 말했다. "나는 나를 믿는 모든 자를 위해 기도하나니,

---

231 요나 2:7.

그들이 무엇을 통해 내게 왔는지는 상관이 없도다." 그리고 그는 옆에 서 있던 자들에게 명했다. "자비가 기운을 차릴 수 있도록 향기 나는 것을 좀 가져다주거라." 그러자 그들은 그녀에게 몰약 향주머니를 가져다주었고, 잠시 후 그녀는 기운을 되찾았다.

그리하여 크리스티아나와 그의 아들들과 자비는 순례 길의 입구에서 예수를 영접했고 주께서는 그들에게 다정하게 말을 건네셨다. 그들이 주께 말했다. "저희가 저희의 죄를 회개하며 주님의 용서를 비나니 앞으로 저희가 해야 할 일을 알려 주옵소서."

그가 말했다. "나는 말과 행함으로 용서를 주느니라. 말이라 함은 용서의 언약이고, 행함이라 함은 내가 그것을 이룬 방식을 말하는 것이다. 우선 내 입맞춤을 통해 첫 번째 용서를 받거라. 나머지는 곧 너희에게 보여 주리라."

그리고 내 꿈속에서 그는 순례자들에게 수많은 유익한 이야기를 들려주었고, 그들의 마음은 기쁨으로 벅차올랐다. 또한 그는 그들을 산꼭대기로 데려가 어떤 행위로 말미암아 그들이 구원을 얻게 되었는지를 보여 주었고, 앞으로 길을 가는 도중에도 그 모습을 다시 보며 마음의 위안을 얻게 될 것이라고 말해 주었다.

그러고 나서 예수는 그들을 산 아래의 쾌적한 정자에 남겨 둔 채 잠시 자리를 비웠고, 순례자들은 자기들끼리 대화를 나누기 시작했다. 크리스티아나가 먼저 입을 열었다.

"세상에나! 우리가 여기에 있다니 기쁨을 이루 다 표현할 길이 없구나!"

자비 부인께서도 기쁘시겠지만 저야말로 기뻐 뛰지 않을 수 없습니다.

크리스티아나 이 문 앞에 서 있을 때는 문을 두드려도 아무런 대답이 없길래 혹시나 우리가 헛수고를 한 게 아닐까 하는 생각이 들더구

나. 특히 그 사나운 개가 우리를 향해 짖어 댈 때 말이야.

자비 그러나 제가 제일 두려웠던 것은 부인께서 그의 허가를 받아 들어간 후 저 혼자 남겨졌을 때였어요. 그때는 정말이지 '두 여자가 맷돌질을 하고 있으매 한 사람은 데려가고 한 사람은 버려둠을 당할 것이니라.'[232] 하신 성경 말씀이 이루어진 줄로만 알았다니까요. '이젠 다 틀렸구나! 다 틀렸어!'라고 소리칠 뻔했는데 애써 참았답니다. 그러고는 더 이상 문을 두드리기도 겁이 났는데, 문 위에 쓰인 글을 올려다보고는 용기를 냈죠. 문을 두드리거나 죽거나 둘 중 하나라는 생각으로 문을 두드렸는데 어떻게 했는지는 모르겠어요. 제 영혼은 이미 생사의 갈림길에서 몸부림치고 있었거든요.

크리스티아나 어떻게 문을 두드렸는지 모르겠다고? 네가 어찌나 세차게 문을 두드리던지 그 소리에 내가 얼마나 놀랐는지 아느냐? 살면서 그렇게 크게 두드리는 소리는 처음 들어 본 것 같구나. 마치 문을 부수고 들어오거나 아니면 천국을 쳐들어가기라도 할 기세던걸?[233]

자비 아이! 저 같은 상황에서는 누구라도 그렇게 하지 않을 수 없었을 거예요! 문이 제 눈앞에서 닫힌 데다 엄청나게 사나운 개마저 주위를 맴도는데, 저처럼 나약한 인간이 죽기 살기로 문을 두드리지 않고 달리 어찌하겠어요? 그나저나 주께서는 제 무례한 행동에 뭐라고 하시던가요? 혹시 노하시지는 않으시던가요?

크리스티아나 네가 쾅쾅거리며 문을 두드리는 소리를 들으시더니 그 어느 때보다도 온화한 미소를 띠시던걸. 아마 네 행동이 꽤나 마음에 드셨던 모양이다. 기분 나빠하시는 기색은 전혀 없었단다. 그런데 대체 주께서 왜 그런 개를 기르시는 건지 이해할 수가 없구나. 그

---

232 마태복음 24:41.
233 마태복음 11:12.

런 개가 있는 걸 미리 알았다면 감히 이렇게 여행을 떠날 엄두도 못 냈을 거다. 어쨌든 이제 들어왔으니 정말 다행이구나.

자비 괜찮다면 주께서 다시 내려오실 때 왜 그런 고약한 개를 주의 뜰에 키우시는지 여쭈어 볼게요. 설마 화를 내시지는 않겠죠?

그러자 아이들이 말했다. "네, 꼭 물어봐 주세요. 그리고 그 개를 없애 달라고 부탁드려 주세요. 우리가 여길 나갈 때 그 개가 우릴 물어 버릴까 봐 무서워요."

마침내 예수께서 다시 내려오셨고 자비는 주의 발 아래 엎드려 절하며 말했다. "주여, 제 입술로 드리는 찬양의 제사를 받으소서."

그러자 예수께서 말씀하셨다. "평안이 네게 임할지니 일어나거라." 그러나 그녀는 계속 엎드린 채로 말했다. "제 간구에 귀 기울이시는 주여, 주님께 여쭈어 볼 것이 있습니다. 주께서는 어찌하여 주의 뜰 안에 저리도 사나운 개를 키우십니까? 저희 같은 여인들과 아이들은 문 앞에서 두려움에 달아날 뻔하였습니다." 그러자 주께서 대답하셨다. "저 개의 주인은 따로 있단다. 다른 자의 땅 주위도 돌아다니지만 오직 순례자들만 개가 짖는 소리를 듣곤 하지. 사실 저 개는 저 멀리 보이는 성에서 기르는 개지만, 이곳 성벽까지 와서 개심한 착한 순례자들에게 사납게 짖어 대서 겁을 주곤 한다. 저 개의 주인이 개를 기르는 이유도 나나 순례자들에게 도움을 주기 위해서가 아니라 순례자들을 겁먹게 하여 이 문을 두드리지 못하게 하고, 결국 내게 오지 못하도록 막기 위한 것이란다. 가끔은 내가 사랑하는 자들에게 달려들어 겁을 주기도 하지. 그러나 나는 일단은 두고 보는 중이란다. 그리고 순례자들이 그의 추악한 본성과 힘에 굴복하지 않도록 적절한 때에 따라 돕곤 하지. 그러나 어찌 되었건, 사랑하는 자여, 만약 너희가 미리 알았다 하더라도 개를 두려워하지는 않았으리라. 집집마다 구걸하고 다니는 거지가 개가 짖고 으르렁대고 물어뜯는다고 동냥밥을 포기하겠느냐? 그리고 다른 자의 뜰에 있는 개가 감히 어찌 내게 오는 자들을 막아서겠느냐? 나는 그 개의 짖는 소리도 순례자들의 유익을 위해 사용한단다. 나는 그들을 사자 우리에서 구해 내며 그들이 사랑하는 자들을 개의 세력에서 구해 내는 자이니라."

자비가 말했다. "제가 무지하여 감히 이해하지 못하는 말을 하였습니다. 이제는 모든 일에 주의 선하신 뜻이 있다는 것을 알겠습니다."

그러자 크리스티아나는 여정에 대해 이야기하기 시작했고, 이제 어디로 가면 되는지 물었다.

그는 그들에게 먹을 것을 주고 발을 씻겨 준 뒤 이전에 크리스천에게 일러둔 대로 주의 길을 안내해 주었다.

그리하여 그들은 내 꿈속에서 따사로운 날씨 아래 길을 가기 시작했다.

크리스티아나가 노래를 부르기 시작했다.

"내가 순례자가 되기로 마음먹은
이날을 감사하며,
그곳으로 나를 이끄신
그의 이름을 높여 송축하세!
비록 영생을 찾아 떠나기까지
오랜 시간을 지체한 것은 사실이나,
늦게라도 가는 것이 안 가는 것보다 나으니,
이제는 젖 먹던 힘을 다해 뛰어가겠네.
눈물은 기쁨으로 바뀌고,
두려움은 믿음으로 바뀌었도다.
누군가 말했듯 시작은 미약하였으나
나중은 심히 창대하리라!"[234]

---

[234] 욥기 8:7.

크리스티아나와 일행이 가는 길에 둘린 담 너머로는 정원이 있었는데, 그곳은 위에서 말한 사나운 개의 주인이 가꾸는 정원이었다. 그 정원에 난 과실수 몇 그루는 담장 너머로 가지를 늘어뜨리고 있고, 탐스럽게 무르익은 열매들이 어찌나 먹음직스러운지 종종 지나가는 자들은 열매를 따 모아 배탈이 날 때까지 정신없이 먹곤 했다. 사내아이들이 늘 그러하듯 크리스티아나의 아들들도 나무와 탐스럽게 열린 열매를 보고는 신이 나서는 가지를 잡아당겨 과일을 따 먹기 시작했고, 어머니의 꾸짖음에도 아랑곳하지 않고 계속해서 과일을 먹어 댔다.

어머니가 말했다. "얘들아, 남의 과일을 함부로 따 먹는 것은 나쁜 짓이란다." 그러나 그 과일이 사탄의 것이라는 것은 그녀도 차마 몰랐다. 장담하건대, 아마 그녀가 알았더라면 그녀는 두려움에 까무러쳤으리라. 그러나 다행히도 그들은 아무 일 없이 그곳을 지나 계속해서 길을 갔다.

그들이 이 길로 들어서서 한 육백 미터쯤 갔을 무렵, 추악하게 생긴 두 명의 사내가 그들을 향해 빠른 속도로 다가오고 있는 것이 보였다. 그 모습을 본 크리스티아나와 자비는 천으로 얼굴을 가린 채 계속 길을 걸어갔고, 아이들도 그녀들의 앞에 서서 걸어갔다. 마침내 그들이 마주치자 그들을 향해 다가오던 두 사내는 마치 그들을 껴안기라도 할 것처럼 여자들에게 바짝 다가왔다. 그러자 크리스티아나가 말했다. "물러서십시오. 점잖게 그냥 지나가시지요."

그러나 두 사내는 마치 귀가 먹은 듯 크리스티아나의 말은 들은 체도 하지 않고 여자들에게 손을 대기 시작했다. 그러자 크리스티아나는 매우 격분하여 그들에게 발길질을 해 댔고, 자비 또한 그들을 떼어 내기 위해 안간힘을 썼다. 크리스티아나가 그들에게 다시금 말했다. "물러서시오! 썩 사라지지 못하겠소? 보다시피 우리는 선량한 벗들이 베풀어 주는 것으로 살아가는 순례자라 빼앗을 돈도 없소."

그러자 추악한 두 사내 중 한 사람이 말했다. "우리가 노리는 건 돈이 아니다. 만약 너희가 우리의 작은 요구에만 응해 준다면 너희를 평생 아내로 삼아 주겠다."

그러나 그들이 뜻하는 바를 알아차린 크리스티아나는 다시 대답했다. "당신들의 말은 듣지도 생각하지도 응하지도 않을 것이오. 우리는 갈 길이 급하니, 지체할 수 없소. 우리가 가는 길은 생사가 달린 길이오."

그리고 그녀는 일행과 함께 다시금 그들을 비켜 가려고 해 보았으나 사내들은 길을 막아서며 말했다. "목숨을 해치려는 게 아니다. 우리가 원하는 것은 따로 있다."

그러자 크리스티아나가 말했다. "우리의 육체와 영혼을 원하는 거겠지요. 그걸 위해 왔다는 걸 내가 모를 줄 아시오? 당신들의 올가미에 사로잡혀 평생토록 불행 속에서 살아가느니 차라리 지금 여기서 죽고 말겠소." 그리고 그들은 여인들을 보호하기 위해 만든 법에 합당하도록 힘껏 소리 지르기 시작했다.[235] "사람 살려! 사람 살려!" 그러나 두 사내는 그들을 제압하기 위해 점점 더 가까이 다가왔다. 그러자 여자들은 다시 소리를 질렀다.

위에서 말했듯이 그곳은 그들이 들어온 문으로부터 그리 멀리 않은 곳이라 그들이 외치는 소리가 문이 있는 곳까지 울려 퍼졌고, 몇몇 사람은 집에서 나와 그것이 크리스티아나의 목소리임을 알아채고는 그녀를 구하기 위해 급히 달려갔다. 그러나 그들이 순례자들의 모습을 발견했을 무렵에는 이미 여자들은 극도로 겁에 질려 있었고, 아이들도 울며 서 있었다. 그들을 구하러 달려온 한 남자가 악당에게 소리쳤다. "뭐 하는 짓이냐! 너희가 정녕 여호와의 백성을 욕보이려

---

235 신명기 22:25-27.

하느냐!"[236] 그리고 그는 그들을 붙잡으려고도 하였으나 그들은 이미 담을 넘어 사나운 개를 가진 자의 정원으로 도망쳤고, 그 개가 그들을 보호해 주었다. 위로자는 여인들에게 다가와 괜찮은지 물었다.

여인들이 답했다. "고맙습니다, 나리. 저희는 괜찮습니다. 단지 조금 놀랐을 뿐입니다. 저희를 도와주러 오신 나리께 감사드립니다. 나리가 아니었으면 정말 큰일 날 뻔했습니다."

그렇게 몇 마디를 더 주고받은 뒤 위로자가 말했다. "그대들이 저 위쪽에 있는 문에서 환영받는 동안 스스로 연약한 여자의 몸이라는 것을 알면서도 주님께 호위병을 요청 드리지 않는 것을 보고 나는 꽤나 놀랐다오. 만약 청을 올렸더라면 주께서 틀림없이 호위병을 붙여 주셨을 것이고, 그럼 이런 어려움과 위험은 면할 수 있었을 텐데 말이오."

크리스티아나가 말했다. "아아! 저희는 그저 저희가 받은 은혜에 취해서 앞으로 닥칠 위험들은 까맣게 잊고 있었습니다. 게다가 하나님의 성전에서 그렇게 가까운 곳에 그런 사악한 악당들이 도사리고 있을 줄 어찌 생각이나 했겠습니까? 물론 저희가 주님께 호위병을 요청 드렸다면 좋았겠지만, 주께서 그것이 저희에게 유익이 될 줄 아셨다면 어째서 친히 보내 주시지 않으셨을까요?"

위로자 구하지 않은 것을 주신다고 늘 좋은 것만은 아니라오. 그러다 보면 가치가 없어지기 마련이지요. 필요한 것이 생기면 그제야 비로소 그것의 중요성을 깨닫게 되며, 그것이 주어졌을 때 비로소 그것을 사용할 줄 알게 되는 거라오. 만약 주께서 그대에게 호위병을 붙여 주셨더라면 지금과 같은 상황에서 돌이켜 보았을 때 주님께 호위병을 청하지 않았던 당신의 불찰에 대해 이 정도로 안타까워하지는 않았을 것이오. 그러니 모든 일은 합력하여 선을 이루며,[237] 그로

---

236 사무엘상 2:24.
237 로마서 8:28.

인해 우리는 더 깨어 생각하게 되는 것이지요.

크리스티아나　주께로 다시 돌아가서 우리의 어리석음을 고백하고 호위병을 허락해 달라고 청해 볼까요?

위로자　그대가 스스로 어리석음을 뉘우치고 있다는 것은 내가 주께 전해 드리도록 하겠소. 그러나 다시 돌아갈 필요는 없소. 앞으로 지나게 될 어떤 곳에서도 부족함이 없을 것이기 때문이오. 주께서 순례자들의 쉼을 위해 준비해 놓으신 집집마다 순례자들이 그 어떤 공격에도 맞설 수 있도록 수많은 방법이 마련되어 있다오. 그러나 조금 전에 말했듯이 순례자들은 주께 그것들을 달라고 구해야 할 것이오. 굳이 구할 필요가 없는 것은 가치가 없는 것들이지요.

말을 마친 위로자는 다시 집으로 돌아갔고, 순례자들은 다시 길을 떠났다.

그리고 자비가 말했다. "머리를 한 대 얻어맞은 기분이군요! 저는 이제 모든 위험은 다 지나가고 더 이상 고생도 끝인 줄로만 알았어요."

크리스티아나가 자비에게 말했다. "그래도 너는 몰랐다는 핑계라도 댈 수 있겠구나. 허나 나는 집을 나서기 전부터도 이런 위험이 들이닥칠 것을 알고 있었음에도 미리 대비할 수 있을 때 준비하지 않았으니 내 죄야말로 더욱 중하구나. 그러니 나는 비난받아 마땅하다."

그러자 자비가 말했다. "이런 위험을 집을 떠나기 전부터 예상하셨다고요? 더 자세히 좀 말씀해 주셔요."

크리스티아나가 말했다. "암, 들려주고말고. 집을 떠나오기 전 어느 날 밤 잠결에 꿈을 꾸었단다. 마치 이 세상 사람이라 말할 수 없을 만한 생김새를 지닌 두 남자가 내 머리맡에 서서는 내 구원을 어떻게 하면 막을 수 있을지 궁리하고 있는 듯했지. 그들이 한 이야기를 그대로 들려주자면 이러했단다. 참고로 나는 당시 고통 속에 하루하루를 보내고 있었지. 그들이 '이 여자를 어떻게 할까? 자나깨나 하나님의 자비를 울부짖는데, 이 여자가 이런 식으로 계속 고통스러워하면 이 여자 남편처럼 이 여자도 놓쳐 버릴지도 몰라.'라고 속삭이더구나. 그러니까 이때 내가 주의를 기울였더라면 위험에 대비할 수 있었을지도 모르지."

자비가 말했다. "이런 실수를 통해서 우리가 불완전하다는 것을 깨달았고, 그로써 주님의 이끔없는 은혜를 확인하게 되었으니 된 거죠. 우리가 구하지 않았음에도 주님께서는 오로지 그분의 선하신 뜻에 따라 우리에게 친절을 베풀어 주셨고, 우리보다 힘센 자들의 손아귀에서 우리를 구해 주셨으니 말이에요."

3

잠시 그렇게 이야기를 나누며 걸어가던 그들은 이윽고 어느 집 근처에 이르렀다. 그 집은 순례자들이 쉬어 갈 수 있도록 만들어진 집이었다. 《천로역정》 제1부를 보면 이 집에 관해 더 자세히 알 수 있을 것이다. 그들이 해설자의 집이라 불리는 이 집에 점점 다가가 문 앞에 서자 집 안에서는 시끌벅적한 말소리가 들려왔다. 귀를 기울여 들어보자 크리스티아나의 이름이 들리는 듯했다. 그도 그럴 것이, 그녀와 그녀의 아이들이 순례자의 길을 가게 되었다는 소문이 이미 멀리까지 퍼진 후였기 때문이었다. 그리고 그들은 그녀가 크리스천의 아내이며, 얼마 전까지만 해도 순례자의 길에 대한 이야기만 들어도 넌더리를 치던 바로 그 여인이라는 것을 익히 들어 알고 있던 터라 그들로서는 기쁜 소식이 아닐 수 없었다. 그렇게 순례자들은 안에 있는 선량한 사람들이 그녀를 칭찬하는 이야기를 들으며 한참을 서 있었으나 안에 있는 사람들은 문밖에 누가 왔는지 알 턱이 없었다. 마침내 크리스티아나는 좁은 문에서처럼 문을 두드렸다. 그러자 어린 하녀가 나와서 문을 열고 밖을 내다보았다. 문밖에는 두 여인이 서 있었다.

그러자 하녀가 두 여인에게 물었다. "누구를 만나러 오셨습니까?"

크리스티아나가 대답했다. "이곳이 순례자들을 위해 지어진 곳이라고 알고 왔습니다. 여기 서 있는 저희도 순례자인데, 보시다시피 날도 거의 저물어 가고 있고, 오늘 밤은 더 이상 가기가 힘드니 이곳에서 좀 묵어갈 수 있을까 하여 이렇게 찾아왔습니다."

하녀 주인님께 말씀드려야 하니 이름을 좀 알려 주시겠어요?

크리스티아나 저는 크리스티아나라고 합니다. 몇 년 전 이곳을 지나갔던 한 순례자의 아내이며, 이 아이들은 그의 네 아들들입니다. 그리고 이 여자아이는 역시 순례자의 길을 가고 있는 제 일행입니다.

그러자 순결(이것이 하녀의 이름이었다.)이 안으로 뛰어 들어가더니 안에 있는 사람들에게 말했다. "지금 문밖에 누가 왔는지 아세요? 크리스티아나와 그녀의 아이들과 일행이 여기서 쉬어 가기를 청하고 있어요."

그들은 기뻐 뛰며 주인에게 가서 소식을 전했다. 그러자 주인은 문밖으로 나와 그녀를 보고는 말했다. "당신이 진정 크리스티아나요? 선한 크리스천이 순례자의 길을 가기로 마음먹었을 때 두고 떠나야 했던 그 크리스티아나 말이오?"

크리스티아나 제가 바로 제 남편의 괴로움을 매몰차게 깔보고 그가 홀로 여행을 떠나도록 만든 그 여인입니다. 그리고 이 아이들은 그의 네 아들들이지요. 그러나 이제는 저도 이 길만이 진리라는 것을 깨달았기에 이곳으로 오게 되었습니다.

해설자 성경에 보면 어떤 이가 아들에게 가서 "오늘 내 포도원에

가서 일하라." 하였더니 아들이 아버지에게 "싫소이다." 하였으나 그
후에 다시 뉘우치고 일하러 갔다고 하신 말씀이 있소.[238] 그 말씀이
진정 이루어졌구려.

그러자 크리스티아나가 말했다. "믿습니다, 아멘. 주께서 그 말씀
을 저를 통해 이루셨고, 마침내 제가 주 안에서 흠도 없이 부끄러움
도 없이 평강 가운데서 거할 수 있도록 하셨습니다."[239]

해설자 그런데 왜 그렇게 문밖에 서 있소? 들어오시오, 복 받은 자
여. 그렇잖아도 그대가 순례자가 되었다는 소식을 미리 전해 듣고는
그대에 관해 이야기를 나누고 있던 참이오. 어서 들어오시오. 그리고
아이들과 처녀도 어서 들어오너라.

그리하여 해설자는 순례자들을 모두 집 안으로 들였다.

그들이 들어오자 사람들은 그들에게 편히 앉아 쉬라고 일렀다. 그
리고 그 집에서 순례자들을 섬기는 자들이 그들을 보러 방으로 들어
와서는 어느 하나가 미소 짓자 다른 하나가 또 미소를 지었고, 이내
모두가 크리스티아나가 순례자가 된 것을 기뻐하며 웃음 지었다. 또
한 그들은 어린 소년들을 바라보며 반가움의 표시로 그들의 얼굴을
어루만졌고, 자비도 다정하게 반겨 주었으며, 주인님의 집에 온 것을
환영한다고 인사를 전했다.

잠시 후, 아직 저녁 식사가 준비되지 않았으므로 해설자는 순례자
들을 진귀한 방으로 데리고 간 뒤 크리스티아나의 남편 크리스천이
이전에 보았던 것들을 보여 주었다. 즉, 그들은 이곳에서 철창에 갇
힌 사내를 보았고, 한 남자와 그가 꾼 꿈을 보았으며, 적군을 뚫고 성
에 들어간 사내와, 그들 중에 가장 훌륭한 자의 초상화를 비롯하여
이전에 크리스천이 매우 유익하다고 느꼈던 모든 것을 보았다.

---

238 마태복음 21:28-32.
239 베드로후서 3:14.

크리스티아나와 그녀의 일행이 이 모든 것을 보고 느낀 후 해설자는 다시 그들을 데리고 어떤 방으로 들어갔다. 방 안에는 한 남자가 손에 갈퀴를 쥔 채 바닥만 내려다보고 있었다. 그의 머리 위에는 한 사람이 하늘의 왕관을 손에 쥐고 갈퀴 대신 그 왕관을 잡으라고 권하고 있었으나 그 남자는 위를 올려다보지도 관심을 가지지도 않은 채 바닥에 있는 지푸라기며 나뭇가지며 먼지만 쓸어 모으고 있었다.

그러자 크리스티아나가 말했다. "이것이 뭘 의미하는지 알 것 같습니다. 이 사람은 세상에 속한 자를 나타내는 것이지요, 나리?"

해설자가 말했다. "그대 말이 맞소. 그가 손에 쥔 갈퀴는 그의 속물근성을 보여 주는 것이오. 그래서 보다시피 그는 바닥에 있는 지푸라기며 나뭇가지, 그리고 먼지를 쓸어 모으는 데만 정신이 팔린 나머지 위에서 하늘의 왕관을 가지고 그를 부르는 자의 말에는 귀를 기울이지 않는 거라오. 이것을 보면 어떤 이들에게는 천국이란 그저 사람들이 만들어 낸 허상에 불과하고, 그들은 오직 이 세상에 존재하는 것들만 가치 있게 여긴다는 것을 알 수 있소. 또한 저 남자가 아래만 바라보고 있는 것은 이 세상의 것이 인간의 마음을 사로잡아 버리면 그들의 마음까지 하나님으로부터 멀어지게 만든다는 것을 보여 주기 위함이오."

그러자 크리스티아나가 말했다. "아아, 부디 저를 저 갈퀴에서 해방시켜 주시옵소서!"

해설자가 말했다. "이제 그 기도는 구석에 처박혀서 거의 녹이 슬 지경이라오. '나를 부유하게 하지 마옵소서.'라는 기도는 1만 명 중 한 명이라도 드릴까 말까지요. 지푸라기며 나뭇가지며 먼지야말로 요즘 사람들이 가장 많이 구하는 것이라오."

그러자 자비와 크리스티아나는 울며 말했다. "맞습니다. 아아! 정말 그렇군요!"

이 방을 다 보여 준 후 해설자는 그들을 데리고 그 집에서 가장 좋은 방으로 들어갔다. 그야말로 엄청나게 화려한 방이었다. 그는 순례자들에게 방을 둘러보라고 말하고는 뭐가 보이는지 물었다. 그들은 방 안을 이리저리 둘러보았지만 보이는 거라고는 벽에 붙어 있는 엄청나게 커다란 거미밖에 없었다. 그들은 거미를 간과한 채 말했다.

자비가 말했다. "나리, 제 눈에는 아무것도 안 보이는데요."

그러나 크리스티아나는 말없이 잠자코 있었다.

해설자가 말했다. "다시 한 번 보거라."

그러자 그녀는 다시 방 안을 둘러본 후 말했다. "벽에 달라붙어 있는 징그러운 거미 말고는 아무것도 없는데요."

그러자 해설자가 말했다. "이 널따란 방 안에 단지 거미가 한 마리뿐이란 말이냐?"

그러자 이해가 빠른 크리스티아나의 눈에 눈물이 차올랐다. 그녀가 말했다. "맞습니다, 나리. 한 마리가 아닙니다. 그리고 저 거미보다도 훨씬 더 치명적인 독을 가진 거미들이지요."

그러자 해설자가 그녀를 온화한 얼굴로 바라보며 말했다. "그대 말이 맞소."

이에 자비는 얼굴을 붉혔고, 아이들은 얼굴을 손으로 감싸 쥐었다. 그들 모두 이제야 이 수수께끼를 이해하게 되었기 때문이었다.

그러자 해설자가 다시 말했다. "보다시피 저 거미는 벽에 단단히 매달려 있으나 결국은 왕궁 안에 거하고 있소. 이것을 보여 주는 이유는 그대들이 죄악이라는 독을 아무리 가득 품고 있다 할지라도 믿음의 손만 있다면 하늘의 왕궁 가운데에서도 가장 좋은 방을 쟁취하고 그 안에 거할 수 있다는 것을 깨닫게 하기 위함이오."

크리스티아나가 말했다. "저도 어느 정도 비슷한 생각은 했으나 전부 다 깨닫지는 못했습니다. 제가 생각했던 것은 우리도 거미와 같아서 아무리 아름다운 방에 있다 한들 추악한 모습을 감출 수 없다는 것이었습니다. 그러나 이처럼 해롭고 추한 거미를 통해 우리가 믿음을 행하는 법을 배울 수 있을 줄은 상상도 못했습니다. 그리고 이 거미가 이곳에 단단히 매달려서 이 집의 가장 좋은 방에 머물고 있다는 것도 말입니다. 하나님께서는 그 어떤 것도 헛되이 만드신 것이 없군요."

그들의 눈에는 벅찬 감격으로 눈물이 차올랐다. 그러나 여전히 그들은 서로를 바라보았고, 해설자에게 머리 숙여 인사를 드렸다.

그러고 나서 해설자는 그들을 암탉과 병아리들이 있는 다른 방으로 데리고 가 그들에게 잠시 방 안을 둘러보도록 했다. 그때 병아리 한 마리가 물통에 다가가서 물을 마시기 시작했다. 그런데 그 병아리는 한 번 물을 마실 때마다 고개를 들어 하늘을 쳐다보는 것이 아닌가! 해설자가 말했다. "이 자그마한 병아리가 하는 것을 잘 보고, 받은 은혜를 감사함으로 바라볼 줄 아는 태도를 배우도록 하시오. 그리고 또 뭐가 보이는지 계속 지켜보시오."

그러자 순례자들은 방 안을 주의 깊게 살펴보았고, 암탉이 병아리들을 대하는 방식에 네 가지가 있다는 것을 발견했다. 우선 암탉은 하루 종일 규칙적으로 울어 댔고, 가끔씩은 독특한 소리를 내기도 했다. 세 번째로, 암탉은 음울한 소리를 내기도 했고, 네 번째로는 퍼드덕거리며 꽥꽥대기도 했다.

해설자가 말했다. "자, 이 암탉을 주님이라고 생각하고, 이 병아리들을 주께 순종하는 자들이라고 생각해 보시오. 이 암탉처럼 주께도 주의 자녀들을 대하는 방법이 있다오. 주께서 자녀들을 수시로 부르실 때는 별다른 것을 주시지 않지만, 주께서 특별히 부르실 때면 그는 언제나 뭔가를 주시기 위함이라오. 그리고 주께서는 주의 날개 아래 있는 자들을 위해 걱정스러운 목소리를 내기도 하시고, 적이 다가

오는 것이 보일 때면 크게 소리치며 경고하시기도 하지요. 내가 그대들을 이 방으로 데려와 이것들을 보여 주는 이유는 그대들도 여자이므로 쉽게 이해할 수 있을 것이라 생각했기 때문이오."

그러자 크리스티아나가 말했다. "나리, 다른 것들도 더 보여 주십시오."

그러자 해설자는 그들을 데리고 도살장으로 들어갔다. 그곳에서는 백정이 양을 집고 있었는데, 그 양은 자신의 죽음을 묵묵히 받아들이고 있었다. 그러자 해설자가 말했다. "그대들은 이 양에게서 고난을 견디는 법을 배우고, 부당한 일에도 투덜대거나 불평하지 않고 견디는 법을 배워야만 하오. 머리끝까지 가죽이 벗겨진 채로 죽임을 당하면서도 몸부림 한 번 치지 않고 죽음을 묵묵히 받아들이고 있는 이 양을 보시오. 그대들의 왕께서도 당신들을 주의 양이라 칭하셨다오."

다음으로 그는 순례자들을 데리고 각양각색의 꽃이 피어 있는 정원으로 가서 말했다. "이것들이 보이시오?" 크리스티아나가 말했다. "네, 보입니다." 그러자 그가 다시 말했다. "이 꽃들은 제각각 키도 다르고 촉감도 색깔도 향기도 아름다움도 다 다르오. 그리고 어떤 꽃들은 다른 꽃들보다 더 아름답기도 하지요. 허나 이 꽃들은 정원사가 심은 대로 자리를 지키며 서로 다투지 않는다오."

그러고 나서 그는 순례자들을 데리고 밀과 옥수수를 심어 놓은 밭으로 갔다. 그러나 그들이 갔을 때는 작물들은 다 잘려 나간 채 줄기만 남아 있는 상태였다. 해설자가 다시 말했다. "이 땅에는 거름도 주고 땅도 일구고 씨도 뿌렸건만, 이 작물들은 어찌하면 좋겠소?" 그러자 크리스티아나가 말했다. "일부는 태워 버리고, 나머지는 퇴비로 쓰시지요." 그러자 해설자가 다시 말했다. "보다시피 중요한 것은 열매라오. 만약 열매가 없으면 불 속에 던져지거나 사람들의 발에 짓밟히게 되는 것이지요. 그러니 스스로 이런 상황에 처하지 않도록 삼가 조심하길 바라오."

밖에서 집 안으로 들어가던 그들은 커다란 거미를 물고 있는 작은 울새 한 마리를 보게 되었다.

해설자가 말했다. "여기를 보시오." 그러자 그 모습을 본 자비는 깜짝 놀랐고, 크리스티아나는 이렇게 말했다. "울새처럼 저렇게 작고 예쁜 새로서는 치욕적인 행동이 아닐 수가 없는걸요! 새들 중에서도 울새는 사람들과 가깝게 지내는 새로 알려져 있길래 저는 울새들이 빵 부스러기같이 무해한 것들만 먹고 사는 줄 알았답니다. 갑자기 울새가 싫어지네요."

그러자 해설자가 대답했다. "이 울새는 특정 부류의 사람들의 특징을 아주 적절히 나타내 주고 있소. 그 사람들도 이 울새처럼 겉으로 보기에는 음색이며 색깔, 몸짓이 아주 아름답지요. 그리고 그들은 예수를 신실하게 따르는 자들에게 크나큰 애정을 보이고, 누구보다도 그들과 함께 어울리며 교제하기를 즐기는 것처럼 보인다오. 마치 울새들이 착한 사람들의 빵 부스러기를 먹고 사는 것 같아 보이듯 말이오. 게다가 그들은 하나님의 성전에 빈번히 드나들며 많은 임무를 맡아 행하는 척하지만 그들도 혼자 있을 때는 거미를 잡아먹는 이 울새처럼 무엇이든 닥치는 대로 먹고, 악에 취하며, 죄악을 물처럼 벌컥벌컥 마셔 댄다오."

그러고 난 뒤 그들은 집으로 다시 들어왔다. 그러나 아직 저녁 식사가 준비되지 않았기에 크리스티아나는 해설자에게 유익한 것들을 좀 더 보여 주거나 말해 달라고 청했다.

그러자 해설자가 입을 열어 말했다. "살진 암퇘지일수록 진창 속에 뒹굴기를 더 즐겨 하고, 살진 황소일수록 푸줏간에 들어가기를 더욱 가벼이 여기며, 건강한 청년일수록 죄를 더욱 쉬이 범하느니라.

여인에게는 아름답고 정갈하게 가꾸고자 하는 열망이 있으나 하나

님 보시기에 값진 것으로 단장하는 것이 진정 아름다운 것이니라.[240]

하루나 이틀 밤을 깨어 경계하는 것이 1년 내내 밤을 지새우는 것보다 쉽듯이, 신앙을 고백하는 일은 끝까지 마땅히 지켜 행해야 할 것을 지키는 일보다 쉬우니라.

선장이라면 폭풍우 가운데서 가장 하찮은 것부터 배 밖으로 던져버리는 것이 당연하건만, 어느 누가 가장 귀한 것부터 내버리겠는가? 오직 주를 두려워하지 않는 자만이 그리하리라.

자그마한 틈새로 인해 배 전체가 가라앉듯이, 사소한 죄가 죄인을 파멸에 이르게 하리라.

친구의 은혜를 잊어버리는 자는 친구에게 배은망덕한 자나, 구주를 잊는 자는 스스로에게 잔인한 자니라.

죄 안에 거하면서 사후의 행복을 꿈꾸는 자는 마치 잡초를 심고서 밀과 보리로 곳간을 채우려 하는 자와 같도다.

올바르게 살고 싶다면 마지막 날을 항상 기억하고 곁에 두어 파수꾼으로 삼으라.

수군거림과 변심은 이 세상에 죄가 있다는 증거니라.

하나님께서 경시하시는 이 세상조차 사람에게 그토록 가치 있는 곳이라면, 하나님께서 칭찬하시는 천국은 어떠하겠는가!

근심으로 가득한 이 삶이 그토록 놓치기 아까운 것이라면 하늘 위의 삶은 어떠하겠는가!

모두가 사람의 덕을 치켜세우건만, 하나님의 선하심에 감동받은 이는 어디에 있는가?"

해설자는 말을 마친 뒤 순례자들을 데리고 다시 정원으로 나가서는 그들에게 나무 한 그루를 보여 주었다. 그 나무는 속은 썩어 문드러졌으나 겉으로는 여전히 잎이 돋아나 자라고 있었다.

---

240 베드로전서 3:1-4.

그러자 자비가 물었다. "이것은 무엇을 의미합니까?"

해설자가 말했다. "겉보기에는 멀쩡하지만 속으로는 썩어 문드러진 이 나무는 하나님의 뜰 안에 거하며 입으로는 하나님을 높이지만 사실은 그를 위해 아무것도 하지 않는 많은 자들을 비유한단다. 그들의 잎사귀는 그럴싸하지만 그 속으로 말할 것 같으면 고작 사탄의 불쏘시개로밖에 쓸모가 없지."

드디어 저녁 식사가 준비되어 식탁 위에 모든 음식이 차려졌다. 그들은 자리에 앉아 한 사람이 대표로 식사 기도를 한 뒤 음식을 먹기 시작했다. 해설자는 식사 도중 이따금씩 악단에게 음악을 연주하도록 하여 투숙객들을 환영하고는 했다. 그 옆에는 노래하는 사람도 한 명 있었는데, 그는 아주 아름다운 목소리로 이렇게 노래를 불렀다.

"주님만이 나의 도움이시며

주님만이 나를 먹이시네.

때에 따라 나의 필요를 채워 주시니

늘 부족함이 없으리로다."

노래와 음악이 모두 끝나자 해설자는 크리스티아나에게 순례자의 길을 가게 된 계기가 무엇인지 물었다. 크리스티아나가 대답했다. "우선 남편을 잃었다는 생각으로 인해 저는 이루 말할 수 없는 슬픔에 빠져 있었답니다. 하지만 그것은 그저 인지상정이었지요. 그러나 불현듯 제 남편이 겪어야 했던 괴로운 시간들과 그가 떠난 순례자의 길이 떠오르더니 이내 그에게 모질게 대한 제 모습이 머릿속에 떠올랐답니다. 그리고 죄책감이 물밀듯이 밀려와 하마터면 연못 속에 빠져 죽어 버릴 뻔했지요. 그런데 때마침 꿈속에서 남편의 행복한 모습을 보게 되었고, 남편이 살고 있는 곳의 왕께서 제게 편지를 보내셔서 그곳으로 오라고 명하셨답니다. 그리하여 그 꿈과 편지로 인해 저는 마음을 완전히 돌려 이곳으로 오게 되었지요."

해설자 허나 집을 떠나기 전에 반대하는 자들은 없었소?

크리스티아나 있었고말고요. 겁쟁이 부인이라는 이웃이었는데, 제 남편에게 사자를 피해 돌아가라고 재촉하던 자의 가족이었답니다. 그녀는 제가 죽으러 가는 거나 다름없고 무모한 여정이라며 저를 완전히 바보 취급했고, 제 결심을 꺾기 위해 온갖 말로 저를 구슬리더군요. 제 남편이 이 길에서 겪어야 했던 역경과 고난을 하나하나 운운하면서 말이지요. 그래도 이런 것들은 그럭저럭 잘 넘길 수 있었답니다. 그런데 저를 이 여행 가운데 어떻게 넘어뜨릴까 궁리하는 듯 보였던 꿈속의 추악한 두 남자는 제 마음을 심히 괴롭히더군요. 아직까지도 그 꿈이 뇌리에서 잊히지가 않습니다. 그래서 누군가를 만날 때마다 이자가 혹시 내게 해코지를 하여 이 길에서 돌아서게 하는 것은 아닐까 겁을 낸답니다. 그리고 실은 나리께만 말씀드리는 거지만 저희가 좁은 문으로 이 길에 들어선 후로부터 여기까지 오는 길에 어찌나 험한 공격을 당했던지 심지어는 "사람 살려!" 하고 소리까지 질러야 했다니까요. 게다가 저희를 공격한 두 사람이 제 꿈에 나왔던 그자들과 아주 닮았지 뭐예요?

그러자 해설자가 말했다. "그대의 시작이 선하니 마지막 날은 심히 창대할 것이오." 그리고 그가 이번에는 자비에게 물었다. "그럼 너는 어떻게 이곳까지 오게 되었느냐?"

그러자 자비는 얼굴을 붉히고 덜덜 떨며 한동안 아무 말도 하지 못했다.

해설자가 말했다. "두려워 말고 오직 믿음으로 마음속에 있는 말을 해 보거라."

그러자 자비가 입을 열어 말하기 시작했다. "나리, 사실은 제가 경험한 것이 심히 부족하므로 기대에 못 미칠까 두려워 감히 입을 열지 못했습니다. 저는 크리스티아나 부인처럼 나리께 들려 드릴 환상이나 꿈 이야기도 없으며, 선량한 남편의 충고를 거부한 내 자신에 대한 애통함이라는 게 어떤 건지도 모릅니다."

해설자   그럼 너를 이곳까지 오게 만든 것이 무엇이냐?

자비   여기 있는 크리스티아나 부인이 마을을 떠나기 위해 짐을 싸고 있을 무렵 저는 다른 부인과 함께 우연히 그곳에 들르게 되었지요. 그리고 문을 두드리고 안으로 들어가 부인이 짐을 싸는 걸 보고는 무슨 일이냐고 물었답니다. 그랬더니 부인은 남편을 따라가도록 부르심을 받았다고 말하더니 갑자기 꿈에서 본 남편의 모습을 우리에게 들려주기 시작하는 게 아니겠어요? 이야기를 들어 보니 부인의 남편은 휘황찬란한 곳에서 금관을 쓰고 영원한 생명을 가진 자들 가운데 거하며 왕의 식탁에서 먹고 마실 뿐만 아니라 거문고를 연주하며 그를 그곳으로 인도하신 하나님을 찬양하고 있다는 것이었어요. 그런데 이렇게 부인의 얘기를 듣다 보니 제 마음이 뜨거워지는 듯한 느낌이 드는 게 아니겠어요? 그래서 마음속으로 생각했죠. 만약 이 말이 모두 사실이라면 나도 내 부모와 고향을 떠나 크리스티아나 부인과 함께 가겠다고 말이에요. 그래서 저는 부인에게 이 모든 것이 참말인지 캐물었답니다. 그리고 더 이상 그 마을에 머물러 봤자 제게 남은 건 파멸의 위험뿐이라는 것을 깨닫게 되었고, 부인에게 저도 같이 가도 되겠냐고 물었지요. 그러나 고향을 떠나는 제 마음은 무겁기만 했답니다. 그곳을 떠나는 것이 싫어서가 아니라 마을에 두고 떠나는 여러 가족들이 마음에 걸렸기 때문이죠. 허나 저는 제게 있는 모든 열정을 쏟아 이곳까지 왔고, 감히 제가 그리해도 된다면 앞으로도 부인의 남편과 그의 왕 앞에 다다를 때까지 크리스티아나 부인과 함께 이 여정을 계속 할 것입니다.

해설자   네가 진리를 믿었으므로 너의 시작이 복되도다. 너는 나오미와 여호와를 향한 사랑으로 부모와 고향을 떠나 전에 알지 못하던 백성에게로 갔던 룻과 같구나. 여호와께서 네가 행한 일을 축복하시며, 이스라엘의 하나님 여호와께서 그의 날개 아래에 보호를 받으러 온 네게 온전한 상 주시기를 원하시니라.[241]

이윽고 저녁 식사가 끝나자 모두 잠자리에 들 준비를 했다. 여자들은 각자 홀로 방을 썼고, 소년들은 같은 방에서 잠이 들었다. 그러나 자리에 누운 자비는 벅차오르는 기쁨에 잠을 이루지 못했다. 주님께서 받아 주시지 않을지도 모른다는 두려움을 이제야 비로소 저 멀리 떨쳐 버릴 수 있었기 때문이었다. 그래서 그녀는 주님의 은혜에 감사하며 엎드려 기도하고 찬미를 드렸다.

아침이 되어 동이 트자 그들은 일어나 다시 길을 떠날 채비를 했다. 그러나 해설자는 그들에게 잠시 기다리라 이르고는 말했다. "여기서부터는 정결하게 나아가야 한다오." 그리고 그는 처음에 그들에게 문을 열어 주었던 하녀에게 말했다. "이들을 정원에 있는 욕조로 데려가 씻기고 여행 중에 묻은 먼지들을 씻어 내도록 하라."

그러자 하녀 순결은 그들을 정원에 있는 욕조로 데려가 그들에게 깨끗이 씻기를 청했다. 이는 순례 여정 중 그 집에 머물다 가는 여인들에게 내리는 주인의 명이라고 했다. 그리하여 여인들과 소년들은 모두 들어가 깨끗이 씻었고, 목욕을 끝내고 나온 그들은 상쾌하고 깨끗했을 뿐만 아니라 훨씬 더 기운이 솟아나고 뼈마디도 더욱더 튼튼해진 느낌이었다. 그리하여 그들이 돌아왔을 때는 목욕을 하러 나갔을 때보다 훨씬 더 아름다운 모습이었다.

그들이 목욕을 마친 후 정원에서 돌아오자 해설자는 그들을 보더니 말했다. "달같이 아름답구나."[242] 그리고 그는 정결해진 순례자들에게 인을 치기 위한 표를 가져오라 명했다. 그리고 그는 하인들이

---

241 룻기 2:11-12.
242 아가 6:10.

가져온 표를 그들의 미간 사이에 찍어 그들이 앞으로 가게 될 곳에서 사람들이 그들을 알아볼 수 있도록 하였다.[243] 이 표는 그들의 얼굴에 빛을 더해 주어 그들은 한결 아름다워 보였고, 또 이로 인해 후광까지 더해져 그들의 형상은 마치 천사의 형상과도 같았다.

해설자는 여인들의 시중을 드는 하녀에게 다시 명했다. "제복실로 가서 이들에게 입힐 옷들을 가져오너라." 그러자 하녀는 가서 흰 겉 옷을 가져와 그의 앞에 내려놓았고, 그는 순례자들에게 옷을 입으라 명했다. 그것은 새하얗고 깨끗한 세마포 옷이었다. 여인들은 이 옷을 입고 나자 서로를 두려워하는 눈치였다. 자신이 내뿜는 광채는 보지 못한 채 상대방이 내뿜는 광채만을 보았기 때문이었다. 그래서 그들은 자기 자신보다 상대방을 더욱 높이 여기기 시작했고, 한 사람이 "네가 나보다 더 아름답다."고 말하면 상대방은 "부인이 저보다 훨씬 아름답습니다."고 말하고는 했다. 아이들 또한 자신들이 입은 옷을 바라보며 찬탄하며 서 있었다.

그러자 해설자는 고결이라는 남종을 불러 검과 투구와 방패를 가져오라 명하고는 말했다. "나의 딸들과 함께 가서 아름다움이라 불리는 집까지 안내해 주도록 하여라. 오늘 밤은 이 여인들이 그곳에서 쉬어 가게 될 터이니." 그러자 남종은 무기를 챙긴 뒤 앞장서 걸어갔다. 해설자가 외쳤다. "부디 성공을 빌겠소!" 그러자 그 집에 사는 가족들도 순례자들을 배웅하며 행복을 빌어 주었고, 순례자들은 길을 가며 노래를 불렀다.

"우리 여정의 두 번째 단계를 막 지났네.
이곳에서 우리는 눈으로 보고 귀로 들었네.
오랫동안 많은 이에게 감추어졌던
유익하고 진귀한 비밀들을!

---

[243] 에베소서 1:13; 출애굽기 13:9.

헛된 것들만 모아 거름 더미를 쌓는 자와,
거미와 암탉과 병아리도
내게 깨달음을 주었으니
깨달은 바대로 지켜 행하세.
도살장의 양과, 정원의 꽃들과, 밭에 떨어진 작물과,
울새와 그 입의 먹이와,
썩어 문드러진 나무까지도,
나를 강하게 꾸짖어 변화시키네.
그러니 늘 깨어 기도하고,[244]
늘 한결같은 모습을 힘써 지키며,
매일매일 나의 십자가를 지고
경외함으로 주 앞에 나아가세."

4

꿈속에서 그들은 계속 길을 갔고, 고결은 앞장서서 나아갔다. 이윽고 그들은 크리스천의 어깨에서 짐이 흘러내려 돌무덤 속으로 굴러 떨어졌던 그곳에 이르렀다. 그러자 그들은 그곳에 잠시 멈춰 하나님을 찬양했다. 크리스티아나가 말했다. "문득 좁은 문에서 들었던 말이 떠오르는구나. 말씀과 행함을 통해 우리가 용서를 얻을 수 있다고 하신 말씀 말이다. 말씀은 언약을 의미하고, 행함은 용서를 이루시는 방식을 의미한다고 하셨는데, 그 언약이 무엇인지는 어느 정도 알겠으나 행함이나 용서를 이루시는 방식이라는 것은 뭔지 잘 모르겠구나. 고결 나리, 나리는 아시지요? 괜찮다면 이에 대해 가르쳐 주실

---

[244] 마태복음 26:41; 마가복음 13:33, 14:38.

수 있습니까?"

고결 행함을 통한 용서란 누군가가 용서를 필요로 하는 다른 사람을 위해 이루어 주는 용서를 뜻한다오. 용서를 받는 사람이 아니라 주는 쪽이 말하길 내가 이 길을 통해 용서를 이루었다 말할 수 있는 것이지요. 그러니 질문에 한마디로 대답한다면 그대와 자비, 그리고 아이들이 얻은 용서는 다른 누군가에 의해 얻어진 용서라고 할 수 있다오. 좁은 문에서 당신들을 맞아 주었던 바로 그분 말이오. 그리고 그분께서는 이 두 가지 방법으로 용서를 이루셨소. 그의 의로 그대들을 덮어 주셨고, 스스로 피를 흘림으로써 그대들의 죄를 씻어 주셨소.

크리스티아나 대단하군요! 이제야 우리가 말씀과 행함으로 용서를 받았다는 것이 무슨 의미였는지 알겠습니다. 자비야, 이것을 우리가 마음 깊이 새기도록 하자꾸나. 그리고 아이들아, 너희도 이것을 잘 기억하거라. 그런데 나리, 혹시 제 남편 크리스천을 어깨에 멘 짐에서 해방시키고, 그를 기쁨으로 펄쩍펄쩍 뛰게 한 것이 바로 이 가르침 아닌가요?

고결 그렇소. 이것에 대한 믿음이 아니었다면 다른 방법으로는 어깨에 멘 짐을 끊어 버릴 수가 없었을 것이오. 그리고 그가 십자가 앞에까지 짐을 지고 와야 했던 것도 이러한 믿음의 힘을 알게 하기 위한 것이었다오.

크리스티아나 왠지 그런 것 같았습니다. 이전에도 물론 마음이 가볍고 즐거웠기는 했지만 이제는 예전보다도 열 배는 더 가볍고 즐거우니까요. 그리고 아직 잘 모르긴 몰라도 왠지 제가 느낀 바대로라면 아무리 세상에서 가장 무거운 짐을 진 자라도 저처럼 이곳에 와서 보고 믿으면 마음이 즐겁고 평안해질 것만 같습니다.

고결 이것들을 보고 묵상함으로써 우리가 얻을 수 있는 것이 비단 마음의 평안과 짐으로부터의 해방뿐만은 아니오. 그보다도 이것으로 인해 우리 마음속에는 사랑하는 마음이 싹트게 되는 것이지요. 생각해 보시오. 용서가 단지 말뿐이 아니라 이러한 행함을 통해 이루어진다는 것을 단 한 번이라도 생각해 본 사람이 있다면 어느 누구라도 그리스도께서 우리의 죄를 사하여 주시기 위해 가셨던 길과 행하신 일에 감동을 받고 주를 사모하게 되지 않겠소?

크리스티아나 맞습니다. 주께서 저를 위해 피를 흘리신 것을 생각하면 제 가슴이 찢어지는 듯합니다. 오, 자비로우신 주님! 오, 찬양받으실 주님! 주께서 저를 속량하셨으니 제가 주께로 감이 마땅하나이다. 주께서 보잘것없는 저를 위해 만 배나 값을 치르셨으니 제 모든 것을 주께 드림이 마땅하나이다. 제 남편이 이것을 보고 눈물을 글썽인 것도, 그리고 그렇게 가벼운 발걸음으로 나아간 것도 전혀 이상할 게 없습니다. 그는 제가 함께 가기를 소원했겠지요! 하지만 타락하고 추악한 제 마음이 그를 혼자 가도록 내버려 두었습니다. 아아, 자비야, 너의 부모가 함께 있었더라면 얼마나 좋았겠느냐! 그래, 겁쟁이 부인도 함께 왔더라면! 아니다, 이제 심지어는 음녀 부인이 함께 오지 않은 것이 마음속 깊이 사무치는구나! 틀림없이 그들의 마음도 변화될 수 있었을 텐데! 겁쟁이 부인의 두려움도, 음녀 부인의 강한 욕망조차 의로운 순례자의 길을 거부하고 집으로 돌아가게 만들 수는 없었을 텐데!

고결 그대의 말에서 애통하는 마음이 느껴지는구려. 허나 앞으로도 늘 그런 마음을 간직할 수 있겠소? 그리고 이런 깨달음은 누구에게나 주어지는 것이 아니라오. 예수의 피 흘리심을 보았다고 해서 누구나 깨달음을 얻는 것은 아니란 말이지요. 예수께서 그의 심장으로부터 땅 위로 피를 흘리시는 모습을 서서 지켜보던 자들 중에서도 어떤 이들은 이런 깨달음을 얻지 못한 채 슬퍼하기는커녕 예수님을 비웃었고, 그의 제자가 되기는커녕 그를 모질게 외면하곤 했다오. 그러니 그대들은 내가 들려준 이야기를 묵상함으로써 기묘한 영감을 얻어 깨달음에 이르게 된 것이라오. 말하자면 각별한 은혜였다고 할 수 있지요.

꿈속에서 계속 그들을 따라가자 그들은 이윽고 크리스천이 여행하는 동안 안이함, 나태함, 그리고 건방짐이 누워 자고 있던 곳에 이르렀다. 그들은 길 건너 한쪽에 쇠사슬로 목이 매달려 죽어 있었다.

그러자 자비가 안내자이자 보호자인 고결에게 물었다. "저 세 사람은 누구길래 저렇게 목이 매달려서 죽고 말았습니까?"

고결 저 세 사람은 아주 질이 나쁜 자들이었소. 스스로 순례자가 될 마음이 없었을 뿐만 아니라 어떻게든 다른 사람들의 길을 막으려 애를 썼지요. 그리고 저들은 스스로 나태함과 우매함에 빠져 있었을 뿐만 아니라 다른 사람들까지도 나태하고 우매하게 만들어 결국은 모두 잘될 거라 여기도록 만들었다오. 크리스천이 지나갈 때는 자고 있더니, 이제는 목이 매달리고야 말았군요.

자비 그럼 그들의 꾐에 넘어간 자들이 있단 말인가요?

고결 그렇소. 그들 때문에 이 길을 벗어난 자들이 몇 있지요. 느린 걸음이라는 자도 그들의 꾐에 넘어갔고, 냄비 근성이라는 자도 그러했으며, 무관심, 욕망에 탐닉하는 자, 잠꾸러기, 그리고 권태라는 젊은 여인까지도 그들처럼 변심하여 다른 길로 가 버렸다오. 게다가 이 세 사람은 하나님이 굉장히 혹독하고 엄한 사람이라 말하며 여호와에 대해 거짓 증언을 일삼았으며, 천국도 사람들이 좋다고 말하는 것의 중간에도 못 미친다며 악담을 퍼붓곤 했소.[245] 그리고 심지어는 주의 종들에 대해서도 다들 오지랖 넓은 참견쟁이에 불과하며 매우 성가신 사람들이라고 욕되이 일컫기 시작했다오. 게다가 주께서 주시는 양식을 빛 좋은 개살구라 말하고, 주의 자녀들이 누리게 될 평안

---

[245] 여호수아 13:32, 14:36–37.

을 망상이라 일컬었으며, 순례자들의 고된 여정도 아무짝에 쓸모없는 일이라 욕했다오.

크리스티아나가 말했다. "아무리 그래도 그런 말로는 저를 미혹하지 못했을 거예요. 결국 그에 합당한 벌을 받게 되었군요. 그래도 저들이 큰길가에 매달려 있으니 다른 이들이 와서 보고 교훈으로 삼을 수 있어 다행인 듯합니다. 허나 그들의 죄명을 철이나 놋쇠 판 위에라도 새겨, 그들이 죄악을 범한 이곳에 남겨 두면 다른 악인들이 경고로 삼지 않겠어요?"

고결　이미 그렇게 해 두었소. 벽 쪽으로 조금만 가까이 가 보면 보일 것이오.

자비　아뇨. 그냥 저대로 매달려서 그들의 이름이 썩게 내버려 두는 게 좋겠어요. 그들의 죄악은 평생 사람들의 입에 오르내릴 테니까요. 우리가 이곳에 오기 전에 저들이 심판을 받은 게 천만다행이군요. 저 사람들이 우리 같은 약한 여자들에게 무슨 짓을 했을지 누가 알겠어요?

그러자 그녀는 노래를 부르기 시작했다.

"거기 매달린 세 명의 악인들이여,
너희는 진리에 맞서 연합하는 모든 이들에게 경고가 되는구나.
우리 뒤에 오는 이들 중 순례자들의 적이 있다면
저들과 같이 되지 않도록 주의하라.
그리고 나의 영혼아! 너는 삼가
거룩함에 맞서는 모든 자를 주의하라!"

이윽고 그들은 역경의 언덕 아래에 이르렀고, 다시금 안내자 고결은 크리스천이 그곳을 지날 때 어떤 일들이 있었는지 그들에게 알려 줄 기회라 여겼다.

그는 우선 순례자들을 시냇가로 데려간 뒤 말했다. "이럴 수가! 크리스천이 이 언덕을 오르기 전 이 시냇물을 마셨을 때는 깨끗하고 맑은 물이었건만, 이제는 순례자들이 이곳에서 목을 축이는 것을 싫어하는 자가 물을 더럽히고 말았구려!"[246] 그러자 자비가 물었다. "그런데 그들은 왜 그렇게 심술을 부리는 걸까요?" 안내자가 말했다. "물을 떠서 크고 깨끗한 통에 담아 두면 더러운 것들은 다 바닥에 가라앉고 맑은 물만 남을 테니 괜찮을 거요." 그러자 크리스티아나와 일행은 그의 말에 따라 물을 떠서 옹기 병에 담아 놓아둔 후 더러운 것들이 바닥에 가라앉자 물을 마셨다.

다음으로 그는 순례자들에게 형식주의자와 위선자가 길을 잃고 말았던 언덕 아래의 두 갈래 길을 보여 주며 말했다. "이쪽 길들은 위험하다오. 크리스천이 이곳을 지나갔을 무렵에도 두 사람이 이곳에서 길을 잃었소. 그리고 보다시피 이 길들은 굴레와 말뚝과 도랑으로 가로막혀 있지만 사람들은 이 언덕을 힘들게 올라갈 바에는 차라리 이 길로 들어가고자 한다오."

크리스티아나 죄인들의 길은 험한 법이지요. 목이 부러지지 않고 이 길로 들어갈 수 있다는 게 놀라울 따름이네요.

고결 그들은 위험을 무릅쓰고라도 갈 거요. 만약 주의 종들이 그들을 보고 불러 그들이 가는 길은 그릇되고 위험한 길이니 조심하라고 외쳐도 그들은 주의 종들을 조롱하며 대답할 것이오. "네가 여호와의 이름으로 우리에게 하는 말은 우리가 듣지 않을 것이며, 우리 입으로 뱉은 말은 우리가 반드시 지켜 행할 것이니라."[247] 자, 조금만 더 내다보더라도 경고의 표시를 적잖이 발견할 수 있소. 말뚝과 도랑과 굴레도 그렇거니와 심지어 울타리가 가로막고 있지 않소? 그런데도 그들은 저곳으로 굳이 가려 한다는 말이오.

---

246 에스겔 34:18.
247 예레미야 44:16~17.

크리스티아나 그들은 게을러서 힘든 길을 싫어하므로 언덕 위로 난 길은 싫어하는 거지요. '게으른 자의 길은 가시 울타리 같으니라.'[248] 고 한 말씀이 그들을 두고 하신 말씀인가 봅니다. 결국 그들은 이 언덕을 올라가 성읍까지 이 길을 따라가느니 차라리 덫이 놓인 길을 가고 말 겁니다.

그리고 그들은 발걸음을 옮겨 언덕을 오르기 시작했다. 그러나 언덕을 오르던 크리스티아나는 정상에 닿기도 전에 숨을 헐떡이며 말했다. "정말 힘겨운 언덕이네요. 영혼보다 육체의 편안함을 추구하는 자들이 왜 더 쉬운 길을 택하는지 이제 알 것 같습니다." 그러자 자비가 말했다. "저는 좀 앉아야겠어요." 네 아이들 중 막내는 울기 시작했다. 그러자 고결이 말했다. "자, 자, 조금만 더 올라가면 왕의 정자가 있으니 여기서 주저앉지 맙시다." 그리고 그는 막내를 한쪽 팔에 안고 위로 올라갔다.

뜨거운 뙤약볕 아래 마침내 정자에 도착한 그들은 그 자리에 털썩 주저앉았다. 그러고는 자비가 말했다. "힘써 일한 자에게 휴식만큼 달콤한 것이 있겠습니까? 순례자들을 위해 이와 같이 쉼터를 마련해 주신 것도 주님의 크신 은혜이지요! 이 정자에 대해 들어 본 적은 많지만 실제로 보기는 처음입니다. 그러나 여기서 잠이 들지 않도록 조심해야 해요. 듣기로는 크리스천 나리께서 여기서 잠이 들어 괜한 고생을 하셨다고 하더라고요."

그러자 고결이 어린아이들에게 말했다. "자, 꼬마들아, 좀 어떠냐? 순례자의 길을 간다는 것이 어떤지 말해 보거라."

그러자 막내가 말했다. "나리, 아까는 정말 숨이 차서 죽을 뻔했는데 제 필요를 아시고 도와주셔서 감사합니다. '천국에 이르는 길은 사다리를 올라가는 것과 같고, 지옥에 이르는 길은 언덕을 내려가는

---

248 잠언 15:19.

216

것과 같다.'고 어머니께서 제게 해 주셨던 말씀이 기억납니다. 그러나 저는 죽음으로 치닫는 언덕을 내려가느니 생명으로 향하는 사다리를 올라가겠습니다.

그러자 자비가 말했다. "그러나 속담에 이르기를 '언덕을 내려가는 것이 쉽다.'고 하지 않았니?"

그러나 막내 야고보는 말했다. "내려가는 것이 가장 험난해지는 날이 조만간 올 거예요."

그러자 고결이 말했다. "참으로 기특한 아이로구나. 너의 대답이 옳다."

그러자 자비는 미소를 지었고, 작은 소년은 얼굴을 붉혔다.

크리스티아나가 말했다. "자, 앉아서 좀 쉬는 동안 뭐라도 좀 먹지 않으련? 떠나기 전에 해설자 나리께서 내게 주신 석류 한 개와 벌꿀 한 조각과 작은 성령수[249] 한 병이 있단다."

자비가 말했다. "어쩐지 나리께서 부인을 따로 부르시기에 뭔가 주시는가 보다 했어요."

크리스티아나가 말했다. "그래, 맞다. 허나 자비야, 우리가 맨 처음 집을 나설 때 내가 말했듯이 나는 언제까지나 내가 가진 좋은 것들을 너와 나눌 것이다. 네가 기꺼이 나와 동행해 주었으니 말이다."

그리고 그녀는 음식을 나눠 주었고, 자비와 아이들은 먹기 시작했다. 크리스티아나가 고결에게 물었다. "나리, 저희와 함께 먹을 것 좀 드시겠습니까?"

그러나 그는 말했다. "그대들은 순례자의 길을 가는 중이고, 나는 곧 돌아갈 몸이오. 그것들을 먹으면 당신들에게 많은 도움이 될 거요. 나는 집에서 그것들을 매일 먹는다오."

그리고 그들이 먹고 마시며 한동안 이야기를 나누고 난 뒤 안내자

---

249 고린도전서 12:13.

가 말했다. "날이 점점 기울고 있으니 조금 기운이 회복되었다면 다시 떠날 채비를 하는 것이 좋겠소." 그러자 그들은 길을 가기 위해 일어났고, 소년들이 앞장서 걸어갔다. 그러나 크리스티아나가 성령수 물병을 두고 오는 바람에 물병을 가지러 아들을 되돌려 보내야만 했다.

그러자 자비가 말했다. "아무래도 이곳은 상실의 자리인 것 같아요. 크리스천 니리는 여기서 두루마리를 잃어버렸고, 크리스티아나 부인은 물병을 놓고 왔으니 말이에요. 나리, 대체 이유가 뭔가요?"

그러자 안내자가 대답했다. "잠을 자거나 주의를 소홀히 했기 때문이지요. 누군가는 깨어 있어야 할 때임에도 불구하고 잠이 들고, 누군가는 기억해야 할 것을 잊곤 한다오. 바로 이러한 까닭에 순례자들은 쉼터에서 종종 뭔가를 잃어버리곤 하지요. 순례자들은 가장 기쁜 순간에도 늘 깨어 그들이 받은 것들을 기억해야 하오. 그러나 그렇게 하지 못할 경우 기쁨의 순간들은 종종 눈물로 끝을 맞이하며, 화창한 하늘은 먹구름에 가려지게 되지요. 크리스천이 이곳에서 겪은 일들을 생각해 보시오."

이윽고 그들은 의심덩어리와 겁쟁이가 크리스천을 만나 사자를 피해 돌아가라고 재촉했던 곳에 이르렀다. 그곳에는 처형대 같아 보이는 것이 놓여 있었고, 그 앞에는 커다란 패가 길을 향해 세워져 있었다. 패에는 그곳에 처형대를 세운 이유가 적혀 있었고, 그 위에는 다음과 같은 시구가 적혀 있었다.

"이 처형대를 본 자들이여,
생각과 혀를 삼가 조심하라.
그렇지 않으면 그 옛날 누군가처럼
이곳으로 달음박질하게 되리라."

이 시구 아래에는 다음과 같이 적혀 있었다. "이 처형대는 순례 여정 가운데 두려움과 불신으로 인해 더 이상 앞으로 나아가기를 두려워하는 자들을 처형하기 위하여 세워졌다. 의심덩어리와 겁쟁이 또한 크리스천의 여정을 막으려 하였으므로 이 처형대에서 인두로 혀가 지져진 바 있다."

그러자 자비가 말했다. "여호와의 사랑을 입은 자가 했던 말과 흡사하군요. '너 속이는 혀여, 무엇을 네게 주며 무엇을 네게 더할꼬? 장사의 날카로운 화살과 로뎀나무 숯불이리로다.'[250]"

그들이 계속해서 길을 가자 마침내 그들 앞에 사자들이 모습을 드러냈다. 고결은 용감한 사내라 사자를 겁내지 않았으나, 앞에 가던 소년들은 사자들이 있는 곳에 다다르자 뒤로 움찔했고, 사자에 대한 두려움으로 뒷걸음질 쳐서는 뒤에 숨고 말았다.

그러자 안내자는 웃으며 말했다. "소년들아! 너희는 아무런 위험이 없을 때는 앞장서 가더니 어찌 사자들이 나타나자마자 뒤로 숨어 버리는 게냐?"

고결은 앞장서 올라가면서 순례자들이 사자를 겁내지 않고 지나갈 수 있도록 검을 꺼내 들었다. 그때 마치 사자들을 도와주러 온 듯 보이는 사내가 나타나서 순례자들의 안내자에게 물었다. "이곳에는 무슨 일로 왔느냐?" 그 사내는 순례자들을 죽이는 잔혹함이라는 자로, 거인족에 속하는 자였다.

그러자 순례자들의 안내자가 말했다. "이 여인들과 아이들은 순례자의 길을 가고 있는데, 이 길을 지나가야 하오. 그러므로 당신과 사자가 막아선다 해도 우리는 이 길을 기필코 지나갈 것이오."

잔혹함 이 길은 너희가 갈 길이 아닐뿐더러 결코 너희는 여길 지나가지 못할 것이다. 내가 너희를 막으러 왔으니 나는 끝까지 사자들을 도울 것이니라.

---

250 시편 120:3-4.

어쩐지 무시무시한 사자들과 그들을 도우러 온 자의 험상궂은 태도로 인해 한동안 이 길을 드나든 사람이 없었는지 길에는 잡초가 무성하게 자라 있었다.

그러자 크리스티아나가 말했다. "비록 이전에는 대로가 비었고 행인들은 오솔길로 다녔으나 이제는 내가 일어나 이스라엘의 어머니가 되었으니 이와 같지 아니하리라."[251]

"어림없는 소리." 진혹함이 사자를 걸고 맹세하며 결코 그곳을 지나갈 수 없을 테니 돌아가라며 순례자들을 향해 윽박질렀다.

그러나 안내자 고결은 잔혹함에게 먼저 다가가 검으로 그를 세차게 공격했고, 그에 의해 사내는 뒤로 밀려나고 말았다.

그러자 사자들을 도우러 온 자가 말했다. "네가 정녕 내 땅에서 나를 죽이려 하느냐?"

고결 우리가 있는 곳은 주님의 대로며 당신이 사자를 놓은 곳도 역시 주님의 땅이오. 그러니 아무리 이 여인들과 아이들이 연약하고 사자가 막아선다 하더라도 이들은 가야 할 길을 갈 것이오.

말이 끝나기가 무섭게 그는 다시 한 번 검을 세차게 내리쳤고, 이에 사내는 바닥에 무릎을 꿇었다. 그러자 그의 투구는 동강이 났고, 고결이 한 번 더 검을 휘두르자 이번엔 사내의 팔이 떨어져 나갔다. 거인은 흉측한 목소리로 포효했고, 그 목소리에 여인들은 겁에 질렸으나 바닥에 쓰러져 있는 거인을 보며 안도의 한숨을 내쉬었다. 게다가 사자들은 모두 사슬에 묶여 있어 사내가 없이는 어떤 공격도 가할 수 없었다.

마침내 사자들을 도우러 왔던 잔혹함이 죽자 고결은 순례자들에게 말했다. "자, 이제 사자들도 절대 우리를 공격할 수 없으니 어서 갑시다." 그리하여 그들은 안내자를 따라 걸어갔다. 그리고 비록 사자를

---

251 사사기 5:6-7.

지나가는 동안 여인들은 무서움에 떨었고 아이들 또한 죽을상을 짓긴 했으나, 결국 그들 모두 무사히 그곳을 벗어날 수 있었다.

5

드디어 문지기의 오두막이 보이기 시작했고, 순례자들은 곧 오두막 앞에 이르렀다. 특히 밤에 여행하기는 위험한 곳이었으므로 그들은 더욱더 발걸음을 재촉했다. 마침내 대문 앞에 이르러 안내자가 문을 두드리자 문지기가 "밖에 누구시오?"라고 외쳤다. 안내자가 "접니다."라고 말하자 문지기는 그의 목소리를 곧바로 알아채고는 아래로 내려왔다. 전에도 안내자가 다른 순례자들을 이끌고 이곳에 온 적이 종종 있었기 때문이었다. 문지기는 내려와서 문을 열어 주고는 안내자 뒤에 서 있는 여인들은 보지 못한 채 문 앞에 서 있는 안내자를 보며 말했다. "아, 고결 양반! 이렇게 늦은 시간에 여기까지는 웬일이오?"

고결이 말했다. "주인님의 지시에 따라 순례자들이 여기에서 묵어갈 수 있도록 데리고 왔습니다. 더 일찍 올 수도 있었는데, 어떤 거인이 사자들을 도우러 나타나서는 우리를 막아서지 뭡니까? 그래서 길고 따분한 싸움 끝에 그를 물리친 뒤 순례자들을 이곳까지 안전하게 데리고 왔습니다."

문지기 들어가서 하룻밤 자고 아침에 갈 테요?

고결 아, 아닙니다. 저는 오늘 밤 주인님께 돌아가야 합니다.

크리스티아나 아아, 나리, 이 길에 저희만 두고 가신다니 눈앞이 캄캄합니다. 나리께서는 저희를 위해 크나큰 헌신과 사랑을 보여 주셨을 뿐만 아니라 적에 맞서 용감하게 싸우기도 하셨으며 저희에게 따뜻한 충고도 아끼지 않으셨습니다. 저희에게 베풀어 주신 은혜는 평생 잊지 못할 것입니다.

그러자 자비가 말했다. "여정이 끝날 때까지 나리께서 저희와 함께 가 주신다면 얼마나 좋을까요? 저희같이 연약한 여인들이 어찌 친구도 보호자도 없이 이런 고난들로 가득 찬 길을 계속 갈 수 있겠습니까?"

그러자 소년들 중의 막내 야고보가 말했다. "제발요, 나리, 저희와 함께 가시면서 저희를 도와주시면 안 될까요? 저희는 너무 연약하고 길은 너무 위험하니까요."

고결 나는 그저 주인님의 지시에 따를 뿐이오. 주인님께서 내게 그대들을 끝까지 안내하라 허락하신다면 기꺼이 섬기겠으나, 이와 관련해서는 그대들이 애초에 실수한 듯하오. 주인님께서 내게 이곳까지 그대들을 안내하라 명하셨을 때 그대들이 끝까지 나와 함께 가게 해 달라고 주인님께 청했더라면 주인님께서 청을 들어주셨을 텐데 말이오. 허나 지금으로서는 나는 돌아가야 하니, 자, 크리스티아나, 자비, 그리고 아이들이여, 잘 있으시오.

그러자 문지기 깨어 있는 자는 크리스티아나에게 어디에서 온 어느 집안 사람인지 물었고, 그녀가 대답했다. "저는 멸망의 성읍에서 온 과부입니다. 제 남편은 죽었답니다. 제 남편의 이름은 순례자 크리스천입니다."

그러자 문지기가 외쳤다. "이럴 수가! 그가 당신 남편이었소?"

그녀가 말했다. "그렇습니다. 그리고 이 아이들은 그의 아들들입니다." 그리고 그녀는 자비를 가리키며 말했다. "그리고 이 아이는 저의 마을 이웃이랍니다."

그러자 문지기는 여느 때처럼 종을 울렸고, 이에 겸손이라는 하녀가 대문으로 나왔다. 문지기가 하녀에게 말했다. "가서 안에 있는 사람들에게 크리스천의 아내 크리스티아나와 그녀의 아이들이 순례 여정 가운데 이곳에 왔다고 전하거라."

그러자 하녀는 안으로 들어가 말을 전했다. 그런데 이게 웬일인가! 하녀의 입에서 그 말이 떨어지기가 무섭게 안에서는 기쁨의 함성이 터져 나오는 게 아닌가!

이내 사람들은 문지기에게로 달려 나왔고, 집 안에 있는 사람들은 아직도 대문 앞에 서 있는 크리스티아나를 보며 외쳤다. "들어오시오, 크리스티아나! 들어오시오, 의인의 아내여! 들어오시오, 축복받은 여인이여! 그리고 함께 온 이들도 모두 다 들어오시오!"

그러자 그녀가 안으로 들어갔고, 아이들과 일행도 그녀를 따라 들어갔다. 그들이 들어가자 사람들은 그들을 아주 커다란 방으로 안내하고는 앉으라 말했고, 그들이 자리에 앉자 그 집의 주인이 나와 그들을 환영했다. 그러고는 사람들이 들어와 서로를 소개하고 입맞춤으로 인사를 나누며 말했다.[252] "주님의 은총을 입은 자들이여, 환영하오. 정말 잘 오셨소!"

밤이 꽤 깊은지라 순례자들은 고된 여정으로 인해 지쳐 있었고, 게다가 혈투와 무시무시한 사자들을 보고 난 뒤라 기진맥진한 상태였다. 그래서 그들은 가능한 한 빨리 잠자리에 들고 싶다고 말했으나 그 집의 식구들이 말했다. "그럴 게 아니라 우선 고기라도 몇 점 드시면서 기운을 차리시지요." 문지기가 그들이 온다는 이야기를 미리 듣고는 안에 있는 사람들에게 일러두어 양고기와 그에 곁들일 소스를 이미 준비해 놓은 터였기에 그들은 저녁 식사를 하고 찬송가를 부르며 기도를 마친 뒤 자러 가기를 청했다.

크리스티아나가 말했다. "만약 실례가 안 된다면 제 남편이 이곳에 왔을 때 묵었던 방을 써도 되겠습니까?"

그러자 가족들은 그들을 그 방으로 안내해 주었고, 그들은 그 방에서 모두 함께 잠자리에 들었다. 그리고 자리에 누운 크리스티아나와 자비는 두런두런 이야기를 나누기 시작했다.

크리스티아나 남편이 순례자의 길을 떠났을 때만 해도 내가 그를 따라갈 거라는 생각은 전혀 하지 못했는데.

자비 그리고 예전에 나리가 묵었던 방의 침대에서 지금 이렇게 잠을 청하게 될 줄도 전혀 모르셨겠지요.

크리스티아나 더더군다나 두 번 다시 그의 행복한 모습을 보게 될 거라고는 상상도 못했을뿐더러 주 여호와를 함께 섬기게 될 줄도 몰랐단다. 이제는 의심의 여지가 없지만 말이야.

자비 들어 보세요! 저 소리가 들리세요?

크리스티아나 그래, 나도 들리는구나. 아마 우리가 이곳에 온 걸 기뻐하는 음악 소리인 듯싶다.

자비 정말 굉장하네요! 우리가 온 걸 환영하는 음악 소리가 집 안 곳곳에 가득하고, 제 마음속과 천국에도 울려 퍼지고 있어요!

그들은 한동안 그렇게 담소를 나누다가 잠이 들었고, 아침이 되어 잠에서 깨자 크리스티아나는 자비에게 물었다. "무슨 일로 그렇게 잠결에 웃었던 게냐? 꿈이라도 꾸었나 보구나."

자비 맞아요. 그것도 정말 행복한 꿈이었답니다. 그런데 정말 제가 웃었단 말이에요?

크리스티아나 그래. 그것도 정말 기쁘게 웃더구나. 자, 어서 무슨 꿈이었는지 말해 다오.

자비 꿈속에서 저는 홀로 외딴곳에 앉아 마음의 괴로움으로 인해 한탄하며 울고 있었답니다. 그런데 얼마 되지 않아 많은 사람이 제가 하는 말을 들으려고 제 주위로 몰려드는 게 아니겠어요? 그래서 그들이 귀 기울여 듣는 가운데 저는 마음의 고통을 털어놓기 시작했지요. 그러자 그중 몇몇은 저를 비웃었고, 몇몇은 저를 바보라고 놀려 댔으며, 어떤 이들은 저를 이리저리 밀치기도 했어요. 그런데 그때 위를 올려다보자 누군가가 날개를 달고 제게로 내려오는 것이 보였어요. 그리고 그는 제게 곧장 다가와 말씀하셨죠. "자비야, 무엇이 너를 번민케 하느냐?" 그래서 제가 그분께 제 마음속의 고통을 호소하자 그가 들으시고 "평안하라." 말씀하시고는 그분의 손수건으로 제 눈물도 닦아 주셨답니다. 그러고는 저를 금과 은으로 입히시고, 목에는 목걸이를, 귀에는 귀걸이를 걸어 주신 뒤 머리에는 화려한 왕관도 씌워 주셨어요.[253] 그리고 제 손을 잡으며 말씀하셨답니다. "자비야, 나를 따라오너라." 그러고는 위로 올라가셨고, 그를 따라가자 금으로 된 문이 나타났어요. 그가 문을 두드리자 안에 있던 자들이 문을 열어 주었고, 그분이 안으로 들어가셨죠. 그래서 저도 그를 따라 주께서 앉아 계신 보좌 앞까지 나아갔어요. 그러자 주께서 제게 말씀하셨죠. "어서 오너라, 내 딸아!" 그곳은 마치 별이나 태양과도 같이 밝게 빛났답니다. 그리고 그곳에서 부인의 남편도 본 듯했어요. 그러고는 꿈에서 깨어났답니다. 그런데 정말 제가 웃었다고요?

크리스티아나 그렇다니까! 스스로 행복한 모습을 보았으니 그럴 만도 하지. 내가 보기에는 좋은 꿈인 것 같구나. 네가 그 꿈의 전반부를 실제로 겪기 시작했으니 후반부 또한 이루어질 것이다. '사람이 침상에서 졸며 깊이 잠들 때나 꿈에나 밤에 환상을 볼 때에 하나님은 한 번 말씀하시고 다시 말씀하시나 사람은 관심이 없도다.'[254]라는 말씀이 있지 않느냐? 주께서는 우리가 잠들어 있을 동안 우리를 찾아오셔서 그의 음성을 듣게 하신단다. 주께서는 종종 잠든 우리의 마음을 깨우셔서 마치 우리가 깨어있을 때처럼 말씀과 교훈과 표적과 비유

---

253 에스겔 16:8-13.
254 욥기 33:14-15.

를 통해 말씀하시곤 하지.

자비 이런 꿈을 꾸어 정말 기뻐요. 머지않아 이 꿈이 이루어져서 제가 다시 웃을 수 있었으면 좋겠어요.

크리스티아나 이제 일어나야 할 것 같구나. 이제 어찌하면 좋을지 생각해 보자꾸나.

자비 만약 사람들이 우리가 며칠 더 머물고 가길 권하면 기꺼이 제안을 받아들이는 것이 어떨까요? 한동안 머무르면서 이곳에 사는 아씨들과 더 친해지고 싶어서요. 현명과 경건과 너그러움 아씨들은 아주 착하고 현명한 것 같더라고요.

크리스티아나 그래, 일단 내려가 보자꾸나.

그들이 자리에서 일어나 단장을 하고 아래층으로 내려가니 사람들은 그들에게 잠자리는 편안했는지 물었다.

자비가 말했다. "아주 편안했습니다. 지금껏 살면서 묵었던 곳들 중 가장 훌륭했답니다."

그러자 현명과 경건이 말했다. "만약 여기서 좀 더 머물다 가신다면 더 좋은 것들을 해 드릴 수 있답니다."

너그러움이 말했다. "맞아요. 그렇게 하셨으면 좋겠어요."

그리하여 그들은 제안을 받아들였고, 그곳에서 한 달 이상을 머물며 그들은 서로에게 아주 큰 도움이 되어 주었다.

이 순례자들이 이곳에서 일주일쯤 머물렀을 무렵, 자비에게 호감을 내비치는 한 손님이 나타났다. 분주한 자라고 불리는 이 사내는 좋은 교육을 받고 자랐으며 경건한 모습은 갖추었으나 결국 속세를 끊지 못하는 자였다. 그는 한두 번 자비를 찾아오더니 그 이후에는 몇 번이고 그녀를 찾아와서는 구애하기 시작했다. 게다가 자비의 어여쁜 외모는 그녀를 더욱더 매력적으로 보이게 만들었다.

그녀는 성품 또한 아름다웠는데, 할 일이 없을 때면 양말이나 옷 따위를 만들어 필요한 사람들에게 나누어 주며 바쁘게 일하곤 했다. 그러나 그녀가 옷을 만들어 어디에 어떻게 쓰는지 알 턱이 없었던 분주한 자는 그녀가 한시도 일을 손에서 놓지 않는 것을 보고 크게 놀라며 "그녀는 분명히 좋은 아내가 될 거야."라고 혼잣말을 했다.

자비는 그 집의 처녀들에게 이 이야기를 들려주고는 그가 어떤 사람인지 물었다. 그들이 자신보다 그를 더 잘 알 거라고 여겼기 때문이다. 그러자 처녀들은 그가 아주 바쁜 젊은이며, 여호와를 섬기는 것처럼 보이나 사실은 유감스럽게도 선하신 하나님의 능력을 경험해 본 적이 없는 자라고 말해 주었다.

그러자 자비가 말했다. "그럼 더 이상 그를 만나지 말아야겠군요. 내 영혼에 굴레를 씌우는 일은 결코 하지 않을 거예요."

그러자 현명이 말했다. "그를 굳이 낙담하게 할 필요는 없을 거예요. 만약 아씨가 가난한 자들을 위해 계속 바쁘게 일한다면 결국 그는 금세 시들해지고 말 테니까요."

그리고 그가 또다시 그녀를 찾아왔을 때, 그녀가 지금껏 가난한 자들을 위해 옷을 만들어 왔다는 것을 알고는 말했다. "뭐라고요? 늘 그 일로 바빴단 말입니까?"

"그래요." 그녀가 말했다. "저와 다른 이들을 위해서지요."

"그 일을 해서 대체 하루에 얼마나 벌 수 있단 말입니까?" 그가 말했다.

그러자 그녀가 대답했다. "제가 이 일을 하는 것은 선한 일을 많이 하여 스스로 좋은 터를 쌓아 장래에 참된 생명을 붙들기 위함입니다."[255]

"그것들로 대체 무엇을 하길래 그러십니까?" 그가 말했다.

"헐벗은 자들을 입히지요." 그녀가 말했다.

---

255 디모데전서 6:17-19.

그러자 그는 침통한 표정을 짓더니 그 후로는 두 번 다시 그녀를 보러 오지 않았다. 그리고 사람들이 그에게 이유를 물을 때면 그는 이렇게 답하곤 했다. "자비는 어여쁜 처자이긴 하나 다른 사람들에게 지나치게 관심이 많더군요."

그가 그녀를 떠나 버리자 현명이 말했다. "분주한 자가 머지않아 아씨를 저버릴 거라고 제가 말했죠? 아마 아씨에 대해서 안 좋은 말을 퍼뜨리고 다닐 기예요. 그가 겉으로는 아무리 경건한 척하고 자비 아씨를 사랑하는 듯 보였어도, 결국 그와 아씨는 천성부터가 아예 달라서 결코 이루어질 수 없을 거라 저는 확신했죠."

자비 아무한테도 말한 적은 없지만 이전에도 나와 결혼할 뻔한 남자들이 있었지요. 그러나 그들 모두 내가 하는 일을 좋아하지 않았어요. 비록 그중 누구도 저를 흠잡진 못했지만요. 결국 그들과 저는 맞지 않았던 거죠.

현명 오늘날 사람들은 자비를 우습게 여겨서 이제는 정말 이름만 남은 격이지요. 아씨께서 그 일을 통해 이루려 하시는 행함을 이해할 사람은 거의 없을 거예요.

자비가 말했다. "어쩔 수 없죠. 아무도 저를 이해하지 못한다면 차라리 처녀로 죽겠어요. 아니면 이 일을 제 남편으로 삼죠, 뭐. 저는 제 천성을 바꿀 수 없고, 이에 반대하는 자를 받아들이는 일은 제가 살아 있는 한 결코 없을 테니 말이에요. 제게 관대함이라는 여동생이 있었는데, 어떤 이기적인 사내와 결혼을 하더니 도무지 평화로운 날이 없었답니다. 그러더니 글쎄, 제 여동생이 예전에 하던 대로 가난한 이들에게 계속해서 친절을 베풀자 남편이 제 여동생을 사람들 앞에서 신랄하게 비난하고는 집 밖으로 내쫓아 버리는 게 아니겠어요?"

현명 하지만 그도 역시 교회에 다니는 사람이었겠죠?

자비 맞아요. 성도들 중 하나였죠. 요즘 세상에는 그와 같은 사람이 너무나도 많지만 그중 누구도 저와는 맞지 않지요.

그러던 어느 날, 크리스티아나의 맏아들인 마태가 병에 걸리고 말았다. 그는 창자에 심한 통증을 호소하며 고통스러워했고, 가끔씩은 고통으로 데굴데굴 구르기까지 했다.

마침 그곳에서 그리 멀지 않은 곳에는 용하다고 소문난 솜씨라는 노의원이 있어 크리스티아나는 의원에게 진찰을 청하게 되었다. 그들을 방문한 노의원은 방에 들어가 소년을 잠시 보더니 뱃병에 걸렸다고 말하며 어머니에게 물었다. "요 근래 마태가 무엇을 먹었소?"

"뭘 먹었냐고요?" 크리스티아나가 말했다. "건강을 해칠 만한 음식은 전혀 먹지 않았습니다만."

의원이 말했다. "아무래도 이 아이가 먹은 음식 중 무언가가 소화되지 않은 채 장속에 남아 있는 것 같소. 그리고 앞으로도 소화시키기는 힘들어 보이니 하제를 써서 빼내야겠소. 그러지 않으면 목숨이 위태로울 수도 있소."

그러자 사무엘이 말했다. "어머니, 순례 길의 입구에 있는 문에서 얼마 가지 않아 형이 따 먹었던 게 뭐였어요? 왜, 길 왼쪽으로 난 담장 너머로 과수원이 있었잖아요. 그 과수원에서 담장 너머로 늘어뜨려져 있던 나무에서 형이 가지를 잡아당겨 뭔가를 먹지 않았어요?"

크리스티아나가 말했다. "애야, 맞다. 마태가 그 나무에서 열매를 따 먹었었지. 평소에도 그렇게 말을 안 듣더라니, 그날도 내가 말렸는데도 기어이 그걸 먹고 말았구나."

솜씨 분명히 해로운 음식을 먹었을 거라 하지 않았소? 게다가 그 음식은, 아니지, 더 엄밀히 말해 그 과일은 그 어떤 음식보다도 해로운 것이라오. 그것은 바알세불의 과수원에서 열리는 열매란 말이오. 아무도 미리 당부하지 않은 것이 외려 이상하구려. 숱한 이들이 그걸

229

먹고 목숨을 잃었다오.

그러자 크리스티아나는 울기 시작했다. "아, 이런 말썽꾸러기! 아니지, 이 어미가 무심했던 탓입니다! 이제 저희 아들을 위해 뭘 어찌 해야 한단 말입니까?"

솜씨 자, 자, 너무 상심 마시오. 먹은 것을 빼내고 토해 내면 괜찮아질지도 모르오.

크리스티아나 의원님, 제발 무슨 수를 써서든 최선을 다해 우리 아들을 살려 주세요.

솜씨 자, 자, 그렇게 심각하지는 않을 테니 진정하시오.

그는 마태를 위해 하제를 만들었으나 약효가 너무 약했다. 그 하제는 염소의 피와 암송아지의 재와 우슬초의 즙 등을 섞어 만든 것이라고 하였으나[256] 약효가 없자 솜씨 의원은 특단의 조치를 취했다. 그 약은 예수의 살과 피[257]로 만들어졌으며, 약의 이름은 라틴어로 적혀 있었다. 의원들은 항상 환자들에게 이상한 이름의 약을 처방해 주지 않던가! 그 약은 언약 한두 방울과 약간의 소금[258]을 넣어 알약으로 만들어졌고, 마태는 금식하며 약 세 알을 참회의 눈물 반 컵에 타서 마셔야 했다.

그러나 물약이 준비되자 소년은 뱃병으로 몸이 뒤틀리면서도 기어코 약 먹기를 거부했다.

의원이 말했다. "자, 자, 이 약을 먹어야만 한다."

소년이 말했다. "도저히 비위가 상해서 못 먹겠어요."

그러자 그의 어머니가 말했다. "그래도 꼭 먹어야 해."

소년이 말했다. "어차피 다 토해 내고 말 거예요."

---

256 히브리서 9:13-19.
257 요한복음 6:54-57. 원서에는 'ex carne et sanguine Christi'라고 쓰고 있다.
258 마가복음 9:49, 50.

그러자 크리스티아나가 솜씨 의원에게 말했다. "의원님, 대체 맛이 어떻길래 이러는 건가요?"

"맛은 전혀 나쁘지 않소." 의원이 말했다. 그러자 그녀는 혀끝으로 알약 한 알을 살짝 핥아먹어 보고는 말했다.

"오, 마태야, 이 물약은 꿀보다도 더 달구나. 만약 네가 이 어미를 사랑하고 네 동생들과 자비를 아끼며 네 목숨을 소중히 여긴다면 부디 이 약을 마시려무나."

그러자 마태는 하나님의 은총을 비는 짤막한 기도를 마친 후 야단법석을 떨며 약을 마셨다. 다행히도 약은 효험이 있었고, 덕분에 그는 해로운 것들을 다 제거해 낸 뒤 드디어 편안히 잠을 청할 수 있었다. 그리고 몸이 따뜻해지며 땀이 나더니 뱃병은 감쪽같이 사라져 버렸다. 그리고 그는 이내 자리를 털고 일어나 지팡이를 짚고 이 방 저 방을 다니며 현명, 경건, 너그러움과 함께 그가 어떻게 병을 이길 수 있었는지에 대해 이야기를 나누곤 했다.

아들의 병이 낫자 크리스티아나는 솜씨 의원에게 물었다. "의원님, 제 아이를 위해 쏟으신 노고를 제가 어떻게 갚으면 되겠습니까?"

그러자 그가 말했다. "보답은 모든 치료자의 스승인 그분께 하시오. 나는 그저 그분께서 이런 상황을 위해 만드시고 정하신 규칙에 따랐을 뿐이오."

크리스티아나가 말했다. "그런데 의원님, 이 약이 다른 사람들에게도 효력이 있나요?

솜씨 이 약은 순례자들이 겪는 모든 질병을 치유할 수 있는 만병통치약이라오. 제대로만 잘 만들면 언제 어느 때건 효력을 볼 수 있다오.

크리스티아나 의원님, 부디 제게 이 약 열두 통만 만들어 주십시오. 이것만 있으면 다른 약은 절대 필요 없을 테니까요.

솜씨 이 알약은 아픈 사람을 치료할 때뿐만 아니라 질병을 예방하는 데도 아주 탁월하다오. 누구나 이 약을 제대로만 사용한다면 영원한 생명을 얻을 수 있다고 감히 장담할 수 있지요.[259] 그러나 크리스티아나, 이 약은 반드시 내가 알려 준 방법대로만 먹어야 하오. 그러지 않으면 효력을 볼 수 없을 것이오.

그리고 그는 크리스티아나와 그녀의 아들들, 그리고 자비를 위해 약을 지어 주고는 마태에게는 앞으로는 덜 익은 자두를 먹지 않도록 조심하라 이른 뒤 그들에게 입맞춤하고는 길을 떠났다.

현명은 소년들에게 언제든지 궁금한 것이 있으면 대답해 줄 테니 물어보라고 말한 적이 있었다. 병에 걸렸던 마태가 그녀에게 물었다. "왜 약은 늘 입에 쓴 거죠?"

현명 그것은 여호와의 말씀과 그 말씀의 능력을 죄인이 얼마나 달갑지 않게 여기는지를 보여 주기 위함이란다.

마태 약이 우리 몸에 좋은 것이라면 왜 우리 몸속에 있는 것을 다 비우고 토해 내게 만드는 거죠?

현명 여호와의 말씀이 힘을 발휘하게 되면 우리 마음과 정신이 깨끗하게 씻어진다는 것을 보여 주기 위함이지. 즉, 하나는 몸을 정하게 한다면, 다른 하나는 영혼을 정하게 하는 것이란다.

마태 불꽃이 위쪽을 향해 타는 것과 따뜻한 햇살이 아래로 비추는 것을 보고는 무엇을 배울 수 있을까요?

현명 불이 위쪽으로 타는 것은 우리가 뜨겁고 강렬한 열정을 가지고 천국을 향해 올라가야 한다는 깨달음을 주고, 태양이 열기와 햇살과 선한 영향력을 아래쪽으로 보내는 것은 높은 곳에 앉으신 이 세상의 구주께서 낮고 낮은 우리에게까지 그분의 은혜와 사랑을 보내 주신다는 것을 알 수 있게 해 준다.

---

259 요한복음 6:51.

마태 구름은 물을 어디에서 얻나요?

현명 바다로부터 얻는단다.

마태 그것을 통해서는 무엇을 배울 수 있죠?

현명 성직자들의 가르침은 하나님께로부터 와야 한다는 것을 알려 주지.

마태 구름은 왜 땅 위에 비를 뿌리죠?

현명 성직자들이 여호와에 대한 지식을 세상에 널리 알려야 한다는 것을 뜻한단다.

마태 태양은 왜 무지개를 만드나요?

현명 여호와의 은혜의 언약이 예수를 통해 우리에게 이루어졌다는 것을 알게 하기 위함이지.

마태 바다로부터 흘러온 샘물이 왜 땅을 통해 솟아나죠?

현명 주의 은혜가 예수 그리스도의 육체를 통해 우리에게로 오는 것을 보여 주기 위해서 그런 것이란다.

마태 왜 어떤 샘물은 높은 산꼭대기에서 솟아나죠?

현명 수많은 낮고 천한 자들에게도 은혜의 영이 샘솟듯이 높고 위대한 자들에게서도 은혜의 영이 샘솟을 수 있다는 것을 보여 주기 위함이지.

마태 왜 촛불은 양초 심지에서만 타오르는 거죠?

현명 우리 마음속에 은혜가 임하지 않는 한 우리 안에는 진정한 생명의 빛이 없다는 깨달음을 주기 위함이란다.

마태 촛불이 꺼지지 않게 하려면 어째서 굳이 심지와 기름 따위가 필요한 거죠?

현명 우리 안에 있는 주님의 은혜를 잘 간직하기 위해서는 우리 몸과 마음을 다해 은혜를 붙잡아야 한다는 것을 보여 주기 위해서지.

마태 펠리컨은 왜 자기 부리로 가슴을 찌르는 거죠?

현명 자신의 피로 새끼들에게 영양을 공급하기 위해서지. 높으신 예수 그리스도께서 그의 자녀들, 곧 그의 백성들을 사랑하사 자신의 피로 그들을 죽음에서 구원하신 것과 같단다.

마태 수탉의 울음소리를 듣고는 무엇을 배울 수 있나요?

현명 베드로의 죄와 회한[260]을 기억해야 한단다. 뿐만 아니라 수탉의 울음소리는 아침이 오는 것을 알려 주기도 하지. 그러니 수탉 울음소리를 들을 때마다 마지막 심판의 날을 두려워하며 기억하려무나.

어느새 그들이 그곳에 머문 지도 한 달이 지났다. 그들은 집안사람들에게 이제 떠날 때가 된 것 같다고 말했다. 그러자 요셉이 어머니에게 말했다. "해설자 나리의 집에 사람을 보내어 고결 나리를 남은 여정 길의 안내자로 보내 달라고 청하시는 걸 잊으시면 안 돼요, 어머니."

그러자 그녀가 말했다. "옳지, 잊어버릴 뻔했구나." 그리고 그녀는 친애하는 해설자 나리에게 간청하는 서신을 써 내려갔고, 문지기 깨어 있는 자에게 적당한 사람을 좀 보내 달라고 부탁했다. 그리하여 편지를 받은 해설자는 간청서의 내용을 읽고는 심부름꾼에게 말했다. "가서 내가 그를 보내겠다고 전하거라."

크리스티아나 일행이 곧 떠나겠다고 하자 그들이 머물고 있던 집의 식구들은 온 가족들을 모아 이런 고마운 손님들을 보내 주신 주 여호와께 감사의 인사를 드린 후 크리스티아나에게 말했다. "순례자들이 길을 가는 동안 묵상할 수 있을 만한 것을 보여 주는 것이 우리 집의 관례이니 여러분에게도 뭔가를 보여 줘도 괜찮겠습니까?"

그리고 그들은 크리스티아나와 아이들과 자비를 다락으로 데리고 가서 사과 하나를 보여 주었다. 그 사과는 하와가 먹고 남편에게도 주어 먹게 한 후 에덴 동산에서 둘 다 쫓겨나게 된 바로 그 사과였다.

---

260 마태복음 26:69-75; 마가복음 14:66-72; 누가복음 22:55-62; 요한복음 18:25-27.

그들은 크리스티아나에게 그것이 뭔지 알겠냐고 물었다.

그러자 크리스티아나가 대답했다. "음식인지 독인지 잘 모르겠군요."

그래서 그들은 그녀에게 그 사과가 어떤 사과인지 설명해 주었고, 그녀는 깜짝 놀라며 입을 다물지 못했다.

그러고 나서 그들은 그녀를 다른 곳으로 데려가 야곱의 사다리[261]를 보여 주었다. 마침 사다리 위에는 천사들이 올라가고 있었고, 크리스티아나를 비롯한 모든 이는 천사들이 올라가는 모습을 뚫어져라 바라보았다. 그리고 그들이 또 다른 것을 보여 주기 위해 다른 곳으로 옮기려 하자 야고보가 어머니에게 말했다. "어머니, 여기에 조금만 더 있다 가자고 말씀드려 주세요. 이렇게 신기한 광경은 처음 봐요!" 그러자 그들은 다시 돌아와 이 황홀한 광경에 빠져 한참을 서 있었다.

다음으로 그들은 금색 닻이 걸려 있는 곳으로 들어갔다. 그들은 크리스티아나에게 닻을 내리라고 이르고는 말했다. "그 닻을 가져가세요. 장막 안에서 그 닻을 쥐고 있으면 폭풍우 속에서도 흔들리지 않고 굳건히 설 수 있을 테니 꼭 필요할 거예요."[262] 그러자 순례자들은 그들에게 감사를 표했다.

이번에 그들은 순례자들을 데리고 조상 아브라함이 아들 이삭을 번제로 드렸던 산 위로 올라가 오늘날까지도 그대로 남아 있는 제단과 장작과 불과 칼을 보여 주었다.[263] 그것을 본 순례자들은 두 팔을 들고 신에게 축복을 빌며 외쳤다. "아아! 진정 아브라함이야말로 자기를 부인하고 여호와를 사모했던 자로다!"

가족들이 순례자들에게 이 모든 것을 보여 주고 난 후 현명은 순례자들을 식당으로 데려갔다. 식당에는 두 대의 아름다운 버지널(건반

---

261 창세기 28:12.
262 히브리서 6:19.
263 창세기 22장.

이 있는 발현 악기로 16~17세기에 영국에서 사용했던 하프시코드의 일종이다-옮긴이)이 있었고, 현명은 버지널을 연주하며 지금까지 그녀가 보여 준 것들을 아름다운 노랫말로 바꾸어 불렀다.

"우리가 보여 준 하와의 사과를

꼭 기억하세요.

천사들이 오르내리던

야곱의 사다리도 보았고,

금색 닻도 받았답니다.

그러나 이것만으로는 충분치 않아요.

아브라함이 그랬듯이,

가장 소중한 것을 주님께 드릴 수 있어야 해요."

그때 누군가가 대문을 두드렸다. 문지기가 문을 열자 고결이 그곳에 서 있었고, 그가 들어오자 안에서는 환호성이 터져 나왔다. 그를 보자 불과 한 달 전에 그가 잔혹한 거인을 물리치고 그들을 사자 무리에서 구해 준 것이 순례자들의 마음속에 생생하게 떠올랐기 때문이었다.

고결이 크리스티아나와 자비에게 말했다. "주인님께서 그대들을 위해 포도주 한 병씩과 구운 옥수수 몇 개, 그리고 석류 두 개를 보내 주셨소. 그리고 길을 가는 동안 아이들이 먹을 무화과 열매와 건포도도 주셨다오."

마침내 그들은 길을 떠났고, 현명과 경건도 그들과 함께 걸어갔다. 대문에 도착하자 크리스티아나는 혹시 최근에 지나간 사람이 있는지 문지기에게 물었다.

문지기가 말했다. "아무도 없었소. 꽤 오래전에 한 사람이 지나가긴 했는데, 그대들이 지나가게 될 하나님의 대로에서 최근에 끔찍한 강도 사건이 일어났다고 하더구려. 허나 강도들은 잡혔으니, 곧 사형 집행을 내릴 거라고 합디다."

그러자 크리스티아나와 자비는 겁에 질렸다. 그러나 마태가 말했다. "어머니, 고결 나리께서 우리와 함께 가시면서 우리를 보호해 주실 테니 아무것도 걱정하실 필요 없어요."

그러자 크리스티아나가 문지기에게 말했다. "나리, 저희가 이곳에 온 후로 늘 친절하게 대해 주시고, 제 아이들도 귀여워해 주셔서 진심으로 감사드립니다. 나리가 베풀어 주신 친절에 어떻게 보답을 해야 할지 모르겠습니다. 부디 작은 돈이지만 감사의 표시로 받아 주십시오."

말을 마친 후 그녀는 문지기의 손에 금화 한 닢을 건네주었다. 그러자 문지기는 그녀에게 깊이 고개를 숙여 인사하고는 말했다. "그대들의 의복을 항상 희게 하며 머리에는 향 기름이 그치지 않기를 바라오. 자비는 죽지 않고 살기를 바라며 그녀의 행함이 그치지 않기 바라오."[264] 그리고 그는 소년들을 향해 말했다. "너희는 청년의 정욕으로부터 달아나 신중하고 지혜로운 자들의 경건함을 따르거라. 그리하면 너희 어머니의 마음을 기쁘게 하고, 모든 분별 있는 자들의 칭송을 받을 것이니라."

그들은 문지기에게 감사를 표한 뒤 길을 나섰다.

꿈속에서 그들이 산등성이까지 갔을 때쯤 생각에 잠겨 있던 경건이 갑자기 외쳤다. "오, 이런! 크리스티아나 부인과 일행에게 주려고 했던 것이 있었는데 깜박 잊었네요. 다시 가서 가지고 와야겠어요." 그녀는 그것을 가지러 달려갔다. 그녀가 자리를 비운 사이 크리스티아나의 오른편으로 조금 떨어진 숲속에서 지금껏 들어본 적 없는 신기하고 아름다운 노랫소리가 들려왔다. 노랫말은 다음과 같았다.

"내 평생 사는 동안
아낌없이 은혜를 부어 주시니

---

264 전도서 9:8; 신명기 33:6.

내가 여호와의 집에서

영원토록 살리라."

그리고 가만히 귀를 기울이고 듣고 있노라니 또 다른 이의 노랫소리가 들려왔다.

"우리 주 하나님은 선하시며

그의 자비는 영원무궁하고,

그의 성실하신이 변함없이

대대에 이르리로다."

크리스티아나가 현명에게 저 신기한 노랫소리가 무엇인지 묻자 그녀가 말했다. "이 부근에 사는 새들이랍니다. 봄이 아니면 좀처럼 저런 노래는 듣기 힘들지요. 그러나 꽃이 피어나고 햇볕이 따사롭게 내리쬐는 봄이 되면 온종일 노래를 부르곤 한답니다. 저는 종종 노랫소리를 들으러 나가기도 하고, 어떨 때는 집에서 키우기도 하지요. 우리가 기분이 우울할 때면 아주 좋은 친구가 되어 준답니다. 그리고 산이나 숲속과 같은 고독한 공간을 아주 즐거운 곳으로 만들어 주기도 하지요."

그때 경건이 돌아와서 크리스티아나에게 말했다. "자, 보세요. 여러분이 저희 집에서 본 것들을 제가 간추려서 정리를 해 왔어요. 만약 가다가 기억이 안 나면 이것을 보고 기억을 되살려 깨달음과 위안으로 삼으세요."

6

이제 그들은 굴욕의 골짜기를 향해 내려가기 시작했다. 내려가는 길은 가파르고 미끄러웠으나 그들은 한 발 한 발 조심스럽게 내디뎌 아래까지 무사히 내려갈 수 있었다. 언덕을 내려가 골짜기에 이르자 경건이 크리스티아나에게 말했다. "이곳이 바로 부인의 남편 크리스천 나리께서 추악한 마귀 아볼루온을 만나 무시무시한 혈투를 벌인 곳이랍니다. 그 이야기는 물론 들어 보셨겠지요? 그러나 용기를 내세요. 여기 고결 나리께서 여러분을 잘 이끌어 주시고 보호해 주실 테니 아무 일 없이 잘 지나가실 수 있으실 거예요."

두 아씨가 순례자들을 안내자의 보호 아래 맡기자 안내자는 앞장서 나아갔고, 순례자들은 그 뒤를 따랐다.

그러자 고결이 말했다. "이 골짜기를 겁낼 필요는 없소. 우리가 스스로 조심하기만 하면 이곳에서 우리를 해칠 만한 것은 아무것도 없다오. 물론 크리스천이 이곳에서 아볼루온을 만나 격투를 벌인 것은 사실이나, 그 싸움은 그가 이 언덕을 내려오면서 미끄러졌기 때문에 벌어진 일이라고 할 수 있소. 이 언덕에서 미끄러지는 자들은 언제나 여기서 험한 일을 겪게 되지요. 이 골짜기가 그렇게 악명 높은 까닭도 바로 그 때문이라오. 대개 사람들은 어떤 곳에서 누군가가 무시무시한 일을 당했다는 이야기를 들으면 그곳이 마치 추악한 마귀나 악령으로 득실거릴 거라 생각하기 마련인데, 사실 알고 보면 그런 일이 일어난 것은 결국 그들이 뭔가 그럴 만한 행동을 했기 때문이지요. 이 굴욕의 골짜기는 사실 그 자체로만 보자면 마치 까마귀가 날듯이 곧게 쭉 뻗은 기름진 땅이라오. 그러니 잘 찾아보면 이쯤 어딘가에 크리스천이 여기서 왜 그런 고난을 당해야만 했는지에 대한 해답을 찾을 수 있을 거요."

그러자 야고보가 어머니에게 말했다. "앗, 저기에 기둥이 하나 있어요. 뭐라고 쓰여 있는 것 같으니 한번 가서 볼까요?" 그들은 가까이 다가가 기둥에 쓰인 글자를 읽었다. "이후에 오는 자들로 하여금 크리스천의 미끄러짐과 이곳에서의 전투를 교훈으로 삼도록 하라."

"그럼 그렇지!" 안내자가 말했다. "내가 이곳 어딘가에 크리스천이 여기서 그렇게까지 고난을 당해야 했던 이유를 암시하는 뭔가가 있을 거라고 하지 않았소?" 그리고 그는 크리스티아나에게로 몸을 돌려 말했다. "그처럼 고된 일을 겪은 것이 비단 크리스천뿐만은 아니니 부끄러워할 일은 전혀 아니오. 이 언덕처럼 내려가는 것보다 올라가는 것이 쉬운 언덕은 이 세상에 몇 군데 없을 테니 말이오. 허나 그 친구 이야기는 그만합시다. 그는 쉼을 얻었고, 적과 용감히 싸워 승리도 얻었잖소. 행여나 우리가 시험에 들어 그 친구보다 더 험한 일을 당하지 않도록 하늘에 계신 여호와께 기도하는 수밖에요.

어쨌든 이 굴욕의 골짜기에 대한 이야기로 돌아가자면 이 땅이야말로 이 근처 어느 곳보다도 아름답고 비옥한 땅이라오. 단지 기름진 땅일 뿐만 아니라 보다시피 넓은 풀밭도 펼쳐져 있지요. 만약 풍경을 즐길 줄 아는 자가 이곳에서 과거에 어떤 일들이 있었는지 전혀 알지 못한 채 지금 같은 여름철에 이곳에 오게 된다면, 그에게 이보다 더 좋은 곳은 없을 거요. 푸른 골짜기와 그 위에 아름답게 피어난 백합화들을 보시오![265]

나는 힘써 일한 자들이 이 굴욕의 골짜기의 비옥한 땅을 얻는 경우도 많이 보았소. '주께서는 교만한 자들을 대적하시고 겸손한 자들에게 은혜를 주신다.'[266]고 하셨듯이 말이오. 이곳은 참으로 비옥한 땅이라 이 땅에서 나는 소산물이 넘쳐날 정도라오. 어떤 이들은 하나님 아버지의 집 앞까지 이런 길로만 쭉 이어졌으면 하고 소망하기도 하지요. 더 이상 힘겨운 언덕이나 산을 넘어가지 않아도 되도록 말이오. 그러나 모든 길에는 끝이 있기 마련이지요."

그들이 이야기를 하며 걸어가는 동안 그들 앞에 한 소년이 나타났

---

265 아가 2:1.
266 야고보서 4:6; 베드로전서 5:5.

다. 소년은 아버지의 양을 먹이고 있었고, 비록 너덜너덜 다 해진 옷을 입고 있었으나 생기가 넘치고 잘생긴 얼굴이었다. 소년은 홀로 앉아 노래를 부르기 시작했다. "저 목동이 부르는 노래를 잘 들어 보시오." 고결이 말했다. 그래서 그들은 모두 소년의 노래에 귀를 기울였다.

"바닥에 있는 자는 떨어짐이 두렵지 않고,
미천한 자는 교만하지 않으며,
겸손한 자에게는 언제나
주께서 인도자가 되어 주시네.
내가 가진 것이 많든지 적든지
나는 자족할 줄 아오나,
아직도 더 큰 만족을 갈망함은
주께서 많은 것을 아껴 두고 계심이니라.
어깨에 짊어진 무거운 짐에도
기쁘게 순례자의 길을 가는 자들은
이곳에서는 가진 것 없으나
이승에서는 더없는 행복을 누리게 되리."

노래가 끝나자 안내자가 말했다. "잘 들으셨소? 가슴속에 마음의 평화라는 꽃을 품고 있는 이 소년은 비단옷과 벨벳 옷을 입은 자보다 훨씬 더 행복한 삶을 누릴 것이오. 자, 이제 다시 이 골짜기에 대해 이야기를 나눠 봅시다.

예전에는 우리 주께서도 이 골짜기에 별장을 한 채 가지고 계셨는데, 이곳에 오는 것을 무척이나 좋아하셨지요. 공기가 매우 상쾌하다며 풀밭도 자주 거닐곤 하셨다오. 그리고 이곳에서는 누구라도 세상의 요란함이나 분주함으로부터 벗어날 수 있다오. 가는 곳마다 어찌나 소란하고 혼란스러운지 한적하고 조용한 곳은 오직 굴욕의 골짜기뿐이지요. 다른 곳과는 달리 여기서는 누구라도 방해받지 않고 사색에 잠길 수 있으니 말이오. 이 골짜기는 순례자의 삶을 사모하는 자들이 아니고서는 좀처럼 들어오는 일이 없다오. 비록 크리스천은 불행히도 이곳에서 아볼루온을 만나 험한 싸움을 벌여야 했으나, 과거에 사람들은 이곳에서 천사들을 만나기도 하고, 진주같이 귀한 것들을 발견하기도 했으며, 여기서 생명의 말씀을 받기도 했다오.

내가 예전에 우리 주께서 이곳에 별장을 가지고 있었고 이곳을 거닐기를 좋아하셨다는 말을 했소? 거기다 하나 더 덧붙이자면 주께서는 이 땅을 즐겨 찾는 자들에게 매년 적당한 때에 일정한 상금을 내리시곤 했다오. 이 길을 사모하는 자들에 대한 보답이며 순례자들을 격려하기 위한 것이었지요."

길을 걸으며 사무엘이 고결에게 물었다. "나리, 이 골짜기에서 저희 아버지와 아볼루온이 혈투를 벌인 것은 알겠는데 정확히 그 싸움이 벌어진 곳이 어딘가요? 이 골짜기가 여간 넓은 게 아닌걸요."

고결 너희 아버지가 아볼루온과 혈투를 벌인 곳은 저 앞에 있는 망각의 초원을 지나면 나오는 좁은 길이란다. 사실 그곳이야말로 골짜기 전체를 통틀어 가장 위험한 곳이라 할 수 있지. 왜냐하면 순례자들이 분에 넘치는 은혜를 받고도 그것을 망각할 때야말로 그들이 공격을 당하기 가장 쉬운 때이기 때문이란다. 다른 사람들도 그곳에서 수많은 역경과 마주해 왔지. 분명히 지금까지도 싸움의 흔적이나 그곳에서 혈투가 벌어졌었다는 것을 알리기 위한 기념비가 남아 있을 테니 더 자세한 이야기는 그곳에 가서 해 주도록 하마.

그러자 자비가 말했다. "저는 지금까지의 여정 중 그 어떤 곳보다 이 골짜기가 가장 마음에 들어요. 이곳은 아무래도 제 기질과 잘 맞는 곳 같아요. 저는 달가닥거리는 마차 소리도, 덜컹거리는 바퀴 소리도 없는 곳을 좋아하거든요. 이런 곳에서라면 누구라도 자기가 누구인지, 어디서 왔으며 어떻게 살았는지, 왕께서 주신 사명이 무엇인지에 대해 큰 어려움 없이 생각해 볼 수 있을 것 같아요. 그리고 이런 곳에서라면 누구라도 깨달음을 얻고 가슴을 찢으며 눈이 헤스본의 연못[267]처럼 될 때까지 영혼에 젖어 들 수 있을 것 같아요. 그들이 눈물 골짜기를 지나는 동안 많은 샘을 만들며, 하늘의 주께서 이곳을 지나는 자들 위로 비를 내려 주시며 샘을 채워 주시겠지요.[268] 그리고 왕께서는 이 골짜기에서 비로소 그의 백성들에게 포도원을 주실 것이며,[269] 크리스천 나리가 아볼루온을 만난 후에 그러하였듯 이 길을 지나는 모든 이의 입에서도 찬양이 울려 퍼지겠지요."

고결이 말했다. "맞소. 나는 이 골짜기를 숱하게 지나가 보았지만 이곳보다 더 좋은 곳은 없더이다. 그리고 지금껏 여러 순례자를 인도해 보았는데 그들도 같은 말을 했었다오. 왕께서는 '마음이 가난하고 심령에 통회하며 내 말을 듣고 떠는 자, 그 사람은 내가 돌볼 것이니라.'[270]라고 말씀하고 계시지요."

드디어 그들은 위에서 말했던 혈투가 벌어졌던 장소에 이르렀다. 그러자 안내자는 크리스티아나와 아이들과 자비에게 말했다. "이곳이 바로 그곳이오. 여기에 크리스천이 서 있었고, 저쪽에서 아볼루온이 그를 향해 다가왔지요. 여기 보시오. 내가 아까 말한 대로 이 돌 위에 그대의 남편이 흘린 피가 아직까지도 묻어 있구려. 그리고 여기 저기에 아볼루온의 부서진 화살 조각들이 아직까지도 널려 있는 걸 좀 보시오. 게다가 싸움에서 뒤로 밀려나지 않으려고 바닥에 발을 비벼 자리를 확보한 듯하구려. 그들의 싸움에 이 돌들도 산산조각이 났소이다. 이곳에서 크리스천은 마치 신화 속의 헤라클레스의 모습처럼 남자답게 굳센 모습을 보여 주었다오. 크리스천에게 패한 아볼루

---

267 아가 7:4.
268 시편 84:5-7.
269 호세아 2:15.
270 이사야 66:2.

온은 옆쪽에 있는 골짜기로 달아났지요. 그곳이 바로 우리가 이제 곧 가게 될 사망의 음침한 골짜기라오. 아, 저기에 이 격투와 크리스천의 승리, 그리고 세세토록 기억될 그의 이름을 새겨 놓은 기념비가 또 하나 있구려."

그 기념비는 그들이 있던 길가에 세워져 있었으므로 그들은 다가가 그 위에 쓰인 글자를 읽어 내려갔다.

"바로 이곳에서 기막힌 혈투가 벌어졌도다.

믿기 어렵겠지만 이 모든 게 사실이라네.

크리스천과 아볼루온이

서로를 향해 덤벼들었고,

사내는 남자답게 맞서 싸워

추악한 마귀를 물리쳤도다.

이에 기념비를 세워

이 사실을 널리 알리노라."

이곳을 지나 그들은 사망의 그늘로 들어가는 경계에 이르렀다. 이 골짜기는 금방 지나온 다른 골짜기보다 더 길었고, 많은 이가 증언한 바대로 사악한 것들이 유난히 득실거리는 곳이었다. 그러나 그들 곁에는 안내자 고결이 있었고, 아직 밝은 낮이었기 때문에 여인들과 아이들은 그나마 수월하게 길을 갈 수 있었다.

이 골짜기에 들어서자 어디선가 신음하는 소리가 들리는 듯했다. 마치 죽은 사람이 낼 법한 오싹한 신음 소리였다. 그리고 극심한 고통 속에 울부짖는 듯한 구슬픈 목소리도 들리는 것 같았다. 이에 소년들은 무서워 벌벌 떨었고, 여인들도 얼굴이 새하얗게 질려 버렸다. 그러나 안내자는 그들에게 무서워 말라고 타일렀다.

좀 더 앞으로 가자 이번에는 왠지 발아래 텅 빈 구멍이라도 뚫려 있는 것처럼 땅이 흔들리기 시작했고, 뱀이 식식거리는 듯한 소리도 들렸으나 아직까지는 아무것도 모습을 드러내지 않고 있었다. 그러자 아이들이 말했다. "이 음침한 곳을 벗어나려면 아직 멀었나요?" 그러자 안내자는 용기를 북돋아 주며 발밑을 조심하라고 당부했다. "잘못하다간 덫에 발이 걸릴 수도 있으니 조심하시오."

그때, 갑자기 야고보가 앓기 시작했다. 아무래도 두려움 때문인 듯했다. 그러자 그의 어머니는 해설자의 집에서 받은 영혼수 한 잔과 솜씨 의원이 조제해 준 알약 세 알을 야고보에게 먹였고, 소년은 곧 기운을 되찾았다. 그리고 나서 그들이 계속 앞으로 나아가 골짜기의 중간쯤에 이르자 크리스티아나가 말했다. "저 앞에 보이는 길 위로 뭔가가 있는 것 같습니다. 저렇게 생긴 건 지금껏 한 번도 본 적이 없는걸요." 그러자 요셉이 말했다. "어머니, 뭐가 있는데요?" 그녀가 말했다. "추악하게 생겼구나, 얘야. 정말이지 추악하기 짝이 없어." 그러자 요셉이 다시 물었다. "어머니, 대체 어떻게 생겼길래 그러세요?" 그녀가 말했다. "도무지 어떻게 설명해야 할지 모르겠다. 게다가 이제 점점 다가오고 있구나." 그러더니 그녀가 외쳤다. "이제 바로 앞까지 왔어!"

그러자 고결이 말했다. "자, 자, 겁이 나는 자들은 내게 꼭 붙어 있으시오." 그리고 안내자는 다가오는 마귀에 맞서 앞으로 나갔다. 그러나 마귀는 그 앞에서 감쪽같이 사라져 버리고 말았다. 그러자 그들의 머릿속에는 문득 오래전 "마귀를 대적하라. 그리하면 그가 너희를 피하리라." 하신 말씀이 떠올랐다.

이로써 조금은 힘을 얻은 그들은 계속해서 앞으로 나아갔다. 그러나 얼마 가지 못해 자비가 뒤를 돌아보자 이번에는 사자와 같은 것이 쿵쿵거리며 다가오는 것이 보였다. 그것이 낮게 으르렁대는 소리를 낼 때마다 그 소리는 골짜기 전체에 메아리쳤고, 그 소리에 순례자들은 모두 마음이 콩알만 해져 벌벌 떨었다. 그러나 안내자는 끝까지 의연함을 잃지 않았고, 그 짐승이 점점 다가오자 고결은 순례자들을 앞으로 보낸 뒤 맨 뒤로 가서 섰다. 사자는 계속해서 빠른 속도로 다가왔고, 고결은 사자와 맞서 싸우기 위해 전투 태세를 취했다. 그러나 굽히지 않는 고결의 모습을 본 사자는 순간 뒤로 주춤하더니 더 이상 다가오지 않았다.

그러자 그들은 다시 앞으로 발걸음을 옮겼고, 안내자도 다시 앞장서 나아갔다. 그러나 그때 갑자기 길 전체를 막고 있는 구덩이가 나타났고, 그들이 그곳을 지나갈 마음의 준비를 채 하기도 전에 돌연히 자욱한 안개와 어둠이 밀려와 그들은 앞을 볼 수조차 없었다.[271] 그러자 순례자들이 외쳤다. "아아, 이제 어찌하면 좋죠?" 그러자 안내자가 말했다. "두려워 말고 그대로 멈춰 서서 어떻게 되는지 두고 봅시다." 그리하여 갈 길이 막혀 버린 그들은 그곳에 선 채로 기다렸다. 그러자 적들의 외침과 누군가 주변을 맴도는 발소리가 더욱더 뚜렷하게 들려오는 듯했고, 구덩이에서 타오르는 불길과 연기도 더 선명하게 눈에 들어왔다. 그러자 크리스티아나가 자비에게 말했다. "이제야 가여운 우리 남편이 어떤 곳을 지나가야 했는지 알겠구나. 이곳에 대해 듣기는 많이 들었어도 와 본 적은 없었으니 말이다. 아아! 불쌍한 우리 남편! 이런 길을 밤중에 홀로 걸어가야 했다니! 이 길의 대부분을 어둠 속에서 지나가는 동안, 이 마귀들은 마치 그를 집어삼킬 듯 주위를 어슬렁거렸을 게 아니냐? 떠도는 이야기는 많지만, 그 누구도 직접 와 보지 않고는 사망의 음침한 골짜기가 실제로 어떤 곳인지는 절대 알 수 없을 게다. '마음의 고통은 자기가 알고, 마음의 즐거움은 타인이 참여하지 못하느니라.'[272] 하지 않더냐? 이곳은 정녕 무시무시한 곳이구나."

---

271 사도행전 13:11.
272 잠언 14:10.

고결   지금은 마치 망망대해에서 일을 하는 것과 같고,[273] 물속 깊숙이 내려가는 것과도 같으며, 바다 한복판에 홀로 버려진 것 같기도 하고, 산 밑바닥까지 치닫는 듯도 하지요. 게다가 지금으로서는 땅이 그 빗장으로 우리를 영원토록 에워쌀 것처럼 보이기도 할 거요.[274] 그러나 어둠 속을 걸어가며 빛이 없는 자들이여, 여호와의 이름을 신뢰하며 하나님께 의지하시오.[275] 전에도 말했듯이 나는 지금껏 이 골짜기를 몇 번이나 지나갔었는데, 어떨 땐 지금보다도 더 어려운 일을 당한 적도 있었다오. 그런데도 보다시피 아직 살아 있잖소? 그러나 내가 뽐내지 않음은 내가 스스로를 구원한 것이 아니요 그분께서 선하신 팔로 나를 구하실 것을 믿기 때문이오. 자, 그러니 우리의 어둠을 밝혀 주시는 여호와께 빛 주시기를 기도합시다.[276] 이것들뿐만 아니라 지옥의 사탄들까지도 모두 물리쳐 달라고 말이오.

그들이 울며 기도를 드리자 하나님께서는 그들에게 빛과 구원을 허락하셨고, 방금 전까지만 해도 구덩이로 가로막혀 있던 길에서 이제 더 이상 무엇도 그들을 막아 설 수 없었다. 그러나 아직 골짜기를 벗어나지 못한 그들은 계속해서 길을 걸어갔다. 그때 어디선가 고약한 악취와 역겨운 냄새가 풍겨 와 그들을 괴롭혔다. 그러자 자비가 크리스티아나에게 말했다. "좁은 문이나 해설자 나리의 댁이나 우리가 마지막에 묵었던 집에 비하면 여기는 정말이지 불쾌하기 짝이 없는 곳이군요."

그러자 소년들 중 누군가가 말했다. "그렇긴 해도 이곳에서는 계속 머무를 필요가 없이 어서 지나가기만 하면 되니 불행 중 다행이지요. 그리고 제 생각에는 이 길을 지나고 나면 우리를 위해 준비된 그 집

---

[273] 시편 107:23.
[274] 요나 2:6.
[275] 이사야 50:10.
[276] 사무엘하 22:29.

을 더 감사히 여길 수 있을 것 같은걸요."

"맞는 말이다, 사무엘." 안내자가 말했다. "아주 의젓하구나."

그러자 소년이 말했다. "이곳을 빠져나가고 나면 지금껏 그 어느 때보다도 빛과 선한 길을 소중히 여길 수 있을 것 같아요."

그러자 안내자가 말했다. "곧 이곳을 벗어나게 될 거다."

그들은 계속 길을 걸어갔고, 이번에는 요셉이 말했다. "골짜기의 끝이 보이려면 아직 멀었나요?"

그러자 안내자가 말했다. "이제 곧 덫이 깔린 곳을 지나게 될 테니 발밑을 잘 보고 걷거라."

그리하여 그들은 발밑을 잘 살피며 걸어갔으나 덫을 피해가기란 그리 녹록지가 않았다. 바로 그때 덫이 놓인 길을 걸어가던 그들은 살점이 갈기갈기 뜯겨 나간 채로 왼편에 있는 구덩이 속에 처박혀 있는 한 사내를 발견했다.

그러자 안내자가 말했다. "저자는 이 길을 지나가던 부주의라는 자인데, 아주 오래전부터 저곳에 내팽개쳐져 있다오. 그리고 그와 함께 있던 주의라는 자는 저자가 잡혀서 죽어 가는 동안 악인들의 손에서 벗어나 도망쳤지요. 사람들은 이 부근에서 얼마나 많은 이가 죽어 나가는지는 상상도 못한 채 어리석고 무모하게도 너무 쉽게 순례 길에 오르고, 길잡이도 없이 이곳에 발을 들인다오. 가여운 크리스천! 그가 이곳을 무사히 빠져나갔다는 게 신기할 따름이오. 그가 하나님의 사랑을 입은 자[277]였을 뿐만 아니라 본디 마음이 선한 사람이었으니 망정이지 그렇지 않았더라면 그는 결코 이곳을 빠져나갈 수 없었을 거요."

마침내 그들은 골짜기 끝에 이르렀다. 바로 그때 크리스천이 지나가며 보았던 동굴에서 망치라는 거인이 걸어 나왔다. 이 거인은 초행

---

[277] 느헤미야 13:26.

길을 가는 순례자들을 속여 멸망에 이르게 하는 자였다. 그가 고결의 이름을 부르더니 말했다. "내가 이런 짓거리를 그만두라고 지금껏 몇 번이나 말했더냐?"

그러자 고결이 말했다. "어떤 짓 말이오?"

"어떤 짓이냐고!" 거인이 소리쳤다. "내가 뭘 말하는지 알지 않느냐! 두 번 다시는 이 짓을 못하도록 끝장을 내 주겠다."

그러자 고결이 말했다. "싸울 땐 싸우더라도 우선 싸워야 하는 이유부터나 좀 압시다."

여인들과 아이들은 어찌할 바를 모른 채 벌벌 떨며 서 있었다.

거인이 말했다. "너는 우리 왕국을 도적질하고 있다. 도적들 가운데서도 가장 악질이지."

"말도 안 되는 소리." 고결이 말했다. "여보시오, 대체 내가 무엇을 훔쳤다는 게요?"

그러자 거인이 말했다. "너는 우리 주인님의 국력을 약화시키기 위해 교묘하게 여자들과 아이들을 꾀어 이상한 나라로 빼돌리고 있지 않느냐!"

고결이 답했다. "나는 하늘에 계신 여호와의 종이오. 내가 할 일은 죄인을 여호와께로 돌이키는 것이며, 남녀노소 할 것 없이 어둠 속에 있는 자들을 빛 가운데로, 그리고 사탄의 권세 아래 있는 자들을 하나님께로 돌아가게 하는 데 온 힘을 쏟으라는 명을 받았소.[278] 내게 싸움을 거는 이유가 이것 때문이라면 좋소, 덤벼 보시오."

그러자 거인이 다가왔고, 고결도 그에 맞서기 위해 다가갔다. 고결은 다가가며 검을 뽑아 들었고, 거인은 손에 곤봉을 쥐었다. 그들은 더 이상 지체하지 않고 서로에게 덤벼들었고, 고결은 거인이 먼저 휘두른 곤봉에 맞아 무릎 한쪽을 꿇은 채 바닥에 쓰러졌다. 그러자 여

---

278 사도행전 26:18.

인들과 아이들의 입에서는 비명이 터져 나왔다. 하지만 이내 정신을 차린 고결은 거인을 향해 온 힘을 다해 공격을 퍼부었고, 거인은 팔에 상처를 입었다. 그가 거의 한 시간가량을 그렇게 맹렬히 공격을 퍼붓자 달아오른 열기로 인해 거인의 콧구멍에서는 마치 가마솥이 끓는 듯한 콧김이 뿜어져 나왔다.

그들이 앉아서 숨을 가다듬는 동안 고결은 기도를 드렸다. 여인들과 아이들은 싸움이 계속되는 내내 한숨을 쉬며 울기만 할 뿐이었다.

잠시 쉬면서 숨을 고른 후 그들은 다시 싸우기 시작했고, 고결은 단번에 거인을 바닥으로 내동댕이쳤다. 거인이 말했다. "아, 잠깐, 내가 일어날 때까지 기다려라." 그러자 고결은 정정당당히 그가 일어날 때까지 기다려 주었고, 거인이 일어나자 그들은 다시 싸우기 시작했다. 이번에는 거인이 곤봉으로 고결의 머리를 동강 낼 뻔하였으나 고결은 간발의 차로 위기를 모면할 수 있었다.

그러자 고결은 혼신의 힘을 끌어 모아 거인을 향해 돌진해 다섯 번째 갈비뼈 아래를 힘껏 찔렀다. 이 일격에 거인은 정신이 혼미해지는 듯하더니 곤봉을 손에서 놓치고 말았고, 고결은 다시 한 번 검을 휘둘러 거인의 목을 베어 버렸다. 그러자 여인들과 아이들은 기쁨의 함성을 질렀고, 고결도 그를 구제하신 여호와께 찬양을 드렸다.

싸움이 모두 끝난 뒤 그들은 함께 기념비를 세우고 거인의 머리를 매단 후 지나가는 이들이 읽을 수 있도록 그 아래 글자를 새겨 넣었다.

"이 머리는 순례자들을 박해하던 자의 것이니,

그는 순례자들을 막아서고

그 누구도 살려 준 적이 없으며,

온갖 잔학 행위마저 일삼았도다.

그러나 이제 순례자들의 길잡이 된

나 고결이 나타나

순례자들의 적과 맞서 싸워

이 거인을 무찔렀도다."

이제 그들은 조금 떨어진 곳에 순례자들이 앞을 내다볼 수 있도록 만들어 놓은 둔덕에 올랐다. 크리스천이 그의 친구 믿음을 처음으로 발견한 곳도 바로 이곳이었다. 순례자들은 이곳에 앉아 휴식을 취하며 배를 채우고 목을 축이면서 위험한 적으로부터 해방된 기쁨을 누렸다. 그곳에 앉아 음식을 먹는 동안 크리스티아나는 안내자에게 싸움 중에 다친 곳은 없는지 물었고, 그러자 고결이 답했다. "아, 그저 가벼운 찰과상 정도요. 문제가 될 정도는 전혀 아니오. 그저 주인님과 그대들에 대한 내 애정의 증거라고 해 둡시다. 이것으로 말미암아 은혜가 내게 넘치고 마지막 날 더 큰 상급을 얻게 되겠지요."

크리스티아나 그러나 나리께서는 그 거인이 곤봉을 들고 다가오는 걸 보고도 무섭지 않으시던가요?

고결이 말했다. "내 능력을 믿지 않고 세상 그 무엇보다도 강하신 그분께 의지하는 것이 내 마땅한 도리지요."

크리스티아나 그럼 처음에 거인이 나리를 바닥으로 내동댕이쳤을 때는 어떤 생각이 드셨어요?

고결이 답했다. "아, 그때는 예수님께서 당하신 것이 이런 것이었구나 싶었소. 하지만 결국 마지막에 승리하신 분 또한 예수님이었지요."

마태 모두 어떻게 생각하셨을지 모르지만 저는 하나님께서 지금까지 우리에게 엄청난 자비를 베풀어 주셨다는 생각이 들어요. 골짜기를 무사히 건너게 하신 것도 그렇고, 적의 손에서 우리를 구해 주신 것도 그렇고요. 지금 이 순간 이런 곳에서 우리를 향한 그분의 사랑을 보여 주셨으니 이제 더 이상 우리도 주님을 신뢰하지 못할 이유가 없지 않겠어요?

이내 그들은 일어나 발걸음을 옮겼다. 그들의 앞쪽으로 조금 떨어진 곳에는 떡갈나무가 한 그루 있었는데, 나무 아래로 다가가자 어떤 늙은 순례자가 깊이 잠들어 있는 것이 보였다. 그의 옷차림과 지팡이, 그리고 허리에 맨 띠로 보아 그는 순례자가 분명했다.

안내자 고결이 그를 깨우자 늙은 순례자는 눈을 뜨더니 버럭 소리를 질렀다. "무슨 일이냐? 너희는 누구냐? 용건을 말해라!"

고결 자, 자, 어르신, 너무 열 내지 마십시오. 저희는 그저 도움이 되고 싶을 뿐입니다.

그러나 노인은 일어나 경계 태세를 취한 채 그들에게 누구냐고 물었다. 그러자 안내자가 말했다. "제 이름은 고결입니다. 이자들을 거룩한 성으로 안내하는 중입니다."

그러자 정직이 말했다. "아, 내 무례를 용서해 주시오. 나는 당신들이 혹시나 예전에 믿음이 작은 자의 돈을 빼앗아 간 자들과 한패인가 하여 걱정했다오. 하지만 이제 제대로 보니 그럴 만한 사람들은 아닌 것 같구먼."

고결 만약 저희가 정말 그런 자들이었다면 어떻게 하실 생각이셨습니까?

정직 어떻게 하긴! 숨이 붙어 있는 한은 끝까지 맞서 싸워야 하지 않겠소? 만약 그리했더라면 누구도 나를 쓰러뜨릴 수는 없었을 거요. 그리스도인은 스스로 항복하지 않는 이상 쓰러뜨릴 수 없으니 말이오.

고결이 말했다. "맞습니다, 어르신. 진리를 말씀하시는 것을 보니 의로운 분이 확실하군요."

정직 자네 또한 진정한 순례자가 어떤 사람인지 알고 있군. 대부분 사람들은 순례자야말로 가장 꺾기 쉬운 상대라고 생각하더란 말이오.

고결 자, 이것도 좋은 인연이니, 어디서 오신 누구신지 좀 알려 주십시오.

정직 이름은 말해 줄 수 없으나, 나는 어리석음이라는 마을에서 왔다오. 멸망의 성읍에서 4백 킬로미터쯤 떨어진 곳이지요.

고결 아! 그 마을 분이십니까? 그렇다면 누구신지 대강은 짐작이 갑니다만, 혹시 정직함 어르신 아니십니까?

그러자 노인은 얼굴을 붉히며 말했다. "내 이름은 정직함이 아니라 정직이오. 부디 이름에 걸맞은 성품을 지닐 수 있기를 바랄 뿐이지. 그나저나 내 고향만 듣고 내가 누군지 어찌 알았소?"

고결 주인님을 통해 어르신에 대한 얘기를 들은 적이 있습니다. 주인님께서는 이 세상에서 일어나는 모든 일을 다 알고 계시지요. 허나 저는 과연 어르신네 마을 같은 곳에서 이 길을 오는 사람이 있을까 종종 의문을 가지곤 했답니다. 그 마을은 심지어 멸망의 성읍보다도 더 타락한 곳 아닙니까?

정직 맞소. 우리 마을은 태양으로부터 더 멀리 떨어져 있어서 차갑고 무감각하지요. 그러나 아무리 얼음산에 사는 사람이라도 공의로운 해[279]가 떠올라 그를 비추면 얼음장 같던 마음도 사르르 녹아내리기 마련이오. 내게도 그런 일이 일어났던 거지요.

고결 맞아요. 저도 그렇게 믿습니다, 정직 어르신. 그것이 사실이라는 것도 알고요.

그러자 노신사는 순례자들에게 거룩한 사랑의 입맞춤으로 경의를 표했고,[280] 그들의 이름과 그들의 순례 여정이 어떠했는지를 물었다.

그러자 크리스티아나가 말했다. "아마 제 이름은 들어 보셨을 겁니다. 크리스천이 제 남편이었고, 이 아이들은 그의 아들들이랍니다."

---

279 말라기 4:2.
280 베드로전서 5:14.

이 말을 들은 노신사가 얼마나 크게 놀랐는지 상상할 수 있겠는가! 그는 펄쩍 뛰더니 미소를 지으며 순례자들에게 거듭 축복을 빌어 준 후 말했다.

정직 그대의 남편과 그가 당시 겪었던 여정과 분투에 대해서는 익히 들었다오. 위로가 될지 모르겠으나 그대 남편의 이름은 이 지역 사람들 사이에서 자자하다오. 그 어떤 상황에서도 굴하지 않고 보여 준 그의 믿음과 용기와 인내심과 신실함 덕분에 이름이 알려지게 되었지.

그러더니 노신사는 소년들 쪽으로 몸을 돌려 그들의 이름을 물었다. 그리고 소년들이 대답하자 그는 소년들에게 말했다. "마태야, 세리 마태와 같은 사람이 되거라. 허나 청렴하고 정직한 덕을 지니라는 뜻이지 결코 악덕을 일삼으라는 말이 아니다. 사무엘아, 너는 선지자 사무엘과 같은 믿음과 기도의 사람이 되거라. 요셉아, 너는 보디발의 집에 있던 순결한 요셉처럼 유혹을 멀리하는 사람이 되거라. 그리고 야고보야, 너는 의인 야고보와 예수의 형제 야고보 같은 사람이 되거라."[281] 그가 말을 마치자 순례자들은 자비가 어떻게 고향과 친척을 버리고 크리스티아나와 아이들을 따라오게 되었는지 노인에게 말해 주었다. 그러자 정직 노인이 말했다. "자비가 그대의 이름인가? 그대는 자비의 근원이신 그분의 얼굴을 평안히 바라보게 되는 그곳까지 나아가는 길 가운데 그 어떤 공격과 어려움도 그분의 자비로써 이겨 내고 헤쳐 나갈 수 있을 것이니라."

이런 말들이 오가는 내내 안내자 고결은 아주 흡족해하며 순례자들을 향해 미소를 지었다.

그리고 그들이 함께 걸어가는 동안 안내자는 노신사에게 혹시 그의 동네 사람들 중 경외라고 불리던 순례자를 아는지 물었다.

---

281 마태복음 10:3, 13:55; 시편 99:6; 창세기 39장; 마가복음 6:3.

정직이 말했다. "그럼, 아주 잘 알고말고. 그는 일의 뿌리를 마음속에 지닌 자였으나[282] 지금껏 내가 만난 순례자들 중에 가장 골치 아픈 사람이기도 했다오."

고결 그의 성격을 정확히 묘사하시는 걸 보니 그를 아시는 게 확실하군요.

정직 알다마다! 우린 아주 친한 사이였다오. 난 그가 떠나기 직전까지도 그와 함께 있었다오. 그가 죽음 이후의 세계에 대해 생각하기 시작했을 때도 난 그의 곁에 있었소.

고결 제가 그를 저희 주인님의 집에서부터 거룩한 성의 성문까지 안내해 드렸었지요.

정직 그럼 그가 얼마나 골치 아픈 사람이었는지 잘 알겠구려.

고결 그럼요. 하지만 그런 것쯤은 잘 감당할 수 있었습니다. 제가 받은 소명을 감당하다 보면 종종 그와 같은 사람들을 안내해야 할 때가 있지요.

정직 그렇구려. 그럼 당신이 그를 안내하면서 있었던 일들을 좀 들려줄 수 있겠소?

고결 그럼요. 그는 그가 가고자 하는 그곳에서 자신을 받아 주지 않으면 어쩌나 늘 두려워했답니다. 사람들이 조금이라도 부정적인 이야기를 하면 잔뜩 겁을 먹곤 했지요. 절망의 수렁에서도 무려 한 달이 넘도록 울부짖으며 그 자리에 멈춰 있었다고 하더군요. 자기보다 먼저 수렁을 건너가는 자들도 몇 명이나 보았고, 그중 그에게 도움의 손길을 내민 사람들도 몇 있었지만 그는 감히 시도도 하지 못했답니다. 그렇다고 다시 돌아갈 생각도 없었지요. 그는 거룩한 성에 가지 못하면 죽음뿐이라고 말하면서도 어려움을 만날 때마다 매번 낙담했고, 어쩌다 날아온 지푸라기 한 올에도 비틀거리곤 했답니

---

282 욥기 19:28.

255

다. 아무튼 아까 말씀드렸다시피 그렇게 한참 동안을 절망의 수렁에서 시간을 지체한 그는 어느 화창한 아침 어찌 된 일인지 용기를 내어 수렁을 건넜지요. 자기 자신조차 그곳을 건너왔다는 걸 믿을 수가 없었답니다. 제 생각에 그는 어딜 가나 마음속에 늘 자신만의 절망의 수렁을 품고 다녔던 것 같습니다. 그렇지 않았더라면 그러지 않았겠지요. 수렁을 건넌 그는 이 길의 시작점에 있는 좁은 문으로 다가갔답니다. 제가 어디를 말하는 건지 아시지요? 그러나 그는 여기서도 문을 두드릴 자신이 없어 한참 동안을 서성거렸죠. 그러다 문이 열리기라도 하면 그는 뒤로 물러나며 다른 사람들에게 길을 비켜 주고는 자기는 들어갈 자격이 없다고 말하곤 했답니다. 그래서 그는 그곳에 다른 이들보다 먼저 도착했음에도 불구하고 많은 이가 그보다 먼저 문 안으로 들어가게 내버려 둔 채 가엾게도 몸을 움츠리고 벌벌 떨며 서 있었답니다. 누구라도 그 모습을 봤더라면 측은한 마음이 들었을 겁니다. 그러나 여전히 그는 돌아갈 생각은 추호도 없었죠. 마침내 그는 문 위에 매달려 있던 망치를 손에 쥐고는 한두 번 정도 문을 두드렸답니다. 그러나 문지기가 문을 열자 그는 이전처럼 움찔하며 뒤로 물러났지요. 그러자 문을 연 자가 그를 향해 밖으로 한 걸음 내딛고는 말했답니다. "떨고 있는 자여, 무엇을 원하는가?" 그러자 그는 바닥에 쓰러졌고, 그에게 말을 걸었던 자는 그가 쓰러지는 걸 보더니 놀라며 말했죠. "평안하라. 내가 너를 위해 문을 열어 두었으니 일어나 들어오거라. 네게 복이 있도다." 그러자 그가 일어나 떨며 안으로 들어갔답니다. 그러나 들어간 후에도 그는 부끄러움에 얼굴을 들지 못했지요. 어르신도 아시겠지만 사람들은 여느 때처럼 그를 한참 동안이나 환영해 주었고, 그가 앞으로 가야 할 길을 알려 주었지요. 그렇게 그는 다시 발걸음을 옮겨 마침내 저희 집에 이르렀답니다. 그러나 그는 제 주인님인 해설자 나리의 집 문 앞에서도 좁은 문에서 했던 것과 마찬가지로 차마 문을 두드리지 못한 채 한참을 추운 바깥에서 서성거렸지요. 여전히 돌아갈 생각은 없었지만 말입니다. 당시 밤은 춥고 길었답니다. 그는 가슴속에 우리 주인님께 부탁드릴 내용을 적은 서신도 지니고 있었지요. 그를 집 안으로 들여 편히 쉴 수 있도록 허락해 주시고, 겁 많은 자신을 위해 건장하고 용감한 안내자를 붙여 주십사 하는 내용의 서신 말입니다. 그런데도 가여운 그는 문을 두드릴 용기가 없어 거의 굶어 죽을 지경이 될 때까지 바깥을 서성거렸답니다. 두려움이 너무 큰 나머지 몇몇 사람이 문을 두드리고 안으로 들어가는 것을 보고도 스스로는 도저히 시도할 엄두가 나지 않았던 것이지요. 그러다 마침내 제가 창밖을 내다보다가 문밖에서 서성이는 자를 발견하고는 밖으로 나가 그에게 누구냐고 물었답니다. 그러나 그는 불쌍하게도 눈에 눈물을 가득 머금고 있는 게 아니겠어요? 그걸 보자 저는 그가 원하는 것이 뭔지 알 것 같더군요. 그래서 저는 안으로 들어가 집안사람들에게 그 이야기를 하고는 주인님께로 가서 자초지종을 말씀드렸답니다. 그랬더니 주인님께서는 제게 다시 가서 그를 들어오도록 다독이라고 하셨지요. 하지만 그를 들어오게 하는 일은 정말이지 어려웠답니다. 결국 그가 들어왔고, 주인님께서는 그에게 각별한 애정을 보여 주셨지요. 좋은 음식들은 죄다 그의 나무 쟁반 위에 올려놓으셔서 정작 식탁 위에는 좋은 음식들이 거의 없을 정도였다니까요! 그리고 그가 서신을 보여 드리자 주인님께서 서신을 읽으시고는 그의 청을 다 들어주시겠다고 말씀하셨어요. 그리고 한동안 그곳에 머물자 그는 기운도 조금 회복되고 좀 더 편안해 보였답니다. 아시다시피 저희 주인님께서는 두려워하는 자들에게 특히 더 다정하게 대해 주시는 분이기 때문에 그에게도 지극히 다정하게 대하며 격려해 주셨지요. 그래서 그가 그곳에서 진귀한 것들을 본 후 성읍으로 다시 여행을 떠날 채비를 하자 주인님께서는 과거에 크리스천에게 주셨던 것처럼 그에게도 성령수 한 병을 주시고 먹을 것도 넉넉히 챙겨 주셨답니다. 그렇게 우리는 그곳을 떠났고, 제가 앞장서서 걸어갔지요. 그러나 그는 거의 아무런 말도 없이 한숨만 푹푹 내쉴 뿐이었답니다.

그리고 세 명의 사내가 목이 매달린 채 죽어 있는 곳에 이르자 그는 자기도 결국 그렇게 될까 걱정이라고 말했어요. 그나마 십자가와 돌무덤을 보자 조금 얼굴이 밝아지더군요. 그곳에서 조금 더 머무르며 그것들을 바라보던 그는 잠시 후 조금 활기를 얻은 듯했답니다. 그러고는 역경의 언덕에 이르러서도 그는 조금도 지체하지 않았고, 사자도 크게 두려워하지 않았지요. 그가 두려워했던 것은 그런 것들이 아니라 마지막에 받아들여질 수 있을까에 관한 문제였으니까 말이죠.

아름다움의 집에 들어갔을 때 그는 아직 마음의 준비가 안 된 듯해 보였어요. 그를 안으로 들여보낸 후 저는 그곳에 사는 몇몇 아씨를 그에게 소개시켜 주었는데 그는 사람들과 사귀는 것을 꺼리며 홀로 있고 싶어 하더군요. 하지만 그는 늘 유익한 이야깃거리를 좋아했고, 가끔은 묵묵히 앉아 이야기를 듣곤 했어요. 뿐만 아니라 고대 유물들을 구경하는 것도 매우 좋아했고, 그것들에 대해 곰곰이 생각에 잠기기도 했답니다. 나중에서야 그가 해 준 이야기지만, 그는 그 전에 갔던 집, 즉 좁은 문과 해설자 나리의 집에 머무는 것이 참으로 좋았으나 감히 여쭤 볼 용기가 없었다더군요.

아름다움의 집을 떠나 굴욕의 골짜기를 향해 내려갈 때도 그는 제가 지금껏 본 그 누구보다도 수월하게 내려갔답니다. 마지막에 가서 행복할 수 있다면 그가 어떤 굴욕을 당하든 그는 개의치 않았으니까요. 아무래도 그 골짜기와 그 사이에 어떤 공감대 같은 것이 있었나 봅니다. 순례자의 길을 가는 동안 그 골짜기에서만큼 그가 즐거워 보였던 적이 없었으니 말이죠.

그곳에서 그는 바닥에 눕기도 하고, 땅을 껴안아 보기도 하고, 골짜기에 피어난 꽃들에 하나하나 입을 맞추기도 했답니다. 그리고 매일 아침 동이 트기도 전에 일어나 골짜기 이곳저곳을 거닐곤 했지요.

그러나 사망의 음침한 골짜기로 들어섰을 때 저는 하마터면 그를 잃을 뻔했답니다. 돌아가는 것은 거듭 거부하던 그였으니 그것 때문은 아니었고, 단지 그가 두려움으로 죽을 것만 같아 보였기 때문이었어요. "아아, 요괴들이 나를 죽일 거예요! 요괴들이 나를 잡아갈 거라고요!"라고 울먹이는 그를 저는 도저히 진정시킬 수가 없었어요. 어찌나 요란하게 소리를 질러 대던지 오히려 그 소리를 듣고 적들이 그를 잡으러 올 것 같지 뭡니까!

그런데 정말 이상한 점은 그 골짜기가 그렇게 잠잠한 것은 그 전에도 이후로도 본 적이 없다는 것이었어요. 주님께서 적들을 특별히 불러 모아 경외라는 자가 골짜기를 다 지나갈 때까지 절대 건드리지 못하도록 명령이라도 내리신 듯했답니다.

모든 것을 다 말씀드리자면 지루하실 테니 한두 가지만 더 말씀을 드리도록 하겠습니다. 헛된 시장에 들어서자 그는 마치 모든 시장 사람들과 싸움이라도 벌일 기세였답니다. 그들의 어리석은 행동에 그가 어찌나 격분하던지 혹시 머리라도 맞아 죽는 건 아닌지 조마조마했다니까요. 게다가 마법의 땅에서는 정신이 어찌 그렇게 또렷할 수 있는지 신기하더군요. 하지만 다리가 없는 강에 이르자 그는 다시금 좌절에 빠졌답니다. 이제 자기는 물에 빠져 영원히 죽게 될 것이며 지금껏 그분의 얼굴을 보기 위해 먼 길을 왔건만 결국은 절대 그를 평안히 마주할 수 없게 되었다고요.

그런데 여기서도 저는 놀라운 사실을 발견했지요. 지금껏 살면서 그 강물이 그때만큼 얕았던 적을 본 적이 없었다는 겁니다. 그가 강을 다 건너가고 나서도 젖은 거라곤 신발뿐이었으니 말이에요. 그가 성문을 향해 올라가자 저는 그에게 작별을 고하고는 위에서 환영받을 수 있기를 기원해 주었답니다. 그러자 그가 "그래야지요. 암, 그래야 되고말고."라고 말했지요. 그러고 나서 그와 헤어진 후에는 그를 두 번 다시 보지 못했습니다.

정직 그럼 결국 다 잘되었나 보구려.

고결 그럼요. 저는 단 한 번도 그가 받아들여지지 않을 거라 의심해 본 적이 없습니다. 비록 그가 항상 스스로를 낮춤으로써 자신을 힘겨운 삶 속에 몰아넣고 다른 사람들을 성가시게 했을지라도 그는 누구보다도 훌륭한 영혼을 지닌 자였으니까요. 그는 누구보다도 죄에 민감한 사람이었습니다. 그리고 남에게 해가 되는 행동을 하는 것을 크게 두려워하여 가끔은 율법에 어긋나지 않는 행동이라 할지라도 그것이 남의 기분을 상하게 할 수 있다면 스스로 삼가곤 했지요.

정직 허나 어찌 그런 의인이 평생을 어둠 속에서 지내야 했던 거요?

고결 거기에는 두 가지 이유가 있답니다. 하나는 지혜의 하나님께서 그렇게 미리 계획하셨기 때문이지요. 누군가는 피리를 불고, 누군가는 슬피 울어야 한다는 말이 있지 않습니까?[283] 말하자면 경외는 낮은 음을 연주하는 사람이었던 거죠. 그와 같은 사람들이 연주하는 소리는 세 줄 거문고와 같아서 다른 악기들이 내는 소리에 비해 더 구슬프게 들리지만 어떤 사람들은 낮은 음이야말로 음악의 기저라고 말하곤 하지요. 그리고 저 또한 개인적으로 마음의 부담감이 없이 내뱉는 신앙 고백은 그리 신뢰하지 않는답니다. 음악가들이 악기를 조율하려 할 때는 흔히 저음을 가장 먼저 소리 내어 보듯이 하나님께서도 누군가의 영혼을 그에게로 맞추려 할 때 가장 낮은 음을 먼저 퉁

---

[283] 마태복음 11:16-18.

겨 보시지요. 비록 경외 양반은 죽는 날까지 다른 음을 내지 못했지
만 말입니다.

어린 독자들의 지경을 넓혀 줄 심산으로 은유를 사용하였다. 요한
계시록의 말씀에 보면 구원받은 자들이 보좌 앞에서 나팔과 거문고
를 연주하며 노래를 부르는 음악가들로 비유되고 있기 때문이다.[284]

정직 그는 열망이 무척이나 강한 사람이었소. 당신이 들려준 이야
기를 들으면 누구라도 짐작할 수 있을 테지만 말이오. 그는 역경이나
사자나 헛된 시장 따위는 결코 두려워하지 않았고, 그가 두려워했던
것은 오직 죄와 죽음과 지옥뿐이었소. 과연 자신이 거룩한 성에서의
삶을 누릴 수 있을지 확신할 수 없었기 때문이지요.

고결 맞습니다. 그에게는 그런 것들이야말로 고민거리였죠. 그리
고 어르신께서 말씀하셨듯이 그런 괴로움들은 그의 마음이 연약하기
때문이었지 결코 영혼이 나약했던 탓은 아니었답니다. 그리고 영혼
이야말로 순례자의 삶에서 행함을 이끄는 부분이라고 할 수 있지요.
옛말처럼 그는 길을 가다 만나는 선동가의 말에 혹할 수 있을지는 몰
라도 그가 괴로워하는 것들은 다른 이도 누구나 쉽게 떨치지 못하는
것이랍니다.

그러자 크리스티아나가 말했다. "나리께서 해 주신 경외 양반에 대
한 이야기는 제게 참으로 큰 도움이 되었습니다. 저는 이 세상에 저
같은 사람은 없을 줄 알았는데 그 사람과 저는 어딘가 닮은 구석이
있는 것 같습니다. 단지 차이점이 두 가지 있다면 우선 그에게는 마
음의 고통이 너무나도 컸던 나머지 그 고통이 밖으로 표출된 반면 저
는 고통을 마음속에만 간직했다는 것이고, 또한 그는 쉼을 위해 마련
된 집 앞에서조차 괴로워하며 문을 두드리지 못했던 반면 저는 오히
려 괴로움으로 인해 늘 문을 더욱 세게 두드렸다는 것이지요.

---

284 요한계시록 8:2, 14:2-3.

자비 저도 한마디 하자면 제 마음속에도 그 사내가 품었던 마음과 비슷한 것이 자리 잡고 있는 것 같습니다. 저도 예전에는 유황 못을 이렇게 두려워한 적이 없었고, 천국을 잃는 것을 다른 어떤 것을 잃는 것보다 두려워했던 적이 없었기 때문이지요. 아! 만약 제가 그곳에 거하는 기쁨만 누릴 수 있게 된다면 이 세상 모든 것을 다 버려도 좋습니다!

그러자 미태가 말했다. "저 또한 마음속에 두려움을 품게 되자 제 안에 구원의 확신을 갖도록 하는 뭔가가 부족하다는 것을 느끼게 되었답니다. 허나 이렇게 선한 양반도 그렇게 느꼈다면 제가 그렇게 느끼는 것은 당연하지 않겠어요?"

야고보가 말했다. "경외함이 없이는 은혜도 없지요. 지옥을 두려워하는 자에게 항상 은혜가 있는 것은 아니지만 하나님을 두려워하지 않는 자에게 은혜가 없다는 것은 확실해요."

고결 네 말이 맞다, 야고보야. 요지를 아주 잘 파악했구나. 하나님을 두려워하는 것이 지혜의 시작이며, 시작을 건너뛰는 자들은 중간도 마지막도 없을 거라는 것은 두말할 필요도 없지. 자, 이제 경외에게는 작별 인사를 전하는 것으로 이 이야기는 끝을 맺도록 합시다.

"친애하는 경외여,

그대는 여호와를 경외하며

이 길을 가는 내내 주께서 그대를 외면하실까 두려워

아무것도 할 수가 없었지요.

유황 못과 수렁이 두려운 것은

다른 이들도 마찬가지일 테요.

그대와 같은 깨달음을 얻지 못한 자들은

심지어 그곳을 빠져나오지도 못한다오."

그들은 계속 이야기를 나누며 걸어갔다. 고결이 경외에 대한 고별

사를 읊은 뒤 정직이 아집이라는 자에 대해 이야기를 꺼냈기 때문이었다. 정직이 말했다. "그는 스스로 순례자인 척했지만 나는 그가 이 길을 좁은 문을 통해 들어오지 않았다는 것을 장담할 수 있소."

고결 그것을 두고 그와 얘기해 보신 적이 있습니까?

정직 그럼요, 한두 번이 아니었다오. 허나 그는 늘 자기 이름만큼이나 아집이 강한 자였다오. 다른 사람을 보고 배우는 적도 없었을 뿐더러, 다른 말을 귀담아 듣지도 않았고, 경험을 통해서 배우는 적도 없었지요. 오로지 자기 마음 내키는 대로만 행동할 뿐, 그 외에는 누가 무슨 말을 해도 그에게는 소 귀에 경 읽기나 마찬가지였다오.

고결 아니, 대체 그가 붙들고 있던 신념이 뭐였길래 그랬습니까?

정직 그는 인간이 순례자들의 덕목과 더불어 죄도 범해야 한다고 생각하더구려. 이 두 가지를 다 행하면 틀림없이 구원받을 수 있다고 말이오.

고결 아니, 뭐라고요? 만약 순례자들의 덕목을 지키려 애쓰면서도 죄의식을 느끼는 것은 어쩔 수 없다고 말했더라면 그리 비난받을 이유는 없었을 겁니다. 우리가 아무리 깨어 노력해도 죄에서 완전히 벗어날 수 없는 것은 사실이니까요. 하지만 제가 제대로 이해했다면 어르신께서 뜻하신 바는 이런 경우를 말하는 것이 아니라 그자는 두 가지 다 따르는 것이 괜찮다고 했다는 말씀이시죠?

정직 맞소. 바로 그거요. 그는 그러한 신념을 믿고 따랐다오.

고결 대체 그가 그런 말을 했던 근거는 뭐였습니까?

정직 그는 성경 말씀으로 자기의 신념을 입증해 보일 수 있다고 하더구려.

고결 그럴 리가요, 정직 어르신. 어떤 성경 말씀이었는지 좀 더 자세히 말씀해 주십시오.

정직 그리하리라. 그가 말하기를 여호와의 사랑을 받은 자 다윗도 다른 남자의 아내를 탐하였으니 자기도 그리해도 된다고 하더구려. 그리고 솔로몬도 여러 명의 여인을 거느린 바 있으니 자기도 그리해도 된다고 믿었으며, 사라와 라합이 거짓말을 했으니 자신도 그리해도 된다고 하더이다. 게다가 제자들은 예수께서 시키신 대로 가서 주인이 있는 나귀를 훔쳤으니 자기도 그리해도 된다고 말했으며, 간계와 거짓으로 아버지에게서 장자권을 물려받은 야곱처럼 자기도 그렇게 해도 된다고 하더구려.[285]

고결 정말이지 교묘하기 짝이 없군요! 정말 그가 그런 생각을 가지고 있었단 말입니까?

정직 그가 성경 말씀을 보여 주며 강력히 주장하는 걸 내 귀로 똑똑히 들었소.

고결 이 세상 누구도 이 의견에 손을 들어 줄 사람은 없을 겁니다!

정직 허나 여기서 확실히 해 둘 게 있소. 그는 누구나 그렇게 해도 된다는 것이 아니라 성경 속에서 그런 일을 범했던 자들처럼 덕목이 있는 사람이라면 그들처럼 해도 된다는 말이었소.

고결 허나 그런 억지가 어디 있습니까? 그건 마치 의인들이 과거에 순간의 나약함과 소홀함으로 인해 죄를 지었으니 우리는 그것이 죄임을 알면서도 해도 된다는 말 아닙니까? 그럼 강풍이나 돌부리에 걸려 진창에 넘어진 뒤 진흙투성이가 된 어린아이를 보고, 우리도 멧돼지처럼 진창에 누워 뒹굴자고 하는 것과 뭐가 다릅니까? 죄의 권세로 한 인간의 눈이 이렇게까지 멀어 버릴 수 있다는 걸 감히 누가 상상이나 했겠습니까? '그들이 말씀을 순종하지 아니하므로 넘어지나니 이는 그들을 이렇게 정하신 것이라.'[286] 하신 말씀이 사실이군

---

285 사무엘하 11장; 열왕기상 11:1-3; 창세기 12:11-20; 출애굽기 1:16-17; 여호수아 2:1-6; 마태복음 21:1-7; 창세기 25:28-34, 27:1-36.
286 베드로전서 2:8.

요. 악을 일삼는 자들이 의인의 덕목을 지닐 수 있다고 생각하는 것 또한 앞의 생각 못지않게 크나큰 착각이지요. 쓰레기를 핥아 먹는 개처럼 여호와의 백성의 속죄 제물을 먹는 것은 결코 여호와의 백성으로서의 덕을 지닌 사람의 모습이 아닙니다.[287] 게다가 이런 생각을 가진 자의 마음에 믿음이나 사랑이 존재하리라는 생각조차 저는 할 수 없군요. 물론 어르신께서도 그의 의견에 강하게 반대하셨겠지요? 그가 뭐라고 변명하던가요?

정직이 말했다. "생각과 행동이 서로 다른 것보다는 솔직하게 터놓고 소신껏 행동하는 것이 훨씬 더 정직한 것 아니냐고 하더이다."

고결 간사하기 짝이 없는 대답이로군요. 물론 우리의 의지와는 반대로 욕망의 고삐를 늦추는 것도 나쁘지만 죄를 범하고도 묵인하려 하는 것은 더 나쁘지요. 앞의 것은 주위 사람들을 본의 아니게 넘어지게 할지 몰라도 뒤의 것은 그들을 덫으로 몰아가는 격이니까요.

정직 사람들 중에는 이와 같은 생각을 가지고 있으나 이자처럼 자기 생각을 입 밖으로 내지 않는 사람들이 많이 있지요. 그런 자들 때문에 순례자의 길이 그 가치를 인정받지 못하고 있는 거라오.

고결 맞는 말씀입니다. 정말 애통한 일이지요. 그렇지만 하늘의 여호와를 두려워하는 자들은 결국 그들 가운데서 나아오게 될 것입니다.

크리스티아나 세상에는 이상한 신념이 난무하지요. 저는 죽기 전에 죄를 회개해도 늦지 않다고 말하는 사람을 봤습니다.

고결 그건 결코 현명한 생각이 아니오. 만약 그가 목숨을 구하기 위해 일주일 동안 30킬로미터를 달려가야 할 운명이라면 그는 굳이 마지막 한 시간만 남긴 채 출발하려 하지는 않을 것이오.

정직 당신 말이 맞소. 허나 그럼에도 스스로를 순례자라 칭하는

---

287 호세아 4:8.

자들의 대부분이 그런 행동을 일삼지요. 보다시피 나는 이제 나이가 많이 들었소. 그리고 여러 날 동안 이 길을 여행하며 많은 것을 깨달았다오. 마치 세상을 다 이길 듯한 기세로 여정을 나선 지 며칠도 되지 않아 약속의 땅은 구경도 못 한 채 광야에서 목숨을 잃은 자들도 보았고,[288] 처음에 순례 여정을 떠날 때는 영 못 미더워 하루나 버틸 수 있을까 싶던 사람이 아주 훌륭한 순례자로 거듭나는 것도 보았소. 그리고 앞으로 허겁지겁 달려가더니 얼마 후 다시 똑같이 허둥지둥 돌아오는 자들도 보았고, 처음에는 순례자의 삶을 극찬하더니 얼마 지나지 않아 험담하는 자들도 보았지요. 그리고 천국을 향해 여정을 떠날 때는 그런 곳이 있다고 확신하더니 거의 코앞까지 이르렀다가 다시 돌아와서는 그런 곳은 없다고 말하는 자들도 있었고, 장애물을 만날 경우 어떻게 맞서 싸울지 우쭐대며 말하고는 별것도 아닌 일에 믿음이며 순례자의 길이며 모든 것을 다 버리고 도망치는 자들도 있었다오.

그때, 길을 걸어가던 그들에게로 한 사내가 헐레벌떡 달려와서는 말했다. "나리들, 그리고 연약한 자들이여, 저 앞에 강도들이 있으니 부디 목숨을 건지고 싶다면 몸을 피하십시오."

고결이 말했다. "예전에 믿음이 작은 자를 공격했던 그 세 명이로군. 우리는 그들과 싸울 각오가 되어 있소."

그들은 악당들이 언제 나타날지 굽이굽이마다 살피며 계속 길을 걸어갔다. 그러나 고결이 나타났다는 소문을 들은 것인지, 아니면 다른 표적을 찾은 것인지 결국 그들은 순례자들 앞에 모습을 드러내지 않았다.

---

[288] 민수기 14:11-35; 히브리서 3:7-19.

7

잠시 후 크리스티아나는 지친 자신과 아이들이 머물 곳이 근처에 있겠느냐고 물었다.

그러자 정직이 말했다. "조금만 더 가면 가이오[289]라는 아주 훌륭한 사도가 사는 집이 있다오." 그리하여 순례자들은 모두 그곳에서 머무르기로 결정을 내렸다. 노신사가 그 사도를 침이 마르도록 칭찬한 까닭이었다. 여관의 문은 두드리지 않는 것이 그곳의 풍속이었으므로 그들은 문 앞에 이르자 문을 두드리지 않고 안으로 들어갔다. 순례자들이 집주인을 부르자 그가 밖으로 나왔고, 순례자들은 그곳에서 하룻밤 묵어가도 될지 물었다.

가이오 그럼요, 여러분이 진리를 좇는 사람이라면 말입니다. 저희 집은 순례자들만을 위해 마련된 곳이니까요.

순례자들을 아끼는 여관 주인의 모습을 본 크리스티아나와 자비와 소년들은 매우 기뻐했다. 그들이 방을 요청하자 주인은 크리스티아나와 아이들과 자비가 묵을 방 하나와 고결과 노신사가 묵을 방 하나를 내주었다.

고결 가이오 양반, 혹시 먹을 것이 좀 있소? 이 순례자들이 오늘 먼 길을 오느라 많이 지쳤구려.

가이오 밤이 늦어 음식을 구하러 밖에 나가기는 힘들지만 괜찮으시다면 저희 집에 있는 음식들은 얼마든지 드실 수 있습니다.

고결 집에 있는 음식들로도 우리에겐 충분하오. 내가 알기로 그대의 집에는 필요한 것들이 늘 채워져 있다고 들었소.

그러자 그는 아래층으로 내려가 맛이 좋았더라는 요리사에게 여러 순례자를 위한 저녁 식사를 준비하라고 일렀다. 그러고는 그가 다

---

[289] 로마서 16:23; 요한삼서 1:1-6.

시 올라와서 말했다. "자, 여러분, 환영합니다. 제가 여러분께 쉼터를 제공할 수 있어 참으로 행복하군요. 저녁 식사가 준비될 동안 괜찮으시다면 즐겁게 이야기나 나누는 게 어떻겠습니까?"

그러자 모두 입을 모아 말했다. "좋습니다."

가이오 여기 계신 중년의 부인은 누구의 부인이십니까? 그리고 이 젊은 처녀는 누구의 딸입니까?

고결 이 여인은 과거에 순례자였던 크리스천의 아내고, 네 명의 아이는 그의 아들들이라오. 그리고 이 처녀는 부인이 아는 처녀인데 순례 여행을 함께 가자고 부인이 설득하여 함께 왔다오. 아버지를 똑 닮은 이 아이들은 아버지가 간 길을 그대로 가고자 하여 그 의로운 순례자가 묵었던 곳이나 그가 지나간 곳을 발견하기라도 하면 잔뜩 신이 나서는 같은 곳에서 머물고 같은 곳을 걸어가려 애쓴다오.

가이오 크리스천의 부인과 아이들이라고요? 저는 부군의 부친과 아는 사이였답니다. 그리고 그의 아버지의 아버지도 알았었지요. 가문 대대로 선한 분이 많았답니다. 그들의 조상들은 안디옥[290]에 살았지요. 부군으로부터 들으신 적이 있겠지만 부군의 머나먼 조상들 또한 아주 덕망 있는 분들이었답니다. 순례자들의 하나님과, 그분의 길과, 주를 사랑했던 자들에게 제가 아는 그 누구보다도 고결하고 용감한 모습을 보여 주셨지요. 부군의 일가친척 가운데는 진리를 위해 숱한 시련을 겪어 낸 분들도 많았답니다. 부군께서 자라신 집안의 일대 조상들 중 한 분인 스데반 나리께서는 머리에 돌을 맞아 돌아가셨고, 같은 시대를 사셨던 야고보 사도께서는 칼로 죽임을 당하셨으며,[291] 가문의 머나먼 조상이신 바울 사도와 베드로 사도는 더 말할 것도 없지요. 그리고 이냐시오 주교께서는 사자 굴에 던져지셨고, 로마누스

---

290 사도행전 11:26.
291 사도행전 7:59-60, 12:2.

집사께서는 뼈가 보일 때까지 살점이 갈기갈기 찢기셨으며, 폴리카르포스 주교께서는 불에 던져지는 고통을 마다하지 않으셨습니다. 또한 햇빛 아래 그물에 매달려 말벌들의 밥이 되신 분도 있고, 커다란 부대에 담긴 채 바다로 내던져진 분도 있지요. 그 가문을 통틀어 순례자의 삶을 사모하여 상처와 죽음까지도 견뎌 내신 분들을 하나하나 나열하자면 끝이 없을 겁니다. 또한 부군께서 이렇게 네 명의 후손을 남기셨다니 기쁘지 않을 수 없군요. 부디 이 아이들이 아버지의 이름을 붙들어 그의 발자취를 따라 끝까지 나아가기를 희망합니다.

고결　맞소. 참으로 훌륭한 아이들이라오. 이 아이들이라면 아버지가 간 길을 아주 기꺼운 마음으로 따라갈 것이오.

가이오　제 말이 그 말입니다. 그러니 크리스천 가문은 계속해서 온 땅 위에 널리 퍼져 번성하게 될 겁니다. 크리스티아나 부인에게 아들들을 결혼시킬 처녀들을 찾아보도록 하는 건 어떨까요? 아버지의 이름과 가문의 이름이 세상에서 영원히 잊히지 않도록 말입니다.

정직　이 가문이 점점 이 땅에서 사라지게 될 걸 생각하면 마음이 아프구려.

가이오　결코 사라지지는 않을 겁니다. 다만 줄어들긴 하겠지요. 그러나 크리스티아나 부인께서 제 조언을 따르신다면 가문을 유지시킬 수 있을 것입니다.

그러고는 여관 주인이 말했다. "크리스티아나 부인, 부인과 자비 아씨가 이곳에 함께 있는 모습을 보니 마음이 기쁩니다. 정말 아름다운 동행이지요. 혹시 자비 아씨가 좋다고 하면 부인의 장남 마태와 결혼시키셔서 자비 아씨를 더 가까운 가족으로 삼는 것은 어떻겠습니까? 그리하면 땅 위에 가문을 유지시킬 수 있을 테니까요."

그리하여 그들은 혼인을 치르기로 하였고, 얼마 후 부부가 되었다.

그러나 이에 대해서는 뒤에서 다시 이야기하도록 하겠다.

가이오는 계속해서 말을 이었다. "이제 여자들의 불명예를 씻어 주기 위해 한마디 하도록 하겠습니다. 비록 여자로 인해 세상이 죽음과 저주를 받은 것은 사실이나, 생명과 번영도 여자로부터 나오게 되었지요. '하나님께서 그 아들을 보내사 여자에게서 나게 하셨으니.'[292] 다시 말해 구주가 나셨을 때 천사나 남자보다도 여자가 더 먼저 기뻐했다는 것입니다. 저는 남자들 중에 예수님께 은화 한 닢이라도 드린 자가 있다는 이야기는 읽어 본 적이 없으나 여인들은 자신이 가진 것들을 내어놓으며 예수님을 섬겼지요.[293] 그리고 눈물로 예수님의 발을 씻긴 것도 여자였으며, 예수께 향유를 부은 것도 여자였습니다.[294] 예수께서 십자가를 향해 올라가실 때 슬피 울던 자들도 여자였으며, 십자가에 달리신 예수님을 지켜보던 자들과 예수께서 묻히셨을 때 돌무덤 앞에 앉아 있던 자들도 여자였지요.[295] 그리고 예수께서 부활하시던 날 아침에 가장 먼저 그를 만난 자들도 여자였으며, 제자들에게 예수께서 죽음에서 부활하셨다는 소식을 가장 먼저 알린 자들도 여자였답니다.[296] 그러니 이로 미루어 볼 때 여자는 지극히 사랑받는 자들이고 우리와 함께 삶의 은총을 나누는 자들임을 알 수 있지요."

그때 요리사가 올라와 저녁 식사가 거의 준비되었다는 것을 알린 뒤 다른 사람을 올려 보내어 식탁보를 깔고, 접시를 놓고, 소금과 빵을 차려 놓았다.

그러자 마태가 말했다. "이 식탁보와 차려진 식기들만 봐도 그 어느 때보다도 식욕이 마구 돋는걸요."

---

292 갈라디아서 4:4.
293 누가복음 8:2-3.
294 누가복음 7:37-50; 요한복음 11:2, 12:3.
295 누가복음 23:27; 마태복음 27:55-61.
296 누가복음 24:22-23.

가이오 그뿐만 아니라 삶 속에서 얻게 되는 진리의 가르침으로 인해 네 마음이 하나님의 나라에서 위대하신 주님의 식탁에 앉는 것을 열렬히 사모하게 되기를 바란다. 우리가 주의 집에 이르렀을 때 주님께서 우리에게 베풀어 주실 만찬에 비하면 이 세상에서의 설교 말씀이나 책이나 예배는 그저 이 식탁 위에 놓인 접시와 소금에 불과하기 때문이지.

드디어 저녁 식사가 올라왔다. 그들이 식탁 앞에 둘러앉자 들어 올린 뒷다리와 흔든 가슴살이 나왔다.[297] 식사 전에 먼저 여호와께 기도와 찬양을 드려야 한다는 것을 알도록 하기 위해서였다. 다윗은 이 들어 올린 뒷다리로 하나님께 마음을 올렸고, 그의 마음을 담은 흔든 가슴으로 하프에 기대어 찬양을 드리곤 했다. 이 두 가지 요리는 매우 신선하고 맛있었으므로 모두 아주 배불리 음식을 먹었다.

다음으로 그들이 가져온 것은 피처럼 붉은 포도주 한 병이었다. 가이오가 순례자들에게 말했다. "마음껏 마시세요. 이것은 하나님과 사람의 마음을 기쁘게 하는 참포도나무로부터 만든 포도주랍니다."[298] 그리하여 그들은 즐거이 포도주를 마셨다. 다음으로는 빵가루가 덮인 우유 한 접시가 나왔다. 가이오가 말했다. "소년들로 하여금 그것을 먹고 자라도록 합시다."[299]

다음으로는 엉긴 젖과 꿀로 만든 음식이 연달아 나왔다. 그러자 가이오가 말했다. "마음껏 드십시오. 이 음식을 먹으면 기운이 나고 분별력과 지식이 한층 더해질 것입니다. 주께서도 어릴 때 이 음식을 드셨었지요. 그리고 주께서는 '그가 엉긴 젖과 꿀을 먹으리니 그가 악을 버리며 선을 택할 줄을 알게 되리라.'[300]라고 말씀하셨답니다."

---

297 레위기 7:32-34, 10:14-15.
298 신명기 32:14; 사사기 9:13; 시편 104:15; 요한복음 15:1.
299 베드로전서 2:1-2.
300 이사야 7:15.

그리고 나서 그들은 사과를 내왔다. 참으로 달콤한 사과였다. 그러자 마태가 말했다. "뱀이 이것으로 최초의 어머니인 하와를 속였는데 우리가 사과를 먹어도 되는 건가요?"

그러자 가이오가 말했다.

"비록 우리가 사과에 현혹되었다고는 하나,
정작 우리의 영혼을 더럽힌 것은 사과가 아닌 죄란다.
금지된 사과는 먹으면 피를 썩게 하지만
주신 사과는 먹으면 유익을 주나니,
병이 날 만큼 주를 사모하는 주의 비둘기여, 주의 교회여!
주의 포도주를 마시고, 주의 사과를 먹으라."[301]

그러자 마태가 말했다. "얼마 전에 과일을 먹고 병이 든 적이 있어서 걱정을 했어요."

가이오 금단의 열매는 너를 병들게 하지만 우리 주께서 허락하신 열매는 괜찮단다.

그들이 이야기를 나누는 동안 다른 접시가 올라왔다. 이번에는 호두가 담긴 접시였다. 그러자 상 앞에 앉은 누군가가 말했다. "호두는 특히 어린아이들의 여린 치아를 상하게 하지 않습니까?" 이 말을 들은 가이오가 말했다.

"난해한 말씀은 읽는 자를 골탕 먹이려는 것이 아니라
그저 호두와 같아서 먹는 이들로부터 알맹이를 숨기지만
껍데기를 열면 알맹이를 얻을 수 있을 것이니
깨뜨려 먹는 것은 그대들의 몫이라."

그러자 그들은 매우 즐거운 마음으로 식탁 앞에 오래도록 앉아 많은 이야기를 나누었다. 그때 노신사가 말했다.

"주인 양반, 우리가 호두를 깨뜨려 먹을 동안 이 수수께끼를 한번

---

[301] 아가 2:5.

풀어 보시겠소?

    한 남자가 있었네. 누군가는 그에게 미쳤다고 했지만,

    그는 가진 걸 버리면 버릴수록 더 많은 걸 얻었다네."

    그러자 그들은 모두 귀를 기울이고 가이오의 대답을 기다렸다. 그는 잠시 앉아 생각하더니 대답했다.

    "자신의 소유물을 가난한 사람들에게 나누어 주는 자는 그것의 열 배나 더 많이 돌려받게 될 것이니라."

    그러자 요셉이 말했다. "대단하십니다, 나리. 그걸 맞추시리라고는 전혀 생각지도 못했어요."

    가이오가 말했다. "아, 나는 오랫동안 이런 방식으로 훈련을 받아 왔단다. 경험만큼 좋은 가르침은 없지. 주께서는 늘 인정을 베풀라고 말씀하셨고, 나는 베풂으로써 나 또한 얻게 된다는 것을 경험을 통해 알게 되었단다. '흩어 구제하여도 더욱 부하게 되는 이가 있나니, 과도히 아끼는 자는 가난하게 될 뿐이며, 스스로 부한 체하여도 아무것도 없는 자가 있고, 스스로 가난한 체하여도 재물이 많은 자가 있느니라.'[302]"

    그러자 사무엘이 어머니 크리스티아나에게 목소리를 낮추어 말했다. "어머니, 이 집의 주인은 정말 훌륭한 분인 것 같아요. 여기서 한동안 머무르면서 길을 다시 떠나기 전에 형 마태와 자비 아씨의 혼약을 맺어 주는 게 어떨까요?" 그러자 그 말을 우연히 들은 여관 주인 가이오가 말했다. "그럼, 물론 되고말고."

    그리하여 그들은 그곳에서 한 달 이상을 머물렀고, 마태는 자비를 아내로 맞았다. 이곳에 머무는 동안 자비는 늘 그러했듯 외투와 웃옷 등을 만들어 가난한 자들에게 주었고, 이를 통해 그녀는 순례자들 가운데서 칭찬을 사게 되었다.

---

302 잠언 11:24, 13:7.

다시 본래의 이야기로 돌아가서, 소년들은 여행으로 인해 많이 지친 터라 저녁 식사가 끝난 뒤 잠자리에 들기를 원했다. 가이오가 침실로 그들을 안내해 주겠다고 하자 자비가 말했다. "제가 데리고 가겠습니다." 그리하여 그녀는 소년들을 침실로 데려갔고, 그들은 모두 단잠에 빠져들었다. 그러나 남은 사람들은 가이오와 이야기를 나누는 것이 너무나도 즐거웠던 나머지 자러 가는 것도 잊은 채 밤새도록 앉아 이야기를 나누었다.

그렇게 그들이 앉아 하나님과 자기 자신과 순례 여정에 대해 이런저런 이야기를 나누던 중, 가이오에게 수수께끼를 냈던 정직 노인이 꾸벅꾸벅 졸기 시작했다.

그러자 고결이 말했다. "아이고, 어르신! 슬슬 졸리시는가 보군요! 자, 눈 좀 비비시고 이 수수께끼를 한번 맞춰 보시지요."

그러자 정직이 말했다. "어디 한번 말해 보시오."

그러자 고결이 말했다.

"죽이려는 자는 먼저 죽임을 당해야 하고,

밖에 나가 살기를 원하는 자는 먼저 고향에서 죽임을 당해야 하느니라."

정직이 말했다. "아이고, 이거 어려운 문제로구먼. 이해하기도 어렵고, 실제로 행하기란 더 어려운 일이오. 자, 주인 양반, 이 문제는 당신에게 넘기겠소. 나는 듣고 있을 테니 한번 설명해 보시오."

그러자 가이오가 말했다. "안 됩니다, 나리. 이 수수께끼는 어르신께 낸 것이니 어르신께서 푸셔야지요." 그러자 노신사가 말했다.

"죄악을 무찌르려는 자는

먼저 은혜로써 정복당해야 하며,

누구든지 살아서 나를 변화시키려거든

그가 죽어야 하리라."

그렇게 그들은 동이 틀 때까지 앉아서 이야기를 나눴다. 그리고 아이들이 잠에서 깨자 크리스티아나는 아들 야고보에게 성경 말씀을 읽도록 했고, 야고보는 이사야 53장을 읽었다.

가이오가 말했다. "자, 이렇게 저희 집에 오셨고, 고결 나리께서 무기를 잘 다루신다는 것은 제가 익히 들어 알고 있으니, 괜찮으시다면 식사 후에 들판으로 나가 우리가 도울 수 있는 일이 있을지 살펴보는 것은 어떻겠습니까? 한 2킬로미터쯤 떨어진 곳에 살육이라는 거인이 사는데, 이 부근 하나님의 대로에서 꽤나 골치를 썩이고 있답니다. 그 거인은 많은 강도의 두목인데, 제가 그 거인의 소굴을 알고 있으니 우리가 그가 사는 곳을 습격해 무찔러 버리면 좋지 않겠습니까?"

그러자 그들은 그의 제안에 흔쾌히 응하여 함께 들판으로 나갔다. 고결은 검과 투구와 방패를 챙겼고, 나머지는 손에 창과 장대를 든 채였다.

마침내 그들이 거인의 소굴에 이르렀을 때, 그들은 거인의 손에 붙들려 있는 마음이 약한 자를 보게 되었다. 거인의 부하들이 길을 가던 그를 잡아 와 거인에게 바친 것이었다. 거인은 그의 주머니를 털고 있었고, 그러고 나서는 그의 뼈를 발라낼 생각인 듯했다. 그는 본래 육식을 즐겼기 때문이었다.

그때 동굴 입구에서 무기를 든 채 서 있는 고결과 순례자들을 발견한 거인은 그들에게 원하는 게 뭐냐고 물었다.

고결 우리가 원하는 건 바로 너다. 네가 그동안 하나님의 대로에서 끌고 와 이곳에서 처참히 죽인 순례자들의 한을 갚아 주기 위해 왔다. 그러니 동굴에서 나오거라!

그러자 거인은 무기를 챙겨 밖으로 나왔고, 그들은 싸우기 시작했다. 싸움은 한 시간이 넘도록 계속되었고, 그러고 나서 그들은 잠시 멈춰 숨을 골랐다.

살육이 말했다. "대체 내 땅에는 왜 들어온 거냐?"

고결 아까도 말했듯이 순례자들의 피를 갚아 주기 위해서다.

그들은 다시 서로에게 달려들었고 거인은 고결을 거세게 몰아세웠다. 그러나 고결은 용기를 잃지 않고 다시 다가가 거인의 머리와 옆구리를 힘차게 공격했고, 마침내 거인의 손에서 무기가 떨어져 나오자 고결은 검을 휘둘러 거인을 찔러 죽이고는 그의 머리를 베어 여관으로 가져갔다. 그리고 그는 순례자인 마음이 약한 자도 구출하여 숙소로 데리고 갔다. 여관으로 돌아간 그들은 가족들에게 거인의 머리통을 보여 주었고, 그 머리통 또한 예전처럼 누구나 볼 수 있는 곳에 매달아 놓았다. 앞으로 그와 같은 짓을 하려는 자들이 경고로 삼을 수 있도록 하기 위해서였다.

그러고 나서 그들은 마음이 약한 자에게 어떻게 거인의 손에 잡히게 되었는지 물었다.

마음이 약한 자가 말했다. "보시다시피 저는 병약한 체질이라 하루에 한 번꼴로 죽음이 저를 찾아와 문을 두드렸습니다. 그래서 도저히 집에서는 살 수 없겠다 싶어 순례자의 길을 가기로 마음을 먹었지요. 그러고는 저와 제 아버지가 태어난 반신반의 마을로부터 여기까지 오게 되었답니다. 저는 비록 몸도 영혼도 연약한 사람이지만 기어서라도 갈 수만 있다면 순례자의 길에서 여생을 보내고 싶었지요. 이 길의 시작점인 좁은 문에 이르자 주님께서는 그곳에서 저를 아무 대가 없이 받아 주셨고, 제 병약한 몸뚱어리와 나약한 마음을 보시고도 저를 꾸짖지 않으시고 여정 가운데 필요한 것들을 주시고는 끝까지 희망을 잃지 말라고 말씀해 주셨답니다. 그리고 해설자 나리의 집에 갔을 때도 저는 과분한 대접을 받았고, 역경의 언덕이 제게는 너무 힘겨울 거라 생각하신 그는 하인을 시켜 저를 그 위에까지 업어다 주기까지 하셨지요. 하지만 사실 저는 순례자들로부터 더 많은 위로를 얻었답니다. 비록 저처럼 기운 없이 그 길을 가고 싶어 하는 자들은 없었지만, 그래도 그들은 지나가면서 하나님께서는 마음이 약한 자들에게 위로를 주시기를 원하신다고 제게 말하며 용기를 북돋아 주고는 빠른 걸음으로 다시 앞으로 나아갔답니다.[303] 그러나 제가 도전의 길에 들어서자 이 거인이 제게 다가와서는 싸움을 걸더군요. 아이! 그러나 저같이 병약한 자가 그럴 만한 담력이 어디 있겠어요? 결국 그는 제게 다가와 저를 잡아갔지요. 설마 그가 저를 죽일 거라고는 생각지 않았어요. 그가 저를 동굴 속으로 데리고 들어갔을 때도 저는 제가 원해서 간 것이 아니기에 다시 살아 나올 수 있을 거라 믿었지요. 아무리 맹수의 손아귀에 붙잡힌 순례자라도 전심으로 주 예수를 붙들면 하나님께서 보우하사 적의 손에서 죽지 않게 하신다는 말을 들은 적이 있거든요. 마치 제 가진 것을 다 빼앗길 것처럼 보였고, 아니나 다를까 모든 걸 다 빼앗겼지만 보시다시피 결국 목숨만은 구했지 않습니까? 이 모든 것을 계획하신 나의 왕께 감사드리고, 주님께 쓰임 받은 여러분께 감사드릴 따름입니다. 앞으로 다른 무수한 공격을 만나겠지만 이것만은 굳게 다짐했습니다. 힘이 닿는 한 뛰고, 뛸 수 없을 땐 걸으며, 걸을 수 없을 땐 기어서라도 가겠다고 말이지요. 가장 중요한 사실은 저는 저를 사랑하시는 주님께 감사드린다는 것입니다. 보시다시피 제 마음은 나약하지만 제 결심은 결코 변하지 않아요. 제가 갈 길이 눈앞에 있고, 제 마음은 다리가 없는 강을 이미 지났으니까요."

정직이 말했다. "혹시 예전에 경외라는 순례자와 친하지 않았소?"

마음이 약한 자 그럼요, 친했고말고요! 그는 멸망의 성읍에서 북쪽으로 4백 킬로미터쯤 떨어진 어리석음이라는 마을 출신인데, 그 마을은 제가 태어난 마을에서도 그 정도 떨어진 거리에 있었죠. 우린

---

303 데살로니가전서 5:14.

서로 잘 아는 사이였어요. 사실 그는 제 삼촌이었답니다. 저희 아버지의 동생이었죠. 우리는 성격도 굉장히 비슷했고, 그가 저보다 키는 조금 작았지만 생김새도 매우 흡사했답니다.

정직 왠지 당신이 그를 알지도 모른다는 생각이 들었는데, 이제 보니 둘이 친척이라는 것도 이해가 가는구려. 창백한 안색이며 눈 모양이 그와 닮은 데다가 말투도 그와 꼭 닮았으니 말이오.

마음이 약한 자 우리 둘을 다 아는 사람들은 대부분 그렇게 얘기하더군요. 뿐만 아니라 그가 마음속에 가지고 있던 생각들마저도 대부분 제 생각과 일치했답니다.

가이오가 말했다. "자, 나리, 기운을 내십시오. 저희 집에 오신 것을 환영합니다. 원하는 게 있다면 뭐든 말씀하십시오. 원하시는 것은 제 일꾼들이 기꺼이 해 드릴 테니까요."

그러자 마음이 약한 자가 말했다. "감히 생각지도 못했던 대접을 받게 되었군요. 그야말로 컴컴한 구름 속에서 햇빛이 비치는 느낌입니다. 거인 살육이 저를 더 이상 가지 못하도록 막아섰을 때 그는 제가 이런 대접을 받게 될 줄을 알았을까요? 그리고 제 주머니를 뒤지면서도 제가 여기 계신 가이오 양반을 만나게 될 줄 상상이나 했을까요? 결국은 그가 저를 이리로 보낸 셈이군요."

그때, 마음이 약한 자와 가이오가 그렇게 이야기를 나누고 있는데 갑자기 누군가가 달려와서는 문간에서 외쳤다. "3킬로미터쯤 앞에 합당치 않은 자라는 순례자가 벼락을 맞아 그 자리에서 즉사했답니다!"

마음이 약한 자가 말했다. "저런! 그가 죽었다고요? 여기 오기 며칠 전에 그를 만났는데, 제 말동무가 되어 주겠다고 하더군요. 거인 살육이 저를 잡아갈 때도 저와 같이 있었는데 워낙 발이 빠른 자라 부리나케 도망가던걸요. 이제 보니 결국 그는 죽기 위해 달아났고, 저는 살기 위해 잡혀갔던 것이었네요."

"처참한 죽음이 눈앞에 닥친 것 같아 보여도
그로 인해 끔찍한 고통을 면하기도 하고
때로는 주의 은총이 죽음의 모습을 띤 채
낮은 자들에게 생명을 주시기도 한다네.
나는 잡혔고 그는 부리나케 달아났으나
운명이 뒤바뀌어 그는 죽고 나는 살았도다."

그 무렵 마태와 자비는 혼례를 올렸고, 가이오는 자신의 딸 포이베를 마태의 동생 야고보에게 아내로 주었다. 그리고 그 후로도 그들은 가이오의 집에서 열흘 정도를 머무르며 여느 순례자들처럼 즐거운 시간을 보냈다.

그들이 떠날 때가 되자 가이오는 잔치를 베풀었고, 순례자들은 먹고 마시며 만찬을 즐겼다. 이윽고 그들이 떠나야 할 시간이 오자, 고결은 숙박료를 물었다. 그러나 가이오는 자기네 집에서는 순례자들에게 베푼 것에 대해 돈을 받지 않는다고 말했다. 순례자들은 1년씩 묵어가는데, 그 비용은 선한 사마리아인이 지불한다는 것이었다. 그리고 그 선한 사마리아인은 순례자들에게 드는 비용은 얼마가 되었든 자기가 돌아와서 반드시 갚겠다고 약속했다고 했다.

그러자 고결이 말했다. "사랑하는 자여, 그대는 형제 곧 나그네 된 자들에게 신실하게 베풀어 주었으며, 순례자들은 이미 교회 앞에서 그대의 한없는 사랑을 증언하였소. 그러니 이제 주 보시기에 합당한 방법으로 그대가 이들을 배웅한다면 좋을 듯하오."[304]

그러자 가이오는 순례자들과 자신의 아이들, 그리고 특히 마음이 약한 자에게 작별 인사를 전했고, 특히 그에게는 가는 길 가운데 마실 것도 쥐어 주었다.

그러나 마침내 그들이 여관 문을 나서자 마음이 약한 자는 마치

---

[304] 요한삼서 1:5-6.

뒤에 머무르려는 듯한 모습을 보였고, 그 모습을 본 고결이 말했다. "자, 마음이 약한 자여, 우리와 함께 갑시다. 그대도 여기 있는 다른 사람들처럼 편히 갈 수 있도록 내가 그대의 안내자가 되어 주겠소."

마음이 약한 자 아아! 아닙니다. 저는 제게 어울리는 친구를 찾겠습니다. 여러분은 모두 건장하고 튼튼하지만 보시다시피 저는 병약합니다. 그러니 저는 뒤에 혼자 가겠습니다. 제 병약함으로 인해 저 자신과 여러분에게 부담이 되고 싶지는 않습니다. 말씀드렸다시피 저는 마음이 연약하고 나약한 자라 다른 사람들은 견딜 수 있을 만한 일에도 상처 입고 약해질 것입니다. 저는 잘 웃지도 않고, 화려한 옷차림도 싫어하고, 시시껄렁한 이야기도 꺼립니다. 예, 저는 그렇게 나약한 자라 다른 사람들이라면 자유로이 행할 일에도 마음이 상하곤 한답니다. 아직 진리의 깨달음을 다 얻지 못한 아주 무식한 그리스도인이며, 가끔씩 누군가가 여호와로 인해 기뻐하는 소리를 들을 때면 저는 그리하지 못하므로 괴로워하곤 한답니다. 저와 함께 가는 것은 강한 자들 가운데 약한 자가 가는 것과 같고, 건강한 자들 가운데 병든 자가 가는 것과 같으며, 무시당하는 등불과도 같지요. "실족하기를 쉬이 하는 자는 평안한 자가 마음속으로 무시하는 등불과도 같도다."라고 하신 말씀처럼 말입니다. 그러니 저는 어찌해야 할지 모르겠습니다.

고결이 말했다. "형제여, 마음이 약한 자들을 격려하고 힘이 없는 자들을 붙들어 주는 것이 내 임무 중 하나요. 그러니 우리랑 같이 가야만 하오. 우리가 그대를 기다려 주고 또 도와주겠소. 당신을 위해 우리 스스로를 삼가며, 당신 앞에서 애매한 질문도 하지 않겠소. 그대를 두고 가느니 우리가 모든 것을 그대에게 맞추겠소."[305]

그때, 지금껏 여전히 가이오의 집 문 앞에 서서 열띤 담론을 펼치

---

[305] 데살로니가전서 5:14; 로마서 14장; 고린도전서 8장, 9:22.

고 있던 그들 앞으로 절름발이가 양손에 목발을 짚고 지나가는 것이 보였다. 그도 순례자의 길을 가는 사람이었다.

그러자 마음이 약한 자가 그에게 말했다. "여기까지는 어떻게 오셨소? 안 그래도 내가 지금 막 나와 어울리는 일행이 없다고 푸념하고 있던 터였는데, 내 소원대로 당신이 이렇게 나타나 주었구려. 자, 잘 오셨소, 절름발이 양반. 우리 서로 의지하며 갈 수 있겠구려."

절름발이가 말했다. "저야 같이 가면 좋고말고요. 마음이 약한 자여, 이렇게 만난 것도 인연이니 일단 출발하기 전에 내가 당신에게 목발을 하나 빌려 주리다."

그러자 마음이 약한 자가 말했다. "아니오, 생각해 주는 마음은 고맙지만 나는 아직 다리를 절지 않으니 스스로 걸어 보겠소. 그러나 혹시라도 개와 싸워야 할 상황이 오면 유용하게 쓰이긴 하겠구려."

절름발이 내가 가진 목발이나 내 자신이 어떻게라도 당신을 기쁘게 할 수 있다면 뭐든 말만 하시오, 마음이 약한 자여.

그렇게 그들은 길을 갔다. 고결과 정직이 앞장섰고, 크리스티아나와 아이들이 그 뒤를 따랐으며, 마음이 약한 자와 목발을 짚은 절름발이는 맨 뒤로 따라갔다. 정직이 말했다.

정직 자, 고결 양반, 이제 다시 길에 들어섰으니 이전의 순례자들에 대한 이야기 중 도움이 될 만한 것이 있으면 좀 들려주시오.

고결 그거 좋지요. 예전에 크리스천이 굴욕의 골짜기에서 아볼루온을 만났던 것과 사망의 음침한 골짜기를 지나며 어떤 고생을 했는지는 이미 들으셨겠지요? 그리고 믿음이 음녀 부인과 아담 1세, 불평하는 자, 그리고 치욕이란 자들로 인해 얼마나 애를 먹었는지도 들어 보셨을 겁니다. 이 길에서 만날 수 있는 그 누구보다도 지독한 사기꾼들 넷이지요.

정직 아, 이 얘기들은 다 들어 본 것 같소. 그중에서도 믿음 양반

281

이 치욕 때문에 꽤나 애를 먹었다던데. 정말 끈질긴 녀석이라고 하더구려.

고결 맞습니다. 순례자들마다 입을 모아 하는 말이, 아무래도 그는 이름을 잘못 지은 것 같다고 하더군요.

정직 아, 그건 그렇고 크리스천과 믿음이 떠버리를 만난 곳은 어디였소? 그자도 보통이 아니던데.

고결 스스로 잘났다고 생각하는 어리석은 인간이지요. 그럼에도 불구하고 많은 사람이 그를 따라간다니까요.

정직 심지어는 믿음조차 그에게 거의 넘어갈 뻔했잖소.

고결 그랬죠. 크리스천이 그에게서 쉽게 빠져나올 수 있는 방법을 알려 주었으니 망정이지요.

그렇게 그들은 계속 걸었고, 이윽고 전도사가 크리스천과 믿음을 만나 헛된 시장에서 겪게 될 일에 대해 말해 주었던 장소에 이르렀다. 그러자 안내자가 말했다. "크리스천과 믿음이 전도사를 만났던 곳이 바로 이쯤입니다. 전도사는 그들에게 헛된 시장에서 겪게 될 고난을 예고해 주었지요."

정직 아, 그렇소? 그런 예언을 하는 것도 꽤나 고역이었겠구려.

고결 맞습니다. 하지만 그는 그들에게 용기를 북돋아 주었답니다. 하지만 더 말해 뭐하겠습니까? 그들은 사자 같은 사람들이었고, 얼굴을 부싯돌같이 굳게 단련했던 자들이었습니다. 심판대 앞에 섰을 때조차 그들이 얼마나 의연한 모습을 보였는지 기억하시지 않습니까?

정직 하긴 믿음이야말로 정말 용감하게 죽음을 받아들였지.

고결 맞습니다. 게다가 그로 인해 아주 대단한 일이 일어났지요. 들리는 이야기에 따르면 그가 죽고 난 후 희망과 몇몇 사람이 하나님을 믿게 되었다고 하더군요.

정직 대단하구려. 허나 당신이 아는 이야기가 많은 듯하니 계속 말해 보시오.

고결 크리스천이 헛된 시장을 빠져나온 후 만났던 사람들 중에서 간사함이라는 자야말로 참으로 교활한 자였답니다.

정직 간사함! 그는 어떤 사람이었소?

고결 참으로 교활하기 짝이 없는 위선자 중의 위선자였지요. 세상이 뭐래도 그는 경건한 것처럼 보였으나 사실은 어찌나 간사한지 하나님을 위해 자기가 가진 것을 버리거나 손해 보려는 생각은 눈곱만큼도 없었답니다. 그는 그때그때 상황에 따라 경건의 모습을 달리했고, 그의 아내도 남편만큼이나 임기응변에 강했지요. 그리고 그는 여론에 따라 언행을 교묘하게 바꾸곤 했답니다. 게다가 그렇게 하는 것이 당연하다고 여겼고 말입니다. 그러나 제가 알기로 그는 결국 그 간사함 때문에 파멸에 이르렀고, 그의 자손들 중 그 누구도 하나님을 진정으로 경외한 자라고 일컬어지는 자가 없다고 하더군요.

그 무렵, 헛된 시장이 열리는 헛된 마을이 그들의 시야에 들어왔다. 마을이 점점 더 가까워지자 그들은 마을을 어떻게 지나갈 것인지 의논하기 시작했다. 저마다 의견이 분분했다. 그러자 고결이 말했다. "아시다시피 저는 지금껏 순례자들을 이끌고 이 마을을 여러 번 지나간 적이 있습니다. 그래서 주님의 제자로 연세가 지긋하신 구브로 지방 출신의 나손이라는 분을 알고 있는데 아마 그분의 집에서 머물 수 있을 겁니다.[306] 괜찮으시다면 그곳에 가서 묵으시지요."

"좋소." 노인 정직이 말했다. "그렇게 하시지요." 크리스티아나가 말했다. "좋습니다." 마음이 약한 자가 말했다. 그리고 나머지 사람들도 모두 제안에 동의했다. 그들이 마을 외곽으로 들어선 것은 이미 땅거미가 질 무렵이었으나 고결은 그 노인의 집으로 가는 길을 잘 알

---

306 사도행전 21:16.

고 있던 터였고, 노인의 집 앞에 도착하자 그는 문밖에서 인기척을 냈다. 그러자 안에 있던 노인은 그의 말투를 금방 알아채고는 문을 열어 주었고, 그들이 모두 안으로 들어가자 집주인 나손이 말했다. "오늘은 얼마나 멀리서 온 거요?"

그러자 순례자들이 말했다. "가이오라는 분의 집에서 왔습니다."

노인이 말했다. "꽤 먼 길을 걸어왔으니 힘들겠구려. 앉으시오." 그러자 순례자들은 자리에 앉았다.

그러자 고결이 말했다. "자, 어서들 들어오십시오. 제 벗이니 어려워 마십시오."

나손이 말했다. "그럼요. 모두 환영하오. 원하는 게 있다면 말씀만 하시오. 우리가 해 줄 수 있는 것은 뭐든 해 드리리다."

정직 한동안 우리가 가장 원했던 것은 누워 쉴 곳과 좋은 벗이었소만 이제는 둘 다를 얻은 것 같구려.

나손 쉴 곳은 눈에 보이지만, 좋은 벗은 어려움 속에서 드러나기 마련이지요.

고결이 말했다. "어르신, 순례자들에게 그들이 묵을 곳을 안내해 주시겠습니까?"

나손이 말했다. "그러지."

그는 순례자들을 데리고 올라가 이곳저곳을 보여 주었고, 그들이 잠자리에 들기 전까지 모여 앉아 식사를 하게 될 아주 근사한 식당도 보여 주었다.

순례자들이 각자 자리에 앉아 여독을 풀고 있을 때 정직이 집주인에게 혹시 마을에 다른 선한 사람들도 있느냐고 물었다.

나손 꽤 있지요. 사실 그렇지 않은 사람들에 비하면 소수에 불과하지만 말이오.

정직 그들을 좀 만나 보려면 어떻게 해야 하오? 순례자들에게는 선량한 사람들을 만나는 일이 곧 바다를 항해하는 자들에게 나타나는 달과 별과도 같은 것이니 말이오.

그 말에 나손이 발을 한 번 구르자 그의 딸 은총이 올라왔다. 그가 딸에게 말했다. "은총아, 가서 내 벗 뉘우침과 거룩한 자와 성도 사랑과 거짓 없는 자와 참회자에게 우리 집에 손님 몇 분이 오셨는데 그들을 만나고 싶어 하신다고 전하거라." 그러자 은총이 가서 그들을 불러왔고, 그들은 와서 인사를 한 뒤 다 함께 식탁에 둘러앉았다.

그러자 집주인 나손이 말했다. "이웃들이여, 보시다시피 나그네 몇 분께서 우리 집에 오셨소. 다들 순례자들인데, 시온 성에 가기 위해 먼 곳에서부터 오셨다오. 그나저나 이분이 누군지 알겠소?" 그는 크리스티아나를 가리키며 말했다. "이분은 우리 마을에서 믿음 형제와 함께 온갖 수모를 겪었던 훌륭한 순례자 크리스천의 부인 크리스티아나라오."

이 말에 그들은 모두 깜짝 놀라며 말했다. "은총이 우릴 부르러 왔을 땐 크리스티아나 부인을 만날 거라고는 생각도 못했는데, 이거 정말 기쁜 소식이구려." 그리고 그들은 크리스티아나에게 안부를 물은 뒤 그 청년들이 남편의 자식들인지 물었다. 그녀가 그렇다고 말하자 그들이 말했다. "그대들이 사랑하고 섬기는 왕께서 그대들을 아버지처럼 이끄셔서 그와 함께 평안히 거하게 하시리라!"

그들이 모두 자리에 앉자 정직이 뉘우침과 나머지 이웃들에게 지금 마을의 상태는 어떤지 물었다.

뉘우침 시장이 열리는 동안에는 모두 정신없이 바쁘다는 것은 짐작하시겠지요. 그런 번잡한 상황 속에서 마음과 영혼의 질서를 유지하는 것은 정말이지 어렵습니다. 이런 곳에 살면서 이런 사람들을 상대해야 하는 사람들은 매 순간 경계를 늦추지 않고 주의를 기울여야 하지요.

정직 그런데 어찌 마을 사람들은 가만히 있는 것이오?

뉘우침 이제 마을 사람들도 예전보다는 많이 누그러졌답니다. 크리스천과 믿음이 우리 마을에서 어떤 수모를 겪었는지는 어르신도 아시지요? 그러나 요즘은 훨씬 잠잠해졌답니다. 아무래도 믿음이 흘린 피가 그들에겐 아직도 부담으로 남아 있나 봅니다. 그를 땅에 묻은 이후로는 더 이상 그 누구도 화형에 처할 엄두를 내지 못하고 있으니까요. 그 당시에는 저희도 집 밖에 나가기가 무서웠는데, 지금은 얼굴을 내놓고 다닐 수 있게 되었습니다. 그때는 사람들이 그리스도인의 이름만 들어도 분노하더니, 지금은 특히 몇몇 동네에서는(이 마을이 꽤 크다는 건 아시지요?) 종교가 고귀한 것으로 여겨지고 있을 정도니까요.

그리고 이번에는 뉘우침이 순례자들에게 물었다. "그나저나 순례 여정은 좀 할 만하던가요? 순례 길은 좀 어떻습니까?"

정직 그저 나그네가 가는 길이 별반 다를 게 있겠소? 순조롭게 길을 갈 때도 있고, 오르막길이 있는가 하면 내리막길도 있고, 우리도 예측할 수 없지요. 바람도 항상 우리 편은 아니고, 길을 가다 만나는 자들도 다 동지는 아니니 말이오. 지금까지 벌써 큰 고비도 몇 번이나 넘겼고, 앞으로 또 어떤 역경이 찾아올지 우리는 모르지만, 대개는 옛사람들이 "의인은 고난을 견뎌야 한다."고 했던 말이 사실이라는 것을 알겠더군요.

뉘우침 고비를 넘겼다고 하셨는데, 어떤 고비 말입니까?

정직 아, 그것에 대해서는 우리의 안내자 고결에게 물어보시오. 그가 누구보다도 더 잘 들려줄 수 있을 거요.

고결 이미 고비가 한 세네 번은 있었다오. 처음에는 두 불량배가 크리스티아나 부인과 그녀의 가족들을 위협하며 그들의 목숨을 빼앗아 갈 뻔하기도 했고, 잔혹함, 망치, 살육이라는 거인들에게 공격을 받은 적도 있었다오. 사실 마지막 경우는 공격을 당했다기보다는 우리가 먼저 공격을 했지만 말이오. 바로 이렇게 된 거라오. 나뿐만 아니라 온 교회를 돌보아 주는 가이오의 집에서 우리가 머무르고 있던 어느 날, 우리는 혹시 순례자들을 대적할 자들을 찾을 수 있을지 보기 위해 무기를 챙겨서 나가 보기로 했다오. 그 부근에 악명이 자자한 자가 있다고 하길래 말이지요. 가이오는 그 주변에 살고 있던 터라 거인의 소굴을 나보다도 더 잘 알고 있었고, 우리는 이리저리 찾아 헤맨 끝에 마침내 그가 사는 동굴의 입구를 발견하고는 기뻐하며 용기를 내어 동굴로 다가갔소. 그런데 가서 보니 그 거인이 글쎄 마음이 약한 자를 힘 하나 들이지 않고 잡아 와서는 잡아먹으려는 것이 아니겠소? 하지만 그 거인은 우리를 보더니 먹잇감이 늘었다고 생각했는지 이 가여운 사내를 집에 남겨 둔 채 밖으로 나왔고, 우리는 사력을 다해 싸우기 시작했다오. 그도 우리에게 마구 공격을 퍼부었으나 결국은 우리가 그를 쓰러뜨리고 목을 벤 뒤, 앞으로도 그처럼 악한 행동을 하려는 자들이 두려움을 느낄 수 있도록 도로변에 머리를 걸어 두었다오. 실은 여기 있는 이 형제가 바로 사자의 입으로부터 건져진 어린양이라오.

마음이 약한 자가 말했다. "참으로 저는 이 일로 생과 사를 넘나들었습니다. 그 거인이 제 살가죽을 벗겨 버리겠다고 위협하는 순간순간이 제게는 죽음과 같았고, 고결 나리와 순례자 여러분께서 무기를 가지고 저를 구하러 제 앞에 나타나셨을 때는 드디어 살았구나 싶었지요."

거룩한 자가 말했다. "순례자의 길을 가는 자들이 지녀야 할 것이 두 가지가 있는데, 바로 용기와 흠 없는 삶이지요. 용기가 없이는 그 길을 붙잡을 수가 없고, 그들의 삶이 올바르지 않으면 순례자의 이름에 먹칠을 할 것이니 말입니다."

그러자 성도 사랑이 말했다. "여러분께는 이 충고가 필요하지 않기를 바랍니다만, 이 길을 가는 사람들 중에는 이 세상의 외국인과 나그네보다도 순례에 대하여 모르는 자들이 많답니다."[307]

거짓 없는 자가 말했다. "맞습니다. 그들은 순례자의 옷도 입지 않고, 순례자의 기백도 없지요. 그들은 똑바로 걷지 않고 비뚤비뚤 걷는답니다. 마치 신발 한 짝은 안쪽으로, 다른 한 짝은 바깥쪽을 향하고, 바지 뒤로는 옷이 다 흘러나온 채 여기저기 누더기와 해진 곳 투성이인 옷을 입고 하나님을 욕되게 하곤 한답니다."

참회자가 말했다. "그들은 이런 것들에 대해 부끄럽고 미안하게 여겨야 해요. 이런 더럽고 해로운 자들이 이 길에서 사라지지 않는 한 순례자들은 온전한 은혜를 누리기도 어려울뿐더러 순례 여정도 마음먹은 대로 되지 않을 테니 말입니다."

그렇게 앉아 이야기를 나누며 시간을 보내던 그들은 저녁 식사가 식탁 위에 차려지자 가서 먹으며 지친 몸을 달랜 뒤 이윽고 잠자리에 들었다.

그리하여 이들은 장터에 위치한 나손의 집에서 한동안 머무르게 되었고, 얼마 후 나손은 그의 딸 은총을 크리스티아나의 아들 사무엘에게 아내로 주었으며, 딸 마르다는 요셉에게 주었다.

위에서 말했듯이 그들은 꽤 오랜 시간을 이곳에서 머물렀다. 이제 이곳은 정말 예전과는 많이 달라진 모습이었다. 순례자들은 그 마을에 사는 많은 선량한 사람들을 알게 되었고, 나름의 방법으로 그들을 섬기기 위해 애썼다. 자비는 늘 그래 왔듯 가난한 자들을 위해 힘써 일했고, 사람들은 앞뒤에서 그녀를 칭찬했다. 이제 그녀는 그 마을에서 같은 일을 하는 자들의 자랑거리였다. 그리고 은총과 포이베와 마르다도 모두 천성이 고운 여인들이었기에 각자의 자리에서 많은 선

---

307 히브리서 11:13-16.

행을 베풀었다. 또한 그들 모두 많은 아이를 낳아, 위에서 말한 대로 크리스천의 이름은 세상에 널리 알려질 수 있게 되었다.

그렇게 그들이 이곳에 머무는 동안 숲속에서 한 괴물이 나타났다. 그 괴물은 수많은 마을 사람들을 죽이고, 아이들을 납치해 가서는 자기의 새끼들을 먹이도록 훈련시키곤 했다. 그러나 마을 사람들 중 어느 누구도 감히 이 괴물에게 맞설 엄두조차 내지 못했고, 그가 오는 소리만 들려도 모두 달아나 숨어 버리기 일쑤였다.

그 괴물은 이 세상 어떤 짐승과도 달랐다. 몸은 마치 용과 같고, 일곱 개나 되는 머리에는 뿔이 열 개나 달려 있었으며,[308] 수많은 아이를 해쳤으나 정작 괴물을 조종하는 이는 여자였다. 괴물은 인간들에게 자신의 부하가 되라며 위협했고, 영혼보다 목숨을 소중히 여기는 자들은 모두 그 조건을 받아들이고 그의 부하가 되곤 했다.

그러자 고결은 순례자들을 만나기 위해 나손의 집에 모여든 자들과 함께 이 괴물과 싸우러 가기로 마음을 모았다. 누구든 닥치는 대로 잡아먹는 이 악마의 손과 입으로부터 마을 사람들을 구해 내려는 것이었다.

그리하여 고결과 뉘우침과 거룩한 자와 거짓 없는 자와 참회자는 무기를 챙겨 괴물을 찾아 나섰다. 그러자 괴물은 매우 격분하며 사내들을 깔보았으나, 건장한 사내들이 무장을 한 채 그를 거세게 공격하자 결국 괴물은 물러나 도망치고야 말았다. 사내들은 다시 나손의 집으로 돌아왔다.

이 괴물은 늘 특정한 시기에만 출몰하여 마을의 아이들을 잡아가곤 했는데, 이 용맹한 사내들도 이때가 되면 그를 주시하고 있다가 계속해서 그를 공격했다. 결국 그 괴물은 얼마 못 가 상처투성이에 절름발이가 되고 말았고, 더 이상 예전처럼 마을 사람들의 아이들을

---

308 요한계시록 17:3.

해치지 못했다. 또한 일부 사람들은 그 괴물이 상처를 크게 입어 머지않아 죽게 될 것이라 확신했다.

덕분에 고결과 그 일행은 마을에서 크게 이름을 떨치게 되었고, 그리 까다롭거나 고집이 세지 않은 자들은 그들에 대해 진심으로 존경하고 탄복하는 마음을 가졌다. 이 순례자들이 이곳에서 크게 곤경을 겪지 않은 것도 바로 그 덕분이었다. 물론 그 마을에는 저열한 이들도 있었던 것은 사실이다. 그들은 두더지만큼이나 눈이 멀고 짐승만큼이나 어리석어 이 사내들을 공경할 줄도 몰랐고 그들의 용맹함과 모험담에도 눈도 깜짝하지 않았다.

시간이 흘러 마침내 순례자들이 떠나야 할 시간이 되었다. 그들은 떠날 채비를 한 후 벗들을 불러 시간을 내어 서로를 위해 하나님의 보호하심을 바라는 기도를 드렸다. 사람들은 자신이 가진 것들 중에서 약한 자와 강한 자, 그리고 남자와 여자에게 각각 필요한 것들을 가져와 그들의 손에 쥐어 보냈고, 벗들은 순례자들을 적당한 곳까지 따라나서며 다시금 하나님의 보호를 빌어 주고는 그들을 떠나보냈다.

그리하여 순례자 일행은 길을 떠났고, 고결은 맨 앞에서 걸었다. 이제 그들은 연약한 여인들과 아이들이 갈 수 있는 속도에 맞추어 가기로 했고, 이로써 더 많은 이가 절름발이와 마음이 약한 자의 고충을 이해할 수 있게 되었다.

마을 사람들과 벗들의 배웅을 받으며 출발한 그들은 곧 믿음이 목숨을 잃은 곳에 이르게 되었다. 그들은 그곳에 잠시 멈춰 서서 그로 하여금 십자가를 끝까지 지고 갈 수 있도록 도우신 주님께 감사를 드렸다. 그도 그럴 것이, 그들이 마을에서 많은 유익을 얻을 수 있었던 것은 그의 고결한 희생 덕분이라는 것을 알고 있었기 때문이었다.

이곳을 지난 그들은 크리스천과 믿음에 대한 이야기와, 믿음이 죽은 뒤 어떻게 희망이 크리스천과 동행하게 되었는지에 대한 이야기를 나누며 한참을 걸어갔다.

곧 그들은 물질의 산에 이르렀다. 데마는 이 산에 있는 은광 때문에 순례자의 길에서 벗어났으며, 뭇사람들은 간사함도 이곳에서 빠져 죽은 것으로 여겼다. 그래서 그들은 그 옆을 지나가며 특별히 주의를 기했다. 그러나 그들은 물질의 산 반대편에 세워져 있는 낡은 동상에 이르렀고, 소돔성과 그곳의 고약한 호수를 바라보고 서 있는 소금 기둥을 본 순례자들은 예전에 크리스천이 그랬듯 놀라움을 금치 못했다. 어찌 그들처럼 박식하고 이치에 밝은 자들이 이곳에서 무턱대고 길을 벗어날 수 있단 말인가!

8

이제 순례자들은 계속 길을 걸어 기쁨의 산의 앞쪽으로 흐르는 강에 이르렀다. 강의 양쪽으로는 잎이 풍성한 나무들이 자라고 있었다. 먹으면 병을 낫게 해 준다는 나뭇잎이었다. 그리고 1년 내내 푸름을 잃지 않는 풀밭에서 순례자들은 안전하게 누워 쉴 수 있었다.

강가의 풀밭에는 어린양들, 즉 순례자의 길을 가는 여인들의 아기를 보살피고 양육할 수 있는 오두막과 양의 우리가 있었다. 이곳의 목자는 그들을 불쌍히 여겨 어린양들을 맡아 기르고 팔로 모아 품에 안으시며 젖먹이는 여인들을 다정하게 인도했다.[309]

크리스티아나는 네 명의 며느리에게 아이들을 이 목자의 보호 아래 맡기는 것이 어떻겠냐고 제안했다. 이곳에서라면 시냇가의 집에서 따뜻한 보살핌과 도움을 받으며 장차 그중 누구도 부족함이 없이 자랄 수 있을 것이기 때문이었다. 누구라도 없어지거나 잘못된 길로

---

309 이사야 40:11.

가면 목자가 그를 다시 찾아올 것이고, 다친 자는 붕대로 싸매 주며 병든 자는 낫게 해 줄 것이리라. 그리고 이곳에서라면 그 누구도 부족함 없이 먹고 마시고 입을 것이며, 목자는 자신을 믿고 따르는 자를 지키기 위해서라면 스스로 목숨도 버릴 것이므로 이곳이라면 도적이나 강도의 위험에서도 안전했다.[310] 게다가 그들은 이곳에서 아무런 대가도 없이 좋은 양육과 훈련을 받으며 올바른 길로 가는 법을 배울 것이며, 아름답게 흐르는 시냇물과 푸른 초원과 색색의 꽃들과 각종 나무에 열리는 몸에 좋은 열매들까지도 마음껏 누릴 수 있었다. 그것은 바알세불의 정원의 담 너머에서 마태가 따 먹었던 그런 열매가 아니라, 연약한 자들을 건강하게 하고 건강한 자들은 더욱더 건강하게 해 주는 열매였다. 그리하여 그들은 그분의 보호 아래 아이들을 맡기기로 하였다. 그들이 주저 없이 결단을 내린 것은 어린아이들을 위한 병원이나 고아원처럼 이곳의 모든 것의 값을 왕께서 치러 주실 것이기 때문이었다.

그들은 다시 길을 갔다. 이윽고 그들 앞에 지름길 초원과 디딤 계단이 나타났다. 크리스천과 그의 형제 희망이 넘어간 뒤 거인 절망의 손에 잡혀 의심의 성에 갇히게 되었던 바로 그 계단이었다. 그들은 그곳에 앉아 어떻게 하는 것이 좋을지 의논하기 시작했다. 수적으로도 유리하고, 고결 같은 통솔자도 있으니 더 멀리 가기 전에 거인을 찾아 무찌르고 성을 무너뜨린 후 혹시라도 갇혀 있는 순례자가 있다면 구해 주는 것이 낫지 않겠냐는 것이었다. 이에 대해서도 모두 의견이 분분했다. 어떤 이는 왕의 대로가 아닌 땅에 들어가는 것이 과연 합당한가에 대해 의문을 제기했고, 또 다른 이는 선한 일을 위해서라면 괜찮지 않겠느냐고 반문했다. 그러자 고결이 말했다. "비록 방금 그 논거가 항상 맞다고 할 수는 없지만 저는 죄와 맞서 싸우

---

310 에스겔 23:4, 요한복음 10:15.

고 악을 정복하며 믿음의 선한 싸움을 싸우라[311]는 명을 받았습니다. 허나 거인 절망이 아니라면 제가 누구와 선한 싸움을 싸우겠습니까? 그러니 저는 그의 목을 치고 의심의 성을 무너뜨리러 가겠습니다." 그리고 그가 덧붙여 말했다. "누가 저와 함께 가시겠습니까?" 그러자 늙은 정직이 말했다. "내가 가겠소." 그러자 크리스티아나의 젊고 건장한 네 아들 마태와 사무엘과 요셉과 야고보도 말했다. "저희도 가겠습니다." 그리하여 그들은 마음이 약한 자와 목발을 짚은 절름발이에게 자신들이 돌아올 때까지 여인들의 안전을 부탁한 후 그녀들을 길에 둔 채 떠났다. 비록 그곳이 거인 절망이 살고 있는 곳과 가까웠으나 그 길에서 벗어나지만 않으면 어린아이라도 그들을 이끌 수 있기 때문이었다.

고결과 정직 노인과 네 명의 청년은 거인 절망을 찾으러 의심의 성에 다가갔다. 드디어 성문 앞에 도착한 그들은 요란하게 문을 두드려 댔고, 이에 늙은 거인이 아내 불신과 함께 대문으로 나와 물었다. "대체 어느 누가 이렇게 겁도 없이 거인 절망을 건드리는가?"

그러자 고결이 말했다. "바로 나 고결이다. 나는 거룩한 성의 왕의 종으로, 순례자들을 그곳으로 이끌고 있다. 이 문을 열어 나를 맞아라. 내가 네 목을 베고 의심의 성을 무너뜨리러 왔으니 나와서 우리에 맞서 싸워라."

그러나 거인 절망은 그 누구도 자기와 같은 거인을 이길 수는 없다고 생각했다. 그는 '천사들도 굴복시킨 나를 감히 네까짓 고결이란 놈이 건드려?'라고 생각하며 무기를 갖추고는 밖으로 나왔다. 머리에는 철모를 쓰고 가슴에는 불로 갑옷을 찼으며, 손에는 곤봉을 쥔 채 철로 된 신발까지 신고 있었다. 그러자 여섯 명의 사내는 그를 둘러싼 뒤 앞뒤에서 공격을 해 댔다. 그리고 여자 거인 불신이 남편을

---

311 디모데전서 6:12.

도우러 다가오자 정직 노인은 그녀를 단칼에 베어 버렸다. 그들은 죽기 살기로 싸워 이윽고 거인 절망을 바닥에 쓰러뜨렸다. 거인은 끝까지 죽지 않으려 발버둥쳤다. 사람들의 표현을 빌리자면 정말이지 목숨이 고양이만큼이나 끈질겼다. 그러나 고결은 거인의 목이 잘려 나갈 때까지 포기하지 않았고, 결국 거인의 목숨은 고결의 손에 끊어지고 말았다.

곧 그들은 의심의 성을 허물기 시작했다. 거인 절망이 죽고 나자 성을 허무는 일은 그야말로 식은 죽 먹기였다. 칠 일 동안 성을 허물던 그들은 성안에서 거의 굶어 죽어 가던 순례자 낙망한 자와 그의 딸 두려움을 발견했다. 다행히도 이 둘은 살아서 구출되었다. 그러나 만약 누구라도 성안 뒤뜰 이곳저곳에 널려 있는 시체들과 해골로 가득한 지하 감옥을 보았더라면 경악을 금치 못했으리라.

위대한 일을 해낸 고결과 그의 일행은 낙망한 자와 그의 딸 두려움을 보살펴 주었다. 비록 포학한 거인 절망의 죄수로 의심의 성에 갇혀 지냈지만 그들은 의로운 사람들이었기 때문이었다.

그들은 거인의 몸뚱어리를 돌무더기 아래에 묻은 후 거인의 머리를 들고 일행에게로 돌아가서 그들이 이룬 일을 들려주었다. 마음이 약한 자와 절름발이는 그것이 거인 절망의 머리임을 확인하자 뛸 듯이 기뻐했다. 평소에도 이따금씩 크리스티아나는 비올(바이올린과 비슷한 초기 현악기―옮긴이)을, 며느리 자비는 류트(기타와 비슷한 초기 현악기―옮긴이)를 연주하고는 했는데, 이날도 그들은 아주 즐거운 마음으로 음악을 연주했고, 춤을 추고 싶던 절름발이는 낙망한 자의 딸 두려움의 손을 잡고 길 위에서 춤추기 시작했다. 물론 그가 목발 없이 춤을 추기란 어려운 일이었지만 그는 꽤 그럴싸하게 춤추었고, 소녀도 장단을 맞추는 솜씨가 훌륭하여 사람들의 칭찬을 한 몸에 받았다.

그러나 낙망한 자의 귀에 음악이 들어올 리 없었다. 그는 거의 굶어 죽을 지경이었기에 춤보다는 먹는 것이 우선이었다. 크리스티아 나는 그에게 먼저 성령수 한 병을 주어 당장의 허기를 달래 준 다음 먹을 것을 마련해 주었다. 그러자 곧 그 노인은 정신을 차리고 점점 기력을 회복하기 시작했다.

이제 꿈속에서 이 모든 것이 끝난 후 고결은 길가에 장대를 세우고 는 거인 절망의 머리를 가져다 걸어 놓았다. 그 바로 건너편에는 크 리스천이 뒤에 오는 순례자들에게 거인의 땅으로 넘어가지 말 것을 경고하기 위해 세워 놓은 기둥이 세워져 있었다. 그리고 고결은 거인 의 머리 아래에 놓인 대리석에 다음과 같이 써 내려갔다.

"과거에 순례자들이 이름만 들어도 두려움에 떨던
거인의 머리가 이곳에 있노라.
그의 성도 허물어지고,
그의 아내 불신도 용감한 고결이 무찔렀으며,
낙망한 자와 그의 딸 두려움 또한
용감한 고결이 구해 냈도다.
이를 의심하는 자는
눈을 위로 들어 똑똑히 보아라.
의심 많은 절름발이조차 이 머리를 보고 춤을 추며
두려움으로부터 해방되었도다."

그렇게 사내들이 의심의 성에 가서 용감무쌍하게 거인 절망을 무 찌르고 난 뒤 순례자들은 다시금 앞을 향해 나아갔고, 이윽고 그들은 기쁨의 산에 이르렀다. 이곳은 크리스천과 희망이 이곳저곳을 다니 며 힘을 얻었던 바로 그 산이었다. 순례자들은 그곳에 사는 목자들과 인사를 나누었고, 목자들은 과거에 크리스천에게 했듯이 기쁨의 산 에 온 순례자들을 환영해 주었다.

고결과는 이미 잘 아는 사이였던 목자들은 그의 뒤를 따르는 많은 무리를 보고 고결에게 말했다. "아니, 나리, 오늘은 어떻게 이렇게나 많은 분과 함께 오셨습니까? 이 많은 분을 다 어디서 만나셨습니까?"

그러자 고결이 대답했다.

"우선 이분은 크리스티아나 부인,

그리고 그녀의 아들과 며느리일세.

북극성을 중심으로 일정하게 움직이는 북두칠성처럼

이들도 죄악에서 은혜로 옮기지 않았더라면 이곳에 없었을 걸세.

다음으로 이분은 순례 길을 가시는 정직 어르신,

그리고 여기 있는 절름발이 양반은

참으로 신실한 분이라네.

뒤처지기 싫어하는 마음이 약한 자도 마찬가질세.

그 뒤에는 선량한 낙망한 자와

그의 딸 두려움이라네.

우리를 받아 줄 수 있는가?

아니면 다른 믿을 만한 자를 찾아 더 가야 하는가?"

그러자 목자들이 말했다. "그야말로 기분 좋은 동행이군요. 모두 환영입니다. 저희는 건강한 자들뿐만 아니라 연약한 자들에게도 관심을 기울이니까요. 우리 왕께서는 우리가 지극히 작은 자 하나에게 한 일에 관심을 가지시는 분이니, 결코 연약한 자를 내쫓아서는 안 되지요."[312] 그리고 그들은 순례자들을 커다란 저택으로 안내한 뒤 말했다. "들어오십시오, 마음이 약한 자여. 들어오십시오, 절름발이여. 들어오십시오 낙망한 자와 그의 딸 두려움이여." 그리고는 목자들이 안내자에게 말했다. "이분들은 누구보다도 뒤로 물러나기 쉬운 분들이기에 한 분씩 이름을 불러 드렸습니다. 그러나 나리와 강건하신 다른 분들은 자유롭게 들어오십시오."

---

312 마태복음 25:40.

그러자 고결이 말했다. "오늘날 그대들의 얼굴에 하나님의 은총이 비치는구려. 이 연약한 자들을 옆구리로도 어깨로도 밀치지 아니하고 오히려 그들이 궁으로 들어가는 길에 꽃을 뿌려 주니 그대들이야말로 진정한 주의 목자요."[313]

그리하여 병들고 나약한 자들이 안으로 들어갔고, 고결과 나머지 일행은 그 뒤를 따라 들어갔다. 그들이 자리에 앉자 목자들은 연약한 자들에게 말했다. "뭘 드시겠습니까? 저희는 비록 이곳에서 제멋대로 행하는 자들을 훈계하기도 하지만 연약한 자들을 보살펴 드리기 위해서라면 뭐든지 구할 수 있답니다." 그리고 그들은 소화가 잘되고 맛도 좋으며 영양가도 풍부한 음식들을 푸짐하게 차려 주었고, 연약한 자들은 그 음식을 먹은 뒤 각자의 방으로 가서 잠자리에 들었다.

다음 날 아침이 되었다. 산은 가깝고 날씨는 맑았으며 목자들에게는 순례자가 떠나기 전 진귀한 것들을 보여 주는 풍습이 있었다. 그래서 목자들은 순례자들이 떠날 채비를 하고 식사를 마치자 그들을 들판으로 데리고 나가 예전에 크리스천에게 보여 주었던 것들을 보여 주기 시작했다.

그리고 이번에는 크리스천에게 보여 주지 않았던 새로운 곳들도 보여 주었는데, 가장 먼저 그들은 경이의 산으로 가서 저 멀리 한 남자가 말씀으로 산을 뒤집어엎고 있는 모습을 보았다.[314] 순례자들이 목자들에게 그 형상이 뜻하는 바를 묻자 목자들이 대답했다. 그 남자는 《천로역정》의 첫 번째 기록을 통해 알려진 바 있는 크나큰 은총이라는 자의 아들인데, 그는 저곳에 살면서 순례자들에게 주를 믿는 법과 길을 가다 만나는 역경들을 믿음으로 물리치는 법을 가르치고 있다고 했다. 그러자 고결이 말했다. "저자라면 나도 아는데, 그야말로

---

313 에스겔 34:21.
314 마가복음 11:23-24.

훌륭한 사람이라오."

그러고 나서 목자들은 순례자들을 순결의 산으로 인도했다. 그곳에는 온통 하얀 옷을 두른 한 남자가 있었고, 편견과 적대감이라는 두 남자는 그를 향해 계속해서 오물을 던지고 있었다. 그러나 그들이 아무리 그 무엇을 던진다 해도 그 오물은 금방 떨어져 나왔고, 사내의 옷은 언제 오물이 묻었었냐는 듯 감쪽같이 깨끗해졌다. 그러자 순례자들이 물었다. "이것은 무엇을 의미합니까?"

목자들이 대답했다. "이 사내의 이름은 경건한 자입니다. 그리고 이 사람이 입고 있는 옷은 그가 얼마나 순결한 삶을 살았는가를 나타내 준답니다. 비록 저 사람들은 이자의 의로움을 시기하여 오물을 던졌지만 보시다시피 오물은 그의 옷에 작은 얼룩도 남기지 못하지요. 세상 속에서 진정으로 순결하게 살아가는 자들은 모두 이와 같을 것입니다. 그러니 누구든지 이런 자들을 더럽히려는 자들은 헛된 일에 힘을 쏟는 격이지요. 조금만 시간이 지나면 하나님께서 그들의 순결함과 의로움을 정오의 빛처럼 뿜어져 나오게 하시니까요."

다음으로 그들은 순례자들을 데리고 박애의 산으로 간 뒤 한 남자를 보여 주었다. 그 남자의 앞에는 옷감들이 쌓여 있었고, 그는 그 옷감을 잘라 외투와 웃옷 등을 만들어 앞에 서 있는 가난한 자들에게 나누어 주었다. 그러나 아무리 나누어 주어도 그 앞의 옷감 뭉치는 결코 줄어들지 않았다.

그러자 순례자들이 물었다. "이것은 뭔가요?"

목자들이 말했다. "이것은 누구든지 가난한 자들에게 베푸는 마음을 가진 자는 결코 부족함이 없음을 보여 주기 위한 것입니다. 물을 주는 사람은 목마르지 않을 것이며, 선지자에게 빵을 대접한 과부도 통 안의 가루와 기름이 결코 줄어들지 않았지요."[315]

---

[315] 열왕기상 17:8-16.

그들은 다시 순례자들을 데리고 가서 어리석은 자와 지혜 없는 자가 흑인을 하얗게 만들기 위해 씻기고 있는 모습을 보여 주었다. 그러나 그들이 씻기면 씻길수록 흑인은 더욱 까매져 갔다. 그러자 순례자들은 목자들에게 그것이 의미하는 바를 물었고, 목자들이 대답했다. "이것은 타락한 자들에게 일어나는 일을 보여 주고 있답니다. 좋은 평판을 얻기 위해 아무리 노력한들 결국에는 오히려 더 추악해지기만 할 뿐이지요. 바리새인들도 그랬고, 경건한 척하는 이들도 모두 마찬가지랍니다."

그러자 마태의 아내 자비가 어머니 크리스티아나에게 말했다. "어머니, 만약 가능하다면 이 산으로부터 지옥으로 통하는 지름길이라 불리는 그 구덩이를 한번 보고 싶습니다." 그러자 그녀의 시어머니는 목자들에게 며느리의 뜻을 전했고, 그들은 모두 그 문으로 향했다. 그 문은 산의 옆면에 나 있었고, 목자들은 문을 연 후 자비에게 잘 들어 보라고 말했다. 그녀가 귀를 기울이자 누군가의 목소리가 들렸다. "내가 화평과 생명의 길로 가지 못하도록 내 발목을 붙든 아버지에게 저주가 있을지어다!" 그리고 또 누군가가 말했다. "내가 영혼을 잃기 전에 갈기갈기 찢겨 죽었더라면 생명을 얻을 수 있었을 텐데!" 그리고 또 다른 이가 말했다. "내가 다시 살아 나갈 수만 있다면, 이곳에 오느니 차라리 내 자신을 부인하는 삶을 살리라!" 그러자 갑자기 이 젊은 여인이 서 있던 땅이 신음하며 두려움으로 마구 떠는 듯했고, 여인은 하얗게 질려 떨면서 뒷걸음질 치고는 말했다. "이곳으로부터 피하는 자야말로 복이 있도다!"

목자들은 이 모든 것을 보여 준 후 순례자들을 데리고 다시 저택으로 돌아가 그들이 가진 것들을 대접해 주었다. 그러나 뭔가를 발견한 자비는 그것을 열렬히 갈망했으나 차마 입밖에 내기가 부끄러워 시무룩한 표정으로 앉아 있었다. 그러자 시어머니는 그녀에게 다가가 무엇을 그리 고민하느냐고 물었다. 자비가 말했다. "식당에 걸려 있는 거울이 마음속에서 떠나질 않아요. 만약 그걸 갖지 못하면 제 마음이 슬플 것 같아요." 그러자 시어머니가 말했다. "내가 목자들에게 네 소원을 넌지시 전해 보마. 분명히 거절하지 않으실 게다." 그러자 자비가 말했다. "그분들께서 제 마음을 눈치채시는 게 부끄러워요." 그러자 시어머니가 말했다. "아니다, 내 딸아. 그런 소망을 갖는 것은 수치가 아니라 미덕이란다." 그러자 자비가 말했다. "그럼 어머니, 괜찮으시다면 목자들께서 그것을 제게 파실 의향이 있으신지 여쭤 봐 주시겠어요?"

그 거울로 말하자면 흔히 볼 수 없는 고귀한 물건이었다. 거울의 한쪽 면으로는 자신의 모습을 정확히 비추어 볼 수 있었고, 거울을 뒤집어 뒷면을 들여다보면 순례자들의 왕이신 그분의 얼굴과 모습이 보이곤 했다. 그 거울에 대해 아는 자들과 이야기를 나눈 적이 있는데, 그 거울 속에서 그들은 예수님께서 머리에 쓰신 가시 면류관과 예수님의 손과 발과 옆구리에 난 구멍까지도 보았다고 했다. 이처럼 이 거울 속에는 어마어마한 비밀이 담겨 있어서 누구라도 그분을 보기 원하면 거울은 살아 계신 모습이든 돌아가신 모습이든, 이 땅이든 하늘이든, 초라한 모습이든 위엄 있는 왕의 모습이든, 고난을 견디러 오신 모습이든 다스리기 위해 오신 모습이든 그분의 모습을 보여 주곤 했던 것이다.

그리하여 크리스티아나는 목자들을 따로 불러 넌지시 말을 전했다 (그들의 이름은 각각 지식, 경험, 주의, 신실이었다.). "제 며느리들 가운데 한 명이 이 집에서 본 것들 중에 가지고 싶은 것이 있는 모양입니다. 그리고 만약 목자들께서 거절하시면 마음이 슬플 것 같다고 하더군요."

경험이 말했다. "어서 그녀를 불러 주십시오. 저희가 드릴 수 있는 것은 무엇이든 드리겠습니다."

그러자 그들은 자비를 불러 물었다. "자비 부인, 갖고 싶은 물건이 무엇입니까?" 그러자 그녀는 얼굴을 붉히더니 말했다. "식당에 걸려 있는 숭고한 거울을 갖고 싶습니다." 그러자 신실이 달려가 거울을 가져오더니 아주 흔쾌히 그녀에게 건네주었다. 그러자 그녀는 머리를 조아리며 감사를 전하고는 말했다. "이렇게 친절을 베풀어 주시니 몸 둘 바를 모르겠습니다."

목자들은 다른 여인들에게도 그들이 원하는 것을 선물해 주었고, 남편들에게는 고결과 함께 거인 절망을 무찌르고 의심의 성을 함락시킨 것을 높이 칭찬해 주었다.

그리고 목자들은 크리스티아나의 목에 목걸이를 걸어 준 후 네 명의 며느리의 목에도 목걸이를 걸어 주었으며, 귀에는 귀걸이를, 이마에는 보석 왕관을 씌워 주었다.

마침내 순례자들이 다시 길을 떠나기로 마음먹자 목자들은 그들에게 평안을 빌어 주었다. 그러나 이번에는 크리스천과 그의 형제에게 했던 것처럼 주의해야 할 것들을 굳이 신신당부하지는 않았다. 왜냐하면 그들에게는 안내자 고결이 있었고, 그는 이미 많은 것을 꿰뚫고 있어서 시기마다 적절한 조언을 해 줄 수 있기 때문이었다. 심지어 위험이 눈앞에 닥친다 하더라도 걱정할 것이 없었다. 크리스천과 그의 형제는 목자들이 그들에게 도움이 될 만한 물건들을 주며 그렇게 주의를 주었음에도 불구하고 정작 써야 할 때를 놓치고 말았지 않은가! 그러니 이 순례자들은 과거의 그들보다 훨씬 유리한 상황에 있는 셈이었다.

순례자들은 그곳을 떠나 노래를 부르며 나아가기 시작했다.

"적절한 때마다 우리 순례자들을 위해
쉴 곳을 마련해 주시는 것을 보라!
싫은 기색 하나 없이 우리를 반겨 주는 이들 덕분에

우리는 또 다른 삶을 푯대와 본향으로 삼아 나아가는도다!

그들이 보여 주는 진기한 것들로 인해

우리 같은 순례자들이 즐거움 속에 거하며

그들이 우리에게 주는 많은 것으로 인해

우리는 어딜 가나 순례자의 모습을 간직하는도다."

목자들을 떠난 후 얼마 되지 않아 그들은 크리스천이 배신 마을에 살던 외면이라는 자와 마주쳤던 곳에 이르렀다. 안내자 고결은 순례자들에게 그를 상기시키며 말했다. "이곳이 바로 크리스천이 등에 자신의 죄명을 매달고 있던 외면이란 자를 만났던 곳입니다. 이자에 대해서 말씀드려야겠군요. 이 사람은 그 누구의 충고에도 귀를 기울이지 않았고, 한번 뭔가에 빠지면 어떤 말로도 그를 말릴 수가 없었답니다. 그가 십자가와 돌무덤이 있는 곳에 갔을 때도 누군가 그에게 그곳을 한번 보라고 말했지만 그는 이를 갈고 발까지 쿵쿵거리면서 자기는 고향으로 돌아가 버릴 거라고 했다더군요. 그리고 좁은 문에 이르기 전에는 전도사를 만났는데, 전도사가 그를 다시 바른 길로 돌이키기 위해 붙잡자 외면은 그를 밀쳐 내고는 크게 해를 입힌 뒤 담을 넘어 달아났답니다."

그들이 계속해서 길을 가자 이번에는 믿음이 작은 자가 예전에 강도를 만났던 곳이 나왔다. 그곳에는 한 남자가 얼굴에는 피가 범벅이 된 채 칼을 뽑아 들고 서 있었다.

그러자 고결이 물었다. "당신은 누구십니까?" 그러자 그 사내가 말했다. "내 이름은 진리를 위해 싸우는 자요. 거룩한 성을 향해 가고 있는 순례자라오. 그런데 어떤 세 놈이 내 길을 막아서더니 자기네 무리에 합류하든지, 내가 온 곳으로 되돌아가든지, 아니면 여기서 죽든지 세 가지 중에 하나를 선택하라는 게 아니겠소? 그래서 내가 대답했다오. 첫 번째 제안에 대해서는 내가 오랜 시간 동안 진실된 삶을 살아왔기 때문에 이제 와서 도적들과 연합하는 것은 있을 수 없는 일이라고 답했다오. 그러자 그들이 두 번째 제안에는 뭐라 하겠느냐고 묻더군요. 그래서 나는 만약 내가 떠나온 곳에 불만이 없었더라면 애초에 그곳을 떠나지도 않았을 테지만, 그곳이 내가 있을 곳도 아니고 있어 봤자 전혀 유익을 주지 못할 곳이라는 것을 깨달았기에 그곳을 떠나 이 길로 왔다고 대답했소. 그러자 그들은 세 번째 제안에는 뭐라 말할 건지 물었습니다. 그래서 나는 내 목숨은 그리 가벼이 내던지기에는 아주 귀한 것이라고 말했소. 게다가 당신들에게는 내게 그런 것을 강요할 권한도 없으니 만약 시비를 걸려거든 목숨을 걸고 하라고 말했지요. 그러자 그 세 놈, 그러니까 야만인과 몰인정과 간섭자가 나를 향해 무기를 꺼내 들었고, 나도 그들을 향해 내 무기를 꺼내 들었다오. 그리고 우리는 일 대 삼으로 세 시간이 넘도록 맞서 싸웠지요. 보다시피 우리가 맹렬히 싸웠던 흔적이 내게 남아 있소. 나 또한 그들에게 상처를 남겼지요. 그놈들은 방금 막 가버렸다오. 아마도 사람들 말대로 그놈들은 당신네들이 오는 소리를 듣고 도망간 모양이오."

고결 세 명을 상대로 혼자 싸우셨다니 대단한 실력이십니다.

진리를 위해 싸우는 자 쉽지 않은 건 사실이지만 진리를 품은 자에게 적수가 많고 적고는 상관이 없소. 누군가는 '군대가 나를 대적하여 진 칠지라도 내 마음이 두렵지 아니하며, 전쟁이 일어나 나를 치려 할지라도 나는 여전히 태연하리로다.'[316]라고 하지 않았소? 게다가 어느 기록에 보니 남자 한 명이 군대와 싸운 적도 있다고 하더군요. 그리고 삼손은 고작 나귀의 턱뼈만으로 엄청나게 많은 사람을 죽이지 않았소?[317]

---

316 시편 27:3.
317 사사기 15:15.

그러자 고결이 말했다. "누구라도 와서 구해 줄 수 있도록 소리라도 질러 보시지 그러셨습니까?"

진리를 위해 싸우는 자 물론 도움을 구했지요. 우리 왕께 말이오. 그분이라면 내 외침을 듣고 은밀히 도와주실 것을 알고 있었고, 내겐 그거면 충분했소.

고결이 말했다. "정말 훌륭하게 대처하셨군요. 나리의 검을 좀 봐도 되겠습니까?"

그러자 사내는 고결에게 검을 보여 주었고, 고결은 검을 손에 받아 들고 한동안 살펴보더니 말했다. "이럴 수가! 이건 바로 예루살렘의 검 아닙니까!"

진리를 위해 싸우는 자 그렇소. 누구라도 이 검을 가지고 휘두를 수 있는 팔과 능력만 있다면 천사와도 맞서 싸울 수 있지요. 휘두를 줄만 알면 효력은 걱정할 필요도 없다오. 이 칼날은 결코 무뎌지지 않고, 관절과 골수를 쪼개며 마음의 생각과 뜻마저도 판단하니 말이지요.[318]

고결 허나 나리께서는 한참 동안을 싸우셨는데 지치지 않으시던 가요?

진리를 위해 싸우는 자 나는 내 손이 칼에 달라붙을 때까지 싸웠소.[319] 그리고 마치 칼이 내 팔에서 자라난 것처럼 내 팔과 검이 하나가 되고 피가 내 손끝으로 흘러내리자, 나는 그 어느 때보다도 용감히 싸웠다오.

고결 죄에 맞서 싸우면서도 피 흘리기까지는 대항하지 않으셨으니[320] 잘하셨습니다. 자, 우리와 함께 가시지요. 우리도 같은 곳으로 가는 중이랍니다.

---

318 히브리서 4:12.
319 사무엘하 23:10.
320 히브리서 12:4.

그리고 그들은 사내를 데려다 상처를 씻어 주고, 그에게 먹을 것을 나누어 준 뒤 그들은 모두 함께 길을 갔다.

고결은 자신과 비슷하다고 생각되는 사람을 매우 좋아했기 때문에 그 사내를 만난 것이 매우 기뻤고, 또 일행 중에는 병들고 연약한 자들이 있었으므로 그는 길을 가는 동안 사내에게 궁금한 것들을 물었다. 우선 그는 사내가 어느 마을에서 왔는지 물었다.

진리를 위해 싸우는 자 나는 어두운 땅 출신이라오. 그곳에서 태어났고, 부모님도 아직 그곳에 살고 계신다오.

고결이 말했다. "어두운 땅이라고요! 그곳이라면 멸망의 성읍과 맞닿아 있는 곳 아닙니까?

진리를 위해 싸우는 자 맞소, 바로 그곳이오. 내가 순례자의 길에 오르기로 결심하게 된 계기는 이러하다오. 어느 날 진리를 말하는 자가 우리 마을에 와서 멸망의 성읍 출신인 크리스천의 이야기를 해 주더군요. 그가 어떻게 처자식을 두고 순례자의 길을 가게 되었는지 말이오. 그리고 그를 굴복시키려 나타난 악마를 그가 어떻게 물리쳤으며, 갈망하던 곳에 어떻게 이르게 되었는지 기록되고 전해져 내려오는 이야기들도 들려주었다오. 그리고 주께서 마련해 놓으신 안식처마다 그를 얼마나 환영해 주었으며, 특히 거룩한 성의 문 앞에 이르렀을 때 그가 얼마나 열렬한 환영을 받았는지에 대해서도 들었다오. 그가 말하기를 '그가 들어가자 커다란 나팔 소리가 울려 퍼지고 수많은 빛나는 자들이 그를 환영했다.'고 하더구려. 그리고 그 사내는 크리스천이 성안으로 들어가자 성읍 안에 기쁨의 종소리가 울려 퍼진 것과, 그가 금색 옷을 입게 된 것과, 그리고 차마 지금 다 말할 수는 없지만 그 외에도 많은 이야기를 들려주었다오. 말하자면, 그자에게 크리스천과 그의 여정에 대한 이야기를 듣자 하루라도 빨리 그를 따라가야겠다는 열망으로 내 가슴이 뜨거워지기 시작한 거요. 우리 아버지와 어머니도 나를 막을 수는 없었소. 결국 나는 그들을 떠나 여기까지 오게 되었지요.

고결 물론 좁은 문을 통해서 들어오셨겠지요?

진리를 위해 싸우는 자 그럼, 물론이오. 그 사내가 말하기를 그 문을 통해 들어오지 않으면 이 길은 아무런 소용이 없다고 하더구려.

그러자 안내자가 크리스티아나를 향해 말했다. "부인, 부군의 순례 여행과 그가 얻은 상급에 대한 소문이 닿지 않은 곳이 없군요."

진리를 위해 싸우는 자 아니, 이 여인이 크리스천의 부인이오?

고결 그렇습니다. 그리고 이 아이들은 그의 네 아들들이지요.

진리를 위해 싸우는 자 뭐라고요! 그들도 순례자가 되었단 말이오?

고결 그렇답니다. 아버지를 따라나선 것이지요.

진리를 위해 싸우는 자 그 말을 들으니 내 마음이 이렇게 흡족한데 같이 가기를 거부하던 가족들이 마침내 거룩한 성의 문을 들어서는 모습을 보게 될 그 양반의 마음은 얼마나 기쁘겠소!

고결 그가 무척이나 기뻐할 거라는 데는 두말할 필요가 없지요. 처자식을 그곳에서 만나면 스스로 그곳에 갔을 때만큼이나 기쁠 겁니다.

진리를 위해 싸우는 자 말이 나와서 말인데, 당신은 어떻게 생각하는지 좀 들어 봅시다. 우리가 그곳에 가서도 서로를 알아볼 수 있을지 궁금해하는 사람들이 있던데 말이오.

고결 그럼 그들 스스로는 자기 자신을 알아볼 수 있을 것이며, 스스로 그런 행복을 누리는 기쁨은 느낄 수 있을 것이라 생각한답니까? 만약 그들이 스스로를 알고 기쁨을 누릴 수 있을 것이라 생각한다면, 어찌 다른 사람들은 알아볼 수 없을 것이며 그들의 행복을 기뻐할 수 없을 것이라 여기는 것입니까? 게다가 친구가 제2의 자신이라고 한다면, 비록 그 관계가 끝난다 해도 그들을 그곳에서 볼 수 없는 것보다는 볼 수 있는 것이 더욱 기쁠 것이라고 결론짓는 것이 현명하지 않겠습니까?

진리를 위해 싸우는 자   당신이 어떻게 생각하는지 잘 알겠소. 내가 어떻게 순례 길에 오르게 되었는지에 대해 더 물어볼 것이 있소?

고결   예, 순례자가 되겠다고 하니 부모님께서는 흔쾌히 보내 주시던가요?

진리를 위해 싸우는 자   아니, 그렇지 않았소. 온갖 수단을 다 써서 나를 집에 붙잡아 두려 했지요.

고결   왜요? 뭐라고 하시면서 반대하시던가요?

진리를 위해 싸우는 자   그저 따분한 삶일 뿐이라고 말씀하시더구려. 나는 나태하고 게으름 피우는 것을 싫어하니 순례자 생활도 즐길 수 없을 거라고 말이오.

고결   그리고 또 뭐라고 하시던가요?

진리를 위해 싸우는 자   위험한 길이라고도 말씀하셨소. '순례자들이 가는 길이야말로 세상에서 가장 위험한 길이란다.'라고 말이오.

고결   이 길이 위험하다고 여기는 이유도 말씀해 주시던가요?

진리를 위해 싸우는 자   그렇소. 그것도 아주 세세한 것 하나까지 말씀해 주시더구려.

고결   이를 테면요?

진리를 위해 싸우는 자   크리스천이 거의 빠져 죽을 뻔했던 절망의 수렁에 대해서도 말씀하셨고, 좁은 문으로 들어가기 위해 문을 두드리는 자들을 쏴 죽이려는 활잡이가 바알세불의 성에서 늘 도사리고 있다고도 하셨소. 그리고 역경의 언덕에 있는 숲과 어두운 산길에 대해서도 말씀하셨고, 사자들과 세 명의 거인 잔혹함, 망치, 그리고 살육에 대해서도 말씀하셨소. 또 굴욕의 골짜기에 나타난다는 추악한 마귀로 인해 크리스천이 목숨을 잃을 뻔한 이야기도 해 주셨소. 게다가 부모님께서 말씀하시길, '요괴들이 들끓고, 빛은 곧 어둠과도 같고,

길에는 함정과 구덩이와 유혹과 덫이 가득한 사망의 음침한 골짜기도 지나가야 한다.'고 하시더구려. 그리고 거인 절망과 의심의 성과 그곳에서 순례자들이 맞이한 죽음에 대해서도 말씀하셨고, 역시나 위험한 마법의 땅도 지나가야 한다고 말씀하셨소. 그리고 이 모든 것을 무사히 지나간다 해도 결국은 다리 없는 강을 지나가야 거룩한 성에 이를 수 있다고 말씀하시더구려.

고결 그세 다였습니까?

진리를 위해 싸우는 자 아니오. 그뿐 아니라 부모님께서는 선한 사람을 다른 길로 유인하려고 기다리고 있는 사기꾼들도 이 길에 득실댄다고 말씀하셨소.

고결 그렇게 말씀하신 근거는 무엇이었습니까?

진리를 위해 싸우는 자 이 길에는 세속현자도 우릴 유혹하기 위해 숨어서 기회를 엿보고 있다고 하셨고, 형식주의자와 위선자도 길에서 늘 기다리고 있다고 하셨다오. 뿐만 아니라 간사함과 떠버리와 데마도 나를 유인하러 접근할 것이고, 아첨쟁이는 나를 올가미로 잡아 가둘 것이며, 순진하기 짝이 없는 무식한 자처럼 나도 감히 성문 앞까지 갔다가 산 옆으로 나 있는 구멍으로 보내져서 지옥으로 직행하게 될지도 모른다고 하시더구려.

고결 이 정도면 결심을 꺾는 데는 충분한 것 같습니다만, 거기서 그만두시던가요?

진리를 위해 싸우는 자 그만두다니요. 이것들 외에도 과거에 그 길을 갔던 수많은 자에 대해서도 말씀하셨다오. 예로부터 많은 사람이 숱하게 말해 왔던 그런 영광이 실제로 있는지 찾기 위해 꽤 멀리까지 갔던 자들에 대해서 말이오. 그들이 이제는 다시 돌아와 자기가 그 길에 발을 들였던 것을 부끄러워하고 있다고 말이지요. 마을 사람들은 다들 그럴 줄 알았다고 하더구려. 그중 몇 명의 이름도 언급하셨는데, 고집불통과 변덕쟁이, 의심덩어리와 겁쟁이, 외면과 늙은 무신론자 등 많은 사람이 뭔가를 찾아보겠다고 꽤 멀리까지 갔지만 눈곱만큼이라도 이득을 본 자는 그중 아무도 없었다는 거요.

고결　그 외에도 나리의 결심을 꺾기 위해 더 하신 말씀이 있습니까?

진리를 위해 싸우는 자　그렇소. 경외라는 순례자에 대한 이야기를 해 주시더구려. 그가 가는 길이 어찌나 고독했는지 그는 한시도 즐거울 날이 없었다고 말이오. 그리고 굶어 죽을 뻔한 낙망한 자에 대한 이야기도 해 주셨소. 아, 이걸 잊을 뻔했구려. 부모님께서는 크리스천마저도 들리는 소문과는 달리 거룩한 왕관을 위한 길고 긴 모험 끝에 결국은 시커먼 강물 속에 빠져 죽어 한 발짝도 더 가지 못한 게 확실하다고 하셨소. 어떻게 그 사실이 은폐되었는지는 모르지만 말이오.

고결　하지만 어떤 것도 나리의 결심을 꺾지는 못했나 보군요?

진리를 위해 싸우는 자　그렇소. 내게는 다 아무 의미 없는 말로 들릴 뿐이었소.

고결　어째서 그랬습니까?

진리를 위해 싸우는 자　난 여전히 진리를 말하는 자가 한 말을 믿었고, 그랬기 때문에 나에게는 그 너머의 것이 더 중요했지요.

고결　나리에게는 이 길이야말로 승리요 믿음이었던 것이군요.

진리를 위해 싸우는 자　그렇소. 나는 믿음으로 그곳을 떠나 이 길로 들어왔고, 나를 막아서는 모든 것과 싸운 후 믿음으로 지금 이곳까지 왔소.

"참다운 용기를 가진 자여,

이곳으로 오라.

비바람이 몰아쳐도

그는 흔들리지 않으며,

그 어떤 것이 막아서도

그의 결심을 꺾을 수는 없으리니,
그가 순례자가 되기로
작정하였음이라.
무시무시한 이야기들로
그를 막아서는 자들은
그저 스스로를 욕되게 할 뿐이니,
그의 용기가 더욱 강함이니라.
그는 사자도 두려워 않고,
거인과도 맞서 싸우니,
그가 순례자가 되는 것이
지극히 합당하도다.
요괴나 추악한 마귀도
그의 투지를 꺾을 수 없으니,
그가 이 길의 끝에서
생명을 받을 줄을 앎이라.
이로써 환상은 사라지고
그는 사람의 말을 두려워 않으며
순례자가 되기 위해
밤낮으로 애쓸 것이니라."

9

그 무렵 순례자들은 공기만으로도 사람을 졸리게 만든다는 마법의 땅에 이르렀다. 그곳은 몇 군데를 제외하고는 찔레꽃과 가시나무가 무성하게 자라 있었는데, 나무가 없는 곳에는 마법의 정자가 놓여 있었다. 혹자는 누군가 그 정자에 앉거나 그곳에서 잠이 들면 이승에서 다시 일어나거나 깨어날 수 없을지도 모른다고 말하곤 했다. 그러므로 순례자들은 서로 바짝 붙어서 숲속을 걸어갔다. 안내자 고결이 앞장섰고, 혹시라도 마귀나 용이나 거인이나 강도가 뒤에서 달려들어 해를 입히지 않도록 진리를 위해 싸우는 자가 맨 뒤에서 따라가며 후미 경호를 맡았다. 이곳이 위험한 곳이라는 것을 알고 있었기에 사내들은 각자 손에 검을 뽑아 든 채 발을 내디뎠고, 모두 끊임없이 서로를 격려하며 나아갔다. 고결은 마음이 약한 자에게 자기 뒤로 바짝 붙어 오라고 신신당부했고, 낙망한 자는 진리를 위해 싸우는 자의 집중 보호 아래 길을 걸어갔다.

그들이 채 얼마 가지 못했을 때, 돌연 자욱한 안개와 어둠이 그들을 뒤덮었다. 한동안 서로의 모습을 보지 못한 채 그들은 그저 말로써 서로의 존재를 확인해야 했다. 이는 그들이 보는 것으로 나아가는 자들이 아니었기 때문이었다.[321] 그러나 그중 강한 자들에게도 이것은 결코 쉬운 일이 아니었으니, 발과 마음 모두 여리디여린 여인들과 아이들에게는 얼마나 더 어려웠겠는가! 그러나 어려운 가운데에서도 이들은 맨 앞에서 이끄는 안내자의 격려의 말에 힘을 얻어 주춤주춤 발을 내디디며 썩 훌륭하게 나아갔다.

그러나 그들이 가는 길이 어찌나 질척거리는지 발을 옮기는 것마저도 여간 지치는 일이 아니었다. 게다가 이 근처에는 연약한 이들이 쉬어 갈 만한 여관이나 음식점도 전혀 없었다. 따라서 이곳에는 끙끙대는 소리와 헐떡대는 소리와 한숨 소리만이 가득했다. 누구는 가시덤불에 걸려 넘어지는가 하면, 또 누군가는 진창에 빠져 허덕였고, 아이들 중 누군가는 수렁 속에 신발을 빠뜨려 잃어버리기도 하였다. 누군가가 "살려 줘요!"라고 외치면 다른 누군가는 "이봐! 어느 쪽인

---

321 고린도후서 5:7.

가?"라고 외쳤고, 또 다른 이는 "가시덤불이 몸에 완전히 엉겨 붙어서 빠져나갈 수가 없소!"라고 외치곤 했다.

어느덧 그들은 순례자들이 따뜻하고 편안하게 쉴 수 있도록 마련된 정자에 이르렀다. 그 정자 위로는 아름다운 초목이 우거져 있었고, 길다란 나무 의자들도 놓여 있었다. 뿐만 아니라 정자 안에는 지친 이들이 누워 쉴 수 있는 푹신한 침대도 있었다. 험난한 길을 걸어가느라 이미 녹초가 된 순례자들에게는 이곳에 있는 것들 하나하나가 그야말로 유혹이었으리라. 그럼에도 그들 중 누구도 그곳에서 멈춰 설 마음은 추호도 없었다. 그저 안내자의 충고에 계속해서 주의를 집중할 따름이었다. 안내자는 위험이 다가올 때마다 재빨리 순례자들에게 알렸고, 그들이 위험과 맞닥뜨릴 때면 어떤 위험인지 자세히 알려 주곤 했다. 덕분에 순례자들은 위험이 코앞에까지 닥쳤을 때도 위험에 용감히 맞섰고, 서로가 육체의 편안함과 싸울 수 있도록 용기를 북돋아 주었다. '나태한 자의 벗'이라고 불리는 이 정자는 지친 순례자들이 그곳에서 쉬어 가도록 유인하려는 속셈으로 만들어진 것이기 때문이었다.

꿈속에서 그들은 이 고독한 길을 계속해서 걸어갔고, 이윽고 많은 이가 길을 잃었던 곳에 이르렀다. 밝은 낮이었더라면 안내자는 잘못된 길을 쉽게 구별해 낼 수 있었겠지만, 어둠 속에서 안내자는 멈춰 설 수밖에 없었다. 그러나 다행히도 그의 주머니 속에는 거룩한 성을 오가는 모든 길이 적혀 있는 지도가 있었다. 그는 어딜 가나 가지고 다녔던 부싯돌을 이용해 불을 밝힌 뒤 지도를 들여다보았다. 지도에는 그곳에서 필히 오른쪽 방향으로 가야 한다고 적혀 있었다. 만약 그가 이곳에서 지도를 보지 않았더라면 그들은 십중팔구 진창에 빠져 죽고 말았을 것이다. 어떤 길보다도 깨끗해 보이는 길이지만 조금만 걸어 들어가면 막다른 길목에는 깊이를 알 수 없는 진흙 수렁이 순례자들을 빠뜨려 죽이기 위해 기다리고 있었기 때문이었다.

나는 속으로 '어느 길로 가야 할지 몰라 멈춰 섰을 때 들여다볼 수 있는 저 지도야말로 순례자의 길을 가는 이들이라면 누구나 탐낼 만한 물건이로군!' 하고 생각했다.

마법의 땅을 계속해서 걸어가자 이번에는 또 다른 정자가 나타났다. 대로변에 지어져 있는 이 정자에는 조심성 없는 자와 허세쟁이가 누워 있었다. 이 두 사람도 순례자의 길을 따라 이곳까지 왔으나 고된 여정으로 지친 나머지 이 정자에 앉아 휴식을 취하던 중 깊은 잠에 빠져들고 만 것이었다. 순례자들은 그들을 보고는 그 자리에 멈춰 서서 고개를 가로저었다. 잠든 이들이 곤경에 처했다는 것을 알고 있었기 때문이었다. 그리하여 순례자들은 자는 이들을 그냥 두고 갈 것인지 아니면 다가가서 그들을 깨울 것인지 고민했다.

결국 그들은 가서 자는 이들을 깨워 보되 절대로 그들은 정자에 앉지도 않고 그 안에 아무리 유익한 것이 있더라도 탐내지 않기로 약속했다.

순례자들은 정자 안으로 들어가서 사내들의 이름을 부르며 그들을 깨웠다. 안내자가 그들의 이름을 알고 있었기 때문이었다. 그러나 그들에게서 아무런 대답이 없었다. 안내자는 사내들을 흔들어도 보고 그들을 깨우기 위해 온갖 방법을 동원했다. 그러자 한 명이 말했다. "숙박료는 돈이 들어오면 지불하리다." 이에 안내자는 고개를 절레절레 저었다. 그때 다른 사내가 말했다. "내 손에 검을 쥘 힘이 남아 있는 그날까지 나는 맞서 싸우리!" 그러자 아이들 중 한 명이 웃음을 터뜨렸다.

그러자 크리스티아나가 말했다. "이것은 뭘 의미합니까?" 안내자가 말했다. "잠꼬대를 하는 거요. 아무리 누가 와서 때리고 치고 무슨짓을 해도 이들은 이런 식으로 대답할 거요. 아니면 오래전 파도가 거세게 몰아치는 바다 가운데에서 돛대 위에 누워 자던 누군가가 말했듯이 '내가 언제쯤 깰꼬? 깨어도 다시 술을 찾겠노라.' 하겠지요.[322] 알다시피 사람이 잠꼬대를 할 때는 신념이나 이성의 지배를 받지 않고 아무 말이나 내뱉지 않소? 이들이 내뱉는 말은 마치 순례자의 길을 가던 그들이 저곳에 앉게 된 것만큼이나 부자연스러운 것이라오. 부주의한 자들이 순례자의 길을 가다 보면 백발백중 이런 일을 당하고 말지요. 이 마법의 땅이야말로 순례자들의 적이 만들어 놓은 최후의 수단이오. 보다시피 순례 길의 끝자락에서 다른 곳보다도 많은 유혹이 우리를 막아서고 있소. 몸이 지쳤을 때야말로 이 어리석은 자들이 가장 앉아서 쉬고 싶어 할 때라는 걸 사탄도 알기 때문이지요. 그리고 이 여정이 끝나 갈 때쯤이야말로 이들이 가장 지쳐 있을 때가 아니겠소? 그러므로 이 마법의 땅은 뷸라의 땅과 아주 가깝고, 이 고된 여정이 끝나는 지점과도 아주 가까이 놓여 있다오. 그러니 순례자들은 스스로 삼가 조심해야 할 것이오. 이 사내들처럼 아무도 깨울 수 없도록 잠들지 않게 말이오."

그러자 순례자들은 두려워 떨며 다시 길을 가기를 원했다. 그들은 등불의 힘을 빌려 남은 여정을 갈 수 있도록 안내자에게 불을 밝혀 달라고 청했다. 그러자 안내자가 불을 밝혔고, 길은 아주 컴컴했으나 순례자들은 남은 길을 등불에 의지하여 걸어갈 수 있었다. 그러나 아이들은 지칠 대로 지쳐 갔고, 그들은 순례자들을 사랑하시는 그분께 자신들이 더 편하게 길을 갈 수 있도록 도와 달라고 울부짖었다. 그러자 잠시 후 바람이 불어와 안개가 걷혔고, 시야도 더 맑아졌다. 그러나 마법의 땅을 벗어나려면 아직 한참 더 가야만 했다. 그저 이제는 서로의 얼굴과 그들이 가야 할 길을 좀 더 잘 볼 수 있을 뿐이었다.

이 땅이 거의 끝나는 지점에 다다르자 조금 앞쪽에서 근심에 가득 찬 누군가의 침통한 목소리가 들려왔다. 순례자들은 다가가서 앞을

---

[322] 잠언 23:34-35.

내다보았다. 그곳에는 한 남자가 있었는데, 그는 두 팔을 들고 하늘을 바라보며 하늘에 계신 여호와께 온 마음을 다해 기도를 드리고 있는 듯했다. 그들은 그를 향해 점점 더 가까이 다가갔다. 그러나 그가 무슨 말을 하는지 통 알아들을 수가 없었던 그들은 그가 기도를 마칠 때까지 조용히 발을 옮겼다. 곧 기도를 마친 그는 일어나 거룩한 성 쪽을 향하여 달리기 시작했다.

그러자 고결이 그를 부르며 쫓아갔다. "여보시오, 양반! 내 짐작대로 그대도 거룩한 성을 향해 가고 있다면 같이 갑시다."

그러자 남자는 발을 멈추더니 그에게로 다가왔다. 그를 보자마자 정직이 말했다. "아, 내가 아는 사람이오."

그러자 진리를 위해 싸우는 자가 물었다. "저자가 대체 누굽니까?"

정직이 말했다. "내가 살던 마을 출신의 견고한 자인데, 참으로 훌륭한 순례자라오."

순례자들과 사내가 서로 다가와 대면한 후 견고한 자는 곧 정직 노인을 발견하고 말했다. "허허, 거기 혹시 정직 어르신 아니십니까?"

정직이 말했다. "그래, 나일세. 바로 자네였구먼."

견고한 자가 말했다. "이곳에서 뵈니 정말 반갑습니다."

정직이 말했다. "나도 자네가 무릎을 꿇고 있던 모습을 보니 기분이 좋더구먼."

그러자 견고한 자가 얼굴을 붉히며 말했다. "아니, 저를 보셨습니까?"

정직이 말했다. "암, 보았지. 그 모습을 보니 내 마음이 참으로 기쁘더군."

견고한 자가 말했다. "어째서입니까? 무슨 생각이 드시던가요?"

정직이 말했다. "무슨 생각을 했느냐고? 달리 생각할 것이 있었겠는가! 그저 신실한 순례자를 만났구나 싶어 함께 가면 좋겠다는 생각이 들었지."

견고한 자가 말했다. "만약 어르신 생각이 맞다면 저야 얼마나 행복하겠습니까! 그러나 만약 제가 그런 사람이 아니라면 이 길을 혼자 헤쳐 나가야겠지요."

정직이 말했다. "맞는 말이네. 그러나 자네가 두려워하고 있다는 것 자체가 순례자의 하나님과 자네의 영적 관계가 올바르다는 증거네. 주께서 말씀하시길 '항상 경외하는 자는 복되다.'[323] 하지 않으셨나?"

진리를 위해 싸우는 자 그나저나 형제여, 방금 전 그대가 무릎을 꿇고 있었던 이유를 말해 줄 수 있겠소? 뭐 특별한 은혜라도 받아 감사 기도라도 드린 것이오? 아니면 간구할 것이 있었던 거요? 아니면 무엇이오?

견고한 자 아, 다들 아시다시피 우리는 마법의 땅을 걸어가고 있지 않습니까? 길을 걸어가면서 저는 이 땅을 지나는 길이 얼마나 위험한 것인지 생각해 보게 되었지요. 많은 순례자가 이 먼 곳까지 잘 헤쳐 와 놓고도 결국은 이 길에서 파멸에 이르고 마니 말입니다. 그리고 이곳이 사람들을 어떤 식으로 파멸에 이르게 하는지에 대해서도 생각해 보았답니다. 이곳에서 죽는 자들은 격렬한 싸움이나 고통스러운 병으로 인해 죽는 것이 아니니 끔찍한 죽음이라고 할 수는 없지요. 깊은 잠 가운데 죽음에 이르는 자들은 적어도 희망과 즐거움 속에 그 여정을 시작하니 말입니다. 그야말로 타락 가운데로 스스로 빠져드는 것과 마찬가지지요.

그러자 정직이 갑자기 끼어들며 "정자에서 자고 있던 두 사내를 자네도 보았나?"라고 말했다.

견고한 자 그럼요, 조심성 없는 자와 허세쟁이 말씀이시지요? 모르긴 몰라도 그들은 거기서 썩어 문드러질 때까지 잠에서 깨지 못할 겁니다. 어쨌든 제가 하던 얘기를 계속하자면, 말씀드린 대로 제가

---

323 잠언 28:14.

그렇게 생각에 잠겨서 걷고 있는데 낡아 빠진 옷을 화려하게 차려입은 한 여자가 제게 다가오더니 제가 원한다면 자신의 몸과 돈과 잠잘 곳까지 다 주겠다며 저를 유혹하더군요. 솔직히 말하자면 저는 몹시도 지치고 졸린 데다 올빼미만큼이나 빈궁한 처지였답니다. 아마 그 요부도 제 처지를 다 알고 있었을 테지요. 그래서인지, 제가 한 번이고 두 번이고 거절했는데도 그 여자는 글쎄, 꿈쩍도 하지 않고 웃으며 저를 쳐다보는 게 아니겠습니까? 그러자 점점 화가 치밀어 오르더군요. 그런데도 그 여자는 전혀 개의치 않고 다시 저를 꼬드기면서 만약 자기 말대로 하면 저를 아주 행복하고 위대한 사람으로 만들어 주겠다고 하더란 말입니다. 그러더니 "저는 세상 만인의 연인이니, 남자들은 저만 있으면 행복해질 수 있답니다."라고 말하더군요. 그래서 제가 그 여자에게 이름을 물었더니 그 여자는 허망한 여인이라고 했고, 이에 저는 그 여자를 더욱더 멀리했지요. 아, 글쎄, 그런데도 그 여자가 끈질기게 쫓아오면서 저를 유혹하는 게 아닙니까? 그래서 결국 저는 여러분께서 보신 것처럼 무릎을 꿇고 팔을 들어 올린 채 저를 도와주시겠다고 말씀하신 주님께 울며 기도하기 시작했답니다. 그리고 여러분이 오자 그 여자는 사라져 버렸고, 저는 저를 그 요부에게서 구해 낸 위대하신 주님께 감사드렸지요. 그 여자가 제게 유익을 주기는커녕 제 여정을 막으려 한다는 것을 저는 너무도 잘 알고 있었으니까요.

정직 틀림없이 악한 의도였을 걸세. 헌데 자네 말을 듣고 보니 나도 어디선가 그 요부를 본 적이 있는 것 같군. 아니면 어디서 그 여자에 대한 이야기를 읽었거나 말일세.

견고한 자 아마 둘 다일 겁니다.

정직 허망한 여인이라 했나? 혹시 키가 크고 예쁘게 생긴 여자 아닌가? 피부는 약간 까무잡잡하고 말이야.

견고한 자　네, 맞습니다. 그런 여자였어요.

정직　혹시 말투가 아주 나긋나긋하고 말끝마다 눈웃음을 치지 않던가?

견고한 자　그것도 어르신 말씀이 정확합니다. 그 여자가 했던 행동과 똑같아요.

정직　그리고 한쪽 옆구리에 커다란 지갑을 끼고 마치 그것이 마음의 위로라도 되는 양 돈을 세어 보곤 하지 않던가?

견고한 자　맞습니다. 만약 그 여자가 여기 계속 서 있었다 해도 이보다 더 정확하고 자세하게 묘사하실 수는 없었을 겁니다.

정직　그럼 그 여자의 초상화를 그린 자는 꽤나 실력 있는 화가였나 보군. 누군가 그 여자에 대해 쓴 글도 사실이었을 테고 말이네.

고결　이 여자는 마녀요. 이 땅이 마법에 걸린 것도 다 이자가 부린 마법 때문이지요. 누구든지 그 여자의 무릎을 베고 눕는 자는 도끼가 매달려 있는 단두대에 눕는 것과 같으며, 누구든지 그 여자의 아름다움에 눈을 빼앗기는 자는 하나님의 원수가 되는 것과 같다오.[324] 이 여자는 순례자들이 멀리하는 것들의 화려함에 빠져 살며, 지금껏 많은 이를 순례자의 길로부터 매수해 왔소. 뿐만 아니라 남의 말하기도 좋아하는 데다가, 딸들과 같이 주구장창 순례자들의 뒤꽁무니를 쫓아다니면서 그들을 추켜세워 주고는 이 세상의 것들이 훨씬 더 좋다며 유혹하곤 하지요. 뻔뻔한 데다가 창피한 줄도 몰라서 아무 남자와 말을 섞곤 하더구려. 게다가 가난한 순례자들은 마구 비웃어 대는 반면 부유한 자들은 입이 마르도록 칭찬을 해 대고, 이득을 취하는 데 능한 자가 있을 때면 그 여자는 집집마다 그를 칭찬하며 돌아다니기도 한다오. 성대한 만찬과 잔치는 둘째가라면 서러울 정도로 좋아하고, 사람들이 바글바글한 자리에는 어김없이 이 여자가 있지요. 어떤

---

[324] 야고보서 4:4.

318

곳에서는 이 여자를 마치 여신이라도 되는 것처럼 숭상하더구려. 공공연하게 부정을 일삼으면서도 자기만큼 선행을 많이 베푸는 사람도 없다고 맹세하는가 하면, 만약 자손들이 자기를 사랑하고 아껴 주기만 한다면 자손 대대로 함께 살겠다고 맹세하기도 한다오. 특정한 장소에서나 사람에게는 돈을 물 쓰듯이 퍼붓기도 하고, 추앙받고 칭찬받는 것을 즐기며 사내의 품에 안겨 있기도 좋아하지요. 자기가 가진 재능을 뽐내는 데 좀처럼 지칠 줄을 모르고, 그녀를 최고로 여기는 자들을 누구보다도 좋아한다오. 그리고 사람들에게 자신의 말만 따르면 왕관이며 왕국을 다 주겠다고 약속하지만 결국 지금껏 많은 이를 지옥보다도 만 배나 더 끔찍한 파멸에 이르게 하였소.

견고한 자가 말했다. "오! 제가 그 여자에게 넘어가지 않은 게 천만다행이군요! 그렇지 않았더라면 지금쯤 저는 어떻게 되었을까요!"

고결 그거야 주님만이 아시겠지만, 대개는 그 여자로 인해 온갖 어리석고 해로운 욕망에 사로잡혀 곧 파멸과 멸망에 이르고 만다오.[325] 압살롬으로 하여금 아버지를 반역하게 하고, 여로보암으로 하여금 여호와를 배반하게 한 것도 다 그 여자의 소행이며, 유다로 하여금 예수님을 팔아넘기도록 한 것과 데마로 하여금 순례자의 의로운 삶을 저버리게 한 것 또한 이 여자의 소행이오.[326] 그 여자가 누구에게 무슨 짓을 할지는 아무도 예상할 수 없소. 통치자와 백성들 사이에, 부모와 자식 간에, 이웃 간에, 부부간에, 한 사람의 내면에서, 그리고 육체와 심령 간에 할 것 없이 온갖 불화를 일으키니 말이오. 그러니 의인 견고한 자여, 그대가 이름처럼 모든 것을 행한 후에 견고하게 서길 바라오.[327]

---

325 디모데전서 6:9.
326 사무엘하 15장; 열왕기상 12:25-33; 역대하 13:1-20; 마태복음 26:14-16; 디모데후서 4:10.
327 에베소서 6:13.

이 이야기를 들은 순례자들의 마음에는 환희와 두려움이 교차했으나 이내 그들은 두려움을 떨치고 노래를 부르기 시작했다.

"순례자들을 덮치는 온갖 위험과
곳곳에 도사리는 적들과
도처에 죄로 치닫는 길들을
한낱 인간이 다 어찌 알리요.
어떤 이들은 도랑을 피하려다가
수렁 속으로 굴러떨어지며,
어떤 이들은 여우를 피하려다
호랑이 굴로 들어간다네."

10

나는 그들이 뿔라의 땅에 들어가는 모습을 바라보았다. 그곳은 밤낮으로 햇살이 비추는 땅이었다. 지친 순례자들은 이곳에서 잠시 휴식을 취했다. 이 땅은 모든 순례자에게 허락된 땅이었고, 이곳에 있는 모든 과수원과 포도밭은 거룩한 땅의 왕께 속한 것이었으므로 그들은 어떤 열매든지 마음대로 따 먹을 수 있었다. 짧은 휴식만으로도 그들은 곧 기운을 되찾았다. 끊임없이 들려오는 종소리와 아름답게 울려 퍼지는 나팔 소리에 비록 잠을 이룰 수 없었음에도 불구하고 그 어느 때보다도 단잠을 잔 듯 기운이 솟아났던 것이다. 사람들은 거리에서 "순례자들이 더 왔다!"라고 외치며 돌아다녔고, 그러면 어디선가 누군가는 "오늘도 많은 이가 강을 건너 황금 문 안으로 들어갔도다!"라고 대답했다. 그리고 그들은 다시 다음과 같이 크게 외쳤다. "더 많은 순례자가 길 위에 있으므로 이제 빛나는 천사 군단이 마을로 내려와 그들을 기다리는도다! 순례자들이 오랜 고생 끝에 위안을 얻으리로다!" 그러자 순례자들은 일어나 마을 곳곳을 돌아다녔다. 공중에는 천상의 소리가 가득하고 주위는 온통 아름다운 것들로 둘러싸여 있으니 어찌 눈과 귀가 즐겁지 않을 수 있을까! 이 땅에는 아무리 귀를 기울여 보고, 둘러보고, 만져 보고, 냄새를 맡아 보고, 맛을 보아도 순례자들의 육체와 영혼을 해칠 만한 그 어떤 것도 존재하지 않았다. 그들이 건너가야 할 강물은 비록 조금 씁쓸한 맛이 나긴 했으나 삼키고 나면 그렇게 달콤할 수가 없었다.

이곳에는 이전의 순례자들의 이름과 그들의 유명한 업적을 모두 기록해 놓은 책이 있었다. 그리고 들리는 바에 의하면 어떤 이들은 강을 건너는 동안 썰물을 만나기도 하고, 어떤 이들은 밀물을 만나기도 한다고 했다. 또 어떤 이들이 건너갈 때는 강물이 바닥을 보이는가 하면 어떨 때는 강둑을 넘을 정도로 강물이 넘쳐흐르기도 한다고 했다.

이 마을에 사는 아이들은 왕의 정원에 가서 순례자들을 위한 꽃다발을 만들어 사랑을 듬뿍 담아 전해 주곤 했다. 그리고 이곳에서는 고벨화와 나도초와 번홍화와 창포와 계수나무와 각종 유향목과 몰약과 침향과 모든 귀한 향풀들이 자라나 순례자들이 이곳에 머무는 동안 그들의 침실은 향기로 가득했고, 이것들로 그들의 육신은 기름 부음을 받아 때가 되면 강물을 건너갈 수 있도록 다가올 날에 대비했다.

그들이 그곳에 머무르며 선한 때를 기다리는 동안 마을에는 소문이 돌기 시작했다. 거룩한 성으로부터 한 사신이 순례자 크리스천의 아내 크리스티아나에게 아주 중대한 일을 전하기 위해 마을로 왔다는 것이었다. 수소문 끝에 그녀가 머물고 있는 집을 알아낸 사신은 그녀에게 서신 한 장을 전해 주었다. 서신에는 이렇게 쓰여 있었다. "의로운 여인이여, 그대를 환영하노라! 주님께서 그대를 부르시며 열흘 내로 그대가 영생의 옷을 입고 그분 앞에 서기를 기다리고 계신다는 소식을 전하노라."

사신은 그녀에게 서신을 읽어 준 뒤 자신이 그녀를 속히 데려가기 위해 온 진짜 사신이라는 확실한 증표를 보여 주었다. 그 증표는 화살이었는데, 사랑으로 연마된 화살촉이 그녀의 심장을 관통하면 그 효력이 서서히 작용하여 그녀는 예정된 시간이 되면 떠나야만 했다.

드디어 때가 되었다는 것을 느낀 크리스티아나는 일행 중 자신이 가장 먼저 강을 건너게 되었다는 것을 깨닫고는 안내자 고결에게로 가서 자초지종을 말해 주었다. 그러자 그는 참으로 기쁜 소식이라고 말하며 자기도 부르심을 받을 수 있으면 좋겠다고 했다. 그리고 그녀가 안내자에게 앞으로 남은 여정을 어떻게 준비해야 할지 조언을 청하자 고결은 말했다. "어떻게든 인도하시는 대로 따라가면 된다오. 남아 있는 우리가 강가까지 부인과 함께 가 주리다."

그러자 그녀는 아이들을 불러 그들을 축복하고는 그들의 이마에 찍힌 인장을 보니 마음이 놓인다고 말했다. 그리고 아이들이 그곳까지 따라와 준 것과 의복을 깨끗하게 유지한 것을 보니 마음이 심히 기쁘다고도 말했다. 그리고 마지막으로 그녀는 가난한 자들에게 적지만 자신이 가진 것을 나누어 준 뒤 아들들과 며느리들에게 언제라도 사신을 맞이할 준비를 하라 일렀다.

안내자와 아이들에게 말을 마친 후 그녀는 진리를 위해 싸우는 자를 찾아가 말했다. "나리께서는 어디서나 충직한 모습을 보여 주셨습니다. 죽을 때까지 믿음을 지키십시오. 그리하면 왕께서 생명의 면류관을 주실 것입니다. 그리고 부디 저희 아이들을 지켜봐 주시고 언제라도 아이들이 흔들릴 때면 잘 타일러 주십시오. 제 며느리들은 늘 신실하게 믿음을 지켰습니다. 그리고 마지막 날에 그들을 향한 언약이 이루어질 것입니다." 그러고 나서 그녀는 견고한 자에게 반지를 주었다.

다음으로 그녀는 정직 노인을 찾아가 말했다. "보라, 이 속에 간사한 것이 없나니 이는 참으로 이스라엘 사람이라."[328]

정직이 말했다. "그대가 시온 산으로 향하는 날 부디 날씨가 화창하기를 바라오. 그대가 신발도 젖지 않고 강을 건널 수 있으면 좋겠구려."

그러자 그녀가 답했다. "물에 젖든 안 젖든 건너갈 생각을 하니 마음이 벅차오릅니다. 가는 동안 날씨가 어떠하든 그곳에 이르고 나면 몸을 말리며 앉아 쉴 시간은 충분할 테니까요."

그때 선량한 절름발이가 그녀를 보러 들어왔고, 그녀는 절름발이에게 말했다. "이곳까지 오는 길에는 많은 어려움이 따랐지만 그로 인해 더욱더 달콤한 휴식을 얻을 수 있을 것입니다. 그러나 부디 깨어 준비하십시오. 생각지도 못한 날에 주의 사신이 임할 것입니다."[329]

그 뒤로 낙망한 자와 그의 딸 두려움이 들어왔고, 그들을 향해 부인이 말했다. "거인 절망의 손아귀와 의심의 성에서 풀려난 것을 평생토록 감사함으로 기억하십시오. 그러한 은총이 없었다면 그대들이 이곳까지 안전하게 올 수도 없었을 것입니다. 그러니 깨어 경계하며 두려움을 물리치고 근신하며 마지막 날을 기대하십시오."

그리고 그녀는 마음이 약한 자에게 말했다. "주께서는 당신을 거인 살육의 입에서 건지시고 영생의 빛과 하나님 앞에서 평안히 다니게 하셨습니다. 그러니 부디 주의 부르심을 받기 전에 그분의 선하심을 의심하거나 염려하는 습관을 버리십시오. 그렇지 않으면 주께서 오셨을 때 그 죄로 인하여 주 앞에 얼굴을 붉히게 될 것입니다."

마침내 크리스티아나가 떠나야 할 날이 다가왔다. 길에는 그녀의 여정을 지켜보기 위해 나온 사람들로 가득했고, 강 너머 기슭에는 수많은 말과 마차가 그녀를 성문까지 호송하기 위해 하늘로부터 내려와 있었다. 마침내 그녀는 강가까지 자신을 따라와 준 사람들을 향해

---

328 요한복음 1:47.
329 마태복음 24:42.

손을 흔들며 작별 인사를 하고는 강물 속으로 들어갔다. 그녀가 남긴 마지막 말은 이러했다. "주여, 제가 가오니 주의 곁에 거하고 주를 찬양하게 하소서!"

크리스티아나를 기다리고 있던 자들이 그녀를 데리고 시야에서 사라지자 그녀의 아이들과 친구들은 각자의 처소로 돌아갔다. 그녀는 성문까지 가서 문을 두드린 후 남편 크리스천이 그랬듯 온갖 축하와 환영을 받으며 성안으로 들어갔다. 그녀가 떠나는 모습을 보며 아이들은 눈물을 흘렸으나 고결과 진리를 위해 싸우는 자는 흥에 겨워 징과 거문고를 연주하며 각자의 처소로 돌아갔다.

시간이 흐른 뒤 이번에는 절름발이를 데려가기 위해 사신이 다시 마을에 내려왔다. 그는 절름발이가 사는 집을 알아낸 뒤 그를 찾아가 말했다. "그대가 목발을 짚으면서도 끝까지 따르고 사랑한 그분께서 저를 당신에게로 보내셨습니다. 주께서는 부활절 다음 날 주의 왕국에서 열리는 만찬에 그대와 함께하시기를 원하고 계십니다. 그러니 떠날 채비를 하십시오." 그리고 그는 자신이 정말 주로부터 온 사신임을 증명하기 위해 다음과 같이 덧붙였다. "내가 그대의 금 그릇을 깨고 그대의 은 줄을 풀었도다."[330]

이 소식을 들은 절름발이는 순례자 일행을 찾아가 말했다. "제가 부르심을 받았습니다. 주께서 분명히 여러분도 찾아가실 것입니다." 그러면서 그는 진리를 위해 싸우는 자에게 유언장을 만들어 달라고 청했다. 그러나 그가 남아 있는 사람들에게 남기고 갈 것이라고는 고작해야 목발과 축복의 말뿐이었기에 그는 이렇게 말했다. "저와 같은 길을 걷게 될 제 아들에게 이 목발을 남기며, 그 아이는 저보다 훨씬 더 훌륭하게 해내기를 진심으로 바랍니다." 그리고 그는 지금까지 친절하게 자신을 이끌어 주고 여정을 마칠 수 있도록 도와준 고결에게

---

330 전도서 12:6.

감사의 인사를 전했다. 마침내 강가에 이른 그가 말했다. "강을 건너면 말과 마차가 나를 태워 갈 테니 더 이상 제게는 이 목발이 필요 없습니다." 그리고 그는 마지막으로 "생명이여, 내게로 오라!"라는 말을 남기고는 강을 건넜다.

다음으로는 마음이 약한 자가 기별을 받았다. 사신은 그의 침실 문앞에서 뿔피리를 불고 방 안으로 들어가 말했다. "주님께서 당신을 필요로 하신다는 말씀을 전하러 왔습니다. 그러니 속히 가서 빛 가운데 계시는 주의 얼굴을 마주하십시오. 그리고 이 말씀을 이 소식의 증거로 삼으십시오. '창문을 내다보는 자들은 어두워질 것이라.'[331]" 그러자 마음이 약한 자는 일행에게 가서 자기가 어떤 통보를 전해 들었으며, 그 말씀의 증거로 무엇을 받았는지 전하고는 말했다. "저는 그 누구에게도 줄 것이 없으니 굳이 유언장을 만들어 뭐하겠습니까? 제 나약한 마음은 두고 가겠습니다. 제가 가는 곳에서는 필요도 없을 테고, 그렇다고 가진 것 하나 없는 순례자에게조차 나눠 줄 가치가 없는 것이니 진리를 아는 자여, 제가 떠나고 나면 그것을 쓰레기 더미에 파묻어 주십시오." 유언을 마친 뒤 떠나야 할 날이 되자 그는 다른 이들처럼 강물로 들어갔고, "끝까지 믿고 기다리십시오!"라는 마지막 말을 남긴 채 강 건너편으로 걸어갔다.

그 후로 여러 날이 지나고 낙망한 자가 부름을 받았다. 사신은 그를 찾아와 소식을 전했다. "두려워 떠는 자여, 마음속의 의심은 모두 던져 버리고, 돌아오는 주일까지 주님 앞에 나아가 기쁨의 찬송을 부르십시오. 그리고 이것을 제 말의 증거로 삼으십시오." 그리고 사신은 그에게 메뚜기를 짐으로 주었다.[332]

그러자 소식을 들은 낙망한 자의 딸 두려움이 와서는 자기도 아버

---

331 전도서 12:3.
332 전도서 12:5.

지와 함께 가겠다고 말했다. 그러자 낙망한 자는 일행에게 말했다. "저와 제 딸이 그동안 한 분 한 분께 얼마나 많은 불편을 끼쳤는지 여러분도 아실 겁니다. 저와 제 딸에게 마지막 바람이 있다면 그저 저희가 떠나고 나면 저희가 느꼈던 좌절감과 나약한 두려움이 다시는 그 누구에게도 임하지 않기를 바랄 뿐입니다. 분명히 제가 죽고 나면 그것들이 다른 이들을 찾아 나설 게 분명하니까요. 사실 그것들은 저희가 순례자의 길을 떠나면서 품었던 악한 영이었답니다. 한 번 받아들이고 나니 좀처럼 떨쳐 낼 수가 없더군요. 그러니 그 영들은 다시 다른 순례자들이 품어 주기를 기다리며 떠돌아다닐 게 분명합니다. 그러니 부디 그들로부터 문을 단단히 걸어 잠그십시오." 떠날 시간이 되자 그들은 강가로 향했다. 낙망한 자는 마지막으로 "이제 어둠은 가고 빛이 오리라!"라고 외쳤고, 그의 딸은 노래를 부르며 강을 건너갔으나 누구도 그 노랫말을 알아듣는 이는 없었다.

그리고 얼마 후 사신이 마을에 내려와 정직 노인의 거처를 묻고는 노인이 머무르는 집에 이르러 그의 손에 서신을 건넸다. "주께서 그대에게 명하신바 그대는 칠 일 후 오늘까지 주의 궁궐에서 주를 뵈어야 하노라. 또한 이 말씀으로 이 서신의 참다움을 증명하노라. '음악을 연주하는 여인들은 모두 쇠하여질 것이니라.'[333]" 그러자 정직은 벗들을 모두 모아 놓고 말했다. "나는 죽지만 유언은 남기지 않겠소. 내가 지닌 정직함은 내가 가져가리니 이후에 오는 자들에게 이야기를 전해 주시오." 떠나야 할 날이 되자 그는 강을 건널 채비를 했다. 그 무렵 강물은 제방 위로 여기저기 범람했으나 정직은 생전에 양심이라는 자와 그곳에서 만나기로 이미 약속을 해 놓은 터였다. 그리하여 양심은 강으로 나와 노인이 강을 건널 수 있도록 도움의 손길을 보내 주었고, 정직 노인은 마지막으로 "주님의 은총이 가득하기를!"

---

[333] 전도서 12:4.

이라는 말을 남기고 세상을 떠났다.

그 후 진리를 위해 싸우는 자가 다른 이들과 같은 사신의 부르심을 받고 그의 항아리가 우물가에서 깨지는 증표를 받았다는 소문이 이웃 마을에 돌았다.[334] 이 증표를 확인한 그는 벗들을 불러 모아 자신에게 있었던 일을 말하며 계속해서 말을 이었다. "나는 아버지의 집으로 떠날 것이오. 비록 내가 수많은 어려움을 헤치고 이곳까지 왔으나, 이곳에 오기 위해 겪어야 했던 그 모든 고난을 결코 후회하지는 않소. 나를 따라 순례자의 길에 오르는 자에게 내 검을 주며, 누구든지 내 용기와 능력을 취하는 자에게 그것들을 주겠소. 그러나 흉터와 상처는 내가 가져가 내게 상 주시는 그분을 위한 싸움의 증거물로 삼겠소."

그가 떠나야 할 날이 되자 많은 이가 그를 강가까지 배웅했고, 그는 인파를 헤쳐 나가며 외쳤다. "사망아! 너의 가시가 어디 있느냐?" 그리고 그는 강물 속으로 점점 깊이 들어가며 또다시 외쳤다. "무덤아! 너의 승리가 어디 있느냐?" 그가 건너가자 강 저편에서는 나팔 소리가 울려 퍼졌다.

그러고 난 뒤 이번에는 견고한 자가 부르심을 받았다. 견고한 자는 순례자들이 마법의 땅을 지날 때 무릎을 꿇고 있던 그자였다. 사신은 서신을 펼쳐 견고한 자의 손에 넘겨주었다. 서신에는 주님께서 더 이상 그를 멀리 두시길 원치 않으시므로 새로운 삶을 준비하라고 쓰여 있었다. 서신을 읽은 견고한 자는 조용히 생각에 잠겼다.

사신이 말했다. "아, 이 서신의 진위를 의심할 필요는 전혀 없습니다. 진실을 증명해 줄 징표로 '그대의 바퀴가 우물 위에서 깨질 것입니다.'"

그러자 그는 안내자 고결을 찾아가 말했다. "나리, 비록 아쉽게도

---

[334] 전도서 12:6.

순례 여정 동안 많은 시간을 나리와 함께하지는 못하였으나 나리를 만난 이후로 나리는 제게 큰 도움이 되어 주셨습니다. 저는 아내와 다섯 명의 어린 자식들을 두고 고향을 떠나왔습니다. 나리께서는 주인님의 집으로 돌아가실 것이고 아마 앞으로도 계속 신실한 순례자들의 길잡이가 되어 주실 테니 부디 돌아가셔서 제 가족들에게 사람을 보내어 제게 일어난 모든 일을 들려주십시오. 그리고 제가 이곳에 무사히 도착한 것과 요 근래 동안 제가 누린 모든 축복에 대해서도 전해 주시고, 크리스천과 그의 아내 크리스티아나에 대한 이야기, 즉 그녀가 아이들을 데리고 남편을 따라가 기쁨 가운데 여정을 마친 이야기와 지금 그녀가 어디에 있는지도 전해 주십시오. 제가 가족들을 위해 줄 수 있는 거라고는 오직 기도와 눈물밖에 없으나, 만약 그것들이 능력을 발휘한다면 나리께서 말씀을 전해 주시는 것만으로도 충분할 것입니다."

그가 후일을 부탁하는 동안 그가 떠나야 할 시간이 속히 다가왔고, 그는 강으로 걸어 내려갔다. 그 무렵 강물은 무척이나 잠잠하여 견고한 자는 강을 반쯤 건너가다 멈춰 서서는 지금껏 그를 섬긴 벗들에게 외쳤다. "지금껏 이 강물은 많은 이에게 공포의 대상이었고, 저 또한 이 강을 생각하며 두려움에 떨었으나, 지금 저는 편안합니다. 지금 제 발은 이스라엘 백성이 요단강을 건널 때 여호와의 언약궤를 멘 제사장들이 그러했듯 이곳에 굳게 서 있습니다.[335] 비록 물이 입에 쓰고 찬 기운에 심장이 아리지만 제가 가게 될 그곳과 강 건너에서 저를 기다리는 호송대를 생각하니 제 가슴이 시뻘건 숯처럼 달아오르는군요. 이제야 제 여정을 마칠 때가 된 것 같습니다.[336] 고된 날들도 이제는 안녕입니다. 이제 머리에는 가시 면류관을 쓰시고 저로 인해

---

335 여호수아 3:17.

336 마태복음 27:27-31.

얼굴에 침 뱉음을 당하신 그분을 뵈러 갑니다. 지금까지 살면서 듣고 믿은 것들을 이제는 가서 직접 보고 주의 곁에 기쁨으로 머물 것입니다. 지금껏 저는 주의 말씀을 사모해 왔고, 이 세상 어디든 주의 발자취가 있는 곳에 저도 가기를 원했습니다. 주의 이름은 제게 향유 그릇과도 같아 그 어떤 달콤한 냄새보다도 향기로웠으며, 그의 목소리는 제게 그 어떤 목소리보다도 다정했답니다. 또한 저는 태양빛을 숭상하는 이들보다도 그분의 형상을 더욱 간절히 원했으며, 그의 말씀은 제가 주릴 때 양식과도 같았고, 제가 연약할 때 명약과도 같았습니다. 주께서 저를 잡아 주셨으므로 제가 죄를 멀리하였고, 주께서 제 발을 붙들어 주시므로 제가 주의 길 위에 굳건히 설 수 있었습니다."

그때, 그가 말을 하는 동안 그의 안색이 변하고 강건한 육체가 앞으로 엎드러지더니 그가 "저를 데려가소서. 제가 주께로 가나이다!"라고 외치자 더 이상 그의 모습은 보이지 않았다.

그러나 강을 건너가는 순례자들을 맞이하러 나온 말과 마차들, 나팔수와 피리 연주가들, 그리고 가인들과 현악 연주자들이 광활한 대지를 가득 채우고 찬란한 성문을 향해 행진하는 모습만큼 거룩한 광경이 또 있으랴!

크리스천의 자녀들, 곧 크리스티아나가 데려온 네 아들들과 그들의 처자식들이 강을 건너가는 모습은 내가 그때까지 그곳에 머무르지 않아 보지 못했으나, 그곳을 떠나온 후 들은 바에 의하면 그들은 아직 그곳에 남아 교회를 섬기는 중이라고 했다.

비록 지금은 이야기해 줄 수 없으나 만약 궁금해하는 이들이 있다면 내가 다시 그곳에 가게 되었을 때 들려주기로 하겠다. 그때까지 독자들에게 작별을 고한다.

영혼이 꿈꾸는
가장 아름다운 여행

존 버니언의《천로역정》은 1678년에 처음으로 출간된 이후 전 세계적으로 성경 다음으로 가장 많이 읽힌 책으로 꼽히고 있을 정도로 오랫동안 많은 독자의 사랑을 받아 온 작품이다. 존 버니언은 비국교파의 설교자로서 명성을 얻었으나 국교회파의 박해로 1660년부터 12년 동안 감옥 생활을 하게 되었는데,《천로역정》은 이 시기에 옥중에서 쓴 종교소설이자 영국 근대문학의 선구로서 영국 문학 발전에 크게 기여하였다. 또한《천로역정》제1부의 명성에 힘입어 1684년에《속천로역정》이 출간되면서 그 이후로 지금까지 100여 개국의 언어로 번역되었고, 다양한 독자층에 맞게 각색 및 제작되었으며, 종교적 깨달음을 위한 특별 활동으로도 제작되어 널리 활용되고 있다.

영혼 구원의 과정을 그린 우화적 소설

얼핏 보기에《천로역정》은 단순히 멸망의 성읍으로부터 천국을 향해 가는 여정 가운데 일어나는 일들을 그린 이야기인 듯하다. 하지만 그 내면을 깊이 들여다보면 한 인간이 깨달음을 얻고 그리스도인이 되어 구원에 이르게 되는 과정 가운데 겪게 되는 내적, 외적 경험들을 그리고 있음을 알 수 있다. 특히 그러한 여러 경험은 책 속에 등장하는 다양한 인물과 장소의 이름을 통해 의인화, 상징화되고 있어 그 자체로 우화적 소설의 성격을 띤다. 또한 존 버니언은 천국과 지옥, 빛과 어둠, 천사와 악마, 선과 악, 현세와 내세 등의 대립적 개념을 사용하여 전달하고자 하는 상징적 의미와 감각적 효과를 극대화하고 있다.

이야기는 1인칭 화자가 동굴 속에서 잠이 들어 꿈을 꾸는 것으로 시작하며, 화자의 꿈속에서는 어깨에 무거운 짐을 짊어진 한 남자(크리스천)가 멸망의 성읍을 떠나 거룩한 성을 향한 여정을 떠나게 된다. 크리스천은 자신의 깨달음을 조롱하고 비난하는 처자식과 이웃들을 뒤로한 채 좁은 문으로 달려가기 시작한다. 하지만 이내 절망의 수렁에 빠지고, 세속현자와 같이 그를 미혹하여 구원에 이르지 못하게 하려는 자들을 숱하게 만나게 된다.

그뿐만이 아니다. 좁은 길을 지나 십자가 앞에서 무거운 짐으로부터 해방되고 난 후에도 역경과 유혹, 도전은 계속된다. 역경의 언덕, 굴욕의 골짜기, 사망의 음침한 골짜기에서의 고통의 시간도 모자라 심지어 헛된 시장에서는 동물 우리에 갇힌 채 온갖 수모를 당하고, 재판을 통해 신실한 벗 믿음이 아주 끔찍한 죽음까지 맞이하게 된다. 그러나 크리스천은 그러한 역경 속에서도 뒤돌아보지 않고 끝내 자신이 누리게 될 구원의 영광만을 바라보며 앞으로 나아간다. 그 과정에는 그가 포기하지 않도록 용기를 북돋아 주는 도움의 손길과 고마운 벗들도 한몫을 한다. 해설자의 집과 아름다움의 궁전, 그리고 기쁨의 산에서 목자들이 보여 준 진귀한 것들을 마음에 새긴다. 또 빛나는 천사들에게 받은 증표들로 위안을 삼으며, 믿음, 희망과 같은 신실한 벗들과 함께 서로를 격려하고 각자의 부족을 채우며 어려움을 헤쳐 나가는 것이다. 이렇게 수많은 역경을 이겨 내고 죽음의 강을 건너 마침내 거룩한 성에 도착한 크리스천은 영원한 생명을 얻고 슬픔도, 고통도 없는 곳에 거하며 세상에서는 느끼지 못했던 영혼의 기쁨을 누리게 된다.

이와 같이 《천로역정》에서는 주인공이 순례자의 길을 걸어가며 만나게 되는 사소한 것들 하나하나까지도 각자 나름대로의 의미를 지니며 독자들에게 영혼 구원의 과정에 대한 성찰과 통찰을 제공한다.

제2의 성경 《천로역정》

《천로역정》을 읽다 보면 마치 성경 속 이야기를 읽는 듯한 착각이 들 정도로 이 소설은 그 기반을 철저히 성경에 바탕을 두고 있다. 성경의 인물이나 사건, 또는 성경 구절이 아주 자연스럽게 작품 속 인물들의 대화나 장소에 녹아들어 있다. 뿐만 아니라, 비유와 은유를 주로 사용한 서술 방식 또한 성경의 서술 방식과 매우 닮아 있다. 해설자나 목자들이 비유를 통해 순례자들에게 깨달음을 주는 방식도 성경 속 예수께서 제자들을 가르치시는 방식과 흡사하며, 더 나아가 하늘의 본향을 사모하여 세상을 등지고 순례자의 길에 오른다는 전체적인 이야기의 모티프조차 그 기반을 성경 말씀에 두고 있는 것이다(히브리서 11:13-16).

제2의 성경이라 불리는 책답게 《천로역정》은 소설의 처음부터 끝까지 기독교 신앙의 핵심인 예수와 십자가, 좁은 문을 끊임없이 강조한다. 아무리 같은 길을 가는 자라도 그 길의 입구인 좁은 문, 즉 예수 그리스도의 십자가를 거치지 않고 다른 곳으로 들어온 자는 결국 구원에 이를 수 없다는 원칙을 이야기 전반의 기본 전제로 삼고 있다. 예수의 십자가를 믿지 않음으로써 구원에 이르지 못한 자들은 결국 어떤 식으로든 파멸에 이르러 지옥 구덩이에 던져지고 만다. 또한 천국이나 지옥, 사망의 음침한 골짜기나 뿔라의 땅 등 성경에 나오는 장소들과 아볼루온, 바알세불 등 인물 묘사는 성경에 나타난 모습을 그대로 유지하면서도 더욱더 감각적으로 묘사되며, 서사적 요소까지 부가되어 누구나 쉽게 읽을 수 있다. 그만큼 성경이 주는 생생한 영감과 깨달음을 선사한다.

낙원을 갈망하는 우리 모두의 이야기

숱한 역경과 투쟁하면서도 순례자의 길을 포기하지 않는 순례자들의 이야기를 읽다 보면, 당시 종교적 탄압과 박해로 인해 감옥 생활을 하면서도 믿음을 버리지 않고 《천로역정》을 집필해 낸 존 버니언의 모습이 순례자들의 모습에 투영되어 있는 듯한 느낌을 받게 된다. 실제로 이 작품에서 순례자 '희망'이 마법의 땅을 지나는 동안 크리스천에게 본인이 어떻게 하나님을 믿게 되었는지 그 이야기를 들려주는 부분, 즉 자신이 죄인임을 깨닫고 경건 생활에 매진했으나 결국은 예수의 피를 통하지 않고는 하나님의 진노를 피할 수 없다는 것을 깨달았다는 '희망'의 고백은 존 버니언의 자서전 《넘치는 은총》(1666)에 나타난 그의 신앙 고백과 아주 흡사하다. 또한 헛된 시장에서 재판과 억울한 탄압을 받으면서도 믿음을 저버리지 않는 주인공 크리스천과 믿음의 모습이나 의심의 성의 지하 감옥에 갇혀 고군분투하는 크리스천과 희망의 모습 등은 당시 종교 탄압으로 인해 재판을 받고 감옥 생활을 해야 했던 작가 자신의 모습이었다고도 할 수 있다.

그러나 이 순례자들의 이야기가 비단 작가만의 경험담은 아니다.

작가는 거룩한 성을 향해 가는 순례자들의 모습을 통해 진정한 그리스도인이라면 누구나 겪음 직한, 또는 겪어야만 하는 이야기를 들려주고 있는 것이다. 순례자들의 이야기를 읽어 내려가는 동안 독자들은 그들의 모습에 자신을 투영하여 그들의 처지에 공감하기도 하며, 자신의 경험에 빗대어 이야기 속 인물들의 행동을 판단해 보기도 하고, 자신의 상황에 맞는 교훈과 깨달음 또한 얻을 수 있다. 말하자면 스스로 사망의 골짜기를 지나고 있다고 여기는 독자들은 어둠 속에서도 포기하지 않고 주의 은혜로 골짜기를 무사히 빠져나가는 크리스천의 모습을 보며 언제라도 포기하지 않고 꿋꿋이 견뎌 내는 용기를 얻게 될지도 모른다.

하지만 그렇다고 해서 이 책이 그리스도인들만을 위해서 쓰인 책은 아니다. 누구든지 영혼을 옭아매는 속세의 괴로움에서 벗어나 낙원에서의 행복을 갈망하는 이들이라면 이 책을 통해 영혼의 목마름을 해소하고 깨달음을 얻을 수 있으리라 생각한다.

이처럼 많은 이의 공감을 자아내는 책이기에 지금껏 3백 년이 넘는 시간 동안 제2의 성경으로, 그리스도인들의 지침서로, 그리고 세계적인 고전 문학으로 사랑받고 있는 것이 아닐까?

1628년 영국 베드퍼드셔 주에서 땜장이였던 아버지 토마스 버니언
과 어머니 마가렛 벤틀리 사이에 태어났다. 태어난 정확한
날짜는 알려진 바가 없으나 11월 30일에 엘스토우라는 작은
마을의 교구 교회에서 유아 세례를 받았다.

1644년 6월 어머니 별세 후, 채 두 달도 되지 않아 아버지가 재혼한
다. 이로 인한 아버지와의 불화로 군대에 들어가 3년간 복무
한다. 군 복무 기간 동안 모든 군인은 예배에 정기적으로 참
석해야 했으나 존 버니언은 여전히 세속적인 생활을 즐겼다.

1649년 이름이나 신분에 대해서는 거의 알려진 바가 없으나 이름은
마리였을 것으로 추정되는 여인과 결혼한다. 아내의 아버지
로부터 물려받은 두 권의 책, 즉 아서 덴트의 《평범한 자가
하늘에 이르는 길(The Plain Man's Pathway to Heaven)》과 루이

스 베일리의 《경건의 실천(The Practice of Piety)》을 읽고 종교에 관심을 갖게 된다.

1650년   첫째 딸 마리가 맹인으로 태어난다.

1654년   둘째 딸 엘리자베스가 태어난다.

1655년   베드퍼드로 이사하여 성 요한 교회의 부제로 임명받고, 설교를 시작한다.

1656년   자신의 설교문들을 모아 최초의 저서 《복음의 진리를 열다 (Some Gospel Truths Opened)》를 출간한다. 아들 토마스가 태어난다.

1657년   두 번째 저서 《옹호(Vindication)》를 출간한다. 둘째 아들 존이 태어난다.

1658년   허가 없이 전도 활동을 하던 중 기소되나, 곧 풀려나 전도 활동을 계속한다. 아내가 별세한다. 세 번째 저서 《지옥의 신음 소리(A Few Sighs from Hell)》를 출간한다.

1659년   엘리자베스와 재혼하고, 《율법과 은혜의 가르침(The Doctrine of Law and of Grace)》을 출간한다.

1660년   찰스 2세의 왕정복고로 종교의 자유가 탄압되고, 11월 12일 베드퍼드 근처의 로어 삼셀이라는 마을에서 말씀을 전하던 중 법정으로 끌려간다. 하지만 전도 활동에 대한 뜻을 굽히지 않아 베드퍼드 감옥에서의 12년형을 선고받는다.

1661년 운문집 《유익한 묵상(Profitable Meditations)》을 집필한다.

1662년 고린도전서 14장 14절의 말씀을 토대로 한 논문 〈영으로 기도하리라(I Will Pray with The Spirit)〉를 저술한다.

1663년 종교 논문 〈그리스도인의 행동(Christian Behaviour)〉을 저술한다.

1665년 설교집 《거룩한 성(The Holy City)》과 《죽은 자의 부활과 영원한 심판(The Resurrection of the Dead, and the Eternal Judgement)》을 집필하고, 《한 가지만이라도 족하니라(One Thing is Needful)》《에발 산과 그리심 산(Ebal and Gerizim)》《옥중 묵상(Prison Meditations)》을 집필한다.

1666년 옥중에서 집필한 영적인 자서전 《죄인 중의 괴수에게 넘치는 은혜(Grace Abounding to the Chief of Sinners)》를 출간한다. 몇 주 뒤 감옥에서 풀려나지만 계속되는 설교 활동으로 다시 잡혀가고 만다.

1671년 《칭의론에 대한 변호(A Defence of the Doctrine of Justification)》를 저술한다.

1672년 《신앙의 고백과 행함의 이유(A Confession of Faith, and Reason

of my Practice)》를 저술한다. 3월 찰스 2세가 비국교도들에게 관용 선언을 공포함에 따라 감옥에서 풀려나고, 베드퍼드 교회 공동체는 존 버니언을 성 요한 교회의 목사로 임명한다. 5월에는 설교 허가증을 받는다. 이후 그의 명성은 드높아져 '주교 버니언'이라는 명칭까지 얻게 된다.

1673년   《침례에 대한 견해 차이가 교제의 장벽이 될 수 없다(Differences in Judgement about Water Baptism no Bar to Communion)》를 집필한다.

1674년   《평화적 원칙과 진리(Peaceable Principles and True)》를 집필한다.

1675년   반대 세력의 거센 저항에 부딪힌 종교 관용 선언이 3년 만에 철회되면서 다시 6개월간 수감 생활을 하게 된다. 《무지한 자들을 위한 가르침(Instruction for the Ignorant)》과 《은혜로 구원받다(Saved by Grace)》를 저술한다.

1676년   《좁은 문(The Straight Gate)》을 저술한다.

1677년   감옥에서 석방된다.

1678년   2월 《천로역정(The Pilgrim's Progress)》과 《내게로 오라(Come and Welcome to Jesus Christ)》를 출간한다.

1679년   《경외함의 진수(The Fear of God)》를 출간한다.

1680년 《악인의 삶과 죽음(The Life and Death of Mr. Badman)》을 출간한다.

1682년 《거룩한 전쟁(The Holy War)》과 《열매 맺지 못하는 무화과나무(The Barren Fig Tree)》를 출간한다.

1684년 《속천로역정(The Pilgrim's Progress The Second Part)》을 출간한다.

1685년 《바리새인과 세리의 대화(A Discourse Upon the Pharisee and the Publican)》를 출간한다.

1686년 《소년 소녀를 위한 책(A Book for Boys and Girls)》을 출간한다.

1688년 존 쇼터 런던 시장의 사제로 복무한다. 《상한 심령으로 서라(The Acceptable Sacrifice)》와 《생명의 물(The Water of Life)》을 출간한다. 8월 31일, 아버지와 화해하기 위해 레딩으로 가던 중 폭우를 만나 런던에 있는 친구 집에서 폐렴으로 사망한다. 그의 묘비는 런던 번힐 필드의 공동묘지에 마련되어 있다.

옮긴이 김민지

고려대학교에서 산업시스템정보공학과와 심리학과를 졸업한 후 영국 유학을 떠나, 번역을 할 수 있는 기본기를 다졌다. 이후, 한국에 돌아와 실전 번역에 도전했다. 《달과 6펜스》 번역 이후 영국 유학 경험을 바탕으로 원문에서 드러나는 특유의 문화·사회적 요소들을 최대한 살려 낸 참신한 번역가라는 평가를 받았다. 현재 경희사이버대학교 한국어문화학과에 재학 중이며 왕성한 번역 활동을 하고 있다.

천로역정

개정 1쇄 펴낸 날 2020년 12월 1일
개정 2쇄 펴낸 날 2021년 1월 30일

지 은 이   존 버니언
옮 긴 이   김민지
펴 낸 이   장영재
펴 낸 곳   (주)미르북컴퍼니
자 회 사   더클래식
전   화   02)3141-4421
팩   스   02)3141-4428
등   록   2012년 3월 16일(제313-2012-81호)
주   소   서울시 마포구 성미산로32길 12, 2층 (우 03983)
E-mail   sanhonjinju@naver.com
카   페   cafe.naver.com/mirbookcompany

* (주)미르북컴퍼니는 독자 여러분의 의견에 항상 귀 기울이고 있습니다.
* 파본은 책을 구입하신 서점에서 교환해 드립니다.
* 책값은 뒤표지에 있습니다.

11 │ 그리스인 조르바 │ 니코스 카잔차키스

미국대학위원회 선정 SAT 추천도서 / 한국간행물윤리위원회 선정추천도서
한국출판인회의 출판인이 선정한 100권의 도서

12 │ 위대한 개츠비 │ 프랜시스 스콧 피츠제럴드

〈타임〉지 선정 현대 100대 영문소설 / 어니스트 헤밍웨이가 인정한 완벽한 일급 작품
20세기 100대 영문소설 1위 / 미국대학위원회 선정 SAT 추천도서 / 뉴욕 공립도서관 추천도서
대한민국 명사 101인의 대표 추천작 / WTO 북클럽 추천도서

13 │ 도리언 그레이의 초상 │ 오스카 와일드

미국대학위원회 고교 추천도서 101 / 대한민국 명사 101의 대표 추천작

14 │ 벨 아미 │ 기 드 모파상

모파상의 가장 매력적이고 파격적인 작품 / 19세기 파리를 뒤흔든 파격 스캔들
2012년 개봉한 영화 〈벨 아미〉 원작

15 │ 이상한 나라의 앨리스 │ 루이스 캐럴

난센스와 판타지의 대표작 / 아카데미 '미술상' 수상한 영화의 원작
19세기 가장 유명한 영국 아동문학 작가

16 │ 두 도시 이야기 │ 찰스 디킨스

영국이 낳은 가장 위대한 소설가 / 영화 〈다크나이트〉의 모티프
미국대학위원회 선정 SAT 추천도서 / 서울시 교육청 선정 청소년 필독도서

17 │ 햄릿 │ 윌리엄 셰익스피어

대한민국 명사 101인의 대표 추천작 / 서울대학교 권장도서 100선 / 서울대학교 동서고전 200선
연세대학교 필독도서 / 미국대학위원회 선정 SAT 추천도서 / 국립중앙도서관 선정 청소년 권장도서

18 │ 오페라의 유령 │ 가스통 르루

4대 뮤지컬 〈오페라의 유령〉 원작 소설 / 프랑스 최고 추리소설 작가

19 │ 1984 │ 조지 오웰

〈타임〉지 선정 세상을 움직인 책 100권 / 〈텔레그라프〉지 완벽한 도서관을 위한 권장도서 100
세계 3대 디스토피아 미래 소설 / 〈가디언〉지 권장도서 / 뉴욕 공립도서관 추천도서
하버드 대학생이 가장 많이 산 책 1위

20 │ 수레바퀴 아래서 │ 헤르만 헤세

대한민국 명사 101인의 대표 추천작 / 헤르만 헤세의 사춘기 시절 경험을 바탕으로 한 자전적 소설
노벨문학상 수상 작가 / 국립중앙도서관 선정 청소년 권장도서

21 22 23 │ 안나 카레니나 1~3 │ 레프 니콜라예비치 톨스토이

톨스토이 생애 최고의 리얼리즘 소설 / 서울대학교 권장도서 100선 / 서울대학교 동서고전 200선
연세대학교 필독도서 / 미국대학위원회 선정 SAT 추천도서 / 오프라 윈프리 북클럽 권장도서
논술 및 수능에 출제된 책(1998~2005)

24 │ 오즈의 마법사 1 - 오즈의 위대한 마법사 │ 라이먼 프랭크 바움

미국대학위원회 선정 SAT 추천도서 / 연세대학교 필독도서 / 국립중앙도서관 선정 우수 번역서

* 더클래식 세계문학 컬렉션은 계속 출간될 예정입니다.